主编

朱庆葆　孙　江

南京大学人文基金资助

新學衡

·第一辑·

New Critical Review

南京大学出版社

开卷语

一九二一，西潮滔天，骎骎乎有席卷神州之势。国立东南大学（南京大学前身）前贤君子迎风而立，如砥柱中流，结学衡杂志社，翌年刊行《学衡》。揭橥旨趣曰："诵述中西先哲之精言，以翼学；解析世宙名著之共性，以邮思；籀绎之作必趋雅音，以崇文；平心而言，不事嫚骂，以培俗。"学当融汇中西，思必究竟真理；求善求真，尔雅温文；衡史造士，移风易俗。伟哉，斯言！

二〇一四，斗转星移，区域化与全球化，交互碰撞。南京大学后进承继学衡传统，设"学衡跨学科研究中心"，旋更名为"学衡研究院"。畛域其尚宏阔，术业务求专精；旧义新篇，靡曰不思，要皆言之有物：或曰概念史，或曰文化记忆，或放眼中西，或聚焦东亚，梳理知识之谱系，前瞻学术之大势，预流国际前沿，树立本土风范。谓其主旨曰："全球本土化"。洋洋洒洒，道术相济。噫嘻，新矣！

学术者，天下之公器也；学衡者，学术之公器也。愿与同道共勉之。

目录

学衡派研究

新学衡

白璧德与"学衡派"

——一个学术文化史的比较研究

王晴佳 *

　　五四时期新文化运动的兴起,虽然与清末思想界的潮流(如今古文之争)有衔接之处,但在当时还显然是一场轩然大波。其主要原因是,以胡适、陈独秀和傅斯年等人为代表的科学派学者,以西方科学主义为武器,以"整理国故、再造文明"为口号,对中国的文化传统提出了一种新的、全面的解释,引起了不少学人的担忧。饶有兴味的是,对这一科学派加以强烈质疑的人中,不但有拥有旧学背景的人士,更有一批与胡适等人有相似的西式文化和教育背景的学者,如吴宓、梅光迪和汤用彤等。他们从"新人文主义"的角度出发,以东南大学为教育基地,以《学衡》杂志为基本园地,对中国古代文明的现代价值提出了完全不同的估量与解读,其态度与上述科学派的学者几乎针锋相对。

　　为什么这些有相同教育背景、又处于相同时代的学者,能对传统与现代的转化这一同样的问题采取如此泾渭分明的态度呢? 近几十年来,为了解答这一问题,中外学者已经对"学衡派"做了一些研究。而最近几年,随着对二十世纪"新儒家"的重视,有关兴趣变得愈益浓厚。[①] 可是,就现有的研究状况来看,似乎比较侧重于传统思想史的研究,重视"学衡派"与科学派在思想和观念上的对立,而对于其思想渊源及学术背景,也即这些对立产生的原因和背景,尚未充分注意。本文的写作目的,是想从文化比较的角度,对"学衡派"人士的教育背景,特别是他们在美国留学期间接受老师欧文·白璧德(Irving Babbitt, 1865—1933)的"新人文主义"的经历以及"新人文主义"在美国的产生和影响,做一较为细致的爬梳和整理,由此来窥视"学衡派"所持"昌明国粹,融化新知"的态度之动机与原因。为此目的,本文写作的重点不在详论"学衡派"的学术思想,而在探究这些学术思想产生的原因与背景。这一研究包括两个方面:一是想了解白璧德提倡"新人文主义"的背景及其影响;二是想解释梅光迪等人推崇"新人文主义"的动因以及他们在中国宣扬"新人文主义"的成败之原因。

---

* 王晴佳,美国罗文大学历史系教授。

① 有关"学衡派"的主要论著有:Richard B. Rosen, *The National Heritage Opposition to the New Culture and Literary Movements of China in the 1920's*, Ph. D. Dissertation, UC Berkeley, 1969;林丽月:《梅光迪与新文化运动》,汪荣祖编:《五四研究论文集》,台北:联经出版公司,1979 年,第 383—402 页;Chien Hou(侯健), *Irving Babbitt in China*, Ph. D. Dissertation, SUNY/Stony Brook, 1980;沈松侨《学衡派与五四时期的反新文化运动》,台北:台湾大学文史丛刊,1984 年;张文建《学衡派的史学研究》,《史学史研究》1994 年第 2 期,第 35—41 页。侯健《从文学革命到革命文学》(台北:中外文学月刊社,1974 年)对学衡派与梅光迪的关系也有论述,但与其英文博士论文大致相同。沈卫威《回眸学衡派:文化保守主义的现代命运》(台北:立绪文化,2000 年)反映了当代中文世界对学衡人物的再度兴趣。类似的著作,特别是随着《吴宓日记》刊行以来的传记等,更是层出不穷。因为许多作品并非学术著作,在此不再一一罗列。

一、白璧德其人其事

美国文学评论家、哈佛大学教授白璧德对东方文化的爱好以及与其中国弟子,也即"学衡派"之间的联系,已经是中美知识界的一种常识。但是其中的究竟,却仍然不是十分清楚,特别是有关白璧德本人在二十世纪初美国学术界的地位及其影响,在研究"学衡派"的中文著作中比较笼统,而对白璧德与东方文化的关系,语焉不详。[①] 中国有些学者认为白璧德"贵"为美国高等教育之龙头、哈佛大学之教授,他在美国文学评论界乃至美国学术界之主流地位自然毫无疑问。[②] 也有一些学者提出,虽然"学衡派"的主要成员都是白璧德的弟子,但他们对中国文化的保守态度,则早在留学美国以前便已成型,"新人文主义不过是为他们的文化保守主义提供了一套更具现代色彩的理论依据而已"[③]。这两种拔高或者轻视白璧德与"学衡派"之关系的做法,自然都有其缺陷。以后一种看法来说,有其合理的一面:白璧德的学说的确为"学衡派"提供了理论论争的依据与手段。但若要说吴宓、梅光迪等人以二十岁左右的年纪,在赴美留学之前便已经决定抱持文化保守主义的态度,则似乎很难让人信服。正如胡适与杜威"实验主义"的紧密关系,"学衡派"的主将对"新人文主义"也并非是一种简单的"利用"而已。如果说胡适一生都没有跳出杜威科学主义哲学的藩篱,那么"学衡派"主将对白璧德的崇敬,则更甚。据Richard B. Rosen的研究,梅光迪对于白璧德之崇拜,可以说是五体投地、始终不渝,他甚至视哈佛和白璧德为他的"庇荫和营养"(shelter and sustenance),寄托了所有的希望。一直到白璧德去世三年后,梅光迪才郁郁不欢地回到了中国。[④]

如果我们承认白璧德对"学衡派"有重要影响,那么就必须将白璧德和他的学说置于当时的时代,做深入的研究。首先,我们要看一下欧文·白璧德的生平与学术。白璧德,1865年生于俄亥俄州(Ohio)的德顿市(Dayton),之后举家又相继搬到了东部的纽约和新泽西州。白璧德的父亲是一位自封的医生,热心科学和教育,同时热衷社会公益,兴趣十分广泛。母亲则在白璧德年仅十一岁时就去世了。白父虽然热心公益,但对子女却并不特别关心。妻子死后,他就将白璧德和他的兄弟姐妹送到了俄亥俄州的亲戚家。父亲的做法,自然对年幼的白璧德有很大影响,但就总体而言,主要是一种反面的影响。白璧德长大后所从事的一切,似乎都与其

---

① 英文有关白璧德的著作不断出现,但对于白璧德与中国、东方文化的关系,则只有他的一些中国弟子所写的零星文章,如下面会提到的梅光迪的一些英文文章和Hsin-hai Chang(张歆海),"Irving Babbitt and Oriental Thought", *Michigan Quarterly Review*, 4 (October 1965), 第234—244页。Rosen的博士论文 *The National Heritage Opposition*,以梅光迪为主要研究对象,对白璧德的研究也较简略,只有十几页而已。侯健的博士论文 *Irving Babbitt in China* 以白璧德为专题,对白璧德"新人文主义"与中国文化的关系,从思想观念上做了一些比较(见第64—118页),但似乎不及张歆海的文章深入。

② 中文学术界对白璧德在美国学术界之地位的认识,主要基于梅光迪等人的溢美之词,很少深究。一般人喜用"新人文主义大师"这一称呼,其实并不能真正反映白璧德的学术影响。

③ 胡逢祥:《社会变革与文化传统:中国近代文化保守主义思潮研究》,上海:上海人民出版社,2000年,第140页。

④ 有关胡适一生未改其科学信仰和治学方法,参见唐德刚:《胡适杂忆》,北京:华文出版社,1992年,第145—153页。有关梅光迪对白璧德的崇信与依赖,见Rosen, *The National Heritage Opposition*,第100—109页;引语见第107页。

父在唱反调:他的"新人文主义"虽然有宗教的一面,但他却不愿像他父亲那样成为教徒;父亲崇拜科学,热衷科学实验,而白璧德却对这种科学主义十分鄙视。甚至,他之所以不读博士,据他的弟子即后来成为哈佛大学白璧德讲座教授 Harry Levin 的猜测,也与他父亲自封"医学博士"(M.D.)的做法截然相反。[①] 因此,白璧德之提倡"新人文主义",与他幼时的生长环境有关。白璧德幼年时,他不但远离父亲,还经常在夏天去外地度假,有段时间还在堪称美国大西北的华渥明州(Wyoming)跟他叔叔一起放牧,体验了一段时间的牛仔生活。白璧德这种丰富又艰辛的生活经历,在他的为人处世上留下了痕迹,使他变得性格倔强,不愿轻易流露感情,但又十分执着,有百折不挠的精神。[②] 这些个性对白璧德一生之宣扬和坚持"新人文主义",显然有很大的影响。甚至,他的中国学生如吴宓与梅光迪在为人处世上,也带上了乃师的风格:不苟言笑、执着专致和严肃认真。[③]

白璧德在高中成绩优秀,毕业时作为毕业生的代表在典礼上发言。但毕业之后,他却没有立刻上大学。直到二十岁那年,他才在叔叔的资助下,去了哈佛大学。在哈佛求学期间,白璧德的思想逐渐成型,以后也没有多少改变。这与他在当时培养的学术兴趣有关。[④] 与当时的风气不同,白璧德虽然对欧洲语言感兴趣,学了法语、德语和意大利语,但他真正的兴趣则在古代语言,对拉丁语和希腊语用力甚深。同时,他也开始对东方文化与语言产生了兴趣,特别是佛教和儒教。但他真正开始认真学习东方文化,则是在大学毕业以后。从哈佛毕业后,白璧德去了蒙太拿州(Montana)的一所大学教希腊语和拉丁语,积攒了一些钱,然后到了巴黎,跟随列维(Sylvain Levi)学梵文和巴利文。一年之后,他回到哈佛上研究生,又跟随蓝曼(Charles R. Lanman)继续学梵文与巴利文。白璧德一生都没有放弃对东方文化的研究,到了晚年,更是认真。他在 1927 年曾撰有《佛祖与西方》(Buddha and the Occident)一文,而他的最后一部著作是将佛教的《法句经》(Dhammapada)从巴利文译成了英文,由他妻子整理在 1936 年出版。他妻子写道,该译著的出版是"欧文·白璧德毕生研究佛教的结果",可见白璧德对佛教之浓厚和长远的兴趣。[⑤] 对儒教,白璧德也同样很有兴趣,只是由于条件的限制,未能学习中文。

---

① 参见 Harry Levin 的就任白璧德讲座教授的讲演,*Irving Babbitt and the Teaching of Literature*,Cambridge MA:Harvard University Press,1961,第 12—13 页。Levin 甚至认为白璧德父亲的 M.D. 不是 doctor of medicine,而是 doctor of magnetism,后者可以指催眠师,类似中国的江湖郎中。

② 有关白璧德的父亲及白璧德与父亲之关系,详见 Stephen C. Brennan & Stephen R. Yarbrough,*Irving Babbitt*,Boston:Twayne Publishers,1987,第 2—10 页。还可参见 *Thomas R. Nevin,Irving Babbitt:An Intellectual Study*,Chapel Hill:University of North Carolina Press,1984,第 5—6 页;J. David Hoeveler,Jr.,*The New Humanism:A Critique of Modern America,1900—1940*,Charlottesville:University Press of Virginia,1977,第 5 页。

③ 有关吴宓的性格,在吴学昭《吴宓与陈寅恪》(北京:清华大学出版社,1992 年)一书出版以来,已经有不少论著可参考。《吴宓日记》也自然是有价值的资料之一。但当事人的描写,更为生动,如发表于 20 世纪 30 年代上海杂志《人间世》的《吴宓(号雨生)》的译作(温源宁原作,林语堂译),就写道:吴宓"容貌非常端肃,对事非常认真,守己非常严正"。收入《未能忘却的忆念》,上海:上海古籍出版社,1999 年,第 118—120 页,引语见第 118 页。有关梅光迪的认真性格,可见 Rosen,*The National Heritage Opposition*,第 102 页和该页的注 13、14。另可见《梅光迪文录》(台北:联合出版中心,1968 年)所收的回忆、悼念文章,如顾立雅称梅"严厉而又令人敬佩",贺昌群称梅"高华"和"狷洁"等,见第 15 页和第 23 页。

④ 见 Nevin,*Irving Babbitt*,第 6 页。

⑤ 见 Loeveler,*The New Humanism*,第 23 页。

因此他对儒家的了解,主要通过法国汉学家的著作及《论语》和《孟子》的译本。对此,他有所遗憾。白璧德曾经对他的弟子梅光迪表示,如果他能再年轻三十岁,就会学习中文。① 由此看来,白璧德的学术兴趣,主要集中在东西古典文化,以希腊、罗马为主,辅之以印度的佛教和中国的儒教。这一学术兴趣,是他立学的根基,也是他提倡"新人文主义"的主因。

白璧德的兴趣,与当时美国学术界的主流倾向不符。以哈佛大学来说,艾理特(Charles William Eliot)担任校长以后,对课程要求进行了重大改革,建立了"选科制"(elective system),让学生自由选课,不再硬性要求他们修传统的基础课程。这一改革的结果是,原来一些被认为是经典的课程成了选修课,学生可以根据自己的兴趣设计大学的生活。在白璧德到哈佛以后不久的 1883 年,外语的必修课仅剩下法语和德语,而古典语言如希腊语和拉丁语却少有人问津。② 对于这一教育改革,大多数学生非常欢迎,但白璧德则十分反感。因此他虽然进了哈佛的研究生院,但却不屑于攻读博士学位。他在研究生院时的好友、另一位"新人文主义"的代表人物穆尔(Paul Elmer More),也对博士学位没有兴趣。David Hoeveler 曾写道:"白璧德在哈佛学习了足够的时间,使他获得了硕士学位。但他决定不念博士。这是他对公认的学术规范所做的长期反抗的一个最初表现。"③这一"反抗"的具体表现是,白璧德选择不读博士,而是去了巴黎,学习梵文与巴利文。④ 有趣的是,白璧德的中国学生如吴宓、梅光迪和汤用彤,除了张歆海外,也都以获得硕士学位为满足,而没有攻读博士学位的打算。而梅光迪之不念博士,还违背了其留学美国的初衷和他父亲的愿望,可见其受白璧德影响之深。⑤ 曾经上过白璧德的课,并像白璧德一样在哈佛跟随蓝曼学梵文与巴利文的陈寅恪,甚至对硕士学位都没有兴趣。"学衡派"中的刘伯明,其博士学位来自美国的西北大学。而另一位博士胡先骕,虽然哈佛毕业,但他的专业是植物学。张歆海是跟随白璧德念的博士,起初也与梅光迪、吴宓等人志同道合,但他在回国以后就与胡适接近,并没有为《学衡》写稿。⑥ 梅光迪、吴宓对学位的看法,与胡适有很大的不同。吴宓尝言:"吾国留学欧美之学生,有专骛学位,而国中之人亦或盲敬之。吾则视之为欺世盗名,以为此种心理,与昔之科第功名何异哉! 故常谓,吾辈取人,但当究其实在之蕴蓄,而不必问其有无学位可也"。⑦ 吴宓此言,也许有感而发,因为在他与胡适

① 见梅光迪的回忆,收入 Irving Babbitt: Man and Teacher, eds. Frederick Manchester & Odell Shepard, New York: G. P. Putnam's Sons, 1941,第 120—121 页。

② Nevin, Irving Babbitt,第 84 页。

③ Hoeveler, The New Humanism,第 8 页。在该书的第 11 页还说道:"像白璧德一样,Paul Elmer More 在哈佛也拒绝上博士课程。"

④ 见 Frank J. Mather, Jr. 的回忆,Irving Babbitt: Man and Teacher,第 42 页。

⑤ 梅光迪之父在梅留美期间,曾写信嘱咐梅"得一博士",见《梅光迪文录》附录《梅先生尊翁教子书》,第 4 页。梅光迪初到美国时,也"意欲俟三五年后大学卒业,得有博士硕士等学位"。但从学白璧德之后,便"已绝意于博士衔",见梅光迪在留美期间致胡适的信,耿云志编:《胡适遗稿及秘藏书信》,第 33 册,合肥:黄山书社,1994 年,第 325、472 页。

⑥ 张歆海与白璧德关系,似乎在师友之间。他对白璧德的佛教研究,就有批评,白璧德也有回应。见 Hsin-hai Chang, "Irving Babbitt and Oriental Thought", Michigan Quarterly Review, 4(Oct. 1965),第 234—244 页。白璧德的回应可见他的 "Buddha and the Occident",收入 Irving Babbitt: Representative Writings,第 224—270 页,特别是第 227—228 页。

⑦ 吴宓:《论新文化运动》,引自孙尚扬、郭兰芳编:《国故新知论:学衡派文化论著辑要》,北京:中国广播电视出版社,1995 年,第 91—92 页。

争辩时,胡适尚未拿到博士学位,但在其成名作《中国哲学史大纲》上,已经署名"胡适博士"了。① 而吴宓的老师白璧德之选择不读博士,与他提倡"新人文主义"有直接的联系。我们下节会详谈。

白璧德这种我行我素、逆流而行的态度,对他早期学术生涯的发展,没有带来任何好处。从巴黎回国以后,他于1893年在哈佛获得了硕士学位,然后又在威廉斯大学(Williams College)教了一年法语。1894年,哈佛大学法语系的一位教授学术休假,白璧德的老师想到了他,让他来临时顶替,使他开始了在哈佛的教书生涯。然而,白璧德的真正兴趣是教授古典语言,复兴古典文化,但他的这一志愿,终其一生都没有实现。其中的主要原因是,艾理特校长改革教程以后,古典语言已经不再是必修课,需求自然减少。于是,白璧德只能在罗马语言系教低年级大班的法语,批改学生的作文,这使他兴味索然。对这位以复兴古典文化为己任的新人文主义者来说,要他在罗马语言系教法国语言、研究法国文学,简直是一种折磨,以他倔强的性格,自然不能忍受。他有次居然对系主任说:"法语是拉丁语的一个廉价和蹩脚的变种"。② 这样的做法,使他在系里十分孤立无援。从1894年到1902年的八年中,白璧德在哈佛一直是一位讲师,且时时还有拿不到下一年聘书的危险。③

白璧德与他同事的不和,除了他的性格因素以外,更主要的原因是他们治学态度和方法的不同。受德国学术的影响,十九世纪末的美国大学教育与学术研究开始走向专业化,推崇专门的学问和提倡运用训诂学—比较语言学的方法(comparative philology),对事实进行考证和批判。顺便一提的是,这一风气以后由胡适、傅斯年带到了中国,成为二十世纪二、三十年代学术研究的主流。④ 而"学衡派"诸公,则追随其师,与之唱反调。因此有了胡适等人与"学衡派"的争论。依孙尚扬的说法,他们的争论是"在南京谱写了白(璧德)杜(威)辩论的中国版"。⑤ 由此看来,虽然"学衡派"以文化保守主义著称,以申扬中国文化为己任,但他们的学术观点与胡适等人一样,仍然与西方学术紧紧相连。对此我们将在下面详论。

从1900年开始,经过不断抗争,白璧德终于能在系里开设高年级和研究生的课了,因此也就让他着手建立自己的学术体系。他也慢慢有了几位追随者,包括以后成为"新人文主义"下将的薛曼(Stuart P. Sherman)。这些学生人数虽少,但他们的好评还是对他在1902年晋升助理教授带来了好处。⑥ 但是,在他以后要求晋升,并提出获得终身教职的申请时,又遭到麻烦。甚至在他于1908年出版了第一部著作《文学与美国大学》(*Literature and the American*

---

① 胡适要迟至1927年才真正得到哥伦比亚大学的博士学位。详情请参见唐德刚:《胡适杂忆》,第71—76页。
② 见William F. Giese的回忆,*Irving Babbitt:Man and Teacher*,第22页。
③ Brennan & Yarbrough,*Irving Babbitt*,第20—21页。
④ 参见王晴佳:《中国史学的科学化—专科化与跨学科》,收入罗志田主编:《二十世纪的中国:学术与社会,史学卷》下卷,济南:山东人民出版社,2001年,第602—628页。
⑤ 孙尚扬:《在启蒙与学术之间:重估〈学衡〉》,《国故新知论·序》,北京:中国广播电视出版社,1995年,第7页。
⑥ Stuart Sherman对白璧德的学问十分佩服,认为他东西皆通。见*Irving Babbitt:Man and Teacher*,第89—90页。当时与他接近的穆尔(Paul More)认为,白璧德的这些学生对他在哈佛的地位有所帮助。不然的话,他有可能就会失去他的位置了。同上,第330页。

College)以后,也没有改善他的处境。那时他已经 43 岁了,在哈佛也已经教了十四年的书,但仍旧是一位助理教授,而与他同龄的同事,则大都已经晋升了。为此,他只能通过他的学生、已经在伊利诺大学任教的薛曼为他争取一张聘书,用来与哈佛协商,又加上几个朋友的帮助,特别是已经在文学评论界崭露头角的穆尔的写信支持,才在 1912 年拿到了终身教职,并晋升为正教授。① 此时,他已经四十七岁,出版了第二本书《新拉奥孔》(*New Laokoon*),而且已经在哈佛教了十八个年头的书了。不过,虽然白璧德的治学没有被学术界的主流接受,但他上课的精彩、知识的渊博和他提倡"新人文主义"的热忱,也使他名声在外。这也是他最后得以在哈佛立足的原因。②

　　白璧德在哈佛这些不快的经历,使得他一生的论著都充满了论争的色彩,似乎永远都在与人争辩、反抗,这也极大地影响了他的中国学生。《学衡》杂志的文章,大致上也充当了一种反对派的角色,与主流思潮相对抗。不过,从那时中国和美国思想界的情况来看,白璧德与《学衡》的主张,也的确代表了一种少数派的立场,因此也就多少影响了他们的写作风格。

　　白璧德在哈佛当然也有愉快的经历,其中之一就是他在当时的女校——瑞克里夫(Radcliffe)大学(现已属哈佛)教书时,遇到了出生于中国、父母都是传教士的朵拉(Dora Drew)。毕业以后,他们于 1900 年结婚,那时白璧德已经三十五岁,而朵拉只有二十三岁。白璧德的婚姻,似乎也与他的中国学生有不少类似之处。梅光迪的夫人,也是他以前的学生,而吴宓之倾慕、追求的女弟子,则在 20 世纪三四十年代的中国学术界十分出名,现在更有吴宓的日记为证。白璧德有这位出生中国的夫人,自然也会增加他对中国以及东方文化的兴趣。比如他的书房里,就挂了不少中国的山水画(有些可能是他中国学生所赠)。他还对旁人说,这些画不仅表现山水,还展现了人的心境和情绪。③

　　虽然白璧德在哈佛的经历,特别是最初的阶段,不太顺利,但到了二十世纪一十年代的中期,也就是在他与他的大部分中国弟子接触的时候,他的处境已经有了改善。那时选他课的人数,相对还是比较少,总在十人以内,因此白璧德可以让他们围成一桌,他自己也坐着上课。④后来他的名声愈来愈大,上课的人数甚至有几百人,但他还是习惯坐着上课。他通常带一个鼓鼓的书包到教室,然后把一大堆书往桌上一放,书里夹有大量的便条和笔记。接着他似乎随意地把其中的一本书打开,读上其中一段,然后就开始海阔天空地讲起来。白璧德最乐意做的是,引证不少意味深长的警语,用来不断重复论证他的观点。他的做法,显然与当时强调逻辑论证、逐步推理的学术风气不同,但有意思的是,他还是能经常回到他的论点,让人产生深刻的印象。可是,这样的做法,用来上课还可以,但用到写作,效果就差了。白璧德的学生和朋友一

---

① 　有关白璧德在哈佛晋升的曲折经历,详见 Brennan & Yarbrough, *Irving Babbitt*,第 22—24 页。
② 　参见 Nevin, *Irving Babbitt*,第 3—24 页和 Loeveler, *The New Humanism*,第 9 页。
③ 　见 Frank J.Mather, Jr.和 Gordon K.Chalmers 的回忆,收入 *Irving Babbitt：Man and Teacher*,第 50 页,第 294—295 页。
④ 　据白璧德的学生 William F.Maag, Jr.、Stuart Sherman 和 T.S.Eliot 的回忆,那时选他课的人,大都在四人左右。见 *Irving Babbitt：Man and Teacher*,第 61、89、101 页。

致认为,他写作的手法不行,常常在那里兜圈子,不断地重复循环,无法引人入胜。① 不过,白璧德的这种论述方法,与东方学问的传统有点类似。我们将在第三节再论。

饶有兴味的是,白璧德在哈佛地位的上升期,正好是他的中国弟子们追随他的时段,如梅光迪在 1915 年就开始随他上课,以后则有吴宓、张歆海和汤用彤等。但事情也许是相反相成的。白璧德的名声,也显然是在哈佛之外甚至在美国之外。因此,他能受到他的东方学生的景仰,也是他影响逐渐扩大的原因之一。梅光迪甚至说,东方学生是最早推崇白璧德学问的。② 总之,在 1920 年以后,随白璧德上课的人已经愈来愈多,无法再像以前那样充分讨论了。白璧德甚至对梅光迪这样说,"我的学生太多,已经使我穷于应付了"。③ 而在这些学生中间,显然有不少是来自其它地区,特别亚洲的学生。在他于 1923 年在法国讲学的时候,身边就围着不少来自中国、日本、朝鲜和印度的学生。他的朋友穆尔这样评论:"在我们那时,白璧德也许是唯一的一位被东方人认为是智者的美国学者,他也知道如何用恰当的方式接受他们这种对老师的崇敬。"④ 除了亚洲以外,白璧德也在欧洲、特别是法国颇有影响。这在他还初露头角的时候,就已经是如此。⑤ 而到了二十世纪二十年代,则有了这样的说法,"白璧德的名声早已离开了剑桥(哈佛所在地名),而走向了全世界"。⑥

白璧德名声的扩大,除了他自己不断著述出版之外,与他的传业授道关系甚大。他早期的弟子薛曼,就是"新人文主义"的有力推广者之一。薛曼不但帮助白璧德在哈佛立足,自 1917 年以后,他还出版了不少著作,不但阐述"新人文主义"的理论,而且还以之为武器,联系当时文学评论界的状况加以评论,扩大其影响,因此人们开始关注白璧德和他的朋友穆尔。白璧德的另一些学生、当时已在大学任教的福尔斯特(Norman Foerster)、艾理奥特(G.R.Elliot)和以后成为英国著名诗人的艾略特(T.S.Eliot),都在当时为推广"新人文主义"作出了不小的贡献。⑦

白璧德在哈佛的年轻同事马西尔(Louis J. A. Mercier),也在 1921 年开始用法文和英文介绍白璧德的"新人文主义"。马西尔的《白璧德之人文主义》(L'Humanisme Positivisted' Irving Babbitt)一文在法国出版以后,反响甚好,这也是对"新人文主义"的一篇全面介绍。他的文章在出版以前,也经白璧德过目。⑧ 而"新人文主义"在中国的传播,这篇文章也有作用。1923 年吴宓将该文译出,由《学衡》发表,并解释说,该文的发表使得法国人"皆知有白璧德,皆知有人文主义。吾人从旁逖听,益深景慕之思矣。且其叙述阐明赅括,故不嫌明日黄花,特为译出"。⑨ 以后,马西尔又写了不少有关"新人文主义"的评论,并将"新人文主义"称之为一

① 有关白璧德的上课方式和写作风格,散见于他学生、朋友的回忆,收入 Irving Babbitt：Man and Teacher。
② 见梅光迪的英文文章,Humanism and Modern China (K.T.Mei),The Bookman (June 1931),第 365 页。
③ 见 Henry W.Taeusch 和梅光迪的回忆,收入 Irving Babbitt：Man and Teacher,第 167、116 页。
④ 见 Marcus S. Goldman 的回忆,同上,第 238 页。
⑤ 见 William F. Maag,Jr.的回忆,同上,第 60 页。
⑥ 见 G.R.Elliot 的回忆,同上,第 159 页。
⑦ 详见 Brennan&Yarbrough,Irving Babbitt,第 60—61 页和 Hoeveler,The New Humanism,第 12—17 页。
⑧ 见 Louis Mercier 的回忆,Irving Babbitt：Man and Teacher,第 193 页。Mercier 也知道他的文章被译成中文发表,第 194 页。
⑨ 见《白璧德之人文主义》吴宓之按语,收入《国故新知论》,第 1 页。

个"运动"。①

　　到了二十世纪二十年代中期,白璧德已经在美国文学评论界占有一席之地了。② 当然,这并不代表他从此一帆风顺,像他的崇拜者梅光迪、胡先骕在 1922 年就称呼的那样,成为"美国文学批评家之山斗。"③相反,白璧德尽管有了不少追随者,但也有不少反对者,甚至他以前的朋友和学生中间,也有人开始与他分道扬镳,如薛曼和穆尔。薛曼不满白璧德对民主和教育的精英主义看法,穆尔则愈来愈对宗教产生兴趣,而白璧德的"新人文主义"尽管与宗教有联系,但他本人还是强调其实证、经验的一面。④ 虽然如此,就总体而言,"新人文主义"在二十世纪二十年代是处于一个鼎盛的阶段。白璧德本人于 1926 年成为法国研究院的通信院士,这在美国学者中并不多见。1930 年他还成为了美国人文学院的院士。

　　1930 年 5 月,受他学生的怂恿,白璧德在纽约的卡内基音乐厅,与他的批评者做了一场公开的辩论,观众达三千人。这可以说是"新人文主义"走向顶峰的一个标志。可惜的是,由于白璧德在演讲时习惯低头看稿,因此也就无法面对观众,加之扩音器又不好,因此效果不佳。而他的对手则侃侃而谈,显然更胜一筹。白璧德自我解嘲说:"虽然那天很热,但当时的情景却像经历了一场霜冻"。⑤ 换言之,观众对他的演说没有表现出热情。白璧德演讲喜欢旁征博引,时而拉丁,时而希腊,对于听众来说,过于高深,也是他失利的一个原因。⑥ 那年,他的弟子福尔斯特还编了一本《美国的人文主义》(Humanism in America),由白璧德的追随者撰稿,白璧德本人也提供了一篇。但出版之后,批评之声却不绝于耳。⑦ 由此看来,虽然"新人文主义"在那时已经为人所广泛注意,但也常常成为攻讦的对象。三年之后即 1933 年,白璧德便过世了。

　　虽然"新人文主义"在 1930 年达到了一个顶峰期,但物极必反,很快就衰落了,可谓昙花一现。白璧德和穆尔在 1933 年和 1937 年的先后去世,也是原因之一。但更主要的原因是,1929年的经济大衰退,使得人们对于"新人文主义"的精英主义态度,不再有什么兴趣了。他们需要的是更为实际的学说和理论,而"新人文主义"则过于阳春白雪、过于理想主义了。与之相对,杜威的乐观主义、科学主义则显得更切合实际。因此,白璧德与杜威的争辩,最后由经济社会的因素而决出了胜负。⑧

　　但是,虽然"新人文主义"作为一个运动在美国学术界已经绝迹,但白璧德的影响却仍然存

---

① Louis Mercier 的有关著作是 *Mouvement Humaniste aux tates-Unis*（1929）和 *The Challenge of Humanism*（1933）。他从法文的原意出发,称"新人文主义"为一"运动"(mouvement)。

② 在当时出版的 *Criticism in America*：*Its Function and Status*（New York：Harcourt, Brace and Company, 1924）一书中,就收集了白璧德和当时美国著名文学评论界领袖人物的论文。

③ 见梅光迪《现今西洋人文主义》和胡先骕译《白璧德中西人文教育说》之按语,收入《国故新知论》,第 36、39 页。

④ 参见 Brenann & Yarbrough, *Irving Babbitt*, 第 71—78 页；Hoeveler, *The New Humanism*, 第 19—27 页。

⑤ 见 Theodore Spencer 的回忆, *Irving Babbitt*：*Man and Teacher*, 第 283 页。

⑥ 见 Henry W. Taeusch 的回忆, 同上, 第 177 页。

⑦ 参见 Brennan & Yarbrough, *Irving Babbitt*, 第 75—78 页和 Hoeveler, *The New Humanism*, 第 25—27 页。

⑧ 参见 George A. Panichas, ed. *Irving Babbitt*：*Representative Writings*（Lincoln NE：University of Nebraska Press, 1981）, Introduction, 第 ix 页；Hoeveler, *The New Humanism*, 第 27 页；Brooks Otis 的回忆, 收入 *Irving Babbitt*：*Man and Teacher*, 第 310—311 页。

在。"二次大战"以后,有关白璧德的论著不断出现,而在二十世纪七、八十年代,更是有多部传记、论著出现。迟至 1999 年,我们还见到研究白璧德的论著。从那些研究者的政治背景来看,以保守派占多数。他们欣赏白璧德对美国政治、教育、文化和社会的分析,也赞成他所提倡的人文教育,以求提高美国人的精神品质和道德素养。如 George A. Panichas 就这样说道:"在后现代的世界,虚无主义和无政府主义泛滥,因此道德品质低下的问题特别明显。在这样的世界里,白璧德的思想遗产能起一种有影响的和补救的作用。"[①]

二、"新人文主义"的缘起与要旨

对"新人文主义"的认识,可以从两个方面来着手:第一是从实际的层面,也即从白璧德对美国教育和文化的反省和批判入手,来检视他思想的渊源和起点;第二是考察"新人文主义"的理论层面,也即它的学术理念、政治见解和宗教因素。在这一部分,必然要涉及到白璧德本人对东方文化和信仰的态度和认识。但因为在第三节,我们还要讨论"学衡派"与白璧德之间的关系,因此必然涉及他与东方文化、特别是中国文化的关系,因此这里就会将其尽量简略处理,而着重研究"新人文主义"与欧美学术思想传统的联系。

如果从实际层面上来检视"新人文主义",我们就必须从白璧德本人的学术训练开始。如上所述,白璧德在大学期间,受到了严格而又多样的语言训练,他不但懂得多种现代语言,能用法语讲课,[②]而且还学习了不少东西方的古代语言。从他个人的偏好来说,他对后者更为重视。他毕生的追求,就是力图在现代文化中,强调古典文化的重要性,希望现代的学生都像以前一样,经历古典教育的熏陶,继承以往的人文传统。这是"新人文主义"得名的主要原因。换言之,白璧德的所作所为,与文艺复兴时期的人文主义者,有不少相似之处。他们都以复兴古典文化为己任,认为古典的希腊、罗马文化代表了人类文明的一个高峰,是值得永远推崇和捍卫的。不过,白璧德的目的并不是想简单重复文艺复兴时期人文主义者的成就。事实上,他对文艺复兴的整体评价并不高。这在后面将要再加详论。他把自己的学说,称为"新人文主义",突出了两者之间的不同,是有原因的。

这一不同,主要来自所处时代的不同。文艺复兴时期的人文主义者希望复兴古典文化,有一个原因是他们对中世纪文化的不满。而白璧德提倡"新人文主义",也是对他所处时代的不满所致。由此看来,我们就必须对白璧德那个时代的文化、教育思潮以及他个人的经历,做一个更为详细的考察。十九世纪末,也即白璧德上大学的年代,美国的学术界和教育界正处在一

① George A. Panichas, *The Critical Legacy of Irving Babbitt: An Appreciation* (Wilmington DE: Intercollegiate Studies Institute, 1999),第 4 页。另外一些近年出版但上面没有引到的著作有 *Irving Babbitt in Our Time*, eds. George A. Panichas & Claes G. Ryn (Washington D.C.: The Catholic University of America, 1986)和 Milton Hindus, *Irving Babbitt, Literature, and the Democratic Culture* (New Brunswick NJ: Transaction Publishers, 1994)。
② 他 1923 年在巴黎讲课,就用的是法语,虽然有些美国口音,但听众反响良好。见 Chesley M. Hutchings, Clara Longworth de Chambrun 和 Marcus S. Goldman 的回忆,收入 *Irving Babbitt: Man and Teacher*,第 227—243 页。

个转换期。美国虽然在 1776 年就获得了独立,但从文化教育上来看,还主要受到英国的影响。大学教育的目的是培养所谓的绅士(或君子人,gentleman),①具有文化道德修养,继承自由主义的传统。但到了十九世纪的最后二十年,科学主义的进一步普及,使得人文教育受到了影响。而在人文教育中采用科学方法,重视科学训练,则由德国开其先。德国自十九世纪初以来,以 1824 年创办的柏林大学为基地,便开始用科学方法训练研究型人才。所谓人文教育中的"科学方法",就是用训诂学(philology,或译为比较语言学)的手段,对文献史料做严格的审订,鉴别其真伪,核定其价值。这一方法的采用,自然以历史学为重,但其它学科,也受到其影响。德国著名的历史学家兰克(Leopoldvon Ranke,1795—1886),不但自己身体力行,用原始的档案材料写作历史,而且还在他任教的柏林大学,用讨论班(seminar)的形式,像开作坊、带徒弟那样,训练学生用训诂学来对文献史料进行批判和考订。兰克学派的这一传统,不但在历史学界影响深远,而且还为人文学科研究的科学化、专业化树立了榜样。有人甚至将其视为一个新的"范式"(paradigm)的建立。②

这一新的榜样或"范式"对教育界的影响,十分重大:第一是改变了教育的目的,从原来培养拥有自由思想、文化修养的绅士,转移到培养专门的研究人才,因此博士学位就渐渐成为一种必需;第二是改变了教育的内容,从原来的欣赏评价,转变到批判考订。换言之,人文学者也开始采用科学家那种客观的态度,不想在研究中掺入个人的好恶,而是把文献、文本纯粹视为研究的对象或工具。虽然兰克本人自有其宗教信仰和政治偏见,但他想重建历史事实的一句"如实直书"(wie es eigentlich gewesen)的话,则让后人把他抬高到"科学史学鼻祖"的位置。③十九世纪下半叶,这一始自德国的人文学科科学化、专业化的运动,开始在欧美各国流行起来。以美国而言,那时大部分的人文学者大都在当地获得学士和硕士学位以后,去德国攻读博士,以求掌握运用训诂学来进行文献批判的方法。1872 年,约翰·霍普金斯大学首先在历史系设立了博士学位,以后哈佛、耶鲁等校也纷纷效仿,因此美国学者也开始在本国读博士了。然而他们虽然不再去德国,但其研究手段则还是完全以德国为模式。换言之,美国学校开始自己设立博士学位,只是表明德国模式在美国已经深入普及了。同时,人文学科的研究也逐渐走向专

---

① "君子人"为徐震堮的译法,见《白璧德释人文主义》,《国故新知论》,第 28 页。

② Georg G.Iggers 在其 *Historiography in the Twentieth Century*:*From Scientific Objectivity to the Postmodern Challenge* (Hanover NH:Wesleyan University Press, 1997) 的书中,简略而又扼要地分析了兰克及其弟子对历史研究所产生的影响,见第 24—26 页。更详细的分析可见其 *The German Conception of History*:*The National Tradition of Historical Thought from Herder to the Present* (Middletown CT:Wesleyan University Press, 1983)一书。Jörn Rüsen 和 Friedrich Jaeger 则认为兰克学派在人文学科中建立了一个科学研究的范式,见 *Geschichte des Historismus* (München, 1992)。

③ 有关兰克的个人信仰及后人对他的理解和误解,可见 Georg G. Iggers, "*The Image of Ranke in American and German Historical Thought*", *History and Theory*, 2 (1962):17—40。中文可见王晴佳:《简论朗克与朗克史学》,《历史研究》 1986 年第 3 期。

业化,各个专业学会纷纷成立,专业刊物也纷纷刊行。① 学科专业化的结果是,出版物经过同行的审查,因此能控制质量,提高研究的水平,不断开拓课题,向尖端突破。但另一个结果是,为了通过同行的审查,研究人员的出版物以同行为主要阅读对象,不再关心社会,因而慢慢与大众社会相脱离。即使一般大众有心阅读他们的作品,也往往因为其内容的偏奥、艰深,文字的呆板、平淡和作者那种故作客观、不偏不倚的态度而感到乏味无趣。

在白璧德上大学的十九世纪八十年代后期,正是这一"德国模式"在美国逐步上升的时期。应该说,他起初对这一模式并没有马上采取拒绝的态度。他在语言上所花的功夫,特别是学习梵文和巴利文,都可以视为例证。因为训诂学的要求,就是要从语言出发,来考订史料和文献。因此掌握多种语言,是一个重要的前提。② 白璧德穷其一生,将佛教《法句经》从巴利文翻译成英文,也可见他在语言训诂上所受的训练。事实上,白璧德对东方文化的兴趣,也与他的语言学、训诂学的训练有关。在他那个时代所培养的西方汉学家如伯希和(Paul Pelliot)等人,都由学习语言开始而研究东方学问。他们大致上都像白璧德一样,先学几门欧洲语言,然后转而学亚洲语言,再转而研究东方文化。由是,我们可以猜想,如果白璧德在后来没有忙于宣扬"新人文主义",他很有可能成为一位印度学家甚至汉学家。

但是,在上大学以前已经有较为丰富的人生经历的白璧德,却无法忘怀社会而专心于文献的考订。他对古代希腊、罗马文化的极度赞赏,也使他无法眼睁睁地看着它们在美国大学里被慢慢淘汰。而且,那些注重训诂学研究的教授,对他这位用功的学生,也有所怠慢。白璧德在大学期间,成绩十分优秀,可就是在上莎士比亚课的时候,得了个C—。其原因是该课的老师在上课的时候,并不分析莎士比亚文笔的优美和剧情构造的曲折,而是专注于几个形容词、名词和介词的分析,使得白璧德兴味索然。③ 也许,这个倒霉的分数,是白璧德向当时学术界的潮流挑战的最早的契机。

大学毕业以后,白璧德虽然还没有放弃学习语言,但是他的目的已经与之前有所不同了。他在巴黎跟随列维学梵文和巴利文,在即将结束的时候,他写信给在哈佛任教的蓝曼,希望跟随他继续学习。白璧德在给蓝曼的信中说:"我对梵文的兴趣,是想通过它来研究比较文学和比较宗教,而不是比较语言学(也即训诂学)。我之所以想要在这方面继续学习;一是为了使我对古典梵文有相当程度的了解;二是为了能阅读巴利文的佛教经典。"④ 可见,白璧德此时的学习语言,已经不仅仅是为了训诂。但是,他的这一想法,还没有与那些印度学家和汉学家有截然的分别,因为那些人也往往通过语言的研究来了解东方文化。

---

① 有关美国社会科学的专业化,可见 Dorothy Ross, *The Origins of American Social Science*, Cambridge: Cambridge University Press, 1991。有关十九世纪末、二十世纪初德国史学对美国史学界的影响,可见 Jürgen Herbst, *The German Historical School in American Scholarship: A Study in the Transfer of Culture*, Ithaca: Cornell University Press, 1965。

② 白璧德与训诂学家的关系,Brennan & Yarbrough 的书 *Irving Babbitt* 有所涉及,第15—18页。

③ 同上,第14—15页。

④ 同上,第16页。

真正使白璧德决心走与训诂学派相对立的道路的原因，还是后者在他任教哈佛之初对他的压制。如前所述，白璧德能到哈佛任教，完全出于一种偶然机遇，因为法语系急需一位代课老师。在以后的十余年中，他为了在哈佛立足，忍受了很大的精神压力，其中有多次饭碗几乎不保。以后他虽然在哈佛站稳了脚跟，但却一直未能在他喜欢的古典语言系授课，而只能在罗马语言系和比较文学系。这里的主要原因有二：一是因为他的治学方法与训诂研究的主流不符，因而不为前辈学者所喜。他有一次对他的朋友穆尔抱怨说，"如果他们再这样压迫我几年，我也许就愤而辞职，走出校园，在一个废弃的农庄种田算了"。[1] 二是因为校长艾理特改革课程之后，古典语言不再是必修课，因此对教师的需求相应减少。

但是，以白璧德倔强的性格，他却不想如此轻易地放弃他的志向。相反地，他摆出了向学术界主流公开挑战的姿态。1908 年他出版的第一本书，题名为《文学与美国大学》，就是"新人文主义"的一本宣言书，其中的主要内容白璧德一生都信守不变。他在其中针对美国大学教育忽视古典文化、轻视道德人格的培养和推崇所谓科学研究，加以严厉的批评，以此为出发点来号召"新人文主义"。在出版该书的时候，白璧德还只是一位讲师，也没有终身教职，尚处在仰人鼻息的逆境之中。因此，出版该书需要很大的勇气。虽然美国大学强调出版的重要性，但像白璧德立足未稳，却写出一本挑战当时学术界主流的作品，还是很少见的。显然，他有那种孤注一掷的胆量。虽然在该书出版以后，他的处境没有改善，甚至有所恶化，但《文学与美国大学》一书却为"新人文主义"运动提供了重要的蓝本。

我们在前面已经提到，白璧德在哈佛念研究生期间，没有选择攻读博士，因为那时的博士训练，其目的是为了培养专家。博士研究生必须选择一个狭窄的课题，用训诂学的方法，对文献资料做详细的考订，然后写出专题论文。白璧德认为，这种以培养专家为目的的做法，使得年轻人过早地收缩自己的知识范围，因而对文化的传承不甚了了，不利于人格的培养和学业的进步。但是，以他个人来说，没有博士学位，自然对他在哈佛的立足造成了困难。也许是因为这一点，他才在以后经常规劝他的学生，还是要拿一个博士学位。白璧德的理由是："如果你想跟他们玩游戏，就必须遵守游戏的规则，直到你有那改变规则的权威。"在他晚年，则这样劝道："你要学会向神进香。我那时逃过去了，但今天就逃不过去了。"[2]

可是，白璧德虽然知道这一点，但他在《文学与美国大学》一书中，却专辟一章，批评美国大学中博士培养的制度。而他批评的对象，正是那些提倡训诂方法研究的人。白璧德的批评主要集中在两点：第一，虽然训诂的方法本身很有价值，但如果过分强调文献的考订，会无视作品本身的价值；第二，他也不满研究者那种专事考订、不关世事的态度，认为教育的宗旨是为了让学生懂得"恒久的人类社会的价值"，也即要对研究的作品和作者做出道德的评价。白璧德举例说，在文学史上，彼得拉克与但丁地位相埒，但从人格上看，但丁则高出一头。白璧德更为不

---

[1]　白璧德与训诂学家的关系，Brennan& Yarbrough 的书 *Irving Babbitt* 有所涉及，第 21 页。

[2]　见 Henry W. Taeusch 和 James L. Adams& J. Bryan Allin 的回忆，收入 *Irving Babbitt : Man and Teacher*，第 273 页。Harry Levin 也认为，白璧德没有博士学位，对他在哈佛的晋升不利。*Irving Babbitt and the Teaching of Literature*，第 3—4 页。

满的是,由于过分强调对文献的训诂研究,那些主持中世纪和近代早期文学的博士论文答辩,都纠缠于几个语词的用法和作品在历史上的流传,而很少提问有关但丁、乔叟、彼得拉克和薄伽丘作品的重要性。①

白璧德指出,过分强调训诂研究的弊病,通过那时博士的培养而集中表现了出来。为了在博士论文中表现出"原创性"(originality),博士生只能将本来可以用来广泛阅读作品的时间来选择一个较少人涉及的题目,进行专题研究来准备论文。这一制度的结果是,那些知识面广泛、人格成熟的学生不受赞扬,而受到赞扬的则是那些有所谓研究能力的人。于是,文学的研究就变得非人化(dehumanize)了,作品与思想之间的关系遭到了忽略。这一偏向,正是美国学者崇拜德国学术所致。为了纠正这一偏差,白璧德认为必须要用一个新的学位来取代博士学位。② 这一新的学位,可以模仿英国的牛津和剑桥大学所实行的优等生制度,不管是在学士还是硕士阶段,如果成绩优等,都可以多修一年,以获得这样的优等学士或硕士学位。这些优等学位的获取,不需要写作论文,因此学生能有充分的时间广泛阅读来充实自己的知识和道德素养。③

其实,白璧德对博士制度的批评,其目的正如《文学与美国大学》的副标题所示,是为了捍卫人文学科的研究。换言之,他想在当时培养专家的风气底下,继续强调通才教育的重要性。虽然他以后劝说他的学生也攻读博士学位,以便能在大学和研究机构安身立足,但这并没有改变他的基本观点,也即在现代社会中,人们还是必须对文化的传统有一种整体的了解。1926年,也即在他出版《文学与美国大学》的十八年之后,他应邀到布朗大学演讲。白璧德选择的演讲题目是《人文主义者和专家》,其中他对博士制度,仍然嘲讽了一番,认为它对学生的人格培养、道德素质和知识结构有害无利。④

由上所见,白璧德之提倡"新人文主义",并非出于一种纯粹学术的考虑,而是有一种十分现实的关怀。这一关怀主要出自他对当时美国教育制度发展前景的忧虑,但其中也掺杂了他个人由于经历坎坷而产生的愤愤不平的心理。就白璧德的知识面来看,的确在当时的美国学界堪称翘楚。他不仅掌握了欧洲古代和现代的多种语言,而且还懂得梵文和巴利文,并对东方文化颇有心得。与他相比,那些戴有博士头衔的教授们,由于提倡专攻,因此很少能像他那样博学。白璧德在哈佛跟随蓝曼学亚洲语言的时候,他只有一个同学,那就是以后成为他朋友的穆尔,⑤可见在美国学界能学兼东西的,也很稀有。而到了现在,由于学科的进一步专门化,能走出自己的领域的人也就更少了。举例来说,几十年来,尽管有不少美国学者研究白璧德,但能讨论白璧德与东方思想关系的人则几乎没有。只有中国人对此才有研究,除了中文论述以

---

① Irving Babbitt, *Literature and American College : Essays in Defense of the Humanities*, Boston: Houghton, Mifflin and Company, 1908,第 118—149 页。
② 同上,第 132—149 页。
③ 白璧德在书中多处谈到他的这一建议,见第 79—80 页、第 138—149 页。
④ 见 Irving Babbitt, *Huamnist and Specialist* Providence RI: Brown University,1926。
⑤ 见 Brennan&Yarbrough, *Irving Babbitt*,第 18 页。

外,其中一位用英文写作的是白璧德的学生张歆海。张曾任光华大学副校长和中华民国驻外大使,1949 年以后又在美国大学任教。为了纪念白璧德诞辰百年,张在 1965 年出版了一篇《白璧德与东方思想》的论文。[①] 从这点上来看,白璧德在二十世纪初对美国大学教育狭隘化的批评,确有先见之明。

可是,以白璧德之博学,却一直为同事所轻视和压制,自然使他不满。他不平而鸣,因而有倡导"新人文主义"一事。相比之下,白璧德的中国学生,虽然回国以后,也一直处于学术界主流的边缘,但从个人经历而言,则比起他们的老师要好上许多倍。举例来说,像白璧德一样在语言上下过苦功的陈寅恪,1926 年回国以后,以其博学多识而颇受学界的尊敬。陈之语言能力,更是为时人所钦羡。如果单从知识面,特别是语言能力上来看,白璧德的中国弟子,与他的对头杜威所培养的胡适、冯友兰相比,也的确胜上一筹。胡适、冯友兰都有哥伦比亚大学的博士学位,但似乎除了英语以外,并不能使用第二种外语。而只有哈佛硕士学位的吴宓却能翻译法文的文章,汤用彤也懂得一些梵文和巴利文。当然,语言能力的高低并不一定与学术成就成正比,但能掌握多种语言,对一位学者来说,毕竟只有好处而无坏处。可是在民国时期,虽然陈寅恪的博学让人惊叹,但实际上已经有一种从"通人"到"专家"的转向。[②] 而专家的培养,主要看的是对某一学问能否专精,能否采用科学的研究方法。胡适等人在中国学术史上成就卓著、声名遐迩,显然与这种崇尚"专家"的倾向有关。而有趣的是,对这一崇尚专家的风气,胡适本人有很大的促成之功。对此我们将在下面详谈。

从白璧德所处的时代及其学术背景来看他的"新人文主义",我们可以比较充分地认识其主旨和意涵。由于白璧德身处"逆境",因此他之阐述"新人文主义",既有正面论述,更有反面批评,也即对当时的学术和教育界之流行风气的批评及其对这一风气形成的原因所作的分析。对白璧德来说,他之所以提倡"新人文主义",主要是因为在现代社会,人道主义和自然主义泛滥,已经对人们的思想行为造成了许多不良影响。虽然他之强调研究、复兴古典希腊、罗马文化继承了文艺复兴的人文主义传统,但他所想解决的问题则与文艺复兴时代有很大不同。事实上,在他看来,现代社会所产生的问题,也即自中世纪以来一直到十八世纪的种种变迁,有不少缺点,其中主要的就是人道主义的传布,而这一人道主义,与文艺复兴后期的发展有直接、间接的关系。白璧德对人道主义的界定就是一种对普遍人性过于肯定的自信态度。这一界定侧重两个方面,一是"普遍人性",二是"过于自信"。在文艺复兴时代,人们开始对人自身的能力表现出某种自信,特别崇拜那些有天赋才能的人,不再怎么相信中世纪神学所宣扬的人之谦恭和卑贱。但是这一对人性的推崇很快就变得有点过分,也即把人的地位抬得过高,显得过于自信。到了文艺复兴的后期,于是有人开始强调"选择"(selection),让人注意到人性的某些不良

① Hsin-hai Chang, "Irving Babbitt and Oriental Thought," *Michigan Quarterly Review*, 4 (Oct. 1965),第 234—244 页。有关张歆海的生平,可见郭心晖:《天涯赤子情:献给张歆海、韩湘眉教授的一束雏菊花》,《人物》1986 年第 3 期。张歆海的学生,北京大学的张芝联教授亦有指教,特此致谢。

② 参见陈平原:《中国现代学术之建立:以章太炎、胡适之为中心》,北京:北京大学出版社,1998 年。

方面,因而对此倾向有所修正。①

推广人道主义最有力的是法国的卢梭。在卢梭所处的十八世纪,这一人道主义已经含有多种侧面,因此可以有不同的称呼,如浪漫主义、科学主义、自然主义,乃至情感的自然主义、科学的人道主义,等等。这里的主要原因是,科学革命的成功,已经彻底改变了中世纪时代人们对人与自然之间关系的认识,而科学家对自然界规律的探索,也大大地增强了人对自身能力的信心。这种信心,在白璧德看来,恰恰是一种"过于自信"的表现,它使得人们忽略了对自身人格的培养和要求,演成现代社会的主要弊病之一。因此,在白璧德的论述中,英国科学家培根与法国思想家卢梭虽然都属于人道主义的主要代表,但却代表了两个不同的侧面。培根是科学的人道主义的代表,其思想倾向体现了科学革命以来人们对社会进步的信心。的确,科学革命的成功使得人们崇信科技的威力,认为随着科技的发达,理性主义的普及,人类社会便自然会走向进步。在白璧德看来,这一对科学主义的崇拜,有两方面的坏处:一是用"事之律"(law for thing)来解释、取代"人之律"(law for man),认为只要人能改善与自然的关系,就代表了人类的进步;二是盲目地认为人类社会之走向进步是一种必然,因此忽略了对人自身道德品格的培养。这里,培根没有区分个人与社会也是一个缺陷。白璧德认为,社会整体的进步并不能带来个人品格的完善;后者需要长期的、耐心的培养。

虽然培根的科学主义和进步观念为人道主义奠定了基础,但人道主义的主要人物还是卢梭。白璧德之所以将卢梭视为他主要攻讦的对象,是因为卢梭对人的能力做了高度的肯定,由此出发,卢梭推崇人的自由,视之为人类社会的理性目标。他的《社会契约论》就是一个显例。该书的主要论点是,人在发现个人与社会将有冲突的时候,能自发地订立契约,限制双方的侵权。这是卢梭对人的能力的高度肯定。而在同时,他又强调,如果社会在发展中侵犯了人的基本权利,人就有权将之改造,因为人的自由是神圣不可侵犯的。白璧德对卢梭的这两个论点,肯定人的能力和推崇人的自由,都持强烈的批判态度,认为这是现代社会各种弊病的祸根。② 这里的原因十分明了:这两个论点取消了人格培养的必要性,而人格的培养、道德的熏陶以及教育在其中所起的重要作用,正是白璧德"新人文主义"的核心内容。

让白璧德更加感到忧心的是,卢梭的这种人道主义,已经在他那时的教育上表现了出来。哈佛校长艾理特推行"选科制",让学生根据自己的兴趣自由选课,就是一个主要表现。在白璧德看来,艾理特之所以推行"选科制",就是因为他像卢梭一样,过于崇信人的能力,认为一、二年级的大学生能自我设计自己,而不用前辈师长的监督指导。同时,这一"选科制"在白璧德看来,也给予学生太多的自由,不利于他们人格的培养。③ 当然,如同上述,白璧德对这一"选科制"的不满,还与他自身的经历有关。由于学生自由选课,于是古典语言无人问津,因此他也只

---

① 见 Babbitt, "What is Humanism?" *Literature and the American College*,第 1—31 页,特别是第 13—31 页。
② 此处的观点可参见 Babbitt, "Two Types of Humanitarians: Bacon and Rousseau", *Literature and the American College*,第 32—71 页。但因为白璧德的论述并不十分扣题,常常引申发挥,因此笔者在评述时主要根据的是自己的理解。
③ 同上,第 46—53 页。

能一直教授现代语言和现代文学。

　　由上可见，"新人文主义"的出发点是一种二元主义的观点，即将自然与人类、事物与人心视为两个不同的方面，无法混为一体，也不想混为一谈。白璧德对爱默生（Ralph Waldo Emerson，1803—1882）的"事之律"和"人之律"的区分，十分欣赏。① 白璧德的学生、"新人文主义"早期的干将薛曼这样说："这（指将事与人区分的二元主义）是人文主义者建房筑屋的基石"。他在他的论著中，多次引用爱默生的这一警语。② 强调这一二元主义，其主要目的正如白璧德《文学与美国大学》的副标题所示，是为了捍卫人文学科，防止科学主义的泛滥。③

　　为了论证人文研究的价值，白璧德就必须面对一个尖锐的问题，即古代与现代文化孰优孰劣的问题，因为在西方古代，虽然也有科学的研究，但其主要文化成就是在文学、艺术等方面，这是一般人的常识。与此相反，现代文化的主要成果，则体现于科学技术的发明和进步。自科学革命以来人们开始信奉历史进步的观念，而到了十九世纪更是深入人心，其主要原因就在于人们已经坚信，今胜于昔，现代文化高于古代文化。当然，这一共识的取得还是经过了一番长期的、激烈的争论。从十七世纪后半期到十八世纪上半期，英国、法国等学术界人士，曾分为两派，争吵不休。④ 而到了白璧德的时代，西方社会已经历了工业革命，人们对科技的发展所带来的社会进步，更是坚信不疑，因此白璧德想要再度重申古代文化的优越，显然困难重重。但以白璧德敢于挑战主流的性格，他并没有知难而退，而是旧话重提，对古今文化的优劣再发议论。当然，白璧德并不是想否认现代社会所取得的成就，他的忧虑是，如果在现代，人们还想挑起这样的争论，已经不太可能了，其原因是已经没有什么人能真正懂得古代文化的成就了。而造成这样情况的原因则是启蒙运动，特别是卢梭等人一昧推崇个人自由，使得人们对于自身过于自信的结果。白璧德提倡的是古今文化的结合，因为文化本身是一个延续的整体，无法硬性分割。⑤

　　虽然在白璧德的时代，重提古代文化的优越已经比较困难，但他也有一个先例可寻，那就是英国文学批评家安诺德（Matthew Arnold，1822—1988）。安诺德经历了英国工业革命的洗礼，目睹了其成就，但也注意到了其对文化传统的冲击和道德伦理的破坏，因此加以严厉的批评。对白璧德来说，安诺德可谓是先人先知，因此常常援引作为自己论述的根据。白璧德的学生等也效仿其师，对安诺德崇拜有加。如薛曼就以安诺德为主题出版了他的第一本著作。梅光迪也有《安诺德之文化论》一文，发表于《学衡》。⑥ 而张歆海随白璧德做的博士论文，也以安

---

① 见 Babbitt，"What is Humanism？"*Literature and the American College*，第 29 页。
② 有关"新人文主义"的二元主义观点，Hoeveler 讨论甚详，见 *The New Humanism*，第 34—35 页。薛曼引语亦见该书第 34 页。
③ 该书副标题是"捍卫人文学科论集"（Essays in Defense of the Humanities）。
④ 有关论著可见 Joseph M. Levine，*The Battle of Books：History and Literature in Augustan Age*，Ithaca NY：Cornell University Press，1991。
⑤ 参见 Babbitt，"Ancients and Moderns"，*Literature and the American College*，第 181—214 页。
⑥ 参见 Irving Babbitt，"Matthew Arnold，"*Irving Babbitt：Representative Writings*，第 103—115 页；Stuart Sherman，*Matthew Arnold：How to Know Him*，Indianapolis，1917；梅光迪：《安诺德之文化论》，《学衡》1923 年第 14 期，第 1—10 页。

诺德为题。安诺德对白璧德"新人文主义"的帮助在于,他用犀利的文笔,揭露了当时英国社会市侩商人附庸风雅的恶习,使人看到现代社会虽然科技先进,但在文化道德上则愈益堕落,以至每下愈况。而且,安诺德指出了这一问题产生的根本原因,那就是人的过度自由与过度自信。①

为了纠正这种过分热衷社会进步、崇尚人的自由、信仰科学理性的风气,白璧德提出了两个方案,一是克己,二是中庸。这两个概念,自然出于中国的儒教文化,但用来转译白璧德的中心思想,却也十分恰当。所谓克己,指的是一种"内在的自制力"(freinvital 或 innercheck),即对人欲、或人的自由欲望的控制。而中庸,则指不走极端的道德行为,遵循"适度之律"(law of measure)。在阐述这两个概念时,白璧德多用亚里士多德和佛教的著作,自然也受到基督教的影响,但他突出这两个概念,显然也与他对儒家文化的认识有关。Harry Levin 曾这样说道:"白璧德对基督教有浓厚的兴趣,又为佛教所深深吸引,更对孔子的俗世理念充满同情"。② 可见,白璧德的思想渊源有多种方面,而就基本概念而言,他受东方文化(佛教与儒教)的启发更大。他的老友 William F. Giese 有这样的观察:白璧德早年便沉浸于佛教之中,其他影响只有边缘的作用。"只有从东方文化的角度才能真正认识他人文主义的内在意涵,而亚里士多德的学说只是他的分析方法"。③ 而且,白璧德的"内在的自制力",来自爱默生,而后者则受到了东方文化的启发。④ 以前研究白璧德的学者也倾向指出他的思想与儒家的相同之处,如沈松侨就说白璧德想"克己复礼"。沈的老师侯健则说白璧德的理想是教导人们成为"君子"。⑤ 至于白璧德与佛教的关系,张歆海讨论最详,不过他认为,白璧德虽然受到佛教影响,但他对之有所取舍,主要感兴趣的是与他的人文主义有关的所在。⑥

的确,如果我们仔细考量便可以看出,白璧德的"新人文主义"与儒教影响下的传统中国文化之间有许多类似之处。在侯健的博士论文中,有不少讨论,此不赘述。⑦ 我只是想强调一点,那就是白璧德的"克己"与"中庸"之间有着紧密的联系。我们可以视前者为手段,后者为目的。白璧德曾说:"人文主义者所向往的是一种平衡匀称的生活。为此目的,他必须谨守中庸。"照白璧德的看法,人性并不完善,而是有许多不当的欲望,因此不能听任其自由发展,而必须加以控制,也即需要"内在的自制力",达致一种中庸的境界。⑧ 而人之所以能成为人,就是

① 有关白璧德与安诺德之间的思想联系,可参见 Nevin, *Irving Babbitt*,第 82 页;Hoeveler, *The New Humanism*,第 67 页。
② Levin, *Irving Babbitt and the Teaching of Literature*,第 19 页。
③ 见 WilliamGiese 的回忆,收入 *Irving Babbitt:Man and Teacher*,第 5 页。白璧德的老友穆尔也说佛教对白璧德的影响至深,同书,第 332—333 页。
④ 参见 Levin, *Irving Babbitt and the Teaching of Literature*,第 18 页;Nevin, *Irving Babbitt*,第 49—50 页。
⑤ 见沈松侨:《学衡派与五四时期的反新文化运动》,第 128—129 页;ChienHou, *Irving Babbitt in China*,第 41—44 页。白璧德的确谈论到"君子",多以西方的传统为例,但其形象与儒家的君子颇类似。见 Babbitt, *Literature and the American College*,第 12 页。
⑥ 张歆海说道:"白璧德并不想成为一个专业的东方学者;他只是想从佛教中找到能支持他观点的东西。"见 Hsin-hai Chang, *Irving Babbitt and Oriental Thought*,第 237 页。
⑦ Chien Hou, *Irving Babbitt in China*,第 64—118 页。
⑧ 见 Irving Babbitt,"What I believe,"*Irving Babbitt:Representative Writings*,第 3—18 页,引语见第 6 页。

因为人能控制自己。他特别欣赏佛祖的说法："正心即佛"。① 在分析中庸之道时,他又重申佛祖的说法"一切极端,悉为貊道",或"偏则失当"。② 但是如果他能在中国文化上多花一点功夫,想来他也一定会找到相似的警语。事实上,白璧德在1921年为美国东部之中国留学生年会上发表的演说中,也已经提到东西文化在文化与道德传统上的相似性,并说:"吾每谓孔子之道有优于吾西方之人道主义者,则因其能认明中庸之道,必先之以克己及知命也。"③他的弟子回忆,在平常的谈话中,白璧德也常常提及孔子,称之为"道德宗师"(Confucius, the master moralist)。④

三、"学衡派"与"新人文主义"

行文至此,似乎是一个适当的时机将白璧德的"新人文主义"与"学衡派"人士的论述及其影响之大小联系起来一起分析。这一分析,其着重点是想解释"学衡派"在二十世纪二、三十年代中国学术界的兴衰。为此,我们需要注意白璧德"新人文主义"的两个方面。这两个方面,都为"学衡派"人士所激赏而引介入中国,但却为其最终的失利埋下了伏笔:第一是对以往的所有文化、特别是东西的文化遗产所采取的谦恭、包容和尊重的态度;第二是在文化基础和文化教育上所持的精英主义的立场。这两个方面,都与上述"新人文主义"的要旨有密切的联系,可以说是在社会层面的表现,而两者之间又有内在的关联。

让我们先看一下第一个方面。"新人文主义"强调中庸,在价值判断的时候不走极端,因此就使其在对待以往的文化遗产上,采取谦恭的态度,而不是一味否定或一味肯定。白璧德所谓"新人文主义"必须在"同情"与"选择"之间保持平衡,就是这样的意思。换言之,对于文化遗产,白璧德主张必须一方面具有同情的态度,另一方面则有所选择。他对古今文化孰优孰劣的问题,持一种折衷的态度,认为两者可以取长补短,就表现了这样的立场。⑤ 白璧德像安诺德一样,认为文化由传统精华累积而成,因此不能从简单的进化论观点出发,用现在来否定过去。换言之,他绝对不认为现代的各种进步可以将以往的文化成就一笔取消。这种对前人先贤的恭敬态度,可以说是一种文化保守主义。这是白璧德在当时吸引不少中国学生的地方,因为他的这种文化保守主义,与孔子有类似之处。孔子所谓"温故而知新""信而好古"等名言都是例证。与安诺德不同的是,白璧德不但尊重前贤,而且还用东方先贤的教诲,来论证尊重古代文化之必要,指出这种注重文化积累和传承的态度,是东西文化发展的根基所在。白璧德与安诺

---

① 见吴宓译:《白璧德论欧亚两洲文化》,《国故新知论》,第59页。
② 前语见徐震堮译《白璧德释人文主义》,后语见吴宓译《白璧德之人文主义》,《国故新知论》,第30页和第5页。
③ 见胡先骕译:《白璧德中西人文教育说》,《国故新知论》,第47页。
④ 见C.Cestre的回忆,收入 *Irving Babbitt:Man and Teacher*,第53页。
⑤ 白璧德的观点散见 *Literature and the American College* 一书。有关"同情"与"选择",见第22—31页。有关其文化的态度,见"The Rational Study of the Classics"和"Ancients and Moderns"两文,第150—214页。

德都是文化保守主义的大师,但白璧德显然更为博大,其学说更具世界性。① 难怪梅光迪等中国人进入哈佛,从学白璧德以后,认为是发现了西方的圣人,因而"拜倒在他的足下"。② 这种兼容东西、尊重先贤的文化态度在当时的西方学术界并不多见,因此 Harry Levin 在 1960 年回顾道:"白璧德最有远见的贡献在于,他坚持认为一种开明的世界观必须融合亚洲的思想。"③

的确,白璧德对融合东西文化兴趣很大。他在给中国留美学生的讲话中,甚至提出,应该有一种"国际的人文主义",因为"新人文主义"提倡的对文化的尊重以及所追求的"自制功夫",都见于东西方先贤的论著之中。通过这种"自制功夫","则成为孔子之所谓之君子与亚里士多德所谓之甚沉毅之人"。而东西文化传统的共同点是,"均主人文,不谋而有合,可总称为邃古以来所积累之智慧也"。他希望中国留学生中,多一些学人文学科的人,同时也希望美国的大学中,多开设有关东方文化的课程,"如此则东西学问家可以联为一体"。④ 白璧德本人身体力行,虽然他在 1915 年遇到梅光迪以前,就已经接触了中国文化,但在收了多位中国学生以后,则教学相长,通过这些学生学到了更多有关儒家的文化,并开始反映在作品中。⑤ 梅光迪求学哈佛的时候,白璧德正开始写作其第四本著作《卢梭与浪漫主义》。该书于 1919 年完成,梅光迪也于次年回国。因此该书的写作,也受到了梅光迪的影响。白璧德在书中对此还表达谢意。⑥ 自此以后,用侯健的话说,"中国的思想就在白璧德的写作中不断出现。他在 1930 年出版的《人文主义:一个界定》应该是体现了他最成熟的思考,而这一文章几乎是一个中文文件(Chinese document)。"⑦白璧德的弟子和追随者也注意到了白璧德与儒家思想之关系。Miton Hindus 说道,白璧德认为自己是一个文化的传人(transmitters of culture),而不是原创者。⑧这与孔子的"述而不作,信而好古"正好一致。梅光迪也认为白璧德的理想是成为法文里的"君子"(honn Ltehomme)和儒家的"君子儒"(Confucian gentleman-scholar)。⑨

可是,正是这一成为"君子儒"的理想,使得白璧德的"新人文主义",带上了精英主义的特征。这是我们要注意的第二个方面。如前所述,"新人文主义"强调"克己",也即修身的重要。因为有此目的,所以人文教育才显得如此重要。在白璧德看来,教育有其道德的目的,而不仅是为了追求纯粹的知识。因此他对培根将苏格拉底的"知识是美德"(knowledge is virtue)改为"知识是权力"(knowledge is power)这样的做法十分不满,因为如此做法抽掉了教育的道德性。但是,如果教育的目的是修身,增进人的道德素养,那么就有成败的问题,因为在接受教育

① 侯健对此亦有讨论,见他的 *Irving Babbitt in China*,第 6 页。
② 见梅光迪回忆白璧德的文章,收入 *Irving Babbitt:Man and Teacher*,第 112 页。
③ Levin, *Irving Babbitt and the Teaching of Literature*,第 17 页。
④ 见胡先骕译:《白璧德中西人文教育说》,《国故新知论》,第 46—48 页。
⑤ 见梅光迪的回忆,收入 *Irving Babbitt:Man and Teacher*,第 119—120 页。
⑥ 见 Irving Babbitt, *Rousseau and Romanticism*, Boston: Houghton Mifflin and Company, 1919,第 381 页。白璧德在书中,也多次提到儒家的学说与西方的人文传统颇有互补的功效。
⑦ 见 Chien Hou, *Irving Babbitt in China*,第 8 页。此处无法找到更好的翻译,只能直译。
⑧ 见 Hindus, *Irving Babbitt, Literature, and the Democratic Culture*,第 17 页。
⑨ 见梅光迪的回忆,收入 *Irving Babbitt:Man and Teacher*,第 124 页。

的过程中，并不是每个人都能成材，成为君子，而是有先后、上下之别的。对此，白璧德并不讳言。相反地，他认为，正因为并不是每个人都能做到克己，因此那些道德的人或君子才分外重要。当然，处于二十世纪的白璧德，并不想像孔子一样，强调君子和小人之分，但他对君子和一般大众之间的区别，却一再重申，贯穿了他对教育、政治、人性和社会的整体看法。

白璧德的这种精英主义看法，与其"新人文主义"的主张联系紧密。"新人文主义"主张在"同情"与"选择"之间取得中庸，因此白璧德认为人们虽然有必要对人的许多要求和欲望表示同情，尽量使其满足，但同时也要给予选择，即加以指导；不严加限制，但也不能使其随心所欲。① 他对卢梭人道主义的一再批评，其原因就是卢梭主张给予人以充分的自由，反对任何约束。白璧德指出，卢梭本人的行为就说明这样做的结果十分可怕。卢梭生了好几个孩子，但都送给了孤儿院。这就是人的自由太多以致不负责任的结果。② 而为了纠正这一点，就必须树立道德的榜样，示人以高尚的、君子的行为。这里的主要原因是，人与人不同，不能遵循平民主义的理想，给予所有的人一样的权利与义务。

这种认为人与人之间不同的看法，在白璧德是由来已久。在 1897 年出版的第一篇文章《论对经典的理性研究》中，他就从文学的角度指出，以往的历史已经证明，有的人充满想象，适合从事文学，而另有些人则对数理规则兴趣更大，适合从事科学。换言之，有些人喜欢综合，也有些人长于分析。当然，白璧德的主张是在两者之间取得中庸。③ 但是，考虑到在他那个时代，科学的研究早已成为主流，已经违反了他所认可的中庸的原则，因此必须"捍卫人文学科的研究"，使其重振。白璧德对于教育的看法，也能反映他的精英主义观点。他反对德国式的博士学位，而主张效仿当时英国的优等生制度，在大学生里面挑选品学优良的人，让其再读一年，获得优等的学士或硕士学位。④ 这种在同等的学位中间加以区分的做法，很明显地表现了他的精英主义思想观念。

白璧德"新人文主义"的政治观，大致上也是精英主义的。二十世纪二十年代以后，"新人文主义"开始为美国社会所注意，白璧德也开始将其学说推向一般民众。1924 年他写作了《民主与领袖》一书，系统阐述了他的"新人文主义"政治观。在书中，他一方面承认美国的民主制度有其优越之处，另一方面则强调民主制的实行并不表明一个社会可以放弃其标准。这一标准，须由他心目中有道德修养、懂得克己的君子来代表。换言之，白璧德心目中的理想社会是"一"与"多"之间的平衡。大多数人向那些君子看齐，而不是降低标准，让整个社会都停留在平民的水准之上。他的告诫是："从民主制的利益出发，我们需要的信条是：要好人（the right man），不要人权（the rights of man）。"⑤此处，他的精英主义看法展露无遗，因为前者是他推崇

① 见 Babbitt，"Bacon and Rousseau," *Literature and the American College*，第 60 页。
② 同上，第 50—51 页。
③ 见 Babbitt，"The Rational Study of the Classics"，同上，第 163—164 页。
④ 白璧德有关学位的看法，主要见于他"Literature and the Doctor's Degree"一文，同上，第 118—149 页。
⑤ 见 Irving Babbitt，*Democracy and Leadership*，Boston：Houghton Mifflin and Company，1924。此处引自 *Irving Babbitt：Representative Writings*，第 140 页。

的君子,而后者则涵括了所有的人,因此为白璧德所不喜。

白璧德的文化保守主义和精英主义,与儒家的传统十分契合,但显而易见,他的主张也反映了西方现代化以前所有传统社会的一些共同特征:强调社会的等级、重视人文的研究和推崇领袖的作用。因此,白璧德认为他的"新人文主义"可以走向国际。在这点上,与其说"学衡派"发现了白璧德,毋宁说是白璧德通过他们发现了中国,因而使他能论证人文主义的国际性。反过来,白璧德"新人文主义"的这一国际性,也即其兼通东西的特征,也使它对中国学生充满吸引力。因此,两者之间有一种相互影响的关系。上面已经提到白璧德的儒家研究,得到了梅光迪的协助。他的佛教研究,虽然用力很深,但也显然得益于与张歆海的讨论。[①] 但是,在白璧德与梅光迪等人接触的时候,他已经年届五十,而对方只是个二十岁左右的学生,因此后者受他的影响显然要大得多。事实上,本节讨论的重点,也就是要指出白璧德"新人文主义"与"学衡派"的关系。这一关系,比一般想象的要深得多。

不过,我们应该注意的是,"学衡派"受"新人文主义"的影响,其表现与其说是一种内容上的接受,毋宁说是一种思想上的认同。换言之,构成白璧德"新人文主义"核心的克己与中庸等思想,对西方人士来说,尚有新颖之处,但对梅光迪等受过一些中国古典教育的人而言(梅光迪在十二岁时便中了秀才,比梅年轻的胡先骕也中过秀才),则应当非常熟稔,不至于会使他们崇拜得五体投地。侯健注意到,张歆海和楼光来(另一"学衡派"成员、白璧德的弟子)在谈到他们的思想渊源的时候,并没有多提白璧德的影响。侯的解释是,白璧德的思想与传统的中国思想有太多相似之处了。[②] 这一说法不无道理。自认愚笨的吴宓,在其自编年谱中也按道:"为学得先生(白璧德)之精神与人格,一学期亦已足矣。故宓在哈佛大学三载,未免失之过久。"吴宓认为,白璧德的思想见解,都已写入其书中。[③] 可见吴宓也觉得,白璧德的思想,其实没有太多变化,与白璧德研究者的结论相同。试想一下,如果吴宓都认为不必跟随白璧德从学太久,那么被吴宓赞为"年少美才、学富志洁",并能与白璧德讨论佛教的张歆海,自然不会多谈白璧德的影响了。[④]

那么,白璧德"新人文主义"为"学衡派"赞赏的地方在哪儿呢? 依笔者管见,那就是他们对他思想的认同。为了理解这一认同,我们必须简单回顾一下"新人文主义"出现的背景。在美国,"新人文主义"是对十九世纪末期以来社会达尔文主义、科学主义流行的一种反应;白璧德反对用进化论的观点讨论文化的优劣。[⑤] 众所周知,美国在一战以后,取代英、法而一跃成为世界一流强国,非常志得意满,认为新兴的美国文化已经可以取代近代欧洲、甚至古典希腊、罗马的文化成就,因此"新人文主义"很难获得社会的赞同。而二十世纪的中国,正处于风雨飘摇

①. 白璧德在"Buddha and the Occident"一文中,提到了张歆海,见 *Irving Babbitt:Representative Writings*,第 227—228 页。显然,张曾对佛教下过功夫研究,因此在 1965 年写了"Irving Babbitt and Oriental Thought",讨论白璧德佛教研究的得失。

② 见 Chien Hou, *Irving Babbitt in China*,第 9 页。

③ 见吴宓:《吴宓自编年谱》,吴学昭整理,北京:生活·读书·新知三联书店,1995 年,第 175 页。

④ 吴宓语见吴学昭:《吴宓与陈寅恪》,第 19 页。

⑤ 参见 Hoeveler,*The New Humanism*,第 28 页以降。

的境地,一败于欧洲强国,再败于邻国日本,于是变法、革命接踵而来。这些变革的理论前提正是由进化论所提供:新旧更替,势不可挡,否则,则有可能亡种亡国。

在那个时代通过各种方法出国的留学生,大都具有解救中国于危难的宏图大愿。但是,如何在几年的留学期间学得充分的知识以实现这一宏愿,则取决于个人的认识。据陈衡哲回忆,她留学时的同学,有两派不同的观点:一派主张科学救国,组成科学社,其领袖是以后成为她丈夫的任鸿隽;而另一派是胡适为首的白话文学派,提倡普及教育,民主建国。① 这两派虽然不同,但都以革新中国文化传统为目的,提倡向西方看齐。当然,科学研究和白话文学在中国的文化传统中也不是没有,但都不是中国以往文化的主流。换言之,当时文化革新的主要目的,是想以西方的文化为楷模,重新塑造中国文化,再造中国文明。胡适回国以后,继续这一运动,提出"整理国故、再造文明",力求重新解释中国历史和文化,就是一个例子。②

但是,若要以西方的科学文化来解构、再造中国的文化,首先必须在留学的短短几年学得其精髓,然后学以致用。这自然是所有留学生共同追求的目标,但是成就如何往往取决于出国前的准备。这一准备主要指的是对外语的掌握,但也包括其它方面,如是否能对科学研究(当时最热门的科目)真正产生兴趣,等等。拿胡适来说,他在出国前便在上海念书,对英语下过功夫,因此到美国后没有太大问题,但对科学研究则显得兴味索然,虽然进了全美一流的康乃尔大学农科,但不久就转学文科,最后以哲学为业。的确,要想真正从事科学研究,对当时的学生来说,并不容易,因为科学在传统文化中属末技之流,不登大雅之堂。清末所建的新学堂中开始教授科学方面的知识,但毕竟属于"新学问",当时许多在较偏僻的乡镇农村受教育的学生对此接触较少,因此准备、兴趣都不足。但胡适毕竟是个聪明人,他虽然转学文科,但却深深懂得科学知识之重要,因此在留美期间对有关科学的理论和方法用力很深,在熟读一般的进化论著作之外,还探讨科学方法的普遍性。因此他能为杜威的实验主义所吸引,成为其信徒,在中国的学术界掀起科学主义的运动。③

与胡适相比,他的安徽同乡梅光迪的求学经历,就没有那么顺遂。如前所述,梅十二岁便应童子试,于旧学有较厚的根底。但1905年科举考试被废,旧学顿时失去其功用。梅光迪顺应潮流,与胡适同年参加了庚款考试,但名落孙山。第二年再试才成,于1911年赴美留学。可见与胡适相比,梅虽然也在上海求过学,但对新学的准备略输一筹。在他留学期间,其父屡屡给他写信,期望甚殷,盼他学有所成。④ 这对出身"望族"、少年得志的梅光迪而言,自然是一种压力。但要想从旧知识中马上脱胎换骨,成为新学问的佼佼者,并不容易。如果说胡适这样的

① 见陈衡哲:《任叔永先生不朽》,张朋园等《任以都先生访问记录》,台北:"中央研究院"近代史研究所,1993年,附录三,第192页。有关那时的中国留美学生,可参见 Weili Ye, *Seeking Modernity in China's Name: Chinese Students in the United States, 1900—1927*, Stanford: Stanford University Press, 2001。

② 有关讨论可见 Q. Edward Wang, *Inventing China through History: The May Fourth Approach to Historiography*, Albany: State University of New York Press, 2001。

③ 有关胡适的科学信仰和科学主义,可见 D.W.Y. Kwok, *Scientism in Chinese Thought, 1900—1950*, New Haven: Yale University Press, 1965。

④ 见《梅先生尊翁教子书》,《梅光迪文录》附录,第4—13页。

聪明人都无法对科学研究产生浓厚的兴趣,何况对之接触更少的梅光迪了。实际上,梅光迪根本没想过要念理科。不但如此,他对胡适决定弃农学文,还积极表示赞成:"足下之材本非老农,实稼轩、同甫之流也。望足下就其性之所近而为之,淹贯中西文章,将来在吾国文学上开一新局面,则一代作者非足下而谁? ……足下之改科,乃吾国学术史上一大关键,不可不竭力赞成。"①梅光迪此处说胡适之转科会成为中国学术史上一大关键,虽然在当时是捧场的话,但却为他所说中也是趣事。但他"本非老农"之语,还是透露出他的传统文化观念。

梅光迪能保持住这种传统文化的观念,自然为他以后追随白璧德埋下了伏笔。但是,为什么他有这种心态,还是与他的性格与经历有关。他自视颇高,父亲期望亦大,因此极希望早有成就,但因为留美之前,英语准备不足,在留美的最初几年,学习上困难很大。这从他给胡适的信中可以看出:

迪来美时,西文程度极浅,此足下所深悉。清华校所遣之一班,程度多不高,迪遂侥幸与其列,此不足讳。然迪颇洋洋自得,睥睨一世。来此挟吾国古籍颇多,以傲留学界之放弃国文者。彼辈多窃笑吾为老学究。迪之西文程度又低,他人之来者多已有十余年之程度,而迪学西文之时间不及他人三分之一,因之彼辈轻吾西文,笑吾学究。而我方昂首自豪,以彼辈无古籍,吾学西文之时不及彼辈三分之一,而收效与彼辈等(因皆出洋)。吾之轻视彼辈更可知。又他人之新来美者,多喜步老学生后尘,效其风尚。迪不为此,宁固步自封。②

这封信对我们了解梅光迪当时之心态,十分重要。首先,他英文不好,虽然得以通过考试,但与同学相比,差了一截。但他自视过高,认为他们虽然英文好,也不过是同他一样,来了美国,没有什么了不起。而他旧学根底好,比他们要胜上一筹,因此故意在他们面前炫耀其学问,被人讥为"老学究"。其次,该信隐含地指出,所谓"彼辈",大都是学科学的,并且成为一"风尚"。而梅光迪不愿向他们看齐,宁愿"固步自封",也即坚持像旧式文人那样,以文为业。在同信中,他承认自己"受旧社会文士结习太深,一时甚难洗除",因此"Wis.大学两年,虽未与人为仇,然无一知己之可言。"③的确,梅光迪在转学西北大学、结识了刘伯明之后,其处境才有所改善。到了那时,他的英文想来也有了不少进步。梅光迪对刘的学问十分钦佩,而刘伯明对哈佛等美国东部学校的推崇,对他后来入哈佛研究生院,可能也有影响。④

梅光迪后来在英文上下了很多苦功,有了很大长进。⑤ 在他晚年,甚至自认他用英文写作,更能清楚地表达思想。可见他的英文造诣,已经今非昔比,不可同日而语了。的确,梅光迪

---

① 梅光迪1912年致胡适的信,见《胡适遗稿及秘藏书信》第33册,第334—335页。
② 同上,第417页。
③ 同上,第418页。Wis.是威斯康星大学的简称。
④ 见梅光迪:《九年之回忆》,《梅光迪文录》,第28—29页。
⑤ 梅光迪在留美期间给胡适的信中,对其英文学习有不少叙述,见《胡适遗稿及秘藏书信》第33册。

一生著述很少,但就思想论述方面,其英文论文更能反映他的观点。而在文采方面,也很出色,尤其他写的回忆白璧德的文章,谐趣生动,情文并茂,是一佳作。有趣的是,他听到别人赞扬他英语比中文好时,在日记中写道:"此言极是。盖两种文字不同,英文比较自由也。"① 可见,他在晚年似乎也承认,如果用文言写作,并无法自由表达思想。

不过,这只是后话。在他留学的当年,情景则有很大的不同:他一方面为如何提高英语能力而苦恼;另一方面又沉浸于旧学给他带来的往日的成功,希望能发挥其所长。因此在得知有白璧德这样一位洋人,对中国学问如此欣赏,真如海外逢圣贤,便自然地会欣喜若狂了。② 这种情形,与胡适之转科,有某种类似之处。留学生活只有几年,如何加以充分利用,是摆在所有留学生面前的问题。而要想快速出成就,就必须在吸收新知的同时,又能充分利用原有的基础。在那时的留学生中,有不少人都有转科的经验,但在成功的人中间有不少是以结合原有的兴趣而达到目的的。傅斯年的例子就很突出。傅在留学欧洲的时候,一心追求科学知识,放弃原来文史方面的兴趣,但在最后几年,受到同学顾颉刚"古史辨"成名的刺激,转而回到文史,用科学方法治史,在回国后卓然成家。③

就"学衡派"的情况来看,梅光迪、吴宓等之追随白璧德,对传统学问没有排斥,而是希求其与西方学问的结合,虽然最终没有成功,但至少为五四新文化运动建立了一个对立面,提供了另一种选择(alternative)。就其社会影响来看,也比纯粹的科学研究要大一些。另外,以他们的资质和旧学的根底,选择文科,个人的成就也高,因此应该说他们在留学期间所做的选择也没有错。事实上,当时许多得到西方自然科学学位的学者,他们在历史上的影响,还主要是得益于他们的人文关怀和社会影响,如丁文江之参与科学与人生观和抗战时民主与独裁之讨论,就比他科学研究所造成的影响要大得多。④ 胡适康乃尔大学的同学,当时留学生中科学派的主要人物任鸿隽,在回国以后的影响,也不及胡适,尽管任曾参加过辛亥革命,在政界有不少关系。科学家不甘寂寞,参与人文讨论的,不止限于胡适的朋友,也有"学衡派"的胡先骕。胡在植物学方面的成就,自然很大,但就社会影响来看,他当时在《学衡》等杂志上发表的评论胡适的新诗和批判新文化运动的文章,则反响似乎更大。甚至,在介绍"新人文主义"到中国这一点上,白璧德的中国大弟子梅光迪也无法与胡先骕抢首功,因为"白璧德"和"人文主义"等词,都是胡先骕译介给中国读者的。⑤ 梅光迪在这以前,曾试用"人学主义",但只是在个人通信中使用。在他回国以后,也没有再坚持这一译法。⑥ 因此在民国的学术界,胡先骕主要是以"学衡

---

① 梅光迪:《日记选录》,《梅光迪文录》,第 65 页。
② 梅光迪在回忆白璧德的文章中,的确用了"圣贤"(sage)这样的字眼。见 *Irving Babbitt*:*Man and Teacher*,第 112 页。
③ 参见 Wang Fan-sen, *Fu Ssu-nien*:*A Life in Chinese History and Politics*,Cambridge:Cambridge University Press,2000。
④ 参见 Charlotte Furth, *Ting Wen-chiang*:*Science and Chinese New Culture*,Cambridge MA:Harvard University Press,1970。
⑤ 见胡先骕:《评〈尝试集〉续》,《学衡》1922 年第 2 期,收入《国故新知论》,第 312—328 页。另见《吴宓自编年谱》,第 177 页。
⑥ 梅光迪留学期间给胡适的信,见《胡适遗稿及秘藏书信》第 33 册,第 464—470 页。

派"的干将而出名的。[1]

可是,我们做这样的观察只是一种"后见之明",在当时,科学主义盛行,留学生中间热衷科学研究的,还是绝对多数。因此白璧德在给中国留学生讲话时,感叹道:为什么中国人在美国研究人文学科的,只有五、六人而已。[2] 因此,胡适、梅光迪等人之选择文科,在当时实在是一偶然现象。为了解释这种偶然,我们就必须特别注意他们个人的背景、兴趣与他们去美留学以后的经历。其实,留学生的这种"重理轻文"的现象,反映的是二十世纪中国教育与学术研究的主导倾向。而留学生的选择,对中国现代历史的发展,也有深刻的影响。汪一驹甚至提出,当时中国社会的这批精英都从事科学研究,因此影响了民国时期民主自由的建立和发展。[3]

虽然梅光迪所选择的研究方向,与当时他的大部分同学不同,因此显得十分孤立,但对他个人来说,转学哈佛使他改变了不少处境,因为他找到了一位同情中国文化、愿意与他切磋中国学问的美国老师。这与他以前被同学讥为"老学究",无异是天壤之别。因此他对白璧德如此崇敬,至死不渝。梅光迪晚年在日记中写道,他读到《Irving Babbitt: Man and Teacher》一书(梅光迪本人曾参与写作),"追忆先师,更觉其为近代之大哲也"。他对白璧德的崇敬还推及于其他"新人文主义者"和白璧德所推崇的人物。在他重温穆尔的《Shelburne Essays》时,他"叹作者学识之精"。过几日,他又读 Macaulay 的《Life of Johnson》,写道:"予于英美文人最尊约翰生老博士,每一及之,精神倍增,随在病中亦然。其次为 Lamb,Carlyle,Emerson,Arnold,Stevenson 诸先生。"[4]这些人都是白璧德所崇仰之人。由此可见,对梅光迪来说,白璧德可以说是他人生的导师。

事实上,在梅光迪留学当年,白璧德之出现,可以说是学术上的"救命恩人"。以他当时的英文水准,要想如张歆海那样攻读英国文学,自然不可能。张自清华毕业来美以后,在约翰·霍普金斯大学获学士学位,然后再到哈佛读硕士和博士,其英文程度比梅要高不少。而梅又从没考虑过学习自然科学,只是想"固步自封",依靠他以前的那旧学底子,因此可以说是与当时留学生的主流格格不入。而一旦转学哈佛,他这位"老学究"便焕发了青春,因为他对中国文化传统的兴趣得到了美国老师的首肯。这一肯定,不但为他以后的安身立命提供了根据,更解了他的"近渴",即他在美国学习上所遇到的困难。虽然他还必须提高英语,但至少在白璧德的课上,他找到了愿意听他讲述中国学问的洋人。这对他自信心的提高,无疑是极大的帮助。因此白璧德对他,有一种知遇之恩。梅光迪晚年,曾经订了一写作计划,其首要的部分是要用英文把中国自韩愈、欧阳修以来的儒家传统介绍给西方学术界。这很显然是白璧德对他的期望,也

① 沈卫威因此在《回眸学衡派》中,还为胡专列一章,第 167—246 页。
② 见胡先骕译:《白璧德中西人文教育说》,《国故新知论》,第 48 页。
③ 见 Y.C. Wang, *Chinese Intellectuals and the West*, 1872—1949, Chapel Hill: University of North Carolina Press, 1966.
④ 见梅光迪:《日记选录》,《梅光迪文录》,第 62 页、第 70—71 页。

是他一生追求的目标。①

从梅光迪接触白璧德"新人文主义"开始,他就用儒家学说来加以诠释。这对他来说,堪称驾轻就熟。他写道:

> 故言"人学主义"者,主张改良社会,在从个人做起,使社会上多有善良个人,其社会自善良矣。孔子之言曰君子修其身,而后能齐其家,齐其家而后能治其国……欲改良社会,非由个人修其身,其道安由……
>
> 吾国之文化乃"人学主义的"(humanistic),故重养成个人。吾国文化之目的,在养成君子(即西方之 Gentleman and scholar or humanist 也)。养成君子之法,在克去人性中固有之私欲,而以教育学力发达其德慧智术。君子者,难为者也。故无论何时,社会中只有少数君子,其多数乃流俗(The profane vulgar)而已。弟窃谓吾国今后文化之目的尚须在养成君子。君子愈多则社会愈良。故吾国之文化尚须为孔教之文化可断言也。②

这里,他所阐述的人文主义与儒家融为了一体。由此出发,他得出了中国文化须为儒家文化的"断言"。而这样的人文主义,则很明显地具有文化保守主义和精英主义的色彩。梅光迪对此毫不讳言,而且理直气壮,因为他不但有白璧德这样一位美国教授作为后盾,他还帮助白璧德把儒家学说融汇到"新人文主义"中去。他们师徒两人,可以说是一拍即合。如前所述,白璧德在认识梅光迪以后,其论著中增加了不少儒家和东方文化的东西。白璧德本人也十分欣赏东方学生对他的主张之接受能力。有次他问一位中国学生:"为什么你比课上其他人更容易懂得我所讲的东西?"那位中国学生回答道:"这是因为中国在两千年以前就经历过〔您所谈的事了〕。"③当然,这是个俏皮的回答。但它所反映的,却是一种司空见惯、重古非今的文化保守主义。

如果说梅光迪从白璧德那里找到了他治学的归宿,那么吴宓则是由于对文学的兴趣,才与梅光迪等人走到一起的。吴宓对文学之兴趣,显然也与他早年的生长环境有关:吴宓的生长地陕西,与沿海城市相比,对新知识的接受程度,自然比较慢一些。因此,当他的同代人热衷科学时,吴宓虽有所动,也考虑过化学,但终因与文学结缘太久,而没有改变兴趣。④清华毕业留美的吴宓,在英文的准备上自然比梅光迪要好,因此第一年在弗吉尼亚大学求学时,成绩不错,只有法文没能及格。但弗吉尼亚大学地处南部,中国学生较少,吴宓不免形单影只。暑假期间到

---

① 见梅光迪:《日记选录》,《梅光迪文录》,第 59 页。他也提到要用中文介绍西方近代的思想,不过顺序在后。从梅光迪发表的中英文章来看,他只有《现今西洋人文主义》和《安诺德之文化论》,其余都以讨论中国文化为主。见《梅光迪文录》。

② 见《胡适遗稿及秘藏书信》第 33 册,第 466 页。

③ 见 Frederick Manchester 的回忆,收入 *Irving Babbitt : Man and Teacher*,第 130—131 页。这位中国学生不可考,自然可能是梅光迪,但也有可能是胡先骕,因为白璧德讨论的是浪漫主义,而胡先骕在《评〈尝试集〉续》中曾试图做中西浪漫主义的比较,见《国故新知论》,第 312—328 页。

④ 见《吴宓日记》第一册,北京:生活・读书・新知三联书店,1998 年,第 508—511 页。

东北部大城市走动,见到了中国学生较多的学校,因此有转学之念,此亦在情理之中。吴宓在事后有些反悔之意,因为在波士顿求学,中国学生众多,"无异在中国",对精研西方学问并无助益。但在当时,他"身在异乡为异客",又为房东所欺负、同学所歧视,转学哈佛是改变处境的最好办法。[①]

更为重要的是,他在哈佛遇到了梅光迪。后者对新文化运动义愤填膺,对吴宓晓之以理、动之以情,情绪激昂时,还声泪俱下。吴宓为之感动,答应"勉力追随,愿效驰驱"。那时的吴宓,一年前刚到美国,对美国文学界、学术界的状况,并没有什么了解。而梅光迪这位学长能对他如此器重,负以重任,因此自然有受宠若惊之感。而且,吴宓的知识面,并不丰富,只有对写诗填词兴趣颇浓,其它方面,则欠缺学识。他第一次面见梅光迪,就"首惊其藏书之丰富"[②]。难怪他在以后见到陈寅恪时,会惊叹陈为他们同代人中"中西学问之第一人"了[③]。吴宓在哈佛的几年,主要研读白璧德和穆尔的著作,因此也没有使他对美国文学界的其它思潮,有许多认知。以致他在回国以后,感到自己对美国当代文学的知识,不能与他的同事叶公超等人相比,不免羞愧难当。[④] 但吴宓的这种知识结构上的偏向,使他视《学衡》杂志为其生命,因此能全身心投入、孜孜不倦,成为"学衡派"的中坚人物。

由上可见,梅光迪和吴宓追随白璧德的原因,与他们的学识背景、留学准备和在美处境等这些因素,都有重要的关系。由于资料与时间所限,我们未能对白璧德的其他中国弟子的求学经历加以分析。自然,白璧德对他们以后的治学也有明显的影响。如汤用彤之研究佛教,就会使人联想到白璧德对佛教的兴趣。而张歆海以安诺德为题做其博士论文,更是由于白璧德对安诺德的推崇。即使是当时被认为学贯中西的陈寅恪,我们在考虑他的治学途径时,也不能忽视白璧德的影响。陈寅恪刚到哈佛时,声称"我今学习世界史",买了不少有关书籍。但后来与吴宓一起去拜见白璧德,与白谈论佛教,以后又跟随白璧德的老师、哈佛的梵文教授蓝曼学习梵文,然后再度赴欧研读包括巴利文等在内的中亚文字,这些都显然与白璧德的影响有关。[⑤]事实上,陈寅恪在遇到白璧德以前,只学了一些欧洲语言。他在遇到白璧德以后开始学习梵文和巴利文,显然是他以后致力于佛教经典的翻译乃至唐代历史研究的一个重要起点。白璧德与陈寅恪之间的联系,在现今研究陈寅恪的论著中,尚未加以讨论。

但是,就对"新人文主义"的执着和认真而言,则无疑以梅光迪和吴宓为著,其他人在回国以后,都与胡适派有所接近。其他"学衡派"的人物,如柳诒徵、缪凤林等,与白璧德之间只有间接的关系。因此,我们要了解"新人文主义"在中国的传播,必须以梅光迪和吴宓为中心。而他们两人在留学美国期间的经历,也就值得我们讨论了。应该提一下的是,在我们上面的讨论中,对胡适与梅光迪之间就新诗创作问题的争论,以致友情决裂、反目为仇,没有谈论,主要是

---

① 参见《吴宓自编年谱》,第162—175页。
② 两处引文均见同上,第177页。
③ 吴宓:《吴雨僧诗文集》,台北:地平线出版社,1971年,第438页。
④ 见沈卫威:《回眸学衡派》,第274页。
⑤ 参见《吴宓自编年谱》第191页和《吴宓日记》第二册。

因为这一段纠葛,已为人所熟知。如果说梅光迪对胡适新诗创作的反对,促使胡适决心发起"文学革命",那么胡适之"文学革命",也促使梅光迪坚定了自己对"新人文主义"的信仰,以致在美国"招兵买马",为在中国提倡"新人文主义"做准备。① 因此,一件在当时看起来十分偶然的、朋友之间的纠纷,却在以后具有了历史的意义。这就证明我们在研究"学衡派"与"新人文主义"的联系时,不但需要讨论它们之间思想观念上的相同,而且还需要注意促成两者之间相互联系、相互影响的偶然事件。

实际上,从梅光迪和吴宓回国以后的行为来看,也可以窥测到他们与白璧德早年行为的相似之处。"新人文主义"提倡中庸,不走极端,因此对当时中美两国学术界一味崇尚科学的态度表示不满,提请人们注意。但在具体做法上,他们则显得十分偏执,攻击性很强,而不是只从正面阐述"新人文主义"的道理。白璧德在其第一本著作《文学与美国大学》中,就对当时美国的教育制度和哈佛校长艾理特的"选科制",毫不留情地提出批评和指责。同样,从《学衡》发表的文章来看,他们也是以攻击胡适、陈独秀领导的新文化运动开始。如梅光迪在《学衡》上发表的最初三篇文章,《评提倡新文化者》、《评今人提倡学术之方法》和《论今日吾国学术界之需要》,均以批判新文化运动为宗旨。他在其中的用词,十分激烈、尖刻。梅把新文化者称为"诡辩家"、"模仿家"、"功名之士"和"政客",都是例子。② 与此相对照,他们把正面介绍"新人文主义"等学术工作,则放在其后。梅光迪的这一作法,实际上与《学衡》的宗旨的大部相悖。该杂志的宗旨是:"论究学术,阐求真理,昌明国粹,融化新知。以中正之眼光,行批评之职事。无偏无党,不激不随。"③梅光迪虽然在"批评",但显然并没有做到"无偏无党,不激不随"。就此而言,梅光迪的确是白璧德忠实的弟子,行为处世都有乃师的风格。

四、简短的结语

如果我们以后来者的眼光观察,白璧德、梅光迪等人在做法上的偏激和言词的激烈,实在是事出有因,与那时的学术风气有很大的关系。平心而论,虽然他们行为偏激,但在学术观点上,则比他们的对手要中和得多。但问题的关键在于,恰恰是后者才是决定他们事业成败的关键。换言之,一家学说的流行与否,往往取决于其革新的一面,而不在其守成的一面。学术史、乃至历史的发展,往往是新中求新、变中求变,直到造成断裂的局面,才能让人冷静下来,回顾以往,矫正偏颇。

余英时在探讨胡适的学术地位时,曾借助托马斯·库恩科学革命的理论来解释。他说:"从思想史的观点看,胡适的贡献在于建立孔恩(库恩)(Thomas S. Kuhn)所说的新'典范'(paradigm)。"④的确,一旦新的范式或"典范"建立之后,再想新旧调和,像"学衡派"主张的那

① 上述吴宓之投师白璧德,就是一例。见《吴宓自编年谱》,第 177 页。
② 梅光迪:《评提倡新文化者》,《国故新知论》,第 71—77 页。
③ 载《学衡》每期,可见《国故新知论》,第 494—495 页。
④ 余英时:《中国近代思想史上的胡适》,《中国思想传统的现代诠释》,台北:联经出版事业公司,1987 年,第 528 页。

样"昌明国粹、融化新知",就显得落伍,也缺少吸引力了。当然,胡适也不是没有作新旧之间的调和,他用科学方法"整理国故",希求"再造文明",就是一个表现。事实上,他从留学时代开始,就在接受新知识的同时,保持了对旧学的兴趣。但关键在于,胡适虽然也研究国故,但却是从一个新的、科学的角度来加以检视、整理和再造。换言之,他虽然在留学的时候,放弃了农学,转到了哲学,但他却像他的朋友任鸿隽等人一样,认识到科学主义代表了当时社会、文化的主流,只有信仰科学主义,才能成为学界的领袖。

所谓科学主义,就是实证主义的一个表现,即主张科学、理性的方法,可以运用到各个方面,是放诸四海而皆准的研究手段。① 这是近代以来西方思想界的主流倾向。在人文学科的研究中,虽然人们认识到无法做到像科学实验那样重复检验,但却可以像科学家一样,推崇事实的准确和研究目的的客观。在这一倾向的影响之下,教育的目的就变化了,从原来的培养人格、道德训诲到训练专业研究人才,强调摒弃研究者的主观色彩,推崇为科学而科学、为知识而知识的精神。于是,通过"训诂"的手段而考证文本、语法,以求事实的准确,就成了人文研究的新范式。胡适的聪明在于,他在美国几年,不但认识到这一学术研究的新潮,而且还看到这一新手段其实与中国文化传统中的格致学和考据学有不少相通之处。因此他在回国以后,一方面延请他的老师杜威来华讲学,推广人文研究中的科学主义;另一方面,他又在中国的传统中发掘科学的因素,以求证明这一科学主义本来就存在于各个文化传统中,因此拿来接受便顺理成章。② 以胡适在回国之后的一系列作为来看,他的确为在中国建立这一新的学术范式,立下了汗马功劳。而他之所以能建立如此"殊勋",是因为在他以前,没有人对西方学术界的科学主义,有他那样精深的了解。同时,他对传统学问,借助于幼时的教育,也有不错的知识,因此能在文史哲各个方面都有涉猎。其实,胡适能有如此多方面的建树,与其说他本人的出色,不如说是他所用方法的"万能",因为一旦以考订事实为学术研究的宗旨,那么所有的研究,不管是哲学或文学,都以考订版本、鉴定真伪、确定作者为重点,因此学科之间的差异,实在是无关紧要了。

胡适所追求的这种人文学科的科学研究,正是白璧德和他的弟子们所最不齿和痛恨的。他们与胡适以及他的老师杜威之间的根本差别,也许可以用中文里的"学习"和"研究"来加以区分。在白璧德等人看来,对以往的文化,需要学习,也即要学会欣赏作品,了解其内容,模仿其风格,以求嘉惠品格、陶冶性情。而科学主义的目的,则是把以往的文化作为科学研究的对象,研究者必须不带主观好恶,对之做客观的研究,以求获得真确的知识。

这种对以往的文化所采取态度的不同,也体现了一种从精英主义到平民主义的转变。这显然也是胡适与"学衡派"之间另一个主要的不同。如果用学习的态度面对以往的文化建树,就要像白璧德所主张的那样,既对之"同情"又加以"选择"。"同情"代表的是对文化传统的尊重,而"选择"则表明要选其精华,使其流传万世。但如果文化传统成为研究的对象,就没有什

---

① 参见 D. W. Y. Kwok, *Scientism in Chinese Thought*。

② 有关讨论可参见 Q. Edward Wang, *Inventing China through History*。

么高下之分。胡适本人,不但研究先秦诸子,也研究《红楼梦》和《水浒传》等俗世小说。在他看来,考订老子与孔子的生卒先后,与考证《红楼梦》和《水浒传》的作者生平,实在没有什么太大的差别。与此相比,吴宓虽然也研究《红楼梦》,但他所采取的态度则十分不同。吴宓在研究中所希望揭示的是文明的体现和汉语之优美,以及作者的三个世界(经验的观察、哲理的了解和艺术的创造)。① 换言之,吴宓虽然也欣赏《红楼梦》这部俗世小说,但他想发现的是其中能体现中国文化的精华部分。与之相比,胡适则似乎对曹雪芹的没落身世和贫民生活,更感兴趣。如果我们联系到胡适对白话文学的倡导和"学衡派"对文言文的坚持,以及胡适与"学衡派"在对待传统文化上的不同看法,则更能看出两者之间对于文化态度之间的差别了。总之,我们在胡适身上,看到的是五四时期追求"赛先生"(科学主义)和"德先生"(平民主义)在学术界的延伸和反映,而"学衡派"所代表的则正好是其反面。

从大处着眼,胡适在民国初年所提倡的科学主义与平民主义,也是世界范围的"现代性"的主要特征。这一"现代性"的建立,始自文艺复兴时代,在十七世纪受到科学革命的激励,在十八世纪又由于启蒙运动而逐渐普及于社会。与此同时的工业革命的成功,使得人们更加相信,现代胜过了古代,而现代的高明,正是由于科学技术的发达及其所带来的人类生活各个方面的革新与革命。以科技为先导的工业革命不但改变了社会生活、人际关系,也改变了政治生活、国际关系。挟工业革命之成果的西方强国,以其船坚炮利,征服了世界上许多地区的文明,使资本主义、帝国主义波及全球。但这种新中求新、强中求强的竞争结果,也导致了二十世纪初的第一次世界大战,于是怀疑、批判"现代性"的声音,开始在西方为人所注意。而到了第二次世界大战之后,这一批判之声,则渐渐扩大,与当时非西方地区的现代化运动,恰成反比和对照。在最近二十年,人们开始有意识地将这一批判"现代性"的声音,笼统地称之为"后现代主义"。这一"后现代主义",又与非西方地区的"后殖民主义"一起,对始自西方的现代化运动,从政治、军事、文化和学术等各个方面,就全球范围加以反思和批判。以此为宗旨的"后现代主义"和"后殖民主义",并不希求建立一个新的范式。但它们的批判本身,已经为我们对以前视为理所当然的问题,提供了一个新的思考角度。中文学术界近年对"学衡派"的重视以及对其所做的重估,其形成原因独特复杂,自然不能归入"后现代主义"一类,但至少代表了中文学界对现代学术、乃至"现代性"的一种再思考。笔者希望本文的写作,能为这一思考,提供一些微小的帮助。

---

① 　参见沈卫威:《回眸学衡派》,第 314—315 页。

柳诒徵与日本

野田善弘

王瀚浩 译 *

一、前言

柳诒徵（1880—1956），二十世纪二十年代中国东南地区唯一一所国立大学东南大学的历史系教授，他的学问对近代中国思想界产生了巨大的影响。著名历史学家钱穆（1895—1990）曾这样评论柳诒徵：

> 时则有南京东南大学诸教授（与以北京大学为大本营的《新青年》派——笔者补）持相反议论，刊行《学衡》杂志，起与抗衡。其中执笔之士，尤为一时注目者，则为丹徒柳诒徵翼谋。因学衡社同人，亦多游美留学生归国，惟柳氏独以耆儒宿学厕其间，故益以倾动视听也。[1]

《学衡》杂志的主编吴宓（1894—1978）也认为"南京高师校之成绩、学风、声誉，全由柳先生一人多年培植之功"[2]。无疑，柳诒徵在东南大学及"学衡派"中处于中心的地位。当时，在欧美留学派有着很大势力的思想界，一位致力于中国传统学术的"耆儒宿学"得到广泛关注，赢得吴宓这样留美归国、意气风发的学者的尊崇，这的确是一个耐人寻味的事实。

但是，钱穆所谓的"耆儒宿学"为我们展示的柳诒徵，是一位没有海外留学经历的人物。然而，吴宓在《自编年谱》中却这样介绍柳诒徵：

> 柳诒徵，字翼谋，江苏省丹徒县人（1881—1956），缪荃孙（字筱珊，号艺风老人）之门人。著有《中国文化史》（钟山书局出版）及《东洋史讲义》、《国史三论》等。曾游学日本，能博读日本学者之书。[3]

据此，柳有着"游学日本"的经历。然而，此处的"游学日本"并非作为留学生长期滞留日本的意思。而是指柳参加了一个考察团，在日本短期停留了二月有余。这个考察团是以缪荃孙

---

* 野田善弘，日本新居浜工业高等专门学校讲师。王瀚浩，南京大学历史学院硕士研究生。
① 钱穆：《柳诒徵》（1983年），《钱宾四先生全集》卷23，台北：联经出版事业公司，1998年。
② 吴学昭：《吴宓自编年谱》，北京：生活·读书·新知三联书店，1995年，第228页。
③ 吴学昭：《吴宓自编年谱》，第228页。

(1844—1919)为团长,为了考察日本学校教育而组织的。即便如此,我仍认为这次的考察旅行对于柳诒徵而言具有很大的意义,这将在后文详述。此外,关于"博读日本学者之书",也将在后文详述。展读柳的代表作《中国文化史》,其中举了很多日本学者的著作。从中,可以推测柳的史学观点,是在受到日本学者著作的巨大刺激之后才形成的。因此,本文尝试追寻柳诒徵与日本的关系,就其学问的形成过程进行若干考察。首先,为了探究柳与日本的相遇,先来看看其与老师缪荃孙之间的关系。

二、缪荃孙与柳诒徵

如吴宓所言,缪荃孙是相当于柳诒徵老师之人。引导柳诒徵与日本相遇的人也是缪。有几本关于缪的年谱与传记,但其中对其生平介绍最为简洁的,是柳诒徵所撰写的《缪荃孙传》(《江阴县续志·儒林传》[①])。现择其中重要部分,展示如下:

> 缪荃孙,字炎之,号攸珊、艺风。翁同龢、潘祖荫、张之洞、李文田,荃孙从之游,专攻考证、碑板、目录之学。南菁、钟山、龙城各讲席士尊之。庚子后,竞兴学堂。张之洞督,奏改钟山书院为江南高等学堂。荃孙手订规章甚备。倡立江南图书馆、京师图书馆。辛亥国变,赵尔巽延为清史馆总裁。

这份《缪荃孙传》中完全没有提及缪与日本的关系。但是,展读义和团之乱以后的缪荃孙日记(《艺风老人日记》),实际上有许多日本人的名字出现。而柳诒徵师事缪的时期正与此段时间重合。

关于柳诒徵与缪荃孙的相识,在柳自己写的《自传与回忆》(1951)中如此回忆:

> 1900 年变法兴学,南京开编译书局。诒徵以陈善余先生的介绍,至局中编教科书,月薪四十元。1902 年随江阴缪艺风先生至日本,考察教育数月。归国后仍在书局编书,次第与友人创办南京思益小学,江南中等商业学堂,及镇江大港小学。办商业学堂时,月薪八十两,遂辞编译局事。后又兼江南高等学堂,两江优级师范教习,月薪一百二十两。在书局及各校所编之书有《历代史略》《中国教育史》《中国商业史》《商业道德》《伦理口义》等。[②]

在此所列举柳的经历,"编译局"、"日本考察教育"、"学堂教习(南京思益小学、江南高等学堂、两江优级师范)"等,全都与缪荃孙有着很深的关系。从 1901 年"编译局"成立至 1911 年两

① 陈思修、缪荃孙辑:《江阴县续志》,民国十年刻本。
② 柳诒徵:《自传与回忆》,柳曾符、柳佳编:《劬堂学记》,上海:上海书店出版社,2002 年,第 8、9 页。

江师范学堂因辛亥革命被封锁这十年时间,缪荃孙与柳诒徵之间的交流最为密切。此间常与日本有着很深的联系。现在顺着柳诒徵的经历,详细论述柳与日本之间的关系。

三、编译局

《艺风老人年谱》中,光绪二十七年(1901),一条中有"十一月,再到湖北,领江楚编译书局总纂"①的记载。湖北有湖广总督张之洞(1837—1909),缪来到张的身边,受命于他。这是1901年的事情。

关于江楚编译局到底是何机构,杨洪昇有如下说明:

> 江楚编译局是一个以"中学为体,西学为用"为指导思想的为教育服务的编译机构,创建初衷是为江鄂两省新创建的学堂提供教材。从光绪二十七年(1901)九月创建,到宣统二年(1910)四月改为江苏通志局,它存在了八年又八个月。这期间,缪荃孙延请了一批绩学之士任分纂和分校,如江宁陈作霖、句容陈汝恭、常熟宗嘉禄、丹徒柳诒徵、长洲朱孔彰、吴县曹元忠、南通范当世、兴化李详、江宁徐啸崖、福州陈季同等。他们编译、出版各类教科书约有七十余种,其中比较著名的有《清朝事略》《历代事史略》等,还出版了《说文通训定声》《江宁金石记录》《续碑传集》等书,为当时的高等、中、小学教育做出了很大的贡献。②

江楚编译局原本设于南京钟山书院,翌年(1902),钟山书院改组为江南高等学堂,迁到了中正街(现在的白下路)祁门试馆。③ 柳于此全心编纂教科书。

再补充一下柳诒徵进入编译局的情况。按柳自己的说法,进入编译局的契机是"陈善余先生的介绍"。

> 陈庆年(1862—1929),字善余,江苏丹徒人。1862年(清同治元年)生。江阴南菁书院肄业。入张之洞幕府,任江楚译书局总纂。与缪荃孙共同创立江南图书馆。④

陈庆年与柳同为丹徒人。实际上,陈庆年是柳诒徵之父柳泉的学生,也因这个缘故而关照柳。柳在《我的自述》中如下说明:

---

① 缪荃孙编:《艺风老人年谱》,民国二十五年刻本,张爱芳、贾贵荣选编:《清代民国藏书家年谱》,北京:北京图书馆出版社,2004年,光绪二十七年一条。
② 杨洪昇:《缪荃孙研究》,上海:上海古籍出版社,2008年,第19页。
③ 柳诒徵:《记早年事》,《劬堂学记》,第39页。
④ 徐友春主编:《民国人物大辞典》,石家庄:河北人民出版社,2007年,第1487页。

我父亲的学生陈善余(庆年)听见我很好学,时常找我去谈论。我就从他得到许多讲学问的门径。陈氏的朋友赵申甫先生(勋禾)也赏识我,常和我谈镇江的掌故,以及清朝许多学者的故事。我在廿岁前后,最得此二先生之力。到了廿三岁,陈善余介绍我到南京编译局,受业于江阴缪艺风先生门下,我就由此常在外乡,在镇江的时候很少。几十年间见到清季及民国许多说学名人。自己虽然根柢浅薄,也随时跟着若干人前进。陈善余最深于史学,劝我不要专攻词章,因此我也就不大很做诗和骈文。陈的志愿是讲学不做官,我也就只愿讲学不做官。①

据此,就能明了与同乡前辈陈庆年的关系在柳思想形成的过程中所具有的重大意味。由词章之学向史学的转变,一心于学,这都是在陈庆年的熏陶之下而来的。关于此点,有必要详细考察,我将在别稿论述,现在先将话题回到柳诒徵与缪荃孙之间的问题。

缪的《艺风老人日记》中,柳诒徵之名初次登场是在光绪辛丑(1901)七月十五日。其中,有"接陈善余信,寄柳诒徵文字"②之句。这是缪与柳的首次接触。同月二十日有"读镇江柳诒徵文"③。

柳诒徵与缪荃孙的直接会面,在《艺风老人日记》中并未清楚记录,参照柳自己回忆青年时代的《记早年事》,在缪七月二十一日、二十二日访问镇江中的某一天,两人初次会面了。在这两日的《艺风老人日记》中,记录着缪与陈善余、茅子贞(1848—1917)一起在迎春馆聚餐。④ 柳在《记早年事》中记着被邀请到城外天主街迎春园,席间被陈、茅二人介绍给缪荃孙之事。⑤

缪将柳的文章赞赏为"古之刘孝标,今之彭甘亭"⑥,任命其为江楚编译局的分纂,这一消息由其父柳泉的同窗茅子贞来信告知⑦,如此柳赶赴南京。同年九月八日,编译局开馆。⑧

柳诒徵在江楚编译局进行的教科书编纂等工作,有澄衷学堂《字课图说》的修改,历史教科书《历代史略》的编纂,《国朝大事表》的编纂,《朝鲜近世史》等书籍的校订。⑨ 其中最值得关注的还是《历代史略》。

《历代史略》由《支那通史》修改、增补而来。其作者为日本明治时期拥有"东洋史的创设者"之称的那珂通世(1851—1929)。那珂的《支那通史》止于宋代,柳诒徵将之补充元明两代,改名为《历代史略》,由江楚编译局于1902年刊行。

---

① 柳诒徵:《我的自述》,《劬堂学记》,第12页。关于赵申甫未详。
② 缪荃孙:《艺风老人日记》,北京:北京大学出版社,1986年,第1379页。关于《艺风老人日记》的内容,年月日采用的是阴历,下同。
③ 《艺风老人日记》,第1381页。
④ 《艺风老人日记》,第1381页。茅子贞乃茅谦,子贞为其字。重视新学,在镇江兴办城南学校,在南京兴办养正、达才两所学堂。辛亥革命后历任广东图书馆馆长、清史馆协修。
⑤ 《记早年事》,第37页。
⑥ 彭甘亭,即彭兆荪。清,太仓人。甘亭乃其字。(《续碑传集》卷七六)
⑦ 《记早年事》,第38页。
⑧ 《艺风老人日记》,第1397页。
⑨ 《记早年事》,第39页。

那珂通世的《支那通史》在明治二十一年(1888)起至翌年出版,据区志坚所言,那珂的《支那通史》1899 年传入中国。与桑原骘藏(1871—1931)的《中等东洋史》共同被认定为"京师大学学堂暂定应用书目",被用于中小学堂等的教科书。柳诒徵的《历代史略》也作为中国通史教科书被广泛应用,在南京思益小学、两江师范学堂使用为教科书。①

前载区志坚的论文,将那珂的《支那通史》与柳的《历代史略》相比较,仔细揭示出其中"删改"与"补订"的痕迹,论述《历代史略》的特色。笔者也对此有着强烈的兴趣,但在本文中并不涉及,我们接着论述柳诒徵的"日本教育考察"。

四、日本教育考察

展读缪荃孙的《艺风老人日记》,光绪二十八年(1902)的农历八月以后,日本人的名字开始频繁出现。柳诒徵一边进行着江楚编译局的教科书编纂工作,另一边一定也关注着缪荃孙与日本知名人士的交流。其中值得关注的是,缪接受嘉纳治五郎②(1860—1938)的拜访一事。此人对接纳清国留学生等日清两国的交流与教育改革有着很大的贡献。

嘉纳治五郎在 1902 年阳历 7 月 22 日从神户出发,之后于 10 月 17 日归国。期间大约三个月的时间,他以考察清国教育为目的在中国各地游历。根据嘉纳《清国巡游所感(一)》的记载,"如此,在北清游历了北京和天津,在扬子江附近,足迹遍布从上海至湖北、湖南、安徽、江苏、浙江诸省",其中并未明确记载顺路经过南京。不过,《艺风老人日记》中记下了嘉纳与缪见面一事,由此可以确定嘉纳确实访问了南京。③ 然而,《艺风老人日记》中仅仅简单记下了接受拜访一事,关于见面时具体进行了怎样的谈话却完全不清楚。

嘉纳开始对缪的拜访是光绪二十八年八月十九日(1902 年 9 月 16 日)。在《艺风老人日记》中有这样的记载,"十九日丙子……日本嘉纳君、御幡君、天野君来谈学务"④。

嘉纳一行在之后的二十日、二十一日、二十二日的《艺风老人日记》中也出现了。在二十二

---

① 区志坚:《历史教科书与民族国家形成的营造:柳诒徵〈历代史略〉去取那珂通世〈支那通史〉的内容》,冬青书屋同学会编:《庆祝卞孝萱先生八十华诞文史论集》,南京:江苏古籍出版社,2003 年。关于在南京思益小学被使用的情况,参照茅以升《忆柳翼谋师》(见《劬堂学记》)。

② 关于嘉纳治五郎与清末教育改革,详见杨晓、田正平:《清末留日学生教育的先驱者嘉纳治五郎》,大里浩秋、孙安石编:《中国人日本留学史研究の现阶段》,东京:御茶の水书房,2002 年。

③ 夫于嘉纳治五郎的中国旅行,嘉纳治五郎:《予の清国行について》,《国土》第五卷第四十七号,1902 年;《清国巡游杂感(一)》,同第六卷第五十号,1902 年;《清国巡游杂感(二)》,同第六卷第五十一号,1902 年;《嘉纳会长清国巡游记》,同第五卷第四十八号、第六卷第四十九号、五十号、五十一号、五十二号、五十三号、五十四号,1902—1903 年;横山健堂:《嘉纳先生传》(东京:讲道馆,1941 年)等有详细记载。此外,作为关于嘉纳中国旅行的研究,北冈正子:《鲁迅 日本という异文化の中で》,大阪:关西大学出版部,2001 年,有十分详尽地论述。也可以参考杨晓、田正平:《清末留日学生教育的先驱者嘉纳治五郎》。

④ 《艺风老人日记》,第 1491 页。御幡君,御幡雅文(1858—1912)也。1898 年进入三井物产会社西渡上海,也担任东亚同文书院的讲师(东亚同文会:《对支回忆录下》,1936 年)。根据北冈前及之书的记载,巡游清国中的 8 月 24 日,随员翻译松井贤哲匆忙回国,由其代替担任翻译的任务,在嘉纳访问期间随行(第 170 页)。天野君乃天野恭太郎,当时,就任上海领事馆南京分馆主任(菅野正:《大阪博览会(1930 年)と中国》,《奈良史学》,1995 年)。

日参观了江南陆师学堂与江南格致书院,与陆师学堂校长俞明震(1860—1918)等人会餐。① 在二十三日以后,嘉纳治五郎之名才暂不出现,这或许是因为他们去安徽或者浙江游历了。② 缪在九月六日(10月7日)再次与嘉纳会面,八日与罗振玉(1866—1940)一同与嘉纳聚餐③。

嘉纳从阳历9月1日到6日停留武昌,与张之洞会谈,之后经过长沙,再次回到武昌,9月15日从武昌出发④,到达南京。张之洞向嘉纳介绍了缪荃孙,才使嘉纳与缪得到了一次在南京见面的机会。而以此会面为契机,缪荃孙日本考察旅行的计划方有了一举实现的可能。虽然只有只言片语的记录十分遗憾,但仍可由此推测得出这一结论。

根据苏云峰所言,张之洞从光绪二十八年(1902)左右开始日渐重视师范学堂。⑤ 在两江总督刘坤一(1830—1902)骤然离世后继而出任的张,在1903年一月八日上奏创办三江师范学堂,同年二月十四日派遣以门生缪荃孙为团长的考察团赴日。⑥ 所以,此次日本教育考察,是以了解日本师范教育的现状为主要目的的。⑦

根据柳的《记早年事》,安排这次日本考察之旅工作的是罗振玉。罗给嘉纳治五郎写去书信,由文部省组织学校考察的日程⑧。罗振玉从1901年12月至翌年1月进行了日本教育考察,进修了嘉纳治五郎的课程。回国后,翻译了日本的教育文献,1902年刊行《教育世界》,致力于江苏教育改革。说起来,《教育世界》与江楚编译局携手,以收集、介绍教育信息为主要工作,在这一点上缪荃孙与罗振玉之间有着密切的交流。罗似乎也与江楚编译局有着很深的关系。缪不谙新学,关于编译之事似乎全部交给了罗与其盟友藤田丰八⑨(1869—1929)。⑩

在缪的《艺风老人日记》中,藤田丰八之名也频繁出现。光绪二十八年一月十二日一条中,记载着通过藤田联络到了长崎的白河次郎(1874—1919)。⑪ 白河是藤田的畏友,全程与

---

① 《艺风老人日记》,第1493页。江南师范学堂,1896年开校。俞明震是第三代校长。俞1902年率留学生来日,其中就有鲁迅。详见北冈前书,第44—45页。格致书院,刘坤一1899年改江南高等学堂(前身为江南储才学堂)之名开校。详见徐传德编:《南京教育史》,北京:商务印书馆,2006年,第171页。
② 江南高等学堂编《日游汇编》收录嘉纳治五郎的讲义(《高等师范学校校长嘉纳君所讲》)中可见"予去岁游杭州时,闻浙省设立养蚕学校,均用新法,甚佳",由此可见嘉纳停留杭州的事实。
③ 《艺风老人日记》,第1498—1499页。
④ 北冈正子:《嘉纳先生传》,第171—155页、第180—182页。
⑤ 苏云峰:《三江(两江)师范学堂》,台北"中央研究院",1998年。南京:南京大学出版社,简体字版,2002年,第4页。
⑥ 关于三江师范学堂,可参考苏云峰一书,以及荫山雅博:《清末における教育近代化过程と日本人教习》,阿部洋编:《日中教育文化交流と摩擦》,第一书房,1983年。
⑦ 《日游汇编》中嘉纳治五郎的讲义中有"阁下此来,注意普通与师范,故余为阁下演说,亦特详于此二者"。可知缪荃孙一行的教育考察,是以为设立三江师范学堂,而以考察师范学校为主要目的的。以及,《日本考察学务游记》的二月二十五日一条,传达着考察团这样的思路,即考察团一方面参观高等师范学校宽阔的新校舍,一边思考三江师范学堂。
⑧ 《记早年事》,第41页。
⑨ 藤田丰八,号剑峰。德岛人。东京帝国大学毕业后,与田冈岭云、笹川临风、白河次郎等一同发行《江湖文学》,于此同时执教于东京专门学校(早稻田大学)与哲学馆(东洋大学)。1897年,西渡清国,与罗振玉共同发行农学报,翌年创立东文学社,对清国人进行日语教育。王国维是其中受业学生。1905年,在苏州开设江苏师范学堂,任总教习。辛亥革命后归国。在早稻田大学、东京帝国大学、台北帝国大学任教。详见小柳司气太:《文学博士藤田丰八君略传》,1931年。
⑩ 《记早年事》,第38—39页。关于罗振玉的江苏教育改革,详见荫山雅博:《江苏教育改革と藤田丰八》,《国立教育研究所纪要》一一五,1988年。
⑪ 《艺风老人日记》,第1538页。

缪荃孙一行的日本教育视察同行。① 此外,白河还在江南高等学堂担任总教习。② 笔者认为日本人藤田丰八与白河次郎在柳诒徵学问形成的过程中起到了很大的刺激作用,关于此点将在之后详述,现在先对视察报告《日游汇编》(1903 年刊)进行考察。

《日游汇编》没有署名,出版机构是"高等学堂"。关于其题字有"柳诒徵署"的字样,官方上,采取由这个考察团共同制作的报告书的形式。不过,柳这样说明关于《日游汇编》成书的原委:

> 缪师(对于教育课程与学校参观——笔者补)极为厌苦,恒属余协张(小楼)孙(孝霭)诸君往听讲,张孙等亦不暇笔记,予则记之独详。每之学校参观,亦详记其特色,如女子高等学校之作法,及某学校之柔道等,均缀述不厌其琐。归国后,文襄询缪师日记,缪师唯唯;质之同人,均无以应命;惟予有日记且详,乃命予创为《日游汇编》焉。③

《日游汇编》是由柳诒徵详细的日记而编辑成书,几乎可以认为是柳个人的著述。因此,通过分析这本《日游汇编》,能够明了柳的日本体验,甚至是对日本的思考。

《日游汇编》中,收录了缪荃孙的卷首辞、嘉纳治五郎的讲义(《高等师范学校校长嘉纳君所讲》)、由日本各类学校沿革制作的一览表《沿革表》、采取日记体形式记录的学校访问的详细情况《日本考察学务游记》(以下简称《游记》)、缪荃孙所写的《日本访书记》。我认为柳诒徵的日记被编辑成了《游记》。《游记》中详细记录了学校的特色,同时也直接表达出他们参观后的印象。如果将之视为柳记录下的坦率想法,就能够从中抽离出其对日本的思考。

附带一言,缪荃孙的《艺风老人日记》中毫无触及《日游汇编》的详细情况,仅是只言片语地记着这次日本教育考察的一些情况。但是,《游记》记载的访问地点在《艺风老人日记》中并没有记录,其记录的竟然全是访问别的地点,由此可以明了缪荃孙并未按照《游记》的记录行动④。事实是,缪对于教育课程与学校参观"极为厌苦",有时并不同行。而且,可以推测其疲于连夜所设之宴。虽然柳对于此次仅仅二月有余的考察之旅稍感欠缺,但缪苦于高龄所带来的便秘,日本酒也不合口味,似乎并不太享受此次旅行。⑤

那么,在此次日本视察中拥有旺盛好奇心的柳诒徵到底对日本有着怎样的印象呢? 我们试着从《游记》中找到一二。

---

① 详见《日游汇编·日本考察学务游记》。
② 白河次郎,号鲤洋。与田冈岭云刊行《江湖评论》,《神户新闻》、《九州日报》、《大阪关西日报》主笔。应张之洞之聘,成为南京江南学堂总教习。后成为众议院议员。见黑龙会:《东亚先觉志士传记》,1935 年。
③ 《记早年事》,第 41 页。按柳之记载,孙孝霭为化学教师,张小楼通晓日语。
④ 比如,《游记》中二月七日一条记载"去巢鸭参观监狱",《艺风老人日记》同日记载的是"赴龟户看卧龙梅",完全没有触及参观监狱之事(第 1545 页)。此外,《游记》从二月二十六日起开始参观早稻田大学、东京帝国大学,《艺风老人日记》完全没有记载(第 1547—1548 页)。
⑤ 《记早年事》,第 41 页。

　　首先，柳展示了其对至为便利的马车铁道与商场、邮政制度率直的感动。① 进一步，在参观东京各式各样的学校等设施之时，也转向批判中国的现状。比如，参观巢鸭监狱时，在三个方面给予了高度的评价，分别是清洁、教育犯人引导其重新悔过自己的罪恶及帮助犯人日后维持生计这三个方面。另一边，中国的监狱臭气熏天，监狱看守暴虐成风，犯人的生命如蝼蚁一般，即使能够出狱，也会因为不能维持生计而陷入再次犯下同样罪行的窠臼。柳诒徵对此抱有深深的担忧，建议有必要尽快革新监狱以及警察机关。②

　　其二，柳也对日本传统文化的保全给予了很高的评价。参观东京府女子师范学校创作教室时如下说道：

　　　　日本自明治维新起历三十余年，处处模仿西洋，然日本传统礼法，继承至今并未废绝，更成学校特设一科目。此之谓国粹保存主义。于中国提倡新学之人，无论何处都批古礼为无用，即便饮食起居，亦皆随西方而变。实愚不可及。③

　　此外，拜访大隈重信（1838—1922）宅邸之时的一桩轶闻也是让人兴趣颇深。大隈强调"不可废除旧学"，主张"学问本是中西参酌，合而化之"④。

　　如此，柳诒徵在寻求获得新知的日本考察中，反而使他再次认识到传统文化的价值。大隈"学问本是中西参酌，合而化之"一语，也与柳著《学衡》杂志"弁言"中"诵述中西先哲之精言，以翼学"⑤相仿。日本体验，在酿成融合传统与新知的柳之思想上，有着巨大的影响。

　　然而，柳对日本的印象并不只是感觉良好而已。缪荃孙一行，结束了在东京的学校视察之后，游历京都、大阪，从神户坐船回到祖国。他们在大阪花了两天时间参观国内劝业博览会，看到了各国的展示品，深感中国之无所不劣，十分可叹。特别是人类馆有缠足的台湾妇女，参观者皆投以好奇之目光。柳感到"欺辱吾同种同族实乃太甚"、"愤懑怨恨"，表明了"竟能视吾国人死守旧习不变而默然不言乎？"的心态。⑥

　　柳诒徵在深感中国落后的同时，也了解到日本人对于中国人的差别意识，强烈地燃起一股"经世"思想。这种"经世意识"在《学衡》杂志中也清晰可见⑦，所以，与明治日本的关系可以说在柳的思想形成中给予了巨大的影响。

---

① 《游记》一月二十六、二十七日之条。

② 《游记》二月七日之条。

③ 《游记》二月十二日之条。

④ 《游记》二月二十六日之条。

⑤ 《学衡·弁言》，第一期，1922 年 1 月。

⑥ 关于所谓大阪博览会事件，详见菅野正：《大阪博览会（1903 年）与中国》；严安生：《日本留学精神史 近代中国知识人の轨迹》，东京：岩波书店，1991 年；北冈正子：《第五回内国劝业博览会と清国留学生》，关西大学文学部中国语中国文学科编：《文化事象としての中国》，大阪：关西大学出版部，2002 年；坂元ひろ子：《中国民族主义の神话 人种·身体·ジェンダー》，东京：岩波书店，2004 年等。

⑦ 关于"学衡派"的"经世意识"，详见拙作《民国时期の东南大学について（中）》，《东洋古典学研究》第十六集，2004 年，以及《柳诒徵の同时代批判——读〈论近人讲诸子学者之失〉》，《东洋古典学研究》第二十九集，2010 年。

五、学堂教习

日本教育考察后归国的缪荃孙,招来白河次郎继续维持江南高等学堂,而自己则就任三江师范学堂的总稽查①。三江师范学堂是张之洞于1902年设立的师范学堂,是日本教习和中国教习进行"知识互换",协力展开教育的新式学堂②。三江师范学堂之后改组为两江优级师范学校,到辛亥革命为止的十余年间,作为南京最高学府受人景仰。柳诒徵在江南高等学堂与三江(两江)师范学堂分别授课。因此,归国后也有很多机会接触日本人或是日本教科书与文献。

缪荃孙心系编译局的工作,也频繁出席三江(两江)师范学堂的会议与研究会,十分忙碌。此外,1903年,还协助南京思益小学这所新式学堂的设立③。

得到缪的赞助创设思益小学的就是柳诒徵。思益小学的学制、教材全部采用日式,仪器、标本、图书等全从海外购入,教育方法也有改良之处④,得到了"中国第一文明事业"之高度评价⑤。思益的毕业生、著名土木学家茅以升(1896—1989)回忆思益小学的老师们,认为他们全都是"思想上倾向革命的青年学者"⑥。刚从日本归国、二十年代初期的柳诒徵,也一定是对"经世"之事热情洋溢的青年教师。

之后,柳与编译局曾经的同僚宗嘉禄一同于1906年创办了江南中等商业学堂。商业学堂的教师是在日本学习商科的留日学生,教育是日式的。但是,他们不能教授中国商业史与商业道德,柳自行担当这一科目,最终写下了《中国商业史》与《商业道德》二书⑦。

柳诒徵刚从日本考察归国,就致力创设小学堂与商业学堂,这与在日本接触嘉纳治五郎的课程有很大关系。《日游汇编》所收录的嘉纳治五郎的讲义中,嘉纳关于学校创设,认为"中学、小学最为重要","其次为实业"⑧。柳按照嘉纳的教育理论执行其实践。

编译局、日本教育考察、学堂教习的经验带给柳之思想以及教育理想的形成以巨大的影响。这甚至对民国时期《学衡》与东南大学理念的确立,亦即"西方科学与中国人文历史并重之教育理想"⑨,也起到了作用。在此继续一举推进至民国时期东南大学为止的时代,试对成熟期的柳的论著中日本是如何存在的,以及对学术层面的影响做若干考察。

---

① 工德滋主编:《南京大学百年史》,南京:南京大学出版社,2002年,第11—12页。
② 详见苏云峰《三江(两)江师范学堂》、荫山博雅《清末における教育近代化过程と日本人教习》、《南京大学百年史》等。
③ 《我的自述》,第13页。
④ 《南京教育史》,第175—176页。
⑤ 《我的自述》,第13页。称之为"中国第一文明事业"的乃张謇。
⑥ 《记柳翼谋师》。顺带提及,茅以升是茅谦(子贞)之孙,之后成为柳诒徵东南大学的同僚。
⑦ 《我的自述》,第13页。
⑧ 《日游汇编·高等师范学校校长嘉纳君所讲》。
⑨ 唐君毅:《忆南京中央大学——答台湾中央大学〈中大青年〉》,1974年,《唐君毅全集》卷九,台北:台湾学生书局,1991年。

六、对日本学术的批判性接受

柳诒徵在与许多日本人进行接触、收集日文文献资料的过程中,到底是如何将之容纳进自己的历史学之中的? 在此尝试对此点进行讨论。

《学衡》杂志所收录柳诒徵的论文之中,的确列举了许多日本学者的著作[①]。从这一方面进行思考,想来柳受到了日本学术的影响。只是必须注意的是,虽然柳确实在自己的著述中引用了许多日本学者的成果,但他也并非对此全部赞同[②]。

实际上柳对于日本人的中国史研究抱有强烈的不满,其中最反感的就是日本学者主张将先秦诸子做一地理上南北分离的划分,以此解读其间思想倾向的差异。实际上是对将之囫囵吞枣以此展开己说的梁启超的批评。柳对于日本人所主张的诸子南北不同论,带着一种稍许轻蔑的念头将之舍弃,认为"日本人读中国书,素无根柢,固不足责。"

提倡南北不同论的日本人究竟是何人? 与之相别的另一点是,对于梁启超及胡适主张将"诸子学之消沉",亦即儒教国教化归罪于董仲舒与汉武帝,柳素来将这作为沿袭久保天随(1875—1934)等日本人的学说,加以批评。久保天随在《东洋通史》(1904)中认为,"北方是实际的,南方是理想的;一个重视人事,一个重视自然;一个踏实,一个新奇;一个教授日常之道,一个研究诗性之物"。认为柳接触到久保的学说后,记住了诸子南北不同论与久保,这应该是比较稳妥的,然而果然如此吗? 桑原骘藏(1871—1931)在《关于老子学说》(1898)中认为最热心于主张老庄思想与孔孟思想中南北不同之处的是藤田丰八。藤田在《先秦文学》(1897)中将北方思想作为"实际的",与"理想的"南方思想对比论述,久保的学说与此一致[③]。

关于藤田丰八与罗振玉一同致力于日本学术书籍与教课资料的翻译、与江楚编译局合作,和缪荃孙之间进行了密切的交流,这些之前已经论及。那么,难道不能以此说明,柳诒徵也在以编译局为中心的人际网络中,受到了藤田学说很大的刺激,在对其批评的过程中构建了自己的历史学吗?

说到柳诒徵的代表作,必言《中国文化史》。《中国文化史》中也依然有许多对日本人著作

---

① 总结《学衡》杂志所收柳诒徵论文中引用的日本人著述如下:(按原文)高谷濑夫《日本史》、野崎左文《日本名胜地志》、喜田贞吉《国史讲义》、岩田泰严《世界大年契》、有贺长雄《日本法制史》、荻野由之《日本历史》、土屋诠教《日本宗教史》、浅井虎夫《支那日本通商史》、浮田和民《西洋上古史》、高桑驹吉《印度五十年史》、若林胜邦《涉农余录》、桑原骘藏《东洋史要》、桑原骘藏《伊宾戈尔他特宾所述支那贸易港考》、常盘大定《大藏经雕印考》、那珂通世《成吉思汗实录》序论、常盘大定《大藏经雕印考》、下川潮《陈元赟与柔道始祖》、稻叶君山《清朝全史》、善生承助《最近支那经济》(大正六年出版)、东亚同文会《支那之工业》(大正六年出版)、东亚同文会《支那经济全书》(宣统二年经济学会编译本,改名《中国经济全书》)、山口昇《欧美人于中国之文化事业》。

② 柳诒徵虽然引用了许多日本著作,但至多不过为补充己之学说,绝非赞同并采用之。比如,《中国文化史》第二十六章中引用下川潮《陈元赟与柔道之始祖》(《史林》第六卷第二号,1921年),记着陈元赟乃"以拳术而开日本之柔道",下川论文批评以陈元赟为柔道始祖之学术错误,因此柳与下川的结论完全相反,很难说接受了其成果。

③ 详见拙作《柳诒徵的同时代批判——读〈论近人讲诸子学者之失〉》。笔者在其中关于"南北不同论"推测"难道柳诒徵的想法中没有久保的作品吗?",现在认为应该由柳与藤田丰八的密切关系而更重视藤田的影响。

的引用。此外,也有一些论述即使没有引用,但仍能感受到日本中国史研究的意识。现在,展示其一。

《中国文化史》的第一编第一章以"中国人种之起源"为题,关于中国人的起源,亦即以中国人自何而来这一问题进行论述。说起来柳将中国人之起源作为一问题,是因为他看到了法国人拉克伯里的"中国文明西来说"在东亚吸引了许多信徒,中国的学者们也咸集于"西来说"周围对此支持,遂渐成一"定论"①。从结论来看,柳批评拉克伯里,否定"西来说"。

据孙江所言,这一"西来说"被中国学者接受的直接契机,是由白河次郎、国府种德所著,采用了"西来说"的《支那文明史》(1900年刊)在1903年被翻译成中文(《中国文明史》)。自此以后,在中国,蒋智由、刘师培、丁谦等人,便开始信奉"西来说",使之成为一"定论"②。柳在《中国文化史》中将丁谦的《中国人种从来考》置于批评之俎上。本来举例白河、国府的《支那文明史》也是可以的,但为何不这样做呢?

白河次郎是柳诒徵日本教育考察时的导游,之后成了江南高等学堂的同僚,很难想象柳不知道白河的《支那文明史》。柳在《学衡》转载《中国文化史》之前,其弟子缪凤林(1899—1959)发表了《中国民族西来辨》,其中采用了白河、国府的《支那文明史》③。柳没有批评白河,或许是因为柳的批评是针对同时代中国学人的。但不仅如此,无论如何也只是一种猜想,或许柳对于在日本考察旅行与江南高等学堂中都在自己身边十分关照的白河次郎有几分客气。但,这无论如何也只是一个刺激,而非影响。柳诒徵对于日本人的中国研究绝不是步调一致的,甚至是批评的。

七、结语

以上,追溯柳诒徵与日本的关系,围绕日本教育与学术对柳的影响,进行了若干考察。柳是清末民国时期南京学术界、教育界的中心。但是,绝不仅仅止于学术界,其影响甚至波及包括报人在内的舆论界。

改造社社长山本实彦(1885—1952)在中日战争之前访问了南京,并将其印象记录在了《支那》(1936)一书中。其中,山本与南京的报人,用山本的话来说就是"作为政治家处于南京的第一流,新闻出版界的代表人物"——就中日问题进行了详细的论述。在报人中能找到柳诒徵的名字。遗憾的是,山本并未记下柳当时关于中日问题说了什么。毋宁说山本似乎倾听了柳的弟子缪凤林的意见。

---

① 缪凤林:《中国民族西来辨》,《学衡》第三十七期,1925年1月。
② 孙江:《黄帝由巴比伦而来——拉克伯里"中国文明西来说"及其在东亚的传布(其一)》,《静冈文化艺术大学研究纪要》十一,2010年。
③ 《中国文化史》1919年已有全部草稿,柳诒徵将之作为南京高等师范学校的讲义教材。因此,《中国文化史》的《学衡》连载虽然是缪凤林论文之后的事(1925年11月以后),实际的写作时间更早。但是,即使如此,因为白河、国府的《支那文明史》是1900年出版的,也难以想象柳不知道此书。

山本将上海与南京的报人进行了比较,如此谈论二者的区别:

　　与南京的统制相比,上海报人间充满着自由的空气。与南京聚会上、酒席上谈笑风生的样子相比,上海的一点也不矫揉造作,谈话也不彰显自我。在南京尽是革命风气与志士之风,在上海则能体会其经过国际训练的印记。与上海报社为了盈利相比,南京报社始终未如此。只是因为看到了南京报人中年轻且锐意进取之人,而感到背负民国未来之人将从中产生,一洗前势。①

山本将南京表达为"鳏夫之都"②,记下了"言论界真是活跃"与"相当憋屈"的感想。与潇洒的国际化都市上海相比,"革命之都"南京似乎让山本感到少许脱离时代的感觉。③

成为政治中心的首都南京,因如山本所言的"蒋政权的思想专制"而发生了多少的变质,这是不争之事实。④ 但在此之前,南京的舆论界就多少有些"脱离时代"之风。五四新文化运动的喧嚣与骚动,在东南大学并没有出现。"不走极端"的东南大学精神,不仅是不排斥传统文化的教育方针,教师还规矩地教学,学生专心地学习,产生了使得"统制"生效的氛围。⑤ 山本即便感叹南京知识分子没有"自由"与其"彰显自我"之风,这也只是由南京人的气质中直率表现出的"革命的,志士的风气"所自然酿成之物。这也正是南京学术界、舆论界的传统,而锻炼出南京知识分子这种气质的人物,正是柳诒徵。那么,南京报人的气质,或许是因为与白河次郎及藤田丰八他们所具有的日本明治时期"志士"型文人的气质相近,山本才会在此抱有"脱离时代"之感吧。

本文聚焦于柳诒徵与日本的关系,追溯其思想形成的过程。然而,过于强调柳与日本的关系,也会让人感到失去平衡,比如,筹划柳与缪荃孙见面的陈庆年等人,如果不仔细考察柳与中国知识分子的交流,就无法完全明了柳诒徵学术形成的过程。篇幅已尽,留待今后再议。

① 山本实彦:《南京的报人》,《支那》,东京:改造社,1936 年,第 90—112 页。
② 山本实彦:《南京》,第 48 页。
③ 山本泄露了自己的感想,"但是,在南京遇到的忧国的报人,其中很多都让人难以忘怀。无论如何——热情乃人类之花,是人类第一的精华——让人一时感叹。再说吧。但其热情难道没有一点时代的新动向吗?"山本实彦:《支那》,第 112 页。
④ 唐君毅认为,"东大变为中大以后——即我在重大读书的时期——似乎此教育宗旨已逐渐模糊。因中大在政治中心的南京,若干教师与同学,亦染些政治气习;见唐君毅:《忆南京中央大学——答台湾中央大学〈中大青年〉》。
⑤ 《郭廷以先生访问纪录》,台北"中央研究院"近代史研究所,1987 年,第 125 页。

所见者大,独为其难

——解读柳诒徵先生《国史要义》

武黎嵩 *

　　1949 年初,年届七旬的柳诒徵先生,将国学图书馆珍贵的藏书清点造册、整理装箱,送进朝天宫故宫博物院地库封存,呈上辞呈,辞去馆长职务。4 月 23 日晚,夫妻二人在外甥的护送之下,由下关车站登车离开南京,飘然而去,前往上海与儿孙团聚。在离宁后不久,柳诒徵先生写下《浪淘沙·自咏》[①]词一首,舒展襟怀,词云:

　　　　老子尽痴顽,册府优闲,龙蟠虎踞重人寰。姑付儿曹修宝篆,遥领仙班。
　　　　心史怕循环,巫峡舟还,飘髯又别紫金山。笑指淞滨楼一角,骨肉团圆。

　　自光绪二十七年(1901)横山乡人陈善余(字庆年)荐柳诒徵于缪荃孙,任职江楚编译局。其后柳氏任教两江师范学堂、南京高等师范学校、国立东南大学,任中央大学筹备委员、国学图书馆馆长。柳老大半生的时光都在南京任课教学,从事图书馆事业。尤其是在南高师、东南教书的十年,树兰滋蕙,最号得士。一时柳门子弟,桃李芬芳。五十年间风云变幻,柳诒徵先生目睹满清、北洋政府、国民党政权的覆亡;更以切肤之感,经历文化形态的剧烈转变,中国固有经史学术体系崩解沦灭。金陵一梦,恍如隔世。

　　抗战期间,柳先生自兴化辗转漂泊,1942 年抵达陪都重庆,受教育部部聘教授、学术评议会委员之聘,任中央大学文学院历史研究所导师,其间为研究生授课。又应缪凤林教授之约,讲授"教授进修课程","比照西学西史剖析国史之精义",撰成《国史要义》凡二十万言。《国史要义》一书,为柳诒徵先生晚年之重要著作,与《中国文化史》一起,奠定其在近代学术史上的地位。但《国史要义》一书自 1948 年 2 月出中华书局出版之后,随着形势的变化,流布不广。由于柳先生大量引用经、史古籍,且用半文言书写,写到得意之处,竟用骈体行文,故而多有受到现代史学教育学者的诟病与微词。

　　笔者自撰博士论文期间,即知《穀梁》一经为京江柳氏家学,柳先生治史,颇得《春秋》义法,《国史要义》一书为先生心血所系,且代表其对中国古典经史一总认知。故于《国史要义》一书反复诵读,每有心得,辄加札记。今联缀成文,虽不敢谓为前哲发皇心曲,然或可代前贤下注脚于一二,为知人论世之一助,以期有裨益于将来读先生书者也。

---

　*　武黎嵩,南京大学历史学院讲师。
　①　据柳诒徵先生手稿影印件,未刊。

一、《国史要义》何为而作？

柳诒徵先生是传统史学走向现代史学的关键学者,他曾随缪荃孙赴日本考察教育,最早就"那珂通士《支那通史》,加以芟削,蕲合课程之用,成《历代史略》"[①],开近代以来编撰通史之风气。又就黄绍箕之目录撰成《中国教育史》,"为自来言教育史之先河"[②]。又撰有《中国商业史》等专门著作,终以《中国文化史》奠定其在史学界之地位。中国古代虽有典制之学,但并无撰述专题历史的传统,"学术既不专门,自不能发达。"[③]柳氏无疑是在日本学风影响下,较早地接受现代学术分科,并在国内引领风气,绝非未曾"预流"的传统学者。1948 年,柳诒徵当选中央研究院首届院士,成为国内史学界仅有的两位既是中央研究院院士、又是教育部部聘教授的学者,另一位是陈寅恪先生,学界则有"北陈南柳"之称。

但也有学者认为,二十世纪初这一代知识人"早年受过系统、良好的国学训练,有传统的功名,但为变法图强之故,已经十分重视西学的价值,但是那些新知多是从东邻日本转手而来,常常显得一知半解。从骨子来说,这一代人的思想模式不外乎中体西用。"[④]用"骨子里"、"不外乎"这样近乎不以为然的笔触,站在新史学的立场,看待被称为"文化保守主义"的学者群体。柳先生出身经学世家,少习经史诗文,对传统文化饱含热忱,自不待言。但柳氏并非盲目排斥新学之人,柳氏在南雍,与科学社留学归来诸君多有往来,主动从他们那里获取新知,似也非一知半解。晚年尝自反思:"我数十年来,能以旧学贯通科学方法,乃是与许多留学生相处得的益处。中国老先生没有科学头脑,故尔思想落伍。"[⑤]可我们观察《国史要义》的思想内涵,完全以中国古典学术体系为本位,不仅与"中体西用"之说大不相同,似乎较柳氏早年学说亦可谓为一反动,即便对比《中国文化史》来看,也都显得更为传统和保守。就是在写作《国史要义》的同时,柳诒徵先生给学生王焕镳的书信中说"洋奴之习不蠲,中夏之道不明",已将"中夏之道"作为治学鹄的,此乃柳先生一生学术之大转变? 抑或是其学术之向早年回归? 此固为一大关节,故而我们需考察《国史要义》之写作心路。

细审近现代学术史,这种转变并非只发生在柳诒徵先生身上。在抗战以及抗战结束之后一段时期内,伴随着时势变化,我们看到一代知识人的思想转向,这一特征不能不特加重视。陈寅恪先生晚年以近乎宣泄情绪的笔调,声称"少喜临川新法之新,而老同涑水迂叟之迂。盖验以人心之厚薄,民生之荣悴,则知五十年来,如车轮之逆转,似有合于所谓退化论之说者。"[⑥]类似的感触,柳诒徵先生早在撰写《中国文化史》时,即提出:"故论者谓今日专门旧学之进步,

---

① 柳肇嘉代撰:《先府君翼谋公行状》,未刊,据油印稿。
② 同上。
③ 傅斯年:《改革高等教育中几个问题》,见氏著:《傅斯年全集》第六册,台北:联经出版事业公司,1980 年,第 22 页。
④ 许纪霖:《20 世纪中国六代知识分子》,见氏著:《中国知识分子十论》,上海:复旦大学出版社,2011 年,第 82 页。
⑤ 柳诒徵一九五一年一月十日致章诚忘、柳定生函,据手稿,未刊。
⑥ 陈寅恪:《读吴其昌撰梁启超传书后》,见陈美延编:《陈寅恪集·寒柳堂集》,北京:生活·读书·新知三联书店,2001 年,第 168 页。

实与群众普通旧学之退步为正比例,是亦一奇幻之事也。"①以直观之感受,转化为学理上系统的论述,相类似的转变,陈柳二氏大致都发生在抗战期间。

这种思想倾向的转向,有源自于感观上的切肤之痛。抗战爆发,南京沦陷,柳先生先是押送图书避祸兴化,又辗转江西、贵州、四川,漂泊西南,所闻所见,实为晚清以来最为惨痛之经历。如,1937年冬柳先生有《雪后泛舟入兴化城》诗,曰:"江南江北率土焦,流亡载道泪如潮。只堪画里逢佳境,璧月琼花廿四桥。"以悲凉之笔触,描绘日军侵华战争造成的民众流离失所,城市破败的惨景。柳氏此一阶段诗歌吟咏,可作"杜陵诗史"看。在流离颠簸之中,作为知识人,参与近代以来文化变革的柳诒徵,是主动反思文化的演进,《国史要义》成稿近十年之后,先生回忆"诒徵治史学数十年,以中人之资质,值新旧之演变,每欲有所贡献于世,恒苦学力不足,则随时世之要求与学校学者共同研究。……避兵入蜀,居中央大学为《国史要义》,私冀世界史家明了此数千年中吾国史事之真相已而,不敢有所论断也。"②希望借《国史要义》一书,将本国史学固有的价值体系阐发清晰,且有超出这一理想的更深刻思考,在近代中国每况愈下的社会变革现实面前,萌生了对近代以来国人一系列主动变革的怀疑,在价值观念中,重新拾起古典传统,是以有柳氏与陈氏一样,也有"论学论世,迥异时流"的感观。

《国史要义》出版时本无序、跋,1951年柳先生为该书撰《题辞》一纸,表述是书宗旨,云:"钩稽群言,穿穴二民,根核六艺,渊源《官》、《礼》。发皇迁、固,踔蹰刘、章,下逮明清,旁览域外。抉摘政术,评骘学林,返溯古初,推暨来叶。"从中不难看出,柳氏以经学传统为本位,试图以"通"的视域,贯穿古今、中外史学精神,这种心理,本身就是孔子(传说"厄而作《春秋》")、司马迁以来史家"名山事业"个人追求,同时也具有儒者"兼济天下"、"为往圣继绝学,为万世开太平"的自我责任意识,还具有作为知识人关心民瘼、悲天悯人的情怀。二十世纪三、四十年代,类似的这种思想转向,我们在另外一些学者身上也能看到:

陈垣先生抗战期间撰《通鉴胡注表微》,谈到撰述缘起,他说"一日读《后晋纪》开运三年胡注,有曰:臣妾之辱,唯晋、宋为然,呜呼痛哉! 又曰:亡国之耻,言之者痛心,矧见之者乎! 此程正叔(程颐)所谓真知者也,天乎人乎! 读竟不禁凄然者久之。……其有微旨,并表而出之,都二十余万言。庶几身之生平抱负及治学精神,均可察见,不徒考据而已。"③《表微》已经不仅仅是追求史学考据,乃以感同身受的"亡国之耻"与"臣妾之辱",托于名山事业,借他人之酒杯,消自家胸中之块垒。

而陈寅恪先生作为对中西文化均有深刻认知的学者,早在三十年代初即以本国固有思想文化为根本,反对西化学说,主张中西交融,他近乎信仰地认为"窃疑中国自今日以后,即使能忠实输入北美或东欧之思想,其结局当亦等于玄奘唯识之学,在吾国思想史上,既不能居最高之地位,且亦终归于歇绝者。其真能于思想上自成系统,有所创获者,必须一方面吸收输入外

---

① 柳诒徵:《中国文化史》下册,上海:东方出版中心,1996年,第871页。
② 柳诒徵:《人民生活史前言》,见柳定生、柳曾符编《柳诒徵劬堂题跋》,台北:华正书局,1993年,第60页。
③ 陈垣:《通鉴胡注表微》,北京:商务印书馆,2011年,第3页。

来之学说,一方面不忘本来民族之地位。此二种相反而适相成之态度,乃道教之真精神,新儒家之旧途径,而二千年吾民族与他民族思想接触史之所昭示者也。"①

　　其余如钱穆先生《国史大纲》中对古典的脉脉之温情,对古人"同情之理解",也早为大家所稔知。作为邃于古典又多能融汇新知的一批学者,他们在抗战前后捐弃故技,在史学、史实、是非、因果之外,转求义理,回归价值本位,这一现象的发生,恰可藉以理解《国史要义》撰述之背景。

二、以礼经邦,以礼治史:申述史原

　　熊十力评价《国史要义》云:"言史一本之礼,是独到处。"②这里的"礼",主要指的是《周官》所述之"礼"。柳诒徵先在《题辞》中也自述道:"根核六艺,渊源官礼。"《国史要义》一书中将中国历史学的起源推论为赞治之官书,秉承《汉志》"诸子皆出于王官"之说,将历史学也看成是起源于西周王官之学,乃是周室政治制度的延伸,以此来申述中国历史学发生之特殊性,乃有别于外国史诗传统下的私人撰述与个人记录。

　　柳先生阐述中国历史之发生,从"史"字本意看史学之起源,史字从手执中,是记录的意味,将史官看成是书记员,古代王国"史掌官书以赞治","史本秘书幕职,近在中枢,熟谙政术,且为政治首长所亲信"③。由史官记录行政事务,转而产生历史意识,进而产生历史著作与历史记录规则(史法)。即"由赞治而有官书,由官书而有国史。视他国之史起于诗人,学者得之传闻,述其轶事者不同。"④我国史书,其一经出现,就非个人化的情感抒发,而是政治的载体与记录,故而中国古代历史乃以政治、教化为中心展开。其所谓政治、教化,核心就是礼。

　　柳先生将"礼"的渊源与功用,解释为两个方面——"司天"与"治人",而两者又在史书之中得到统一。史出于礼,礼本于天,"从民俗而知天,原天理以定礼。故伦理者,礼之本也;仪节者,礼之文者。"⑤礼,是天道人伦在现实中的具体落实。"从民俗"则可"知天",则天道必渊源自民俗,天道必以人道为根据。"原天理"方可"定礼",则礼义又必然超越一般民俗,人道又必须上升为天道方可成其为人伦大纲。既曰"司天",则掌礼之史官,其权力乃大于世俗之一般行政权力,柳先生推论:

　　　　乃以典礼史书,限制君权。……惟是吾国史权之尊,固仿佛有他国司法独立之制度。……他族之言权者,每出于对待而相争;吾国之赋权者,乃出于尚德而互助。……历世贤哲,主持政

---

① 陈寅恪:《冯友兰中国哲学史下册审查报告》,见陈美延编:《陈寅恪集·金明馆丛稿二编》,北京:生活·读书·新知三联书店,2001年,第284—285页。
② 熊十力:《致柳诒徵函》,见柳诒徵:《国史要义·题辞》,上海:华东师范大学出版社,2000年,第1页。
③ 柳诒徵:《国史要义》,第2、49页。
④ 同上,第2页。
⑤ 同上,第15页。

权，上畏天命，下畏民碞，惟虑言动之有愆，致贻国族以大患。……爰有"动则左史书之，言则右史书之"之法，其初以备遗忘，其后以考得失，相勉从善，屈己从人。而史之监察权，由是树立。①

礼，通过"司天"而可以达到"治人"之效。围绕礼"掌官书而赞治"的史官，撰述史著，因其备记行政之得失，转而有了最终清算的意味。史官史著，虽未必可以沮当世人君之暴行，而必能录其罪恶以曝之于后世，所谓青史昭彰是也。故而，由"司天"乃可以"治人"，由"治人"而可以"劝善"，此史学之可以为德义之府也。

礼学为儒学之核心，《论语》记孔子曰："君子博学于文，约之以礼，亦可以弗畔矣夫。"博学于文，盖指广泛地吸纳知识，而统合各种知识的枢纽，则是作为天道人伦大纲的礼学。柳诒徵在《国史要义》中多次阐释"言史一本于礼"的观念。中国历史的学术传统，本有三要素，其事、其文、其义。"其事"不过是事件经过，"其文"则为史官之记录叙述，"其义"则为记录背后之对于历史事件的认知与评价。史法义例从"礼"中演绎出来，即是因司天、治人而产生的规矩尺度，切乎人伦，达乎日用，成其为德性之依据，最终亦成为史学评价之标准。而"以史言史者未识史原，坐以仪为礼也。"②礼不是仪式，礼的精神乃是在周代贵族王国政教传统中，锻炼出的历史文化优先意识③，这种意识在支配历史学的德性内涵时，是强调历史进程中精神力量的伟大，尤其是强调政教文化所形成的规范意识，这一规范意识给人以尺度感，可以阻断人类社会的堕落与腐化。故柳先生自信"吾国以礼为核心之史，则凡英雄、宗教、物质、社会依时代之演变者，一切皆有以御之，而归之于人之理性，非苟然为史已也。"④

柳先生一再申明史学与政教之间的关系，"礼由史掌，而史出于礼。则命官之意，初无所殊。"⑤礼的施行与记录，由史官掌握，史官的思想观念由礼支配，"古之施行、记述，同属史官。……是则政宗、史体，各有渊源，必知吾国政治之纲维，始能明吾史之系统也。"则施行、记录的"史"与作为政教原则的"礼"本是同源伴生，"故礼者，吾国数千年全史之核心也。"⑥历史编纂的基本价值维度，也是围绕礼而演进，"史家全书之根本，皆系于礼。不本于礼，无以操笔属辞。"⑦

中国古代历史记录，以《春秋》学为肇始，讲求义例。而史书编纂之义例，其根源也是"礼"，柳氏谓"史例、经例，皆本于礼。"史官的记录，必然遵循一定规则，"由动作事为，皆有规律，至于记言记事，亦必有共守之规律。自王朝之史，至诸国之史，一皆据以为书。"⑧记录的规则，即王朝政教之体现，落实在记录的书法取舍之上，即成为史法、史例。"史法、史例所出，即礼是

① 柳诒徵：《国史要义》，第39页。
② 同上，第14页。
③ 颜世安：《关于儒学中"历史文化优先"意识的一些思考》，《南京大学学报》2002年第03期。
④ 柳诒徵：《国史要义》，第13页。
⑤ 同上，第7页。
⑥ 同上，第12页。
⑦ 同上，第13页。
⑧ 同上，第253页。

也。……其所书与不书，皆有以示礼之得失。"①例如《左氏》、《公羊》、《穀梁》"三传之释《春秋》也，各有家法，不必尽同，而其注重礼与非礼则一也。"②而"汉晋学者之治三传，皆究心经例，故为史者亦讲求著述之例。此非偶然相类，实学术相沿袭之涂辙也。"③古人看三传，多看其相违相悖、龃龉之处，而柳先生就三传之学，求其共通之处——"礼"。

以礼为史学渊源，史学之功用也与礼相通。柳先生早在撰写《中国文化史》时，即表彰孔子学说，并不仅限于修身，"非徒为自了汉，不计身外之事也。成己必成物，立己必立人。……故修身之后即推之于家国天下，其于建国为政、理财、治赋之法，无一不讲求，而薪致用于世。"④柳氏门生张其昀回忆，柳先生对于史学，"主张沿流讨源，援古证今，讲明当代典章文物，以达经世致用之目的。"⑤古代经学除却修身学术之外，本有讲究经世致用一面。六经之中又仅有《周官》一书，系统规划国家制度之设计，与职官员吏之安排，所谓"辨方正位，体国经野。"柳先生对于典籍，仍然保持传统经学的基本看法，将《周官》一经，看成"实成、康、昭、穆以来王官世守之旧典，以之言西周之文化，固非托古改制之比也。"柳先生说"中国经制之学，只有《周礼》一书，如讲制度，必从此出。不幸王莽一试而败；王安石再试而败；故程闽诸儒，虽极讲制礼，而不敢专以《周礼》为号召。"⑥儒学在古代中国的制度改革失败，可以西汉晚期及东汉政治失败作为范例来研究，此处暂不展开。然柳先生特别重视《周官》"以道得民"之理想，抱有以礼济世的想法：

> 《周官》曰："儒以道得民。"此五字极有关系。向来人多忽略读过去。诒以为自《道经》、危微精一之说，至程朱陆王，皆括在此五字中。……《周官》、《学》、《庸》打成一片，儒者之道，沏上沏下。非若梵学、欧学，亦非如流俗所讥之道学也。⑦

由史义本于礼而贯通史学现实之关照，申明"孔门之教人：曰从政、曰治赋。而其本在修己，在博学。所谓博学者，自礼乐射御以至前言往行，胥以反之躬行，施之实事为鹄，非终身役役于识字审音为句读师也。宋明诸儒，诚多眇论心性，其致力经史，本其学以从政、治赋者，胥孔门宗子也。"

三、立国立人，无适无莫：申述史义

《要义》一书以"义"为题，则《史义》一章是所述十章重中之重。柳诒徵先生坚信"史之义出

---

① 柳诒徵：《国史要义》，第 9 页。
② 同上，第 11 页。
③ 同上，第 268 页。
④ 柳诒徵：《中国文化史》上册，第 235 页。
⑤ 张其昀：《吾师柳翼谋先生》，见柳曾符、柳佳编：《劬堂学记》，上海：上海书店出版社，2002 年，第 114 页。
⑥ 柳诒徵：《覆蒙文通书》（甲戌十月十五），见柳定生、柳曾符编：《柳诒徵劬堂题跋》，第 292 页。
⑦ 柳诒徵：《答熊十力书》（1951 年 10 月 6 日），见柳定生、柳曾符编：《柳诒徵劬堂题跋》，第 295—296 页。

于天",著于人之性,则治史必须明"史义",除非"人性必变而恶善善恶,吾国史义,乃可摧毁不谈;否则无从变更此定义也。"①以善恶为史义,反对将实证研究看成史学全部,或者以史学为自然科学。

实证史学在我国本渊源有自,清初顾炎武、黄宗羲倡导实学,乾嘉学派将考史之学发挥至极致。近代以来受德国实证主义哲学的影响,梁启超、胡适、傅斯年以及顾颉刚等将中国史学的出路看成是必须向西方实证主义(实验主义)史学靠拢,力图将历史学科科学化。在二十世纪二、三十年代,我们看到柳诒徵并不反对这种科学化的努力,甚至主动"预流"。如撰有《江苏各地千六百年间之米价》以及《中国文化史》中的《经济之变迁》等章节,主动运用统计学之数据,开展实证史学研究。尤独具慧眼的是,柳先生较早提倡家谱研究,以谱牒为新史料。他撰有《族谱研究举例》一文,开示谱牒研究的方法。柳先生认为家谱文献中"举凡文艺相承、经术继美、里称望族、世擅高赀者,竟委穷原,奚为最录。"②"所贵于览一族之谱牒者,由世次而得其增加之级数,与其由盛而衰、或繁或绝之迹,倘可得一公例,为马尔萨斯《人口论》之确证或反证。"③主张以现代统计学的方法,对谱牒文献进行分析研究。可见柳先生并非拒绝实证史学。

然而,当实证史学的空气完全弥漫学界的时候,柳先生表示出了强烈的不满,这种不满在《国史要义》创作的时代,转而成为看似顽固的保守观念。1942年,在致学生王焕镳的书信中,柳氏写道"今日号国史者,开卷即破铜烂骨,乌知圣哲之大义。教师著书者若此,又何望于学生及民众。故洋奴之习不蠲,中夏之道不明。"④这里"破铜烂骨",显然指的是因甲骨的发现和殷墟的发掘,人们注重地下出土之实物如甲骨文、金文文献,所能证实或证伪古史,而将古代经学系统中所构建起来的上古历史框架,视作"传说"乃至"伪造之史"。清代阎若璩撰《尚书古文疏证》,则"人心惟危,道心惟微。惟精惟一,允执厥中"尧所授舜之十六字心传,出于伪古文《尚书》之《大禹谟》,根底全失。在柳氏看来,古史辨运动的伎俩并未超出阎若璩,而学术水平反逊于潜丘。携"洋奴"实证之技,坏"中夏"固有之道。

柳诒徵先生对于实证史学的批评,始于对于清代学术的反思。将清代经学看成是考史之学,在《中国文化史》第三编第十章《实证学派》中批评道:

> 世尊乾、嘉诸儒者,以其以汉儒之家法治经学也。然吾谓乾、嘉诸儒所独到者,实非经学,而为考史之学。……诸儒治经,实皆考史:或辑一代之学说,或明一师之家法,于经义亦未有大发明,特区分畛域,可以使学者知此时代此经师之学若此斗。其于《二礼》,尤属古史之制度,诸儒反复研究,或著通例,或著专例,或为总图,或为专图,或专释一事,或博考诸制,皆可谓研究古史之专书。即今文学家标举《公羊》义例,亦不过说明孔子之史法,

① 柳诒徵:《国史要义》,第210页。
② 见柳曾符、柳定生编:《柳诒徵史学论文续集》,上海:上海古籍出版社,1991年,第543、586页。
③ 同上,第588页。
④ 柳诒徵:《与王驾吾书》(1942年11月3日),见柳诒徵:《柳诒徵说文化》,上海:上海古籍出版社,1999年,第354页。

与公羊家所讲明孔子之史法耳。其他之治古音、治六书、治舆地、治金石,皆为古史学尤不待言。①

在柳先生看来,清代经学不过是考史之学,"区分畛域"而已,其实证化倾向,使得对于经典义理本身"未有大发明",即对于思想本身并无实质性的演进。"实事求是"本是一优良学术传统,乾嘉学派固将此传统发挥至极致。然则在柳氏看来,当求真从手段转而成为目的本身,"道"作为经典史籍所传递的精神内涵被虚置,成为自外于学者行止的、对象化的"器"。柳氏评价清代学术云:"《小戴记》曰:今之君子,好实无厌。清儒之学即坐此四字之病。"②和一些学者将清代学术看成是史学实证化、科学化发展的重要里程碑不同,柳先生将清代学风中"好实无厌"的特质,看成是国家倾覆而知识人所必须承担的责任,柳氏在《唐荆川年谱序》中写道:

清人张皇考据训故,漫谓轶唐宋而赓有汉。……究清人所谓实学,乃纯为空文无补,儒术不振,国基内霠,列强环伺,芒然靡所措手足。竞弃古先圣哲褆身植国之本,驱儿女子肤坬沥啜夷裔名物,谓足以拯沉痼而苏之。慎呓瞑昏,至于挽近,碴俎汤镬,任人之为,犹不知反而求吾真实有用之学。微论喋喋于俚语俗字者之无当,即持经训史籍诏学子者,仍蔽于订伪摭琐、穿穴比傅之故习。将循是以挽波流而隆国族,不亦大可哀耶?③

不仅乾嘉已降,学术"蔽于订伪摭琐、穿穴比傅",成为饾饤之学。对于晚清民国的学术,柳诒徵先生同样不满意。他说"《书》之失诬,《春秋》之失乱。则清季及民国学者,罔不病此。"④以"诬"与"乱"评价晚清民国的学术,若谓"诬":在《论近人讲诸子之学者之失》一文中批评了梁启超、章太炎、胡适诸人"非儒谤古,大言不惭";在《论以说文证史必先知说文之谊例》一文批评顾颉刚不明《说文》义例,妄说大禹为虫,"就单字只谊,矜为创获,勦不为通人所笑"。⑤ 以柳诒徵为领袖的南雍学派,在近现代学术史上,抵制疑古思潮最力,从学力和学理上来讲,也最为成功。然我们需知,在柳先生看来,疑古和谤经不过是跳梁之技,并不值得十分措怀,故而我们极少看到柳先生直接批评"古史辨派"的学术文章。柳先生特别在意的,仍是史学义理与文化精神的安顿。对于猎奇炫博、哗众取宠式的史学研究,柳氏忧心忡忡,谓之为"乱",其为害反而较"好实无厌"的史学更剧,尤其是清代学风与西方实证史学相交汇后,风气为之一转:

第学子耳目为清儒考据之说所蔽,益以远西人士,固未尝有吾国圣哲之教,徒以勾香

① 柳诒徵:《中国文化史》下册,上海:东方出版中心,1996 年,第 747 页。
② 柳诒徵:《致陈叔谅书》(1952 年 11 月 3 日),见《柳诒徵说文化》,第 353 页。
③ 柳诒徵:《唐荆川年谱序》,见柳定生、柳曾符编:《柳诒徵劬堂题跋》,第 121—122 页。
④ 柳诒徵:《致陈叔谅书》(1952 年 11 月 3 日),见《柳诒徵说文化》,第 353 页。
⑤ 按,柳氏原文,并未点名批评顾颉刚,盖以其后生晚辈,仅略示警戒而已。《说文解字》一书,也是京江柳氏家学,其族祖柳荣宗,字翼南,撰有《说文引经考异》,《清史·儒林列传》有传。

史料、矜奇炫博为能事,……而所举以诏示学者之途术,举不外胡应麟氏所谓"专搜奥僻,诩为神奇"者。致令述一事、属一辞,茫然莫知客主、衷正之辨。于是史料日丰,史义日晦,充其愿量,必至举吾先民文教一切摧毁,而惟异族是从。此所谓生于其心,害于其政,由文人之楮墨言论,可以使民族沦亡,万劫不复也。吁可畏哉!①

为矫正"史学即是史料学","实证即是史学全部"这样的偏差,《国史要义》一书,重申"史学所重者在义也。徒骛事迹,或精究文辞,皆未得治史之究竟。"②在事、文、义三者之间,强调"史义"最重。柳氏继承孟子《春秋》经说,将史学分为三个层面,略云:"其事则齐桓晋文;其文则史;孔子曰,其义则丘窃取之矣。"将《春秋》学的内涵揭示为三部分,即史实事迹、文辞笔削,以及褒贬义理。由这一维度来看,考订事实,搜罗文献,整齐故事,均是揭示"史义"的外围工作,而"史义"所蕴含的价值指向才是史学的核心内涵。

何谓史义?在柳氏看来,史学义理与经学义理本质上是一致的,均以"礼"为中心,"六艺之形式不同,然其义理之关于政治则一。故曰六艺于治一也。不知此义,不能知中国史学之根本,亦即不知中国一切学术之根本。"③史学是以礼为中心的政教之学,"古之有史,非欲其著书也,倚以行政也。"④柳氏延续章学诚"吾族立国行政与史义、史法一贯"的思路,将"史义"看成德性教化与料民施政相一致的价值渊源。

史之所重,在持正义。"史义"即是一脉相传之"经义",最重名分,"孔子之重正名,《春秋》之道名分,皆此义也。"所谓名,即是父子、夫妇、君臣之位,及据此位所得之号;而所谓分,即据有此号所需承担之责任、应尽之义务及享有之资源,等等。柳氏借《大传》名者,人治之大者也。"以及《春秋》以道名分。《春秋》依其名分,辩其是非,以求治人之道⑤来阐明"名分"乃治人之道,"名之为用,明民广教,为政治统一之工具,初非为礼家表迻彰、史家立义法也。"⑥辩名分,则必争义法,"义法之严,至一字必争其出入。由此可知名者人治之大。"⑦"名号凡目,樊然各殊,在今人视之,若甚无谓;而深察其意者,且以之言天人之际焉。"⑧当秩序存在之时,名分即是"礼",以之经邦施政。当秩序崩溃之时,名分存于"史",以历史记载明辨是非。故柳氏云,"古人运之于礼,礼失而赖史以助其治。而名教之用,以之为约束联系人群之柄者,亘数千年而未替。"⑨史之义,即是礼之义,礼之义亦即经之义。史义即是龟鉴,乃是非善恶价值之源泉、规则之所出,也是最后之清算,末日之审判。

① 柳诒徵:《世史正纲跋》,见柳定生、柳曾符编:《柳诒徵劬堂题跋》,第257—258页。
② 柳诒徵:《国史要义》,第199页。
③ 同上,第205页。
④ 同上,第9页。
⑤ 同上,第18页。
⑥ 同上,第19页。
⑦ 同上,第25页。
⑧ 同上,第19页。
⑨ 同上,第25页。

史义的具体标准是什么？柳先生以"无适无莫，义之与比"来形容史义。即史学所承载的是价值指向和精神追求，它没有必然的刚性条例，只有恰当的维度和指向，也即是尺度。"择两端之中，明相反之义，而后可以治经，可以治史，而后可以无适无莫，而立人之义于天下。"①在学术上，柳氏主张会通地观看古代史著的精神义理，反对执念，反对偏颇，如"《春秋》之义，三《传》各以师说阐发几罄，虽有龃龉，要当观其会通。"而后能领略大义，不偏不废。他举《论语》曰："君子之于天下也，无适也，无莫也，义之与比。"以"无适无莫"为史义的特质。柳先生追溯史学源流，主张推本《春秋》学，探求大义，不可就史著而论史学。柳氏认为"近人讲史学，不知推本《春秋》，漫曰《春秋》是经，非史。而中国史学之根本不明，惟就史以求史，故其于《史》、《汉》亦不解所谓。"②粗浅看来，经学讲求善恶义理，史学讲求因果真伪，以经学衡量《春秋》之义，则并不在于事实本身；故而若就史以论史，则《春秋》所记述的不过断烂朝报，于实证并无多大益处。唯有就史实而求尺度，就既往而追问教训经验，乃是《春秋》之义。

借"无适无莫"的理念，柳先生回应现实史学研究的偏差，如前所述柳氏并非不主张史学研究要以现实政教为关切，但史学研究若偏执古代历史现象之一隅，以说明现实之合理或不合理，则为柳氏所不齿，柳先生云"今人言史，亦多适莫。震于富强，则咸称吾国之能辟地而尚武功；病于侵略，则偏重吾族尚和平而泯种异。皆适、莫之见。"③柳氏曾批评晚清以来"不附会而夸大，则卑葸而自诬"的学术乱象，而尤其批评梁启超的学说开启"卑葸而自诬"的学术倾向，乃是"适莫之见"肆虐学林之一证，略云：

> 吾族徒震于晚近之强弱，遂拾其新说，病吾往史，则论世之未得其平也……国不自振，夸大之习已微。以他族古初之蒙昧，遂不信吾国圣哲之文明，举凡步天治地、经国临民、宏纲巨领、良法美意，历代相承之信史，皆属可疑……复以晚近之诈欺，推想前人之假托。……只能从枯骨断简，别加推定……至其卑葸已甚，遂若吾族无一而可，凡史迹之殊尤卓绝者，匪藉外力或其人出于异族，必无斯成绩。此等风气，虽为梁氏所未料，未始非梁氏有以开之。故论学立言，不可不慎。不附会而夸大，则卑葸而自诬。程子所谓与学者言如扶醉汉，扶得东来西又倒者也。

"无适无莫"的史学精义，还落实在对于历史经验的效仿上，柳诒徵先生1934年旧历十月初五有《覆蒙文通书》，其中反思《周官》施行的失败，云"有天下通行之法，有数路共行之法，有一路一州一县一司专行之法，皆因其不齐而为之制，同归于治而已。此言非惟执《周礼》而行于宋者，当知其非；即今日稗贩外国法制以改造中国者，亦当引以为鉴矣。"

---

① 柳诒徵：《国史要义》，第 220 页。
② 同上，第 210 页。
③ 同上，第 220 页。

四、因史返经,参赞位育:申述史德

传统中国,史学本与经学一样,乃是承担政治与教化的学问,则必重史德。"《诗》、《书》、礼、乐,先王法志,皆历史也。当时之讲历史,重在能知德义之府,生民之本。不徒以诵述其事、研阅其文为尚也。"①柳诒徵对于疑古思潮所造成的对古史系统的破坏,以其学术上之自信、掌握文献之渊博,给予回应,但也并未十分措怀。尽管王焕镳回忆"民国八、九年,朝野时彦,拾近世西洋论文论政,偏曲之见,暴蔑孔孟以来诸儒阐明讲说之理,谓不足存。……当是时,南雍诸先生深为叹息,以为此非孔孟之厄,实中国文化之厄,创办《学衡》杂志。柳师尤反对顾颉刚疑古之论,昌言抵排,为一时之风。"②前文所述,对于疑古思潮,柳先生并没有极力抵制,只是重锤响鼓地写了一篇涉及《说文解字》的文章,薄示惩戒,点到为止。但是柳先生是民国时代为数不多的学者当中,以治史"心术"来衡量疑古思潮,这一批评角度却更为严苛。在《国史要义》中,柳先生于《史德》篇中引龚自珍《武进庄公神道碑铭》曰"辨古籍之真伪,为术浅且近者也"。这不是一种情绪化的借古讽今,而饱含学人对于古典所建构出的价值体系崩解的忧虑。

中国思想,在轴心突破之后,并未产生超越此岸世界的宗教。一切价值的源泉,皆来自既有之文化与历史,以一种历史文化优先的意识,考量现实的不完满与德性的崩弛,柳先生基于此反复申明"吾国圣哲深于史学,故以立德为一切基本。"史官与史学家乃至一般读书人"言德不专为治史,而治史之必本于德。"以仁、义、礼、智、信等道德伦理为基本出发点的史学,由此传统而产生秉笔直书、不畏强权、忠实记录等历史道德,"故治吾国史书,必先知吾自古史官之重信而不敢为非,而后世史家之重视心术,实其源远流长之验也。史职重信,而史事不能无疑。故《春秋》之义曰:信以传信,疑以传疑。"对史书的怀疑,尤其是类似于"层累的制造古史"这样的观点,若用之于传说民俗,或不无不可,但若作为基本思想用于指导历史文献的考据,则是对一代又一代史学家德性的怀疑。也即认为一代又一代的史学家,对自身的史著是不负责任的。古人与今人知识背景与认知水准,固然不同,自古人看来十分切实之因果关系,今人看来或极其可笑,但这与主动之作伪有质的区别,况且中国古代史学最重史德,若诬以作伪,则齐之太史、晋之董狐,仁人君子蹈死守正之心,一笔抹杀,实堪叹惋。

有鉴于此,柳氏特别警惕传统史学在现代学术转向之时的削足适履、进退失据,"知人论世,在求古人之善者而友之,非求古人之恶而暴之,或抑古人之善而诬之也。"③对于近代史学转向中的德性丧失与史学乱象,柳氏评价云:"秉心厚者,则能尚友而畜德;赋质刻者,则喜翻案而攻人。如孟子取《武成》二三策之言,以其推论至仁之用师,或疑漂杵之过当。后人不师其发言之本旨,惟截取尽信书不如无书之一语,专以索瘢吹垢为事矣。"④由此而强调,史学研究问

---

① 柳诒徵:《国史要义》,第201页。
② 见《梅光迪文录》,台北:中国文化大学出版社,1968年,第30页。
③ 柳诒徵:《国史要义》,第154页。
④ 同上,第154页。

题意识中本身所彰显的"用心"与"目的"——也就是"心术",追问史学研究导向背后史家本身的价值取向,成为柳氏极其关注的史学发展倾向。不同的用心,不同的倾向,利用史籍而得出的结论和现实意义自然也不相同。柳氏去世较早,没有目睹影射史学大盛的年代,然见几知著,这种"索瘢吹垢"的倾向,其必然也已经成为柳氏所忧虑"史德"崩溃的现象之一。

柳氏谓"史籍之用,亦视学者之用心何如。用之当则可为人类谋幸福,为国家臻治平。用之不当,则可以启乱饰奸,如王莽、王安石用《周官》之不得其效。而骛博溺心、哗众取宠者,更无论矣。"①其中"骛博溺心、哗众取宠"显然是针对当下而言,史学究竟是为"成就事业"、"求知求真"还是"修德修身"? 柳氏显然反对将史学作为对象,成为个人"建功立业"阵地。这一观点显然与近代史学转向中职业化的倾向不一致,也不切诸多历史学者"糊口"与"成就自身"的现实需要。因"事业心"而妨害"求知欲"或亦偶然;然若以"事业心"而故意"索瘢吹垢",苛求古史古人,则必然引发史学伦理的崩溃,柳氏担心"刻核之论,骎成风气,必至害人心术。"柳氏亦未及见解构主义史学大盛的时代,后现代史家以精巧的笔法,消解史学传统中所有的价值与意义,史学撰述已经毫无"心术"二字可言了。

何谓史德? 柳诒徵先生在《要义》一书中,借章学诚《文史通义》之《史德》篇中"敬、恕"二字,作为史德之内涵,申明治史之德,并加以发挥云"敬即慎于褒贬,恕即曲尽其事情。"慎于褒贬,则不轻发议论;曲尽事情,则以同情理解之心态,以当时当地之情势,娓娓而道历史事件之各种原委,"爱而知其恶,憎而知其善,真乃史德也。"②涵养"敬、恕"之心,以治史之经验,培养德性,故云"学者之先务,不当专求执德以驭史,而惟宜治史以畜德矣。"③这就使得历史学作为职业化研究之外,并存有修身的蓝本,这一鹄的显然是经学的旧传统,而为现代史学所不具备的特征。"以前人之经验,启发后人之秉彝,惟史之功用最大。"④重申儒学由修身而兼济的路径,以史学为经学之替身。柳氏谓:

> 人类之道德,禀于天赋之灵明,所谓天生烝民、有物有则、民之秉彝、好是懿德也。而其灵明所由启发而养成,则基于积世之经验。必经历若干之得失厉害,又推阐其因果之关系,灼然有以见其自植于群有必然之定则,决不可背。爰以前事为后事之师,始可免于尝试之劳,及蹈覆辙而犹不悟之苦。⑤

柳氏将德性之根源归因为历史之经验,以人所有之天赋"灵明",感悟"积世之经验",从而形成"必然之定则"。柳氏这一思路,多年之后,有思想史学者产生了相近的想法,概括而为"经

---

① 柳诒徵:《国史要义》,第 319 页。
② 同上,第 152 页。
③ 同上,第 127 页。
④ 同上,第 127 页。
⑤ 同上,第 127 页。

验变先验,历史建理性,心理成本体"①,在文本之外,寻求"历史"及"历史学"更高层次的意义。

由史德而考察史术,从学理来看,"史术即史学,犹之经学亦曰经术,儒家之学亦曰儒术也。吾意史术贯通经术,为儒术之正宗,故以史术名篇。"而从德义之端来看,"术即道也,为古今人所共由之道。"史学之功用,作为一经验之哲学,亦即"史学之益,自持身、涉世、谋国、用兵,为术多而且精,非徒记问撰著即可为史学也。"柳氏举"周官史职,不言谏净,惟曰赞、曰诏、曰考、曰逆。则施行之当否与随事之劝戒,已寓其中。且曰逆者,预事防维,凤申法守,则消弭于未然者多,而补救于事后者少矣。"②

以史德而推衍史术,则"史术之正,在以道济天下,参赞位育,礼乐兵刑,经纬万端。"③历史学则已经超越学科的范围,而上升为替代经学功用的哲学,柳氏坚信"史能转人,而人不能转史。"且"文史之用,为足振名德而垂无穷"④这一论断,与陈寅恪先生"孰谓空文于治道学术无裨益耶?"⑤的感慨如出一辙。柳先生以亲身之感悟,将史德、史术与儒学《中庸》、《大学》文字打通来看:

> 《中庸》言中和位育之功,始于戒慎恐惧。《大学》陈絜矩治平之效,亦本于诚意慎独。古人岂故偏于畏葸怯劣,不示人以奋厉振兴哉。历睹成败存亡,推求因果,知人心一念之纵肆欺诈,可推演而成无涯之祸。谓非兢兢业业,无一时之不慎,不能成盛德大业。且以此通天下之志,知世人同此心理,无一人可以受欺诈而愿侵凌,欲其同情于我,惟有以至诚、极恕感之,舍此更无妙术。⑥

因史学之"历睹成败存亡",而能有"兢兢业业"、"至诚"、"极恕"之心,因"治史"而"畜德","以前人之经验,启发后人之秉懿",最终"人人养成中和之心习,推而至于治天地万物。……才可说位育。"⑦此是柳先生对于史学所怀抱之理想。

五、治史畜德、因史转人

在《国史要义》一书中,柳诒徵先生始终强调中国文化的根本,坚持一以贯之的看法,"吾民族之兴,非无武功,非无宗教,非无法律,亦非匮于物资,顾独不偏重于他族史迹所趋,而兢兢然持空名以致力于人伦日用。"⑧此人伦日用,并非来源于自外于人本身的天堂胜境,而是"就天

---

① 李泽厚:《历史本体论》,北京:生活·读书·新知三联书店,2002 年,第 1 页。
② 柳诒徵:《国史要义》,第 298、304、37 页。
③ 同上,第 320 页。
④ 柳诒徵:《胶山黄氏宗谱选录序》,见柳定生、柳曾符编:《柳诒徵劬堂题跋》,第 111 页。
⑤ 陈寅恪:《赠蒋秉南序》,见陈美延编:《陈寅恪集·寒柳堂集》,第 182 页。
⑥ 柳诒徵:《国史要义》,第 326 页。
⑦ 柳诒徵:《答熊十力书》(1951 年 10 月 6 日),见柳定生、柳曾符编:《柳诒徵劬堂题跋》,第 295 页。
⑧ 柳诒徵:《国史要义》,第 25 页。

性出发的人伦,本乎至诚。这种精神方能造就中国这么大的国家,有过数千年光荣的历史。"①柳氏眼中,历史学则是此本乎至诚、达乎人伦的精神价值的源泉与载体。

在吾国,历史著作超越文本本身,如柳先生所谓"史出于礼,为国以礼,为史以礼。"史学遂能如纲常施于行事,成一代之法则;遂能如诗书润乎四体达于心性,成一身之德行。此处,"礼"又为抽象的人文精神、人本主义,亦即柳氏借王国维之语表述,"合天下以成一道德之团体"。在此种道德努力之下,"华夏之人,服习名教,文儒治史,不能禁世之无乱,而必思持名义拨乱世而反之正。国统之屡绝屡续者恃此也。"②柳氏相信,吾国政教文化,能历经数千年而绵延不断,自有其内在机理,此一内因即是以礼为核心,以史为载体的精神实在的传递。

《国史要义》一书以《史化》为结,并云"史之为化,有因有革"。柳氏寄希望于"史能转人",人须"大其心量"而读史,人因读史而"畜德"、"明理",最终"合天下以成一道德之团体"。就治学之主张与鹄的而言,柳诒徵先生与新儒家接近。然从治学之路径而言,柳先生又与熊十力、马一浮、钱穆诸先生不同。新儒家是由性理之学出发,探寻儒学的前途,其研究范畴仍在道体、本体,知、行之间,其目的仍在由内圣而开出外王。柳诒徵先生则以史学为出发点,以儒学的发生时代为切入点,抛开性命之辨,因《周官》而究礼制,因礼制而论史源,丢开天人心性之学,由读史而直接认知中国文化之内涵,再反身求仁,贯通儒术。先生谓"学者必先大其心量以治吾史,进而求圣哲立人极、参天地者之何在,是以认识中国文化之正轨。"③可谓别开一面。

与众多二十世纪知识分子悲观的情绪不同,柳先生并没有因文化的出路问题,而深思焦虑、绕室彷徨④。乃是以一种自信的姿态展望,"过去之化若斯,未来之望无既。通万方之略,弘尽性之功。所愿与吾明理之民族共勉之。"⑤写下这一段话时,正是抗日战争后期。不禁令人联想起,两千二百年前楚汉战争时,刘邦"诛项籍,举兵围鲁。鲁中诸儒尚讲诵习礼乐,弦歌之音不绝。"无论外部环境之恶化,大儒内心深处仍能保持一份凝重的庄严。古典精神支撑下的乐观,历览成败之后的释然,于自信之外,彰显学者人格之魅力。此又为《国史要义》一书特色独具之处。自柳诒徵先生之后,迄今倏忽一甲子,六十年转瞬而逝,在经历过"《论语》当薪欲烧,大师依席不讲"的时代之后,倘有人能再传先生之史术,明了先生治学之旨趣者乎?

吾国学问,首倡"为己",再论"济世"。柳诒徵先生少习经史,未弱冠而游泮水。事母以孝、治学以勤、报国以忠,一生行止若从五经印证过来,其所述史学之要义,亦可谓推己而及人之学说。先生去世前一年,撰成《青衿周甲述》一卷,寄赠同仁。李思纯教授读后,题诗有句云"文章季世真知价,志业劬堂始孝经"⑥可谓为先生定评。

一九四九年春,也即《国史要义》首版一年之后,已经倍感沧海桑田,目睹由晓风和煦而残

----

① 柳诒徵:《对于中国文化之管见》,见《国风》半月刊 1934 年第 4 卷第 7 期。
② 柳诒徵:《国史要义》,第 95 页。
③ 柳诒徵:《中国文化史弁言》(1947 年 5 月),见柳诒徵:《中国文化史》上册,第 3 页。
④ 胡秋原:《一百三十年来中国思想史纲》,台北:学术出版社,1980 年,第 149 页。
⑤ 柳诒徵:《国史要义》,第 372 页。
⑥ 李思纯:《奉题柳翼谋先生青衿周甲述兼以寄怀》,见吴学昭整理《吴宓诗集》,北京:商务印书馆,2004 年,第 484 页。

阳如血的数十年变迁,柳诒徵先生写下《浣溪沙》①词一阙,今录之于下,以为终章,词云:

谁道山园半亩荒,乱红快绿不寻常,晓风消受到残阳。

腊鼓春灯方代谢,清明寒食尽思量,台城纸鹞任风飏。

———————————————

① 据柳诒徵先生手稿影印件,未刊。

南朝宋武帝初宁陵、文帝长宁陵地理位置补论

——重温朱希祖《六朝陵墓调查报告书》的相关考述

杨晓春 *

　　关于六朝帝王陵墓的研究，八十年前朱希祖先生撰《六朝陵墓调查报告书》[①]，无论在遗存的记述方面还是文献的利用方面都可以说是第一种系统的现代研究，直到今天仍然具有很高的参考价值。我对于南朝帝王陵墓神道石刻的研究，便一直受惠于这一报告书。

　　我曾探讨过南京东郊麒麟镇（麒麟门）东北麒麟铺的一对陵墓神道石兽的墓主问题，认为并非是向来认为的宋武帝初宁陵或文帝长宁陵石兽。文中着重分析了文献记载中的二陵的地望问题，认为当在钟山西北侧求之。[②] 但是，因无遗存可考察，未能就二陵的位置作进一步的认定。现在，重读朱希祖先生《六朝陵墓调查报告书》中一处考述文字，想就宋武帝初宁陵、文帝长宁陵的地理位置问题再作些补充讨论，算是八十年后后学的一份读书笔记吧。

　　关于麒麟铺石兽一文中已经详细引用了有关二陵地望的传世文献，并作了比较与分析，此处不再赘引，仅摘录很能说明问题的几条资料，以及我的一些结论，以便下文的探讨。

　　唐中期的《建康实录》记初宁陵位置：

　　　　在县东北二十里，周围三十五步，高一丈四尺。[③]

　　又记长宁陵位置：

　　　　陵在今县东北二十里，周回三十五步，高一丈八赤（尺）。[④]

　　南宋初年的《六朝事迹编类》载：

---

* 杨晓春，南京大学历史学院教授。

① 此一报告书收入中央古物保管委员会编辑委员会编辑、朱希祖总编辑：《六朝陵墓调查报告》（北京：中央古物保管委员会，1935 年），为《六朝陵墓调查报告》的主体部分。《六朝陵墓调查报告》的现代整理本有两种，一载杨晓春选编：《朱希祖六朝历史考古论集》（南京：南京大学出版社，2009 年），整理中改正了一些错别字、配图与文字说明的不协调等问题；一为王志高点校：《南京稀见文献丛刊》本（南京：南京出版社，2010 年），原大复制了书中的地图，便于利用。

② 杨晓春：《南京麒麟铺石兽墓主问题的再研究》，《考古》2008 年第 5 期。此文中对于麒麟铺石兽墓主推测的疏误，后又撰文弥补，请参杨晓春：《南京麒麟铺石兽墓主问题研究补正》，《东南文化》2010 年第 3 期。

③ ［唐］许嵩：《建康实录》卷十一，张忱石点校，北京：中华书局，1986 年，第 389 页。

④ ［唐］许嵩：《建康实录》卷十二，张忱石点校，北京：中华书局，1986 年，第 450 页。

　　《建康实录》:"宋高祖永初三年,葬初宁陵,隶丹阳建康县蒋山。"《图经》云:"在县东北二十里。"政和间,有人于蒋庙侧得一石柱,题云"初宁陵西北隅"。以此考之,其坟当去蒋庙不远。

　　《建康实录》:"宋文帝元嘉三十年,葬长宁陵。"《图经》云:"隶县东北二十五里,与武帝陵相近。"今未详所在。①

　　以上记载中的唐县指唐江宁县(上元县),上元县治在今天南京旧城西南朝天宫以东一带。再根据宋代去上元县三十多里的梁吴平侯墓、梁始兴王墓、梁安成王墓远在姚坊门(尧化门)东北,可以将县东北二十里或二十多里的初宁陵、长宁陵二陵大致确定在尧化门内钟山北面。因此,也可以认为只在《六朝事迹编类》中记载的二陵在蒋庙附近的记载是可信的。当然,其中的蒋庙位置在《六朝事迹编类》中也有明确地记载:"今隶蒋山之北,去城二十里。"②至于《元和郡县图志》载:"宋武帝刘裕初宁陵、文帝义隆长宁陵,并在县东北二十二里蒋山东南。"③所谓"蒋山东南",当有文字上的讹误。

　　除了唐宋时期有关宋武帝、文帝二陵位置的记载,更早的《南齐书·豫章文献王嶷传》也明确记载了长宁陵的位置。朱希祖先生《六朝陵墓调查报告书》曾就此作过仔细的分析。朱希祖先生的分析,值得在此重新回顾一番:

　　希祖案《齐书·豫章文献王嶷传》云,太祖在领军府,嶷居青溪宅。又云,北第旧邸,本自甚华,又云,东府又有斋,亦为华屋,而臣顿有二处住止。七年(永明)启求还第,上令世子子廉代镇东府。上数幸嶷第,(北第也,南第即东府斋。)宋长宁陵隧道出第前路,上曰,我便是入他冢墓内寻人,乃徙其表阙骐驎于东岗上,骐驎及阙,形势甚巧,宋孝武于襄阳致之,后诸帝王陵,皆模范而莫及也,《南史》略同。据此,宋文帝长宁陵,初在青溪北部,东冈西麓,与东田相近,齐永明中,始迁其表阙骐驎于东岗上,《齐书》为梁萧子显撰,子显即齐豫章文献王嶷第八子,其言必最可信。

　　东冈即沈约《郊居赋》之东巘,《梁书·沈约传》,约虽时遇隆重,而居处俭素,立宅东田,瞩望郊阜,尝为《郊居赋》云:睇东巘以流目,心悽怆而不怡,盖昔储之旧苑,实博望之余基,又云,惟钟岩之隐郁,表皇都而作峻,观二代之莹兆,觌摧残之余遂。考《齐书·文惠太子传》,求东田,起小苑,上许之,永明中,二宫兵力全实,太子使宫中将吏,更番役筑,宫城苑巷,制度之盛,观者倾京师。上幸豫章王宅,还过东田,见其弥亘华远,壮丽极目,于是大怒,据此,则豫章王宅与东田相近,沈约《郊居赋》所谓睇东巘以流目,盖即东冈,其下有文惠太子小苑,即博望苑也。观二代之莹兆,谓钟山西南晋五陵及东南西南有宋二陵也。觌

---

①　[宋]张敦颐:《六朝事迹编类》卷十三《坟陵门》"宋武帝陵"、"宋文帝陵"条,张忱石点校,北京:中华书局,1995年,第132—133页。

②　[宋]张敦颐:《六朝事迹编类》卷十二《庙宇门》"蒋帝庙"条,张忱石点校,北京:中华书局,1995年,第121页。

③　[唐]李吉甫:《元和郡县图志》卷二十五,贺次君点校,北京:中华书局,1983年,第597页。

摧残之余燄,谓晋五陵墭道残缺,及东冈上宋文帝长宁陵之表阙骐驎也。齐明帝建武二年十二月,诏晋宋诸陵,悉加修理,(《建康实录》卷十五)可证。

　　东冈,后名东山,宋张敦颐《六朝事迹编类》卷六,上元县有东山二:一在崇礼乡,今土山是也;一在钟山乡,蒋庙东北,宋刘缅隐居之地,《南史》,缅尝经始钟岭,以为栖息,及造园宅,名为东山,今去县十五里。案《南史·刘缅传》,缅以世路纠纷,有怀止足,经始钟岭之南,以为栖息,聚石畜水,髣髴丘中,朝士雅素,多往游之。据此,则缅隐居之地,乃在钟山之南,盖即在东冈下,故后人亦呼东冈为东山,《六朝事迹》谓在蒋庙东北,去县十五里,皆误,盖蒋庙在钟山西北,而此又云在蒋庙东北,则在钟山之东北矣,与《南史·缅传》不合。

　　东冈上之表阙骐驎,至唐时盖已亡佚,唐许嵩《建康实录》及李吉甫《元和郡县志》,不知何所据,均言宋文帝长宁陵与武帝初宁陵相近,而同其里数也。①

　　以上的考述,充分体现了朱希祖先生关于六朝陵墓的研究充分利用历史文献的特点。《南齐书·豫章文献王嶷传》是旧方志已经引用过的,但是朱希祖先生对于其中的东冈的解说,别开生面,而沈约《郊居赋》的引用尤其予人启发。

　　长宁陵的位置靠近齐豫章文献王萧嶷的一处宅第,并且其神道挡住了从建康城通往萧嶷宅邸的道路,因而神道石刻被移到不远处的"东冈"。朱希祖先生认为此"东冈"即梁沈约《郊居赋》中的"东巘",他对《郊居赋》中"观二代之茔兆"的分析是非常可取的,"二代之茔兆"即指晋、宋二代靠近钟山西侧的帝陵。只是在沈约位于东田的宅第并不能看到钟山的东南,牵上"东南",那是因为朱希祖先生认为钟山以东的麒麟铺石兽是宋武帝初宁陵的缘故。朱希祖先生还认为"东冈"就是《六朝事迹编类》记到的位于钟山乡、在蒋庙东北的"东山",确实位置与《郊居赋》所记的"东巘"也很接近。

　　更明确的是,朱希祖先生以上所论,完全可以和前述《六朝事迹编类》所载北宋政和年间蒋庙之侧发现的一件带有"初宁陵西北隅"题铭的石柱所指示的初宁陵位置相呼应。正如《建康实录》和《元和郡县图志》所记载的,初宁陵和长宁陵的位置是紧靠的。

　　宋元时期的南京地方志对于蒋庙也都有记载,如《景定建康志》载:"在蒋山之西北,去城一十二里。"并详记三国吴孙权立庙以来历代重修的历史,其中特别记到"本朝开宝八年,庙火。雍熙四年,即旧址重建。"②《至正金陵新志》所载地望全同。③ 一十二里,则完全可以和《六朝事迹编类》所载位于蒋庙东北的刘缅隐居之地去县十五里相对应。④ 宋代的记载,从建康城北门

---

① 朱希祖:《六朝陵墓调查报告书》,载中央古物保管委员会编辑委员会编辑、朱希祖总编辑:《六朝陵墓调查报告》,北京:中央古物保管委员会,1935年,第11—13页。标点一仍其旧,只加了书名号。又"徙"误作"徒",于此改正。

② [宋]马光祖修、周应合纂:《景定建康志》卷四十三《风土志二·古陵》"蒋帝庙"条,南京:南京出版社,2009年,第1084—1086页。《景定建康志》的记载,与《六朝事迹编类》多有类同之处,但是去城里程不同,在此暂不作辨析。

③ [元]张铉:《至正金陵新志》卷十二《古迹志·陵墓》"蒋王庙"条,田崇点校,南京:南京出版社,1991年,第347页。

④ 但是《南史·刘缅传》谓在"钟岭之南",与此不合,朱希祖先生则完全否定《六朝事迹编类》的记载,这一点尚有待进一步考察。

算起，宋代的北门沿袭南唐，在今天珠江路南北门桥，位于朝天宫北约二公里，故而距离此处的里程数较距离唐唐上元县治的里程数要小。直到明初，又于鸡鸣山（今城内北极阁一带）南建蒋忠烈庙。[①] 但是《洪武京城图志》所附地图仍在钟山三座山峰中最西一座山峰的北面标出"蒋庙"（参见图一）。[②] 所以，我以为今天钟山西北侧的地名蒋王庙，就是宋代蒋庙的遗留，也就是说，宋代的蒋庙在今天蒋王庙一带，而这一带应该也就是南朝宋初宁陵、长宁陵二陵的所在地。

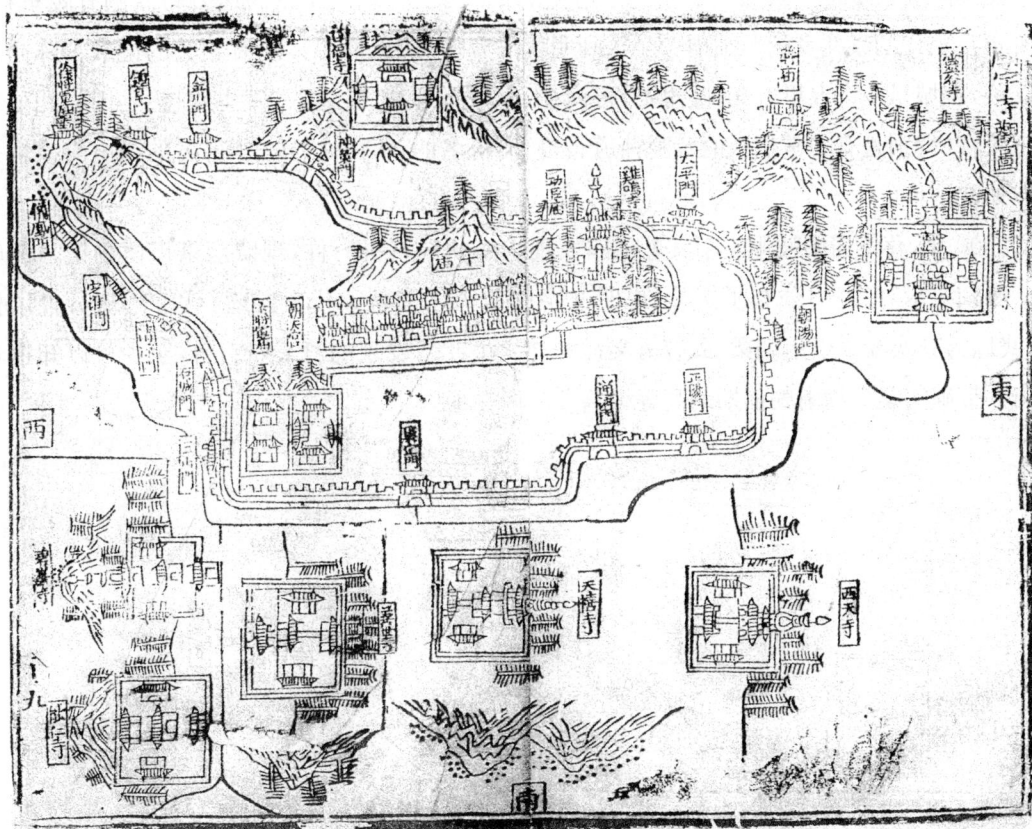

图一　洪武《京城图志》之《庙宇寺观图》
（左半幅与右半幅）

《建康实录》还有一段记载，也可以间接印证南朝宋初宁陵、长宁陵二陵与蒋庙相去不远：

> （元嘉元年）置竹林寺。（原注：案，《寺记》：元嘉元年，外国僧毗舍阇造。又置下定林

---

① ［明］《洪武京城图志·坛庙》"蒋忠烈庙"条，《南京图书馆藏稀见方志丛刊》第31册影明弘治五年（1492年）朱宗刻本，北京：国家图书馆出版社，第47页。

② 此图据《南京图书馆藏稀见方志丛刊》第31册影明弘治五年（1492年）朱宗刻本，北京：国家图书馆出版社，第41—42页。《南京稀见文献丛刊》本，"导读"称以明弘治刻本为底本，插图八幅，前二幅《皇城图》、《京城山川图》以《北京图书馆古籍珍本丛刊》影印本补。（［明］礼部纂修：《洪武京城图志》，欧阳摩一点校，南京：南京出版社，2006年，第1页。）实际上《庙宇寺观图》一幅仍出自《北京图书馆古籍珍本丛刊》影印本。（［明］王俊华纂修：《（洪武）京城图志》，《北京图书馆古籍珍本丛刊》第24册影清抄本，第6页。）且图旁"庙宇寺观图"五字亦为后增，《北京图书馆古籍珍本丛刊》影印本原阙。

寺,东去县城一十五里,僧蓝造,在蒋山陵里也。)①

　　下定林寺东去县城一十五里,所在为蒋山陵里,"陵里"之得名,可以估计是此处系帝陵之所在。文献记载同名的另外一个"陵里",还见于《六朝事迹编类》:"《建康实录》:陈高祖永定三年葬万安陵,隶县东南古彭城驿侧,今县东崇礼乡,地名陵里,有曰天子林,其地有石麒麟二,里俗相传即陈高祖墓也。去城二十里。"②今南京江宁区上坊镇南宁杭高速公路西侧有陵里村,位置正在宋代的崇礼乡的范围内。一直到明代的万历《应天府志》,还有相关的记载:"陈高祖万安陵,在城东三十五里,旧名陵里,石兽尚存,今呼石马冲。"③这一"陵里"显然是因为此处有帝王陵寝(特别是有非常显眼的帝陵神道石兽)而得名的,蒋山之"陵里"得名的缘由应该也是可以如此估计的。

　　2000年,蒋王庙明岐阳王李文忠墓园发现了南朝残石兽一件,现藏南京市博物馆,《南朝陵墓雕刻艺术》一书中公布了图片,说明文字中认为系南朝梁代王侯墓石兽。④ 从石兽风格看,我以为其实要早于南朝梁,此容另文详考之。由此新发现的蒋王庙石兽,至少可以知道蒋王庙一带确实是一片南朝前期的高等级墓葬的所在地。

① ［唐］许嵩:《建康实录》卷十二,张忱石点校,北京:中华书局,1986年,第409页。
② ［宋］张敦颐:《六朝事迹编类》卷十三《坟陵门》"陈高祖陵"条,张忱石点校,北京:中华书局,1995年,第137页。
③ ［明］万历《应天府志》卷二十二《杂志中·宅墓》,《稀见中国地方志汇刊》第10册影明万历五年(1577年)刻增修本,北京:中国书店,1992年,第322页。
④ 南京博物院编著、徐湖平主编:《南朝陵墓雕刻艺术》,北京:文物出版社,2006年,第269—270页。

特邀演讲

新学衡

《我是猫》中猫的毛色

小森阳一

李　坤、黄沁芸、彭　曦 译*

一、"我"的无名性和以毛色命名的名字

《我是猫》是近代日本代表性小说家夏目漱石的成名作。这部作品创作于日俄战争的第二年，以旅顺为中心的激战正在如火如荼地进行。该小说 1905 年 1 月发表于俳句杂志《杜鹃》上，一开始准备一次性完结。

正文的开头是"我是猫，名字嘛……还没有"①，结尾为"依然没有给我起上名字。但是，那又何妨。欲望无止境嘛！但愿住在这位教师的家，以无名一猫而了此平生！"

尽管被养在中学英语老师苦沙弥先生的家里，却还没有名字；尽管成为一只家猫已经有相当一段时间了，却"依然没有给我起上名字"。然而，"我"已经接受了这种状态，宣告自己将"无名猫"的状态保持下去。第一回故事就结束了。

1905 年 1 月，纸媒上清一色都是关于日俄战争的报道。在这种情况下，《我是猫》引起了巨大反响，《杜鹃》杂志也大量增印。于是，编辑高浜虚子请漱石写《我是猫》的连载。夏目漱石接受了她的请求，写了《我是猫》的第二回。第二回开头写道："新春以来，我也有了点名气。"在这里，他巧妙地用了一种悖论式的写法；尽管"我"是一只还没被人起名的"无名猫"，却变得"有了点名气"了。在这个意义上，我们可以判断猫的"无名性"在《我是猫》第一回的小说结构上占据重要位置。

在正文中间也出现与开头相同的句子，那是在与人力车夫家的黑猫相遇的时候。

它是一只纯种黑猫。刚刚过午的阳光，将透明的光线洒在它的皮肤上，那晶莹的茸毛之中，仿佛燃起了肉眼看不见的火焰。他有一副魁伟的体魄，块头足足大我一倍，堪称猫中大王。我出于赞赏之意、好奇之心，竟然忘乎所以，站在它面前，凝神将它打量。不料，十月静悄悄的风，将从杉树篱笆探出头来的梧桐枝轻轻摇动，两三片叶儿纷纷飘落在枯菊的花丛上。猫大王忽地圆眼怒睁。至今也还记得，它那双眼睛远比世人所珍爱的琥珀更加绚丽多彩。它身不动、膀不摇，发自双眸深处的炯炯目光，全部集中在我这窄小的脑门

---

*　小森阳一，日本东京大学教授。李坤，南京大学外国语学院日语系硕士；黄沁芸，南京大学外国语学院日语系本科；彭曦，南京大学外国语学院日语系教授。
①　译者注——《我是猫》的中译文引自译林出版社 1993 年于雷的译本，略有改动。

上,说:"你他妈的是什么东西!"

身为猫中大王,嘴里还不干不净的!怎奈它语声里充满着力量,狗也会吓破胆的。我很有点战战兢兢。如不赔礼,可就小命难保,因而尽力故作镇静,冷冷地回答说:

"我是猫。名字嘛……还没有。"

不过此刻,我的心房确实比平时跳动得剧烈。

猫大王以极端蔑视的腔调说:

"什么?你是猫?听说你是猫,可真吃惊。你究竟住在哪儿?"他说话简直旁若无人。

"我住在这里一位教师的家中。"

"料你也不过如此!有点太瘦了吧?"

大王嘛,说话总要盛气凌人的。听口气,它不像个良家之猫。

这就是两只猫相遇时的情形。其中首先描写了"我"所遇到的"黑猫"的美丽皮毛。然后自我介绍说"我是猫,名字嘛……还没有",再问黑猫"请问,你发此狂言,究竟是干什么的?"黑猫回答道:"俺是车夫家的大黑!"

黑猫的回答中有主人的职业,以及主人给它取的名字,然而那名字只不过是猫的毛色。此时我们可以明确地认识到,在《我是猫》这一小说中人们给猫命名时的基本原则。人们不是去表现每只猫作为个体所具有的个性和独特性,而是以许多猫都有的共性——猫的毛色来命名。

"我"在讲述与"车夫家的黑猫"相遇场景之前,先讲述了"我"的主人苦沙弥先生开始画水彩画的事情。在水彩画的事情之前,还介绍了与"我"有关系的猫类社会的方方面面:

我十分尊敬斜对过的白猫大嫂。她每次见面都说:"再也没有比人类更不通情达理的喽!"白嫂不久前生了四个白玉似的猫崽儿。听说就在第三天,那家寄居的学生竟把四只猫崽儿拎到房后的池塘。一古脑儿扔进池水之中。白嫂流着泪一五一十地倾诉,然后说:"我们猫族为了捍卫亲子之爱、过上美满的家庭生活,非对人类宣战不可。把他们统统消灭掉!"这番话句句在理。

还有邻家猫杂毛哥说:"人类不懂什么叫所有权。"它越说越气愤。本来,在我们猫类当中,不管是干鱼头还是鲻鱼肚脐,一向是最先发现者享有取而食之的权力。然而,人类却似乎毫无这种观念。我们发现的美味,定要遭到他们的掠夺。他们仗着胳膊粗、力气大,把该由我们享用的食物大模大样地抢走,脸儿不红不白的。

白嫂住在一个军人家里,杂毛哥的主人是个律师。正因为我住在教师家,关于这类事,比起他俩来还算是个乐天派。只要一天天马马虎虎地打发日子就行。人类再怎么有能耐,也不会永远那么红火。唉!还是耐着性子等待猫天下的到来最为上策吧!

"白猫"被养在"军人家里","杂毛哥的主人是个律师"。总之,它们的名字,还是它们的毛色。也就是说,主人完全不顾及它们每一只猫作为个体的个性和独特性,只不过是用外表上看到的毛色来给它们命名。从这里我们可以明白,苦沙弥先生和"我",是拒绝这样简单地形成关联。

　　猫的名字不过就是它的毛色,当读者意识到这一点时,就会开始关注谁在使用如此简单粗暴的命名方法,同时也会开始关注猫的主人的职业。无论是"军人"还是"律师","人力车夫"还是"中学教师",它们都是在明治维新以后的文明开化、富国强兵政策中产生的新职业。

　　首先说一下"军人"这一职业的由来。1872年11月28日,日本发布了"征兵诏书",1873年1月10日以太政官布告的形式发布了"征兵令",从而将大日本帝国陆海两军编成了国民军。在帝国军队中,有人从军校毕业后自愿参军,一直任职到退伍,那些人通常被叫作"军人"。

　　"律师"在原文中写作"代言",是"代言人"的意思,这是明治初期对律师的称呼。1872年,日本政府以太政官布告的形式确立了司法职务定制。1876年制定了"代言人规则",规定从事"代言"工作的人必须得到司法卿认可。这一规则和"代言"这个称呼,在中日甲午战争开始前的1893年,因"律师法"的公布而废止。所以在日俄战争的第二年,称呼应该已经改成"律师"了,只是因为习惯而在书中仍使用"代言"这一称呼。

　　原文中的"车屋"是指人力车夫。1869年,和泉要助、铃木德次郎、高山幸助等人从马车得到启发,发明了人力车并进行试运行。在接下来的1870年,他们向东京都申请并获得了许可,开始生产人力车。与此同时,在东京日本桥正式运营人力车。在甲午战争后的1896年,人力车达到了21万辆之多。然而,后来东京道路扩建成了铁道马车,再后来,马匹用于支援日俄战争,铁道马车也因此被有轨电车所取代。在这种状况下,人力车的数量渐渐减少。坪内逍遥的《当世书生气质》(1885)可以称为日本近代小说的开端。该小说的第一回开头这样写道:"东京是一个大都市,形形色色的人从四面八方来到这里。其中,人数最多的要数人力车夫和学生了。"坪内将人力车夫与学生作为一对象征性的事物提了出来。

　　"学生",也就是"书生"。他们主要由旧武士家族男性子弟构成,通过地缘或血缘关系来到东京。为了跻身学历精英社会,他们一边在寄宿的地方帮忙做家务等劳动,一边去上各种学校,他们是有望成为佼佼者的一群人。

　　在日俄战争前后,人力车夫虽然是城市贫民的象征,但是如果没有体力的话,也当不了人力车夫。最初,在江户幕府末期、明治维新时期的内战中,战败方的旧武士阶级中的许多人都当了人力车夫。

　　当时,如果想攀登到学历精英社会的顶端,必须毕业于帝国大学。1886年3月1日,出台了"帝国大学令"的敕令。同年,正式设立了高等中学,这是初中毕业后为考入帝国大学而进行学习的预备教育机构。从中学升入高等中学时,面临激烈的考试竞争。1894年,也就是甲午战争那年,高等中学改名为高等学校。要想进入帝国大学,必须从第一到第五高等中学毕业,而"我"的主人就是这类中学的英语老师。

　　在甲午战争结束后的1897年,创设了京都帝国大学,原本独一无二的帝国大学改名为东京帝国大学。而猫主人的职业，是在明治维新后的文明开化、富国强兵的政策下应运而生的新职业，这一线索逐渐明晰了。而且"我"寄居于身为中学英语教师的苦沙弥先生家的契机，也正是因为他是"书生"。这在第一句和第二句"我是猫，名字嘛……还没有"的后面有直接讲述：

> 哪里出生？压根儿就搞不清！只恍惚记得好像在一个阴湿的地方咪咪叫。在那儿，我第一次看见了人。而且后来听说，他是一名寄人篱下的穷学生，属于人类中最残暴的一伙。相传这名学生常常逮住我们炖肉吃。不过当时，我还不懂事。倒也没觉得怎么可怕。只是被他嗖的一下子高高举起，总觉得有点六神无主。

在日本明治时期，"书生"是一种特殊的社会阶层。对此，《我是猫》选用了带有人种主义色彩的字眼——"人类中最凶恶的一伙"。紧接着，在猫类中也出现了"他们会捉住我们煮着吃"的说法，所以"书生"不是食人族，而是食猫族。

通常，我们把人吃人肉的习俗称为"cannibalism"，这个词语音译自西德列岛加勒比人讲的西班牙语方言。1492 年，伊萨伯拉一世征服了伊斯兰教国最后根据地格拉纳达，结束了"国土收复运动"，援助哥伦布实施了由向西航行到达印度的计划。横渡大西洋一直向西，哥伦布见到了亚洲人的褐色面孔，于是他将加勒比海的岛屿命名为"西印度群岛"。之后，在 1501 年到 1502 年期间，亚美利哥·韦斯普奇在与葡萄牙探险队一道的航海中，将亚洲大陆误认为其它大陆，德国的地理学者将其命名为美洲大陆。

基督教徒的教义是"禁止杀戮"。他们受罗马教皇的命令，打着"收复失地运动"的旗号，数次进行十字军远征。基督教徒将对伊斯兰教徒的杀戮、掠夺、强奸行为在教义上正当化，历经数百年反复不断。在"收复失地运动"结束后，西班牙、葡萄牙这两个天主教国家发现并占领了新大陆美洲。而且他们的占领，并不是因为对方是伊斯兰教徒这一宗教上的理由，而是把"cannibalism"定位为"野蛮"的象征——"恶"，从而将杀戮、掠夺、强奸土著民的行为正当化。南美大陆的土著民在西班牙语中是拉美印第安人（Indio），在他们的文明里，骑马使枪的征服者等同于神。因此阿兹特克王国于 1521 年被科尔特斯消灭，印加帝国于 1532 年被皮萨罗消灭。北美大陆的土著民在英语中是 Indian。这一点与 1905 年 1 月，即与《我是猫》同年发表在《帝国杂志》上的《伦敦塔》的世界也有一定的关系，《帝国杂志》是由东京帝国大学文科大学相关人员创办的。

亨利八世因为离婚没有得到天主教皇克雷芒七世的许可，于是自立为教会首领，于 1534 年创立了英国国教会（圣公会）。在爱德华六世时的大主教托马斯的授意下，路德派和加尔文派等新教的祈祷书得以制定颁布。

西班牙皇子腓力（即后来的腓力二世）与玛丽结婚，成为被亨利八世废黜的王妃凯瑟琳的女婿。玛丽 1553 年一即位就立刻恢复罗马教会，迫害新教徒。她被称为"血腥的玛丽"（暴力的玛丽）。之后在伊丽莎白一世时期，颁布了明确教义立场的《三十九条信纲》。

伊丽莎白一世即位时还是个处女，她的宠臣雷利于 1584 年在北美建立了佛吉尼亚州（Virginia）。1596 年，雷利与埃塞克斯一起袭击了西班牙的"新大陆"贸易据点加的斯。伊丽莎白一世时代就是一个海盗时代。争夺新大陆利权的大西洋海战，称之为席卷欧洲大陆的宗教战争也不为过。这之后，从欧洲大陆宗教战争中逃离的英国以及荷兰的移民"开发"了北美大陆。在土著民看来，移民掠夺土地与侵略无异。按照英语的说法，北美大陆的土著民是美洲印第安人。克朗玛和雷利都在《伦敦塔》中出现了。

莫尔顿是美国的解剖学与人类学学者。他从 1830 年以后开始收集美洲印第安人的颅骨，并在 1839 年发表的《头骨美洲》（Cranial Americana）中，一方面主张单一人种说，同时又基于"种族"差异所导致的战斗力的不同，对人种进行了分类。据此，莫尔顿为将黑人奴隶制度合理化，从而主张欧洲白种人是上等人种的看法。法国的东亚学者戈宾诺在 1853 年至 1855 年完成的《人种不平等论》中，也主张纯种的雅利安民族，特别是日耳曼民族是上等种族。这些人种主义的言论披着科学的外衣，主张肤色的不同导致"种族"的优劣。

在此，希望大家回顾一下前面介绍人力车夫家的黑猫时的引文中，"我"说了"在它的皮肤上"。猫的毛色，就像人的"肤色"。

"军人家"的"白猫"刚产下的八只幼猫被他家"书生"丢弃在了"屋后的池塘"。在介绍这一事实的时候，让我们再次想起开头"我"所处的危险状况。"我"也正是在出生地的檐廊下被这家的"书生"——"人类中最残暴的种族"扔到外面去的。被丢弃的地点不是"屋后的池塘"，而是"竹林"，因此"我"才存活下来了。"好不容易爬出竹林，一瞧，对面有个大池塘"这一设定，通过"白猫"的"八只""弃子"，提醒了大家"我"所处的危机状态。而"书生"是作为猫的屠杀者在文中出现。

"白猫"的幼崽都被屠杀了，甚至说"一定要对人类宣战，把他们统统剿灭"。生长在"军人家"的"白猫"的生杀大权掌握在它的主人手里。

"律师"家养的"杂毛猫"，对人类与猫在"所有权"上的差异表示愤慨。在猫的世界里，虽然"最先发现者享有取而食之的权利"但"人类必会把该由我们享用的食物大模大样地抢走"。

"所有权"是指能够完全支配物品的权利，即不借助他人的行为，而是直接支配目标对象、享受其利益的权利。

"白猫"所说的对于"最先发现的东西"有"所有权"这一言论，或许看来会有点粗暴。但这也正是人类社会中"所有权"的真实状况。自从西班牙和葡萄牙这些天主教国家主张"发现新大陆"，历史上的人类世界就开始认为基督教文化圈的逻辑才是"最先发现的东西"的逻辑。

1492 年，横渡大西洋直接向西行进的哥伦布，确信到达了印度，这意味着地球是圆的。之前，由于人们相信天地是由造物主神所创造的，因此罗马教皇作为神的代理人可以对"所有权"进行裁定。但是，西班牙和葡萄牙开辟大航海时代以来，就与罗马教皇进行竞争，将世界一分为二。

1493 年 5 月 4 日，西班牙出身的罗马教皇亚历山大六世规定：以大西洋佛得角诸岛向西

500千米左右的子午线（经线）为界，以东是葡萄牙的领地，以西是西班牙的领地。对此，葡萄牙若昂二世认为这种划分方法对西班牙有利，对教皇裁定的子午线提出不满，葡萄牙、西班牙两国开始直接交涉。世俗的国王变更教皇的裁定结果，两国在1494年6月7日达成一致，以佛得角诸岛以西1850千米左右的子午线为界，签署了《托德西利亚斯条约》，这是列强之间签署的最初的外交条约。今年夏天，巴西将举办奥运会，巴西曾经也是葡萄牙的殖民地，公共用语是葡萄牙语。巴西与其西侧国家的分界线之所以是直线，也是由子午线分割造成的。

被选定为世界分割线——子午线基准线的佛得角诸岛，1954年以来成为西班牙的领土。它不仅是欧洲、非洲、美洲等各大陆间航海的必经之地，而且是大西洋奴隶贸易的据点。在新大陆不断沦为殖民地的过程中，欧洲白人捕获非洲黑人，并把黑人卖到殖民地当劳工，这就是黑奴贸易。这正是由皮肤的颜色来决定所有权，黑皮肤者原本与白皮肤者同为人类，却被当成物品进行交易。

白皮肤的欧洲商人们一边沿着塞内加尔以南的非洲海岸南下，一边通过与当地首领用枪、酒等物品大量交换黑人。在非洲西海岸的部族之间，奴隶争夺战不断激化，社会也变得极为动荡。直到二十一世纪的现在，也依然残留有关于部族对立和殖民地统治的记忆。

白皮肤的欧洲人从美洲和加勒比海地区买进砂糖和棉花等殖民地的产品，再把奴隶作为种植园的劳动力进行贩卖，再用卖奴隶得来的钱大量购入殖民地的产品卖到欧洲，形成了所谓的三角贸易。主人和猫的关系就是主人和奴隶关系的再现。《我是猫》这部小说通过皮肤的颜色，再现了这种权力关系的历史性变迁。从十六世纪到十九世纪，被贩卖的黑奴达到5千万人。荷兰加入了最初由天主教国家葡萄牙和西班牙主导的黑奴贸易，这与伊丽莎白一世时期海盗猖獗不无关系。

让我们举一个例子。曾经和非洲进行交易往来的霍金斯在1562—1564年间在基尼海岸从葡萄牙商人手中抢夺黑奴贩卖至南美，这是英国最早的黑奴贸易。霍金斯从1577年开始在海军部任职。1588年，他作为舰队总司令官于7月至8月间与西班牙无敌舰队开战，获胜后被授予骑士爵位。此时，曾在霍金斯手下任副司令官的德雷克，1566年以后作为霍金斯手下的海盗船船长在墨西哥海湾横行。1572年，德雷克袭击西班牙殖民地，同年携战利品归国。1577—1580年，德雷克作为一名英国人首次实现环世界一周航行。1581年被伊丽莎白一世授予骑士爵位。大英帝国通过海盗的力量确立了海上霸权，而后来英国与日本结盟，构成日俄战争的导火索。

同一时期，也就是1566年到1648年，作为西班牙属尼德兰（河谷低地的意思）的荷兰进行独立战争（八十年战争），并通过毛纺织工业与中转贸易繁荣起来。1600年之后，开始同日本进行贸易往来。1648年缔结的《威斯特伐利亚和约》使之后的欧洲列强的国家间体制基本形成。

在《我是猫》中一开始，提到"我"终于知道把"我"扔掉的书生，他面部中央凸起的地方冒出的原来是香烟，这个叙述并非偶然。抽烟原本是美洲大陆原住民的风俗，后来通过新航路的开辟传入欧洲。烟草最初是作为药品被带进欧洲的，十六世纪到十七世纪间正好是宗教战争时期，吸烟的习惯扩散至整个欧洲。这种习惯也在17世纪初由葡萄牙传入日本。

猫的无名性，与主人根据猫毛的颜色给猫取名之间的关系，使人想起发现新大陆后，在世界性视点中，根据人的肤色而形成的统治与被统治的关系史。受美国独立战争和法国大革命后的《人权宣言》的影响，英国的政治家和社会事业家威尔伯夫斯成为了废奴运动的中心，他从1787年开始就不断协助"奴隶制废止促进协会"，并于1807年废除了奴隶贸易。1868年所有奴隶获得解放。虽然在法国大革命中出台了废除奴隶制法案，可是拿破仑时代奴隶制再次复活。历经海地独立，直到1848年二月革命后，奴隶制才被完全废除。美国独立后，北方在1808年，废除了奴隶贸易，而南方的棉花种植园主却希望保持奴隶制。直到美国南北战争后的1865年宪法修正案才完全废除奴隶制。

进入十九世纪后，控制世界七大洋的大英帝国严格监控大西洋上的奴隶贸易。运奴船上的船员经常会在英国海军检查前把奴隶扔进海里。军人家的白猫恩之所以被书生扔进池子里，也是因为主人养不了那么多的猫。根据毛色来给猫命名，这种主人和猫的关系就是发现新大陆后大西洋上奴隶贸易中的主人与奴隶近四百年历史的再现。如此一来，没有名字的"我"和不给"我"起名字的苦沙弥先生之间又是怎样的关系呢？

二、"主人"和"我"的"肤色"

苦沙弥先生和"我"，并没有建立起"主人"和"奴隶"的关系，或者说因为拒绝建立这样的关系，所以"我"迟迟"没有名字"。"主人"也迟迟"不给我取名字"。就算是无意识的行为，从这里也表现出了苦沙弥先生的基本立场。

与此同时，"我"的毛，亦即"皮肤"的颜色，并不是"白色"或"黑色"这样简单可以说出名字的颜色。毋宁说，"我"的"皮肤"的颜色具有"不可命名性"，可以说这也是主人"还未给我取名字"的主要理由。"我"谈及自己毛色的部分，在小说中是苦沙弥先生特意大量购入"瓦特曼纸"并开始练习"水彩画"的段落。那个段落中描写了苦沙弥先生以"我"为模特开始"写生"的事情：

> 他刚刚画出我的轮廓，正给面部着色。坦率地说，身为一只猫，我并非仪表非凡，不论脊背、毛楂还是脸型，绝不敢奢望压倒群猫。然而，长相再怎么丑陋，也想不至于像主人笔下的那副德行。不说别的，颜色就不对。我的毛是像波斯猫，浅灰色带点黄，有一身斑纹似漆的皮肤。这一点，我想，任凭谁看，也是不容置疑的事实。然而，且看主人涂抹的颜色，既不黄，也不黑；不是灰色，也不是褐色。照此说来，该是综合色吧？也不。这种颜色，只能说不得不算是一种颜色罢了。除此之外，无法评说。更离奇的是竟然没有眼睛。不错，这是一幅睡态写生画嘛，倒也没的可说。然而，连眼睛应该拥有的部位都没有，可就弄不清是睡猫还是瞎猫了。我暗自思忖：再怎么学安德利亚，就凭这一手，也是个臭笔！

对于苦沙弥先生给"我""写生"这件事,"我"给予了严厉的批评。值得注意的是,它首先批评"颜色就不对",这是关于"颜色"的问题,也就是"猫毛"的颜色。换言之,写生时"皮肤"的"颜色"错了。然后,介绍"我"的"毛"色,是"黑""白""杂色",并不是用一个汉字就能简单表示的颜色。

原文中写"我的毛是像波斯猫,浅灰色带点黄,有一身斑纹似漆的皮肤"。从这里可以明确,它拥有极为复杂的毛色,因此绝对无法以毛色来命"名"。就"颜色"而言,猫的毛色是"浅灰色带点黄,有一身斑纹似漆的皮肤"。"斑纹"一般指的是以植物的叶或花的颜色为底色,上面混杂有其他颜色的斑点。因此,这只猫的底色是"浅灰色带点黄","斑纹"则是黑色。

问题是对于底色,原文中的形容是"我的毛是像波斯猫"。特意提出了"波斯猫"一词,让人想象出波斯猫的形态,与短毛的暹罗猫相反,它的全身都覆盖了长长的猫毛。然而,这始终是在形容猫的毛"色"。波斯猫的毛色主要有白、黑、蓝、灰、银灰色,不知是否有"浅灰色带点黄"的颜色。

进而言之,波斯猫是英国以安哥拉猫为基础改良而成的品种。波斯猫作为家猫,占据了欧洲纯种猫的三分之二。从十九世纪七十年代开始,人类有意识地让它们交配。"我"没有被命名,可能就是因为有这种难以言表的"带有花纹"的"含有黄色的淡灰色"的毛色。

不给我取"名字"的"主人",也并不知道"我"的"皮肤"是什么"颜色"。就拿刚才引用的部分来说,"主人"在"瓦特曼纸"上"涂抹的颜色","既不黄,也不黑;不是灰色,也不是褐色。照此说来,该是综合色吧? 也不。这种颜色,只能说不得不算是一种颜色罢了。"

这里可以明确看出,苦沙弥先生在为"我"写生的时候,关于毛色的认识,是从"黄色"开始的。"黄色"这个颜色,也是为在以"我"为原型的画上涂色的苦沙弥先生自己"皮肤"的"颜色"。

> 他由于害胃病,皮肤有点发黄,呈现出死挺挺的缺乏弹性的病态。可他偏偏又是个饕餮客,撑饱肚子就吃胃肠消化药……

"消化不良"的主人"皮肤的颜色"是"淡黄色",与胃药"胃散"(タカヂヤスターゼ)相关。当时,人们每天阅读报纸上关于日俄战争旅顺战役激烈战斗的报道,这些描写能够唤醒他们特殊的记忆,成为小说中一个重要结构。"胃散"是一种胃药。1894 年,日本应用化学者高峰让吉从曲霉中提取出チヤスターゼ(消化酶),将其冠上自己名字中的"たか(高)"字,使其商品化。消化酶是将糖原用水分解成麦芽糖和糊精,作为促进消化的药剂而使用的。高峰在美国申请到专利,在 Park Davis 公司发售,赢得了世界性的名声。

1894 年 7 月下旬,在丰岛海战和成欢之战中获胜的大日本帝国,于 8 月 1 日向大清宣战,开始了甲午战争。10 月 24 日,日军侵入中国境内,11 月 21 日,仅用一天时间就攻陷了旅顺要塞。在这样以甲午战争为首的对外战争中,消化酶的发现和消化药给战争时期怀有民族主义的日本人带来了特别的自豪感。

读者作为大日本帝国子民,被《我是猫》唤起了十年前甲午战争的回忆,再一次对苦沙弥先生"淡黄色"的"皮肤颜色"产生了特别的反应。"黄祸论"、"yellow peril"等的记忆以战争时强化民族主义的形式浮现在了人们脑海中。

1895年,甲午战争逐渐进入最终阶段。德意志皇帝威廉二世将日本的胜利视作黄种人的兴盛,如同过去蒙古人远征欧洲和奥斯曼帝国的支配一样,对于欧洲的基督教文明是"黄祸"。因此他主张欧洲列强应该合力对抗这种趋势。特别是俄罗斯,因为其与亚洲接壤,必须得阻止"黄祸"的蔓延,德意志会支援俄罗斯。他所主张的"黄祸论"是一种敌视、警戒拥有"黄色皮肤"的黄种人,将欧洲列强入侵并瓜分支配中国的行为正当化的论说。

德意志皇帝威廉二世之所以在这个时候敢于提出这样的论调,是因为与欧洲亦即白人世界的国力状况有关。为了得到不冻港,俄罗斯帝国政权推进南下政策。1853年到1856年,在克里米亚战争中被英法联军击败后,亚历山大二世大改革废除了农奴制,推进了近代化。1877年到1878年,俄罗斯在俄土战争中取得胜利,签订了《圣斯特法诺和约》(1878年3月3日)。俄罗斯有可能会凭借此条约对巴尔干半岛进行支配,因此遭到了英国的强烈反抗。

因此,从1878年6月31日起,俾斯麦主持召开了柏林会议,缔结了《柏林条约》。在此条约中,保加利亚在土耳其统治下实现半独立(获得了自治权),原属奥斯曼帝国的罗马尼亚、塞尔维亚、黑山独立,波斯尼亚、黑塞哥维那授权奥地利治理,在欧亚大陆西侧阻止俄罗斯的南下政策。

亚历山大二世被民粹派的"人民意志党"用炸弹暗杀。在这之后,亚历山大三世登上王位,一举改变了国内政策。他任用威特为大藏大臣,引进法国资本,用以扩张铁路、制铁以及矿产。接着,1891年俄法同盟成立。在这一年,俄罗斯接受了法国资本的全面支援,开始修建西伯利亚铁路。1889年,威特成为铁路局局长,主持修建西伯利亚铁路。这条横跨大陆的铁路连接了莫斯科和符拉迪沃斯托克(海参崴),全长927千米(严格来说,是连接了车里雅宾斯克和符拉迪沃斯托克,全长741千米)。如果将这条铁路在东侧与中国东北地区的铁路相连的话,就能在欧亚大陆东侧确保不冻港,在欧亚大陆西侧,获得不冻港的计划由于《柏林条约》的缔结而无法实现。

亚历山大三世想要通过西伯利亚铁路,自西向东连接起俄罗斯,从中国大陆或者朝鲜半岛获得驶向太平洋的军港。然而1894年11月1日,就在甲午中日战争日本连连获胜的战况中,亚历山大三世去世了,26岁的尼古拉即位。这一年,他迎娶了旧德意志领土下的黑森川,也就是达姆施塔特公爵的女儿。因为俄罗斯对德意志抱有亲近感,不喜欢日本,所以以德意志的威廉二世就提出了具有挑衅性的"黄祸论"。

1891年,俄罗斯强化了入侵亚洲太平洋地区的方针,开始修建西伯利亚铁路。作为皇太子的尼古拉遍访了印度、中国、日本,在日本遭遇了所谓的"大津事件"。日本警察津田三藏相信尼古拉皇太子访日是为了侵略日本这一流言,在5月11日,用刀砍伤了乘坐在人力车上皇太子的头部。威廉二世向刚刚登基的尼古拉沙皇宣扬人种歧视性的"黄祸论",唤起他对于三年前"大津事件"的记忆,想以此来阻止日本侵占清国领土,同时也是为了瓦解英法间的合作关系。俄罗斯和法国缔结同盟,与英国立场一致,都要求保证朝鲜独立和领土完整。这是英国出于戒备俄罗斯南下政策上的考虑。威廉二世担心,这三国会不会瓜分清国领土,于是由"亲黄路线"转换为亲近俄罗斯。1895 年 3 月 8 日,列强对于清国把土地割让给日本,发出了干涉警告。

清军在甲午海战中战败,逃入威海卫军港。2 月 5 日,日方大山严指挥的第二军(通称海军)发动了总攻击。在这一天,日本海军以 10 艘鱼雷艇冲入海港中,迫使主力舰"定远号"触礁。第二天 2 月 6 日,日军用 4 艘鱼雷艇将"威远号"和一艘炮舰击沉,"定远号"也沉入海中。北洋舰队司令官丁汝昌,以保全部下的性命为条件向日本投降。此后,他于 2 月 12 日服毒自杀。这样一来,日本在甲午战争获胜已成定局。

3 月 23 日,威廉二世向俄罗斯新即位的皇帝尼古拉二世提议,对日本进行共同干涉。4 月 8 日,俄罗斯向列强提议了共同干涉一事,几国意见达成一致。当时德意志的意图在于通过参加干涉挤入俄法同盟,并进一步获得今后有关瓜分清国的发言权。

法国当时的判断是,如果俄罗斯入侵东方的话,那么其与西侧德意志的紧张关系将会得到缓和,于是法国也加入了干涉活动。英国的愿望是,让日本阻止俄罗斯在亚洲的南下政策,因此英国拒绝参加干涉。《马关条约》于 1895 年 4 月 17 日签署,5 月 13 日公布。日本向清政府要求割让整个辽东半岛。俄罗斯、德意志、法国三国进行干涉,迫使日本归还了辽东半岛。

《马关条约》签署后第 6 天,即 4 月 23 日,三国驻日大使表示:"日本占领辽东半岛会对北京造成威胁,使朝鲜的独立变得有名无实,有碍于远东地区长久的和平",劝诫日本放弃辽东半岛。并且,三国舰队也做好了战斗准备。结果,5 月 4 日,日本决定接受三国的劝告,归还辽东半岛。作为补偿,清政府将赔偿日本 3 亿两白银(约 4 亿 5 千万日元)。加上《马关条约》中原有的 2 亿两白银(3 亿日元)的赔偿金,日本在此次事件中攫取了今后多年的国家预算。

但是,许多日本民众都强烈认为战争所得利益大部分被列强(特别是俄罗斯)夺走了。日本政府以"卧薪尝胆"为口号,将银本位制转换为金本位制,跻身国际市场。与此同时,以俄罗斯为假想敌,推进十年军事扩张计划。在漱石留学伦敦的 1902 年,日英同盟成立。在日俄战争一触即发的状况下,"黄祸论"又再一次盛行起来。"黄祸论"揭开了东亚帝国主义时代的序幕,又使日俄战争爆发前用来鼓动战时民族主义的言论渗透到国民生活中。

1903 年 11 月 28 日,在《我是猫》发表的 1 年零 1 个月前,当时还在日军一师军团的森鸥外在早稻田大学作了"黄祸论梗概"的演讲。这次演讲中,他介绍了萨姆森所著的《作为道德问题的黄祸》(1902)一书。在演讲的开头,鸥外说道,"黄祸这一用语",是"从白种人与黄种人的斗争中产生出来的新词语"。他表示之前做过关于戈宾诺"人种哲学"的讲座,强调"无论是人种哲学还是黄祸论,都是侦查敌情"。他在演讲中指出"日俄之间必有一战"。

这份演讲记录实际出版于 1904 年 2 月。日俄战争爆发,森鸥外也奔赴了战场。在"例言"(附在"黄祸论梗概"记录里的小册子)中,他写道,"我知道这世界上有白祸,却并没有看到黄色人种给世界带来了什么灾难"。进而他又写道,"日俄战争现在正是激烈酣战中。如果日本胜利了的话,黄祸论的势头将越发强劲吧。因此,研究黄祸论正是当下之急。"

《我是猫》发表时,日俄战争正以旅顺为中心进行激烈战斗。这场战争,正如字面上所示,是"白色"与"黄色",不同颜色肌肤的人之间,不同人种的族群之间展开的战斗。

森鸥外在演讲末尾说道:"黄种人打倒白种人,这是理所当然的胜利,并非黄祸,可以称为黄福,值得庆幸。我们应该对支那实施我们的改良政策。"他以此煽动听众。并且,他鼓吹民族主义,说"尽管西洋人在与日本人战斗,但他们却在一旁瞪着支那人巨大的影子而自我恐慌。他们一方面害怕日本人,宣扬着黄祸论的论调,同时又虚张声势地说:'什么呀,日本人有什么可怕的。'"在日俄战争中,就连著名的森鸥外也成了这种战时民族主义的煽动者。如此一来,我们可以清楚地知道,在这种状况下,一年后发表的《我是猫》具有多么重要的批判意义。

实际上,此后的日本继续对中国进行帝国主义侵略,25 年后对中国发动了全面侵略战争,这些我们都是知道的。

三、安德利亚·德尔·萨尔托之谜

苦沙弥先生为了练习水彩画,买来了瓦特曼纸,并且以"我"为模特进行写生练习。"我"的毛色也就是在这个时候成为问题。为什么要写生呢？这是因为那位"戴金边眼镜的美学家"朋友的挑唆。

美学是明治维新之后文明开化中出现的一门新学问。美学家和军人、律师、人力车夫一样都是新兴职业。1883 年至 1884 年,文部省发行了自由民权运动旗手、思想家中江兆民的《维氏美学》一书。同一时期,卢梭的《社会契约论》也翻译出版。1887 年,中江兆民的代表作《三醉人经纶》问世,而《我是猫》就继承了该书的讨论形式。美学家朋友告诉苦沙弥:"安德利亚·德尔·萨尔托说过:描绘大自然本身。"

> "我怎么也画不好。看别人作画,好像没什么了不起,可是自己一动笔,才痛感此道甚难哪！"

这便是主人的感慨。的确,此话不假。

主人的朋友透过金边眼镜瞧着他的脸说:

"是呀,不可能一开始就画得好嘛。首先,不可能单凭坐在屋子里空想就能够画出画来,从前意大利画家安德利亚曾说:'欲作画者,莫过于描绘大自然。天有星辰,地有露华;飞者为禽,奔者为兽;池塘金鱼,枯木寒鸦。大自然乃一巨幅画册也。'怎么样？假如你也想画出像样的画来，画点写生画如何？"

"咦，安德利亚说过这样的话？我还一点都不知道哩！不错，说得对，的确如此！"

主人佩服得五体投地。而他朋友的金边眼镜里，却流露出嘲弄的微笑。

刊载《我是猫》的《杜鹃》是俳句杂志，其创办人是正冈子规，他从学生时代就是夏目漱石的好友。正冈子规认为俳句中最重要的方法就是写生，同时也极力强调散文要注重写生。美学家引用的安德利亚的"描绘大自然本身"对《杜鹃》的读者来说，也是文学生命线的概念与立场。

但在 1950 年 1 月那个时候，在《杜鹃》的读者当中，究竟有几人了解安德利亚呢？估计人们只知道他是出现在杂志插图中的画家。但安德利亚这个名字在《我是猫》中反复出现了 8 次。安德利亚 1486 年出生于佛罗伦萨，原名安德利亚·达克罗。他被称为佛罗伦萨画派最后的一位大家，1530 年去世，被视为风格主义绘画的鼻祖。

佛罗伦萨画派是对文艺复兴时代以佛罗伦萨为中心进行创作活动的画家的统称。该画派的马萨丘深受乔托的影响，根据远近法、明暗法开创了空间表现手法，确立了将人的身体表现为希腊罗马风格雕像的文艺复兴模式。列奥纳多·达·芬奇（1452—1519）对马萨丘的这一写实成果进行了科学准确的研究。佛罗伦萨画派鼎盛时期的代表人物是达·芬奇和米开朗基罗（1475—1564）。《杜鹃》的读者无人不知达·芬奇或者米开朗基罗，但为什么非得说安德利亚呢？在刚才引用部分的末尾，暗示"我"看穿了美学者的意图，也就是紧接着的那句"金边眼镜下却流露出嘲弄的笑容"。《杜鹃》的读者了解嘲笑的意义是在这一回的结尾以"人力车夫家的黑猫"为中心，反复提及"我是猫，名字嘛……还没有"的那一段。"我"偷看了主人 12 月 1 日的日记，里面写了他自己画不好水彩画，确认过这一点之后，美学家出现了。

主人梦见水彩画的第二天，常来的那位戴金边眼镜的美学家，久别之后，又来造访。他刚一落座，劈头便问：

"绘画怎么样？"

主人神色自若地说："听从您的忠告，正在努力画写生画。的确，一画写生，从前未曾留心的物体形状及其色彩的精微变化，似乎都能辨认得清晰。这令人想到，西方画就因为自古强调写生，才有今日的发展。好一个了不起的安德利亚！"

他若无其事地说着，只字不提日记里的话，却再一次赞佩安德利亚。

美学家边笑边搔头："老实说，我那是胡说八道。"

"什么？"主人还没有醒悟到他正在受人捉弄。

"什么？就是你一再推崇的安德利亚的那番话，是我一时胡诌的。不曾想，你竟然那么信以为真。哈哈哈……"

美学家笑得前仰后合。我在檐廊下听了这段对话，不能不设想主人今天的日记又将写些什么。

　　夏目漱石在《我是猫》这部虚构小说中,引入了历史的、现在的时间。《杜鹃》的读者谁都会想到 1904 年 10 月 1 日、4 日、5 日这几天在旅顺战役中攻打"203 高地"的激烈战斗。日军在那场战斗中有 5 千多人战死,1 万多人负伤。报纸上充斥着关于"203 高地"战斗的报道。然而,苦沙弥先生脑子里想的全是"水彩画"的事情,他和美学家谈论安德利亚是否说过那些话。很显然,夏目漱石将两人设定为不如一般日本帝国臣民那么关心时事的人,或者说与时事报道中所体现出来的民族主义格格不入的人,安德利亚这个专有名词便是这种格格不入状态的象征。就在 203 高地发生战斗的那天,苦沙弥信以为真的"欲作画者,莫过于描绘大自然"的这些话被美学家告知是编造出来的,这样的设定具有非常重要的意义。为什么夏目漱石要让读者从总共出现了 8 次的、谁都不知道的安德利亚这个画家的名字想到在"203 高地"战斗中的大量死伤者呢? 解开这个谜团的钥匙是美学家讲述完有人上当的故事之后的一句话:"画画的确不是件容易事。据说,达·芬奇曾经叫他的弟子画寺院墙上的污痕。"

　　美学家这句貌似谎言的话,其实是大实话。达·芬奇的《手记》中有这样的内容:"如果你在看墙上各种污痕以及混入的石子时,能浮想起某种情景的话,想必能在那里看到各种形状的山川河流、岩石、草原、大溪谷、丘陵等景象。"其实,这里所说的就是名画《蒙娜丽莎》的背景。达·芬奇的这句话暗示了苦沙弥特意买来瓦特曼纸学水彩画这件事与画家安德里亚之间的关联。

　　在看"寺院墙上的污痕"时看到各种景象,也就是想到"寺院壁画"的构图。达·芬奇最著名的作品《最后的晚餐》是他为米兰圣玛丽亚德尔格修道院食堂绘制的,该修道院由建筑家布拉曼特(1444—1514)设计。

　　壁画在意大利语中叫做 freso,原本是"新鲜"的意思,引申为"半干"的壁画。在石造建筑的墙壁上涂上灰泥,在还没有干透时用水彩颜料作画,水彩颜料渗透到没有干透的墙面,与墙面一并晾干。使用这种技法,壁画不容易脱落。这种情况下的壁画,就是"墙上的污痕"。

　　而且,达·芬奇创作《最后的晚餐》的时期也具有非常重要的意义。圣玛利亚德尔格修道院建造于 1492 年至 1497 年,那正是哥伦布发现新大陆、罗马教皇分割世界、世俗国王将分割线加以变更的时期。达·芬奇创作《最后的晚餐》是在 1495 年至 1498 年。哥伦布发现"新大陆"之后,黑奴贸易给欧洲带来了巨大的利益,那个时期与达·芬奇集中创作水彩画而不是油画的时期是重叠的。

　　在文艺复兴时期,被我们称为美术品的作品是罗马教皇以及西班牙、葡萄牙这些天主教国家的国王、以美弟奇家族为代表的大富豪商人定制的。达·芬奇手下的工匠的薪资由这些权贵支付,而权贵们的财富是通过杀戮、掠夺的暴行获得的。这些暴行完全背离了"禁止杀戮"的教义。在大西洋上掠夺财富的海盗行为,蔓延到欧洲大陆,便是宗教战争。

　　达·芬奇应利奥十世之邀前往罗马,在那里逗留至 1516 年。之后,又应弗朗索瓦一世之邀前往安博瓦兹郊区的安布瓦斯城堡,并在那里离开人世。达·芬奇在罗马逗留期间,拉斐尔被利奥十世任命为圣彼得大教堂的建筑总监。拉斐尔曾为利奥十世的前任教皇尤里乌斯二世（1443—1513）在梵蒂冈宫殿"雅典学堂"等处创作过大型壁画。拉斐尔还负责监管古代遗址的考古发掘工作。那么，罗马教皇的建设资金是从哪里筹集来的呢？由此便涉及到"免罪符"的问题。"免罪符"是教皇发行给捐赠人的用来免罪的一种证书。

利奥十世是洛伦佐·德·美第奇的次子。发现新大陆之后，杀戮、抢夺、强奸的常态化在多大程度上给大航海时代的商人、军人带来了"堕入地狱"的恐惧，利奥十世对于这一点最为清楚。由于教皇建造圣保罗大教堂，而且军费支出巨大，因此他允许在德国出售"免罪符"。而马丁·路德对此表示反对，并在 1517 年 10 月 31 日提出了《95 条论纲》。由于推动宗教改革，马丁·路德在 1521 年被利奥十世除名，这也成为"宗教战争"的开端。

在佛罗伦萨画派的最盛期，达·芬奇、拉斐尔、米开朗基罗因为给基督教堂创作壁画而留名青史，而作为水彩画的壁画就是"墙上的污痕"。他们三人的名声是建立在教皇、国王、商人的权钱关系的基础之上的。在他们光环的背后，有无数黑人的骸骨。

安德利亚之所以无名，是因为他没有离开罗马，而是在佛罗伦萨将已经确立的油画的技法传授给年轻人。因此，安德利亚被视为重视技法和样式的风格主义的创始人。白人的基督教文化圈仅仅以肤色的不同为借口，就将同样属于人类的黑人作为商品进行交易，并掌握着他们的生杀大权。安德利亚无名，就是对这种情形的一种批判。"依然没有给我起上名字。但愿……以无名一猫而了此平生！""我"将安德利亚这个画家的名字重复了四遍，这绝对不是偶然。"主人"简直是把普通的毛色名当作"猫"的固有名在使用，"安德利亚"这一名字在《我是猫》中是十分关键的词语。苦沙弥先生与美学家的对话中，总共四次提到了安德利亚的名字，但他们对于"203 高地"却只字未提，这也表明他们与一般的大日本帝国臣民有所不同。

阅读《我是猫》这样一部虚构的小说，为什么我要如此具体地把它与现实的历史联系起来呢？这个问题可以从"我"第四次提及安德利亚这个名字的时候，也就是安德利亚这个名字第八次出现的时候，美学家吹嘘有人相信他的谎言。

> 这位美学家竟把信口开河捉弄人当成唯一的乐趣。他丝毫不顾及安德利亚事件会给主人的情绪带来什么样的影响。得意忘形之余，又讲了下述一段故事：
> "噢，常常是几句玩笑人们就当真，这能极大地激发起滑稽的美感，很有意思。不久前我对学生说：尼古拉斯·尼克尔贝忠告吉本不要用法语写他毕生的巨著《法国革命史》，要用英文出版。那个学生记忆力又非常好，竟在日本文学讨论会上认真地原原本本复述了我的这一段话，多么滑稽。然而，当时的听众大约一百人，竟然无不凝神倾听。

尼古拉斯·尼克尔贝是狄更斯的小说《尼古拉斯·尼克尔贝的生活与冒险》中虚构的主人公，而爱德华·吉本（1737—1794）则是真实存在的英国实证主义历史学家。吉本著有六卷本的《罗马帝国衰亡史》（1776—1788），但并没有撰写过《法国革命史》。撰写《法国革命史》的是夏目漱石所敬重的托马斯·卡莱尔(1795—1881),该书原本是用英语撰写的。也就是说,美学家将虚与实不断进行转换,通过这种方式将从罗马帝国到法国大革命的欧洲基督教文化圈的整个历史都连接起来了。我通过表示"颜色"的词语、"颜色"的名称将虚与实的世界结合起来了,在虚与实的不断变换的过程中来解读《我是猫》这部小说。因此,我要感谢安排这次讲座的各位。

(2016 年 3 月 17 日"南京大学—东京大学国际化课程"特别讲座)

新潮・旧潮

新学衡

假物得姿

——如何捕捉历史之风

罗志田[*]

　　在过去史料不足的时代,如何寻找、搜集材料,是史家一大功夫。尤其在一些特定的领域,研究者常有"巧妇难为无米之炊"的感觉。如今进入所谓的"大数据"时代,史料远比以前容易获得。史料相对多了之后,"找"材料的意义和方法都有很大的改变。而另一个过去就存在的问题,即怎样解读和使用材料,成为更紧迫的需要。下面简略的探讨,就属于后一类。

　　本文的题目容易使人联想到"捕风捉影",那通常不是一个褒义词,甚至是有些讲究"客观"的史家拿来攻击他们眼中不客观者的用语。不过,史学是一门寻求理解的学问,而且我们之所求总是有距离的理解(相隔时间可能从几十年到几千年)。一方面,留存下来的可见史料永远是当时物事、记述的一小部分,往往还残缺不全。正如陈寅恪所说,史学不过"藉此残余断片,以窥测其全部结构。"[①]因此,任何有助于理解过去的信息,不论是风是影,都不能放过,必须尽量捕捉。另一方面,有些看似虚而不实的方面,用傅斯年的话说,历史那"无形而有质,常流而若不见"[②]的过程,以及我们常说的时代风气等,恐怕还是历史研究的重点。我们不能因其不那么实在,不那么具体,就仿佛其不存在,可以不知道,从而推卸了史家的基本责任。

　　正如余英时师所说:"历史研究并不是从史料中搜寻字面的证据以证成一己的假说,而是运用一切可能的方式,在已凝固的文字中,窥测当时曾贯注于其间的生命跃动,包括个体的和集体的。"[③]而不论是直接的观察还是间接的体味,都在那"一切可能的方式"之中。

　　对史家来说,既然所有史料都有时空间隔,那么我们对史事的了解和认识,永远都是间接的;亦即我们常常需要通过某种中介,才能接触到历史上的"信息",然后才说得上对历史的理解。尤其是那些相对虚悬却未必不重要的信息,几乎只能通过中介才能实现所谓的"接触"。

　　史学不是一门僵化的学问,应当从日常生活中汲取养分,获得启发。中国人向来重视从旁观察的方式,俗话说的"不见其人观其友",就是一种基于物以类聚思想的间接观察法。有时我们也可尝试"不见其人观其敌"。如对于袁世凯是否在戊戌维新期间告密,学界向有争议,主要是没看到告密的直接档案依据。然而,光绪帝的弟弟醇亲王载沣一担任摄政王就想杀袁世凯,就已充分说明袁世凯做过不利于光绪帝的事。档案可以帮助我们了解历史,但历史不仅只在档案中。且不说有些事情不一定会记载,即使记载了而暂时未见,我也相信醇亲王远比许多时

---

*　罗志田,四川大学历史文化学院、北京大学历史系教授。

①　陈寅恪:《冯友兰〈中国哲学史〉上册审查报告》(1930 年),《金明馆丛稿二编》(《陈寅恪集》),北京:生活·读书·新知三联书店,2001 年,第 279 页。

②　这是傅斯年讨论汉人血统融合之长期进程时所说,参见其《中国民族革命史》,台北"中研院"史语所傅斯年档案。

③　余英时:《书成自述》,《陈寅恪晚年诗文释证》(增订新版),台北:东大图书公司,1998 年,第 15 页。

人更知内情,遑论后来查档案的学者。故这一证据虽是间接的,应足以说明史事的基本面。

同时,尽管史料不仅是文字的,但不论眼光多开放的史家,大部分研究者使用的大部分史料,仍是文字的。而中国文字的特色,也要求一种不那么"直接"的解读。冯友兰曾提醒我们:"富于暗示,而不是明晰得一览无遗,是一切中国艺术的理想。"①写作就是一种艺术,承载着同样的理想。

朱自清也强调,暗示是诗的生命,"暗示得从比喻和组织上作工夫,利用读者联想的力量"。②朱自清的意思,似乎是古人在写作时已预设了读者的"联想"能力,所以才可"利用"。这一提示让我有些不寒而栗——在文字能力普遍减退的今天,如果我们忽视了昔人的"比喻和组织"等方式,很可能一无所获;如果我们不幸会错了意,更会导致毁灭性的后果。但从积极角度来看,这也告诉我们,史学的确需要想象力。③

史学处理的主体是过去的人,人的世界是一个非常微妙的场域,尤其是具有悠久文化、特别看重文字的中国人;有时言说行为的微小差异,都可能潜伏着更深层次的关怀,暗含着非常丰富的寓意。尤其古人的言说,除了字面可见的,还有所谓言而不尽的、言外的,甚至不言的(我们常说的"尽在不言中",就是一个明显的证据)。所有这些,都需我们发挥"联想的力量",去领会各种模棱表述中的两可暗示。

一、历史之风

如果借用电脑的软件、硬件之分,史学界大概也可分为软硬两种取向,后者人数远多于前者。现在多数历史学者喜欢写也喜欢看"硬"的历史作品,而不那么欣赏"软"的表述(不得不送审的年轻人要注意了)。而历史上的"风"就属于软的那一边,相对虚悬而飘渺。在某种程度上,风之虚悬也体现在非物质层面,钱穆曾说:"中国言社会,每重其风气道义。不如西方言社会,仅言财富经济。"④话说得绝对了些,但"风气道义"和"财富经济"的对应,还是可以提示一种非物质的倾向。

一些我戏称为"科学派"的朋友,就喜欢看起来"确定"且可以"科学"印证的史料,例如古代像是日食的记载以及日记中的物价一类。其实古代也有沙尘暴,古籍中"暗无天日"的状态,不必都是天文现象,也可能是气候现象。⑤而日记中的物价当然很有用,实在只是其副产品。看昔人日记而专看这类信息,或有"大材小用"之嫌。不过我非常理解这些朋友,毕竟像"风"一类名相,确实不容易把捉。

---

① 冯友兰:《中国哲学简史》,《三松堂全集》第6卷,郑州:河南人民出版社,2001年,第14页。
② 朱自清:《〈古诗十九首〉释》,朱乔森编:《朱自清全集》第7卷,南京:江苏教育出版社,1992年,第192页。
③ 我自己一向强调史学最需要想象力,一次最简单的表述,可参阅罗志田:《史学最需想象力》,《南方周末》2009年12月10日,E30版。
④ 钱穆:《略论中国社会主义》(1987年),《国史新论》,北京:生活·读书·新知三联书店,2001年,第65页。
⑤ 如今本《竹书纪年》中关于"天再旦于郑",有学者释为日食,但更可能是小范围的气候现象。此承国家图书馆陈力兄指点。

　　但也有些人,如王鸿一就认为,风是中国文化的一个代表性特征。在他看来,讲究风格、风味、风气,是中国文化的要点,而最重要的是风化。不仅"军有军风,学有学风",就是各地的菜馆子,也"皆有特别风味,而各适其生存。医药亦然。推而至于政治,在西洋则重法治,在中国则重风化"。古人观风问俗,以决兴亡,甚至下及"一乡一村,亦各以其风尚而卜该村之兴衰"。故"中国政治之重视风化,是确能认清人类有趣味的生活,为扼要之设施"。①

　　王氏不是致力于研究的学者,然其观察颇可思。其所说中国"医药亦然",是指他所谓"有特别风味"而"各适其生存"的一面。中医的"风"有特定的指谓,虚实兼具,非一语可了。与昔人特别讲究的"风水"之"风",有异曲同工之妙。唯强调个体的差异,不采用标准化的诊断,的确是中医最显著的特色。以"风"来表述中国文化这种涵容个性的特点,可谓特识,梁启超先已述及。1910 年,他在撰《说国风》一文时,便指明各国文化都是独特的和个别的,尽管那篇文章的主旨是强调文化可以转变,也一直因时而变。②

　　梁启超注意到,典籍中常言及风,如《易》曰'风以动之',又曰'挠万物者莫疾乎风'。《论语》曰:'君子之德风,小人之德草,草上之风必偃。'《诗序》曰:'《关雎》,风之始也,所以风天下也。'"他自己"参合此诸义,而有以知风之体与其用"。"风"既然有体有用,以过去的标准言,就是一种成系统的言说了。在梁启超看来,国有国风,民有民风,而世有世风:

　　　　其作始甚简,其将毕乃巨。其始也,起于一二人心术之微。及其既成,则合千万人而莫之能御。故自其成者言之,则曰风俗曰风气;自其成之者言之,则曰风化曰风教。教化者,气与俗之所由生也。

　　梁启超所引这些"风"与他字组成的词汇,与其本身的意思有同有异,均延伸了风的表现力。而把教化视为风教和风化的组合,最能展现中国文化的特色。王鸿一不知是否读过梁启超此文,他也说"所谓风者,实起于微细、冲乎天地者也"③。上引他的说法,基本宗旨与梁启超所说十分相近,不过更通俗一些而已。

　　"气"是中国文化中另一个众说纷纭的重要名相,当"风"与之相连时,一方面大幅扩充其涵盖的广泛性,也进一步增强了其流动性;另一方面,"风气"又常常可以在时空范围里定义和认知,如一时风气、一地风气,等等。据说乾隆帝曾下谕旨,说当时"御史条奏,往往乘一时风气",如"办水利则竞言水利,办钱价则竞言钱法,饬刁民则竞言刁民"。④可知"风气"不仅可以从时空言,也可以就专长言。

---

①　王鸿一:《致王近信》(1926 年 11 月中下旬收到),收入王鸿一先生公葬办事处编:《王鸿一先生遗著选辑》,1936 年,第52 页。

②　梁启超:《说国风》(1910 年),《饮冰室合集·文集之二十五下》,北京:中华书局,1989 年,第 3—11 页。以下几段所引梁启超言说均出此文,不一一注明。

③　王鸿一:《致王近信》,《王鸿一先生遗著选辑》,第 52 页。

④　孙宝瑄:《忘山庐日记》,1901 年 10 月 14 日,上海:上海古籍出版社,1983 年,第 407 页。

　　那些长于历史观念的读书人，往往论及一代风气。如梁启超就说"昔人谓明人好名，本朝人好利"。而在孙宝瑄看来，"有明风气，重文轻武。本朝虽文武并然"，其实"此风不能改"。①两人一看见明清风气的变更，一看见明清风气的延续，其实都注意到明清几百年间各类风气的逐步发展演变，用梁启超的话说就是"其所由来者渐也"。

　　近代是巨变的时代，也出现一些新观念，如"风潮"一词就使用较多。在孙宝瑄眼里，"风即气"，而"社会上所以多风潮者"，是"由众人之气不平所致"。②可以看出，"风潮"也与"风气"相关，甚至是"风气"的衍生词。而在近代，"风潮"如果不是贬义词，也隐带负面意思。③除了前已提及的风水，"风生水起"一语也提示着风与水两者常被关联思考，均展现事物的流动性。

　　梁启超就强调，"天下变动不居之物莫如风。夫既谓之风矣，则安有一成而不变者"。故"国之有风"，并非"一成而不变"，反以"因时而屡易"为特点。文化本是独特而个别的，正因风之不定，且各地有同异（所谓地方特色），故《诗经》中之《国风》，就是陈诗以观各地民风。"国风之善恶，则国命之兴替所攸系"。而"国家之盛衰兴亡，孰有不从其风者"。从这个意义而言，昔人所说的觇国，主要即在观风。

　　《诗序》说："上以风化下，下以风刺上，主文而谲谏。言之者无罪，闻之者足以戒。故曰风。"在梁启超看来，这清楚地表明先王以太史采风，就是要"资以为美教化、移风俗之具"。这是传统的观念，现代人也可从中得到启发。朱自清就说，"《礼记》里说诗可以'观民风'"，其实"戏曲和小说可以见人情物理"，且"戏曲和小说不但可以观民风，还可以观士风"。进而言之，"观风就是写实，就是反映社会，反映时代。这是社会的描写，时代的记录"。④

　　最后一语表出了采风和观风的历史意义，尽管朱自清意不在此。"风"的载体，不论是先秦以地为名的风诗，还是后世的戏曲、小说，以及一切可以看见"人情物理"的作品，都是"社会的描写，时代的记录"。而从后代史家的视角看，观风就是要读出已逝的时代记录、往昔的社会描写。我们可以说，历史之风非常重要，观风是史学的正途。

二、观风的史学

　　实际上，历史上"风"的重要性并未被充分认识。当然也有少数学者，如四川的刘咸炘，就非常看重历史上的"风"，视为史学重中之重，还特别强调他关注的是区别于"实事"的"虚风"。王汎森兄对此已有专论，指出刘先生受到龚自珍的影响。⑤龚自珍曾有《释风》之作，以为"风之

---

① 孙宝瑄：《忘山庐日记》，1901 年 12 月 9 日，第 434 页。
② 孙宝瑄：《忘山庐日记》，1906 年 7 月 25 日，第 896 页。
③ 当然"潮"也并不总是贬义，如也在近代流行的"思潮"就是个全无褒贬之义的中性词。而"潮"的使用渐多是否与近代沿海人变得重要相关，甚可斟酌。
④ 朱自清：《文学的标准与尺度》（1947 年），朱乔森编：《朱自清全集》第 3 卷，南京：江苏教育出版社，1988 年，第 133—134 页。
⑤ 王汎森：《"风"——一种被忽略的史学观念》，收入其《执拗的低音：一些历史思考方式的反思》，上海：复旦大学出版社，2014 年，第 167—209 页。

本义"即是"古人之世，倏而为今之世；今人之世，倏而为后之世；旋转簸荡而不已，万状而无状，万形而无形"。①刘咸炘关于"风"的基本说法，多与此相类，他特别强调历史那看似无形却有质的渐变。

刘咸炘以为，《礼记》所说的"疏通知远"，就是"察势观风"。他申论说，"孟子之'论世'，太史之'通古今之变'，即此道也；《易》之'永终知敝'，道家之'御变'，则其原理也"。②尤其"天道之显然者为四时，史本根于时间，变本生于时间；变乃自然。道家之所谓道，即是自然。自然即是天"。而"道家、史家之所谓天，即指莫之为而为者"。故司马迁所谓"天人之际，即是古今之变"。从根本言，"人事之变不能逃天道，《易》之数与史之风，实相同也"。③

这方面他有一整套说法，上引王汎森的专论，已从知人论世角度进行了提纲挈领的论述。若从方法视角看，刘咸炘的见解可以启发我们的甚多。在他看来，"史本纪事，而其要尤在察势观风"。盖"史乃一器"，而器中所盛，主要是"政事、风俗、人才三端。三端交互，政俗由人成，人又由政俗成"，而"政事、人才皆在风中"，故"事势实而风气虚"。进而言之，"事势与风气相为表里，事势显而风气隐"。因此，"察势易而观风难"。过去的书志，便"止记有形之事，不能尽万端之虚风"。④

世人多以政事为史实，"殊不留意于风俗"。不知"国家之兴衰成败"与"政、俗之变迁升降"密切相关。风俗"与学术、政治并立"，不止于常人所谓"闾巷日用习惯之事"。但即使"民间习俗，亦有重大影响及于政事者"。本来"凡一事有一风"，不过因"后史偏于政治，并学术亦不能详，故不能表现"风俗。而"风之小者止一事，如装饰之变是也；风之大者兼众事，如治术之缓急，士气之刚柔是也"。总之，"一切皆有风气"。且"凡一风皆牵涉各端"，"或为一朝之风，或为一代之风"，大到古今之变，小则仪物之象，皆"风中之征"而相互关联——"大包小，小见大"。重风势者要通观，不宜以"分类专门"的眼光看。⑤

所有这些"虚风"，又以"君之治术、士之学术为最大"。两者与在上之政治大势，共为"诸小端之纲"。同时，"各端有主从轻重之别，如东汉之名节，唐之科第，皆为诸风之主因；宋之祠禄恩赏，明之乡官，则为诸风之重要条件。若纵言之，则有相承，有相矫，其变皆以渐也"。⑥

刘咸炘的相关论述还不少，从上面所论已可知，他所提倡的"察势观风"，看重的是历史发展那"莫之为而为"的一面，仿佛经济学中亚当·斯密（Adam Smith）所谓的"看不见的手"。在操作层面，始终带有"避实就虚"的意思。他举出的事、势、风三者，其隐显虚实是相对的。"事"最实，"势"比"事"虚，而"风"又比"势"更虚。除了一般多关注的"事"以外，"势"与"风"两者都是研究历史不可或缺的要素。相对而言，"势"比"风"更近于"事"也更明晰，但其和"风"一样不

① 龚自珍：《释风》，《龚自珍全集》，王佩铮校，上海：上海古籍出版社，1975 年，第 128 页。
② 刘咸炘：《治史绪论》，《推十书》第 3 册，成都：成都古籍书店，1996 年影印，第 2390 页。
③ 刘咸炘：《中书·道家史观说》，《推十书》第 1 册，第 32—33 页。
④ 刘咸炘：《治史绪论》，《推十书》第 3 册，第 2388—2390 页。
⑤ 同上，第 2388、2390、2397、2394 页。
⑥ 同上，第 2394、2397 页。

容易观察，难以被"拿住"。同样是说事，我们若能掌握住史事的"势"，则表出的"事"便已大不同。若进而能探索"事"后面的"风"，就更上层楼了。

刘咸炘一向讲究言简意赅，往往点到为止，直接表出结论，很少展示其论证过程。而且他几乎不用新词汇，所以他的表述对年轻人来说可能不是特别好理解。例如，"政俗由人成，人又由政俗成"，而"政事、人才皆在风中"，便说得非常简明，会意者一看便了，未曾会意的可能似懂非懂，甚或不知所云。唯"风俗"之名相，已提示着俗与风的接近。历史既然是政事、风俗、人才三端交互，而政事、人才又"皆在风中"，表明他与很多人不同，即看风俗重于政事。这看法虽渊源有自，却代表一种新取向，表明刘咸炘并不那么"保守"。①还有一些与他同时代的新旧史家，也不同程度地表现出类似的"避实就虚"取向，有意疏离于过去看重政治、军事行为的倾向。

如顾颉刚便以为，研究历史"要弄清楚每一个时代的大势。对于求知各时代的'社会心理'，应该看得比记忆各时代的'故事'重要得多"。并主张"与其详载官制的变迁，不如记些科举情形"，因为后者"几乎笼罩着读书人的全部思想"；"与其详载国家组织，不如详载家庭组织"，因为后者及于人民的力量比国家要更深更广。在他看来，"各代的兴亡，是帝王的家事，远不及民众离合的关系重要"。因此，"应当看谚语比圣贤的经训要紧，看歌谣比名家的诗词要紧，看野史笔记比正史官书要紧"②。后面几句有意趋近民众而疏离于贤人君子的说法显然受到那时面向下层的"进步"风气影响，但整体仍隐约可见一种重风俗轻政事的倾向。

如果说顾颉刚是趋新史家，那么吕思勉则常被视为偏旧者，但他也不满旧史因"偏重政治"而"偏重战事"。过去的历史偏重军事，是由于"战事总是使政治发生显著的变化"，故"外观之兴亡，每因军事而起。其实国之兴亡，由于战之胜败；而战之胜败，初不在于胜败之时。"这就像讲生物学的人如果"只知道突变，而不知道渐变"，那是不行的。不仅突变往往是渐变积累所致，更重要的是，"过分偏重军事，则易把和平时代跳过了"③。吕先生以为：

> 一事之来，每出于意计之外。无以名之，则名之曰突变。而不知突变实非特变，人自不知其由来耳。一事也，求其原因，或则在数千万年以前，或则在数千万里之外。人之遇此者，则又不胜其骇异。乃譬诸水之伏流，夫知史事如水之伏流，则知其作用实未尝中断。而凡一切事，皆可为他事之原因。现在不见其影响者，特其作用尚未显；而其势力断无消失之理，则可豫决矣。④

故他的结论是，"现代史学上的格言，是'求状况非求事实'"。而"求状况的格言，是'重常人，重常事'"。以地质变化言，"常人、常事是风化，特殊的人所做的特殊的事是山崩。不知道

① 王汎森已注意到刘咸炘很注重社会学，其"心目中理想的史学撰述是兼具'史学'与'社会学'"。王汎森：《执拗的低音：一些历史思考方式的反思》，第192—193页。
② 顾颉刚：《中学校本国史教科书编纂法的商榷》，《教育杂志》14卷4号（1922年4月），第4页（文页）。
③ 吕思勉：《历史研究法》，《史籍与史学》，《吕著史学与史籍》，上海：华东师范大学出版社，2002年，第16—17、51页。
④ 吕思勉：《史籍与史学》，《吕著史学与史籍》，第64页。

风化,决不能知道山崩的所以然。如其知道了风化,则山崩只是当然的结果"。①故"知风化乃知山崩。地表之变动、海岸线之升降,固不让火山之暴发、洪泽湖之陷落。不知平时,固无由知革命也"。②

吕思勉主张的知平时而知革命,正是看重慢慢风化的和平时代。那类似"诸水之伏流"而"无以名之"且与"事实"对立的"状况",多少都可见"莫之为而为"的意味。而所谓"知风化乃知山崩",或即我们常说的知常才知变,大致也带有知虚风而后知实事的意思。尤其"一切事皆可为他事之原因",最觉与一切事都有风的思路相通。总之,强调"求状况"重于"求事实",便非常接近"察势观风"的取向。

不仅专门的史家,其他一些关注历史的学者也有类似观感。对中国近代史有切身感受的梁漱溟,似乎也对"风"有感觉。尽管他并未言及"风"本身,却以刘咸炘基本不用的新词汇表述出风势的意思来。

梁漱溟提出,"从来一个秩序的形成,除掉背后有其武力外,还要经过大众的公认"。也就是"不特有武力为之维持,且有道德是非维持着"。③他所谓的秩序又分有形部分和无形部分,其"法律制度一切著见形式者为旧秩序之有形部分",而"传统观念、风俗习惯乃至思想见解,为旧秩序之无形部分"。④这还是说常态,又更有变态。如二十世纪二十年代的军阀,就是政治上"一种格局或套式",若"不仔细分别的话,就谓之一种制度亦无不可"。就像"为社会阳面意识所不容许,而又为社会阴面事实所归落的一种制度,故不得明著于法律,故不得显扬于理论,故不得曰秩序"。⑤尽管他连用了三个"不得",但仍明确了这介于有形与无形之间的格局或套式,正在实际运行之中。

我们今天常说的制度(institutions)是个外来词,本有广狭软硬之分。所谓"格局"或"套式",表面看似临时、短暂,仿佛是一种变态,其实近于常态。不少众皆认可的"常态",也可见类似表现。历来不少难以解决又不得不面对的实际问题,因为牵涉到基本的文化或政治原则,既"不得明著于法律",也"不得显扬于理论",却又落实到操作层面;尽管为社会阳面意识所不容许,仍归落为社会阴面运行的"事实"。

以直觉感知见长的梁漱溟对秩序和制度的认识,是非常重要的见解。尽管他说得简略,同样未曾展示其论证过程,让我们不知该怎样去认识他所说的秩序、格局和套式。但即使没有展开,那已经说出的见解也非常高明,颇与刘咸炘所说的"风"相通。若使用刘咸炘的术语,或可说常态的风分有形部分和无形部分,后者已虚而不实了;而变态的风又更曲折,不仅有临时、短暂的意味,而且和常态的风还有些对立,带有"法外施恩"的特色。虽难以捕捉把握,却一点不能放过。

① 吕思勉:《历史研究法》,《吕著史学与史籍》,第22—23页。
② 吕思勉:《史籍与史学》,《吕著史学与史籍》,第56页。
③ 梁漱溟讲、吴培申记:《中国怎样才能好?》,《新晨报》(北平),1930年6月16日,第3版。
④ 梁漱溟:《"建设新社会才算革命"答晴中君》(1930年),《梁漱溟全集》第5卷,济南:山东人民出版社,1992年,第131页。
⑤ 梁漱溟:《中国民族自救运动之最后觉悟》(1930年),《梁漱溟全集》第5卷,第283页。

类似的例子还有许多,此不赘述。可以看出,一些刘咸炘的同时代人,也看重历史之风,或不用这一名相而实际注重史实背后影响史事那些因素。今人何兆武更将此上升到哲学层面,强调"历史学应穷尽一切可能的情况,而不只局限于讨论已成为现实的情况"。一位史家若"仅仅把自己局限于史实",就应"谥之以歌德的诗句:'你只是个忧郁的过客,在这阴暗的尘寰。'"①

用敝友陆扬的话说:风就是社会变化的万种缘由整合在一起,成为一种总体的势态和力量。它不太适合用现代所谓科学史学来定性分割,但却能凭借经验来感受。②

我大体赞同他的说法,礼失可以求诸野,则风可捕而影可捉,关键是要有捕捉的意向和决心。当然还有技术的一面,主张"历史为过去人类活动之再现"的梁启超就曾说,"活动而过去,则动物久已消灭,曷为能使之再现? 非极巧妙之技术不为功也。"③他显然认为只要有"巧妙之技术",就可以再现过去人类的活动。下面就简单探讨怎样捕获历史之风。

三、风可捕捉

依刘咸炘的看法,史学工作者的一项主要任务,就是捕捉那"万状而无状,万形而无形"的虚风。世界上凡动就有态,而动态是很难原状存留的。要从看似静止的史料中读出历史的动态,有时需要通过中介去探索。捕风捉影,就是通过某种中介去探索曾经贯注于史料中的生命跃动。钱锺书所说的"假物得姿"(详后),就是一种即事见风、藉实求虚、借有形知无形的间接了解方法。

如周作人所说,"虚空尽由它虚空,知道它是虚空,而又偏去追迹,去察明,那么这是很有意义的,这实在可以当得起说是伟大的捕风"。④把捕风上升到伟大,或是有些"言过其实"的夸张,但他强调的是不因虚空而放弃,还要去努力追察虚空中的明迹。实际上,历史上任何发生的事,皆不至于无迹可循;先要有追寻捕捉的心愿,并继之以行动。

一股风的出现,即使借后见之明的优势,很多时候看起来也像是无中生有,却也不是无法追寻。最近有一本书名为《风从何处来》⑤,便隐喻风之所来是需要也可以追寻的。刘咸炘就说,一股风"何时兆之,何时成之;因何而起,因何而止;何人开之,何人变之",都是史学必须追究的要素。⑥进而言之,不仅因何而起,具体由何而起,如何兴起,也很值得推敲。

何定生曾提出,要探寻历史通则,"宜捉住'意识之流'。其于空间,则为'空间意识';其于时间,则为'时间意识'"。所谓意识之流,"是一个地域(空间)一个时代(时间)的某种文字结构

---

① 参见何兆武:《可能性、现实性和历史构图》,《史学理论》1988 年第 1 期。此承彭刚兄在微信提示。
② 此或闻于口头,或见于网上,抱歉没记下出处,不过已获陆扬本人认可。
③ 梁启超:《中国历史研究法》,《饮冰室合集·专集之七十三》,第 34—35 页。
④ 周作人:《看云集·伟大的捕风》(1929 年),《周作人全集》,台北:蓝灯文化事业公司,1992 年,第 2 册,第 189 页。
⑤ 这是搜狐文化时尚中心"我说"栏目文章的结集,于 2016 年由北京时代华文书局整理出版。
⑥ 刘咸炘:《治史绪论》,《推十书》第 3 册,第 2387 页。

或用法的大意识，即其地域之人、其时代之人之意识——无论其为显在、其为潜在（即下意识）——皆于某种条件上取同一之倾向是也。这种'意识之流'，要是捉得住，则无往而不左右逢源，一切书皆为我用。"①何定生的用语比刘咸炘更接近我们今日的常用表述，他不仅强调了意识的流动性，也明确了"意识之流"是可以捕捉的。

至于具体的捕法，刘咸炘已有一些提示。其基本精神，即"读史有出入二法，观事实之始末，入也；察风势之变迁，出也。"治史当"先入而后出，由考据而生识"。②王汎森已指出，刘咸炘在这方面也受到龚自珍"大出入"史观的影响。③刘咸炘强调，"凡学问无有不入而能出者"。他也受章学诚影响，发挥其《文史通义·史德》篇所说的敬、恕二义说，"敬即慎于褒贬，恕即曲尽其事情，此之谓能入"。④所谓曲尽事情，是由考据而生识的具体展现，表明虚风仍在实事之中。

如何曲尽事情，从方法到史料来源，刘咸炘也有相对具体的指点。前引他说大到古今之变，小则仪物之象，皆"风中之征"，便点出了由征观风的意思。他并引用司马迁说的"《春秋》推见至隐"，指出《易》之数就是史之风，"《易》本隐，以之显，即谓由事见风、以数该事耳"。⑤又说，治史者贵在能"即事见风，即实求虚，所谓史而有子意也。"这个方法也提示出具体史料之所在——由于"后史无综合之识，且忽虚风，必以子、集辅之"；而民间习俗"史不能详，当求之杂记"。⑥

由考据而生识的一个取向，即刘咸炘所说的"论世者审其情，知言者析其辞"⑦。情感其实最不容易落到实处，更难以计量，故不宜用社会科学的计量方法认识。但很多时候，情感仍会通过"有形之事"表现出来，故也可以通过"有形之事"去了解。

傅斯年曾形象地指出：在文学作品中，"'灵魂在一切事物中，一切事物之全即是灵魂'。文辞中的情感，仿佛像大海上层的波花，无论他平如镜子时，或者高涛巨浪时，都有下层的深海在流动，上面的风云又造成这些色相。"⑧这是一段深具启发的论断，盖不论是否形成波澜，上之风云，下之潜流，皆长动而不息。水面的色相只是表象，下层深处的流水和上面的风云，都是不能忽视的要素。而对于肉眼的直观来说，要认识下层的流水和上面的风云，恐怕也只有借助水面的色相去观察。

所谓雁过留痕，事物的运行总有迹象可寻。梁启超曾指出，"烈风过而林木摧"是"彰显而易见者"，还有"退潮刷江岸而成淤滩，宿茶浸陶壶而留陈渍"，这些就属于"微细而难见者"。然"其所演生之迹，乃不可磨灭"。同理，"一社会一时代之共同心理、共同习惯，不能确指其为何

① 何定生：《答卫聚贤先生》，1928 年 10 月 18 日，《国立中山大学语言历史学研究所周刊》第 2 集第 22 期（1928 年 3 月 27 日），"学术通讯"栏，第 75—76 页。
② 刘咸炘：《治史绪论》，《推十书》第 3 册，第 2393 页。
③ 王汎森：《执拗的低音：一些历史思考方式的反思》，第 171 页。
④ 刘咸炘：《治史绪论》，《推十书》第 3 册，第 2387—2388 页。
⑤ 刘咸炘：《中书·道家史观说》，《推十书》，第 1 册，第 33 页。
⑥ 刘咸炘：《治史绪论》，《推十书》第 3 册，第 2388、2390、2394、2397 页。
⑦ 刘咸炘：《中书·学纲》，《推十书》第 1 册，第 9 页。
⑧ 傅斯年：《中国古代文学史讲义·叙语》（1928 年），《傅斯年全集》第 1 册，台北：联经出版事业公司，1980 年，第 14 页。

时何人所造,而匹夫匹妇日用饮食之活动皆与有力焉,是其类也。"①

时代社会之共同心理和共同习惯,正是刘咸炘所说见之于习俗的"虚风"。而林木之摧和江岸留迹,便是可以观测虚风之实事。风一旦生起,既可有风卷残云之势,但也有轻风拂面之时。所谓时代风气,本因人多趋奉而形成。趋奉者有时自觉,有时虽趋奉而不自觉,即吕思勉所说"和平时代"的"风化"。古语说的"洋洋乎如在其上,如在其左右",便最能表现这样的状态。

上面梁启超说的是风动之后,那风动之前和风动之时呢?我们生活中就有不少间接的观测方法。我们常说"风起云涌",从云涌以见风起,便是"即事见风"的直观方法。而"风吹草动"之说既看似明晰,又寓意丰富:如"草上之风必偃"一说,即有风来便可见草顺风而倒;而所谓"疾风知劲草",则提示我们还要考虑到草对风的抵御,特别是那些能抵抗疾风的"劲草"。无论如何,这些都告诉我们可借有形的草以知无形的风,进而看出钱锺书所谓"风的姿态"。

钱锺书以为,创作"总在某种文艺风气里"进行,作者所处时代对于其作品的意见,便是"当时一种文艺风气的表示"。换言之,"风气是创作里的潜势力,是作品的背景,而从作品本身不一定看得清楚"。这就需要通过时人所信奉的理论、对具体作品的要求和褒贬好恶的标准等,去了解作者周遭的风气,就"好比从飞沙、麦浪、波纹里看出了风的姿态"。②

"从飞沙、麦浪、波纹里看出风的姿态",正如由草动见风姿从而知风,是非常言简意赅的提示。与傅斯年所说注重下层流动的深海和上面的风云,同样是借有形知无形的上乘方术,钱锺书将此概括为"假物得姿。"③这类即事见风、由事见风、即实求虚等假物得姿法,与人们常说的由表及里取向也相通,不过是其特定表现而已。

在陈嘉异看来,"所谓风也者,上以风化下,下以风讽上,实即当时之一种时代思潮(current thought of the age)"④。这样的时代思潮,当世可以观察(是谓观风),后世也可以捕捉,且有捕捉的方向。缪钺先生曾提醒我们:

> 历史是人创造的,人是活的,有思想感情,有主观能动性。所以研究历史,除去注重当时人的表面活动之外,也不能忽略当时人的内心活动(包括个别历史人物的心情以及一个时代人的共同心情)。如果不这样做,则对于历史现象与历史事件的理解就难以深入。各种历史书所记载的多是古人活动的表面事迹,至于古人内心深处的思想感情,在历史中是不易找到的,只有在文学作品中才能探寻出来。所以文学作品是心声;一个历史人物的文学作品是他一个人的心声,一个时代的文学作品则可以表现这一个时代的心声。

今人常说要掌握"时代的脉搏"。所谓"时代的脉搏"者,即是时代的"心声"。不同时

---

① 梁启超:《中国历史研究法》,《饮冰室合集·专集之七十三》,第2—3页。
② 钱锺书:《中国诗与中国画》,《七缀集》,上海:上海古籍出版社,1994年,第1—2页。
③ 钱锺书:《谈艺录》(补订本),北京:中华书局,1984年,第54页。
④ 陈嘉异:《东方文化与吾人之大任(续)》,《东方杂志》18卷2期(1921年1月25日),第10页。

代有不同的心声。①

对于史家而言，所研究时代的脉搏，是不容错过且必须揣摩的。从史书以外的文学作品中探寻个人和群体的心声，与刘咸炘所说从子部、集部书中去追寻历史"虚风"的取向不谋而合。在这方面，龚自珍也先有提示。他已注意到，"兰台能书汉朝事，不能尽书汉朝千百心"。这不仅点出了"事"外之"心"的重要性，且指明了当在史书之外探寻昔人之"心"。②昔年龚自珍的诗文广为众读③，刘、缪二先生可能都受到他的影响。

进而言之，"心"虽与"事"不尽同，其实"心"亦"事"之一种。那些能表现"时风"的现象虽然看起来有些虚悬，却也是历史上的实事。特别是有些历史人物，在后人看来可能浪得虚名，其在当时得名却是代表时代思潮的历史事实。钱锺书就说，一个人在历史上的名声可能与其实际贡献有差异，但"史以传信；位置之重轻，风气之流布，皆信之事也；可以征验而得"。那些"得虚名者虽无实际，得虚名要是实事。作史者须如其实以出"之，而不能据后世眼光而"轻重颠倒"。④

钱先生将此上升到史以传信的高度，实属睿见。盖在后人眼中，一人位置之轻重是否名副其实是一事，但当世其位置之重轻，正表现出时代风气之流布，皆必传之"信"事。且从佛家言，无其实者能享虚名，便是一种福报。得虚名而能受得住，那就大有来头。史家所应关注和表现的，首先是传信，其次是其何以能无其实而享虚名。如梁漱溟论哗众取宠的世风说，"哗众之具，亦随在可得。大抵各就所近，便利取携，以竞肆于哗众取宠之业。其人亦不难辨，言动之间，表见甚著"。⑤史家当从其言动之间，察其所取所携以竞肆之具，知何者能"哗众"，彼时世风也就昭然若揭、明晰可见了。

在使用假物得姿法时有一点要特别注意，即事物表象背后的动力不必是单一的，而可能如傅斯年所见是复合的——水面的波澜，不过是受潜流和风云影响而成的表象。不论是否形成波澜，上之风云，下之流水，皆长动而不息。水面的静与动，可能同时受到下层深海和上面风云的作用，且这些作用力还未必一致，甚或对立（潮水与风逆向运动，是海面的常态）。则"影响"水之动静的是多种因素，其作用力既可能是同方向的，也可能碰撞冲突，产生一种进行中的综合作用力。水态如此，风姿亦然。

且正如"劲草"可能抵抗疾风，受力者的因素也不容忽视。我们读史料要谨记，当事人永远处于行动之中。一个时代当然有很多安之若素者，同时也有很多是正在努力和争取的行动者。

---

① 缪钺：《治学补谈》，《缪钺全集》第7、8合卷，石家庄：河北教育出版社，2004年，第77页。
② 龚自珍甚至建议"后世读书者，毋向兰台寻"。这当然只是诗之比兴，不必全从字面看，但也表现出一种特别的强调。龚自珍：《汉朝儒生行》，《龚自珍全集》，第461—462页。此承华中师范大学周月峰老师提示。
③ 梁启超曾说，"晚清思想之解放，自珍确与有功焉。光绪间所谓新学者，大率人人皆经过崇拜龚氏之一时期"（梁启超：《清代学术概论》，朱维铮校订，上海：上海古籍出版社，1998年，第75页）。类似的"崇拜"大体延续到民初。
④ 钱锺书：《中国文学小史序论》（1933年），《钱锺书散文》，杭州：浙江文艺出版社，1997年，第477页。
⑤ 梁漱溟：《关于佛学辨明》，《北京大学日刊》1919年1月14日，第4版。

而且历史上所谓竞争,往往是有所(甚至洋溢着)憧憬、向往、企图的努力。当胜负未知的时候,也就意味着充满了可能性;此时的努力,自然与知道结果者大不一样。也就是说,历史人物做出判断和选择时,面对的基本是未知的事物,我们若从已知的结果去分析,而不是顺着事物发展的过程去观察,则历史的丰富性,特别是其内在的复杂性,就可能失去泰半了。

　　然而凡事皆有本末,观察者一方面要由本知末,同时也可由末见本。风吹本是草动的由来。藉事见风,也就是知所由来,大体是一种由末见本的取向。就此意义而言,"倒放电影"的取向既可能在有意无意间改写历史①,也可以帮助我们注意到以前没有意识到的细节。同时还要记住,虚风本在实事之中。现代历史研究不比昔之所谓"闻道",虽说"识"由考据而生,先入仍是为了后出。在探索史事之时或须"即实求虚",到写作表述时仍当寓虚于实,以见之于行事的方式来落实刘咸炘提倡的"史有子意"。朝此方向努力,则史事背后那可能非常有力的"看不见的手",便难以遁形;而史学也就虚实兼具,不仅表现"实事",还可彰显"虚风"。

---

① 一些初步的看法,参见罗志田:《民国史研究的倒放电影倾向》,《社会科学研究》1999 年 4 期。

儒学叙事下的中国史

——以明治时期日本的汉文中国史著作为中心

黄东兰 *

引言

　　1868 年的明治维新,给日本带来了文明模式的转换,即从以中国为师、接受儒家文化为核心的中国文明,转向以欧美为师、接受西方的近代文明。在以"文明开化"为张本的近代化过程中,来自西方的近代历史观念和历史叙事对日本产生了深刻的影响。近代西方的历史叙事可以概括为文明—进步叙事和民族—国家叙事两个类型,前者起源于欧洲启蒙时期的文明史观,将人类历史描述为由野蛮到文明的"进步"过程,而欧洲则是人类文明的至高点。文明—进步历史叙事通过基佐的《欧罗巴文明史》、巴克尔的《英国开化史》和须因顿的《万国史》等著作传入日本[1],对福泽谕吉《文明论之概略》(1875 年)等日本早期的启蒙作品产生了很大影响。在史学界,最早以文明史观叙述日本历史的是田口卯吉,他在《日本开化小史》(1877—1882 年,1883 年东京书林合刊本)一书中,按照人类进步与发展之普遍"法则",描绘了一部从蒙昧到文明不断进步的日本历史。

　　另一种是以兰克史学为代表的民族—国家叙事。兰克批判启蒙史学抽象地从整体上概括人类的历史,忽视了人类在特定时间、特定场合下的活动,他强调应该重视"民族共同体"由弱小的民族集团演变为民族国家之历史。这一学说由兰克的弟子、长期在东京帝国大学任教的里斯(Ludwig Riess)传入日本[2],催生了日本的学院派史学。在 19 世纪 80 年代末,随着天皇制意识形态的确立,民族—国家叙事与《古事记》《日本书纪》中关于大和王朝起源的神话传说,以及江户时代具有神话色彩的国学传统相结合,形成了以天皇谱系为中心的皇国史叙述。官方叙述下"万世一系"的日本历史,是一部没有进步、也没有停滞和倒退的历史。

　　文明—进步叙事和民族—国家叙事对近代日本的中国史叙述也产生了深刻的影响。按照

---

*　黄东兰,日本爱知县立大学教授。

[1]　Francois Guizot, *Histoire de la Civilisation en Europe*, Paris: Perrin, 1855. Henry Thomas Buckle, *History of Civilization in England*, New York: D. Appleton, 1870. William Swinton, *Outlines of the Worle's History*, American Book Company, first published in 1870.

[2]　里斯(1861—1928)在 26 岁时受聘为东京帝国大学史学科讲师,长期担任世界史讲座,讲述日尔曼等欧洲"民族共同体"的形成、发展以及向欧洲以外地区扩张势力的历史。里斯特别强调民族国家在历史叙述中的重要性,认为历史学家的任务是通过揭示不同民族之间的相互关系,揭示由不同民族构成的"民族共同体"的历史。Ludwig Riess, *A Short Survey of Universal History: Being Notes of a Course of Lectures Delivered in the Literature College of the Imperial University of Tokyo*, Tokyo: Fusambo, 1899, pp.2-6.

文明—进步史观,中国是亚洲"专制"、"守旧"、"停滞"和"落后"的典型,与明治维新后进入西方"文明国"行列的日本形成了鲜明的对照。田口卯吉在《支那开化小史》(秀英社,1888 年)中,以进化史观描述了两千年专制政治下停滞不前的中国历史[1]。以甲午战争后"东洋史"的创立为标志,民族—国家叙事成为中国史叙述的主流。以桑原骘藏《中等东洋史》(大日本图书,1898 年)为代表,中国史与突厥、女真、蒙古等"东洋"诸民族的历史一起,被纳入"东洋"或"东方亚细亚"的历史框架之中,从而成为适应日本对外扩张的"近代知识"[2]。

与此相对应,战后关于日本中国认识、中国观、中国史叙述的研究,基本上沿着两条思路展开:一条是通过批判近代日本历史叙述中的东方主义传统,揭示日本一方面在西方化的过程中自我东方化,一方面将中国等亚洲邻国归于"专制、野蛮"而凸现自身之"文明国"地位[3];另一条思路是从学术史角度,或正面评价东洋史学摆脱儒学的影响、在欧洲学术的影响下成长为一门以中国及其周边民族之历史、语言等为研究对象的"近代"学科,或批判东洋史学作为"帝国知识"在日本的对外扩张中所起的作用[4]。

然而,笔者认为,在日本迈入"近代"的过程中,除了上述文明—进步叙事和民族—国家叙事影响下的中国史叙述模式外,还存在着第三种历史叙述模式,即以儒家史学传统为基础的儒学叙事。这种历史叙事可以概括为以儒家史学的正统史观、道德史观和华夷观念为依据,以春秋笔法书写历史。明治维新后,虽然传统的儒学叙事受到福泽谕吉、田口卯吉等启蒙学者的抨击;以重野安绎为代表的考证学派亦摈斥儒家史学的"劝惩主义"立场,融会清朝考据学和西方实证史学的方法,从事《大日本编年史》之编纂[5]。但是,儒学叙事下的中国史叙述在日本仍然占有一席之地。

明治政府仿效西方教育制度,于 1872 年颁布新学制,实行义务教育,历史也由此成为中小

---

[1] 拙文《一部缺失"开化"的"开化史":田口卯吉〈支那开化小史〉与近代日本文明史学之困境》,《南京大学学报》2015 年第 6 期。

[2] 参见拙文《书写中国:明治时期日本支那史·东洋史教科书的中国叙述》,拙编《再生产的近代知识》,《新史学》第 4 卷,北京:中华书局,2010 年。

[3] S. Tanaka, *Japan's Orient: Rendering Pasts into History*, Univ. of California Press, 1993. 陈纬芬:《自我的客体化——近代日本的"东洋"论及藏匿其中的"西洋"与"支那"》,《中国文哲研究集刊》第 18 号,2001 年。子安宣邦:《"アジア"はどう語られてきたか——近代日本のオリエンタリズム》,东京:藤原书店,2003 年。李圭之:《近代日本的东洋概念—以中国与欧美为经纬》,台湾大学政治学系中国大陆暨两岸关系教学与研究中心,2008 年。

[4] 杉本直次郎:《本邦に於ける東洋史学の成立に就いて》,《歴史と地理》第 21 卷第 4 号,1928 年。青木富太郎:《東洋学の成立とその発展》,东京:萤雪书院,1940 年。榎一雄:《支那史から東洋史へ》,《榎一雄著作集》第 9 卷,东京:汲古书院,1994 年。旗田巍:《日本における東洋史学の伝統》,《歴史学研究》第 270 号,1962 年。五井直弘:《近代日本と東洋史學》,东京:青木书店,1976 年。奈須惠子:《中等教育における東洋歴史の登場》,寺崎昌男编:《近代日本における知の配分と國民統合》,东京:第一法规出版社,1992 年。吉泽诚一郎:《東洋史学の形成と中国——桑原隲藏の場合》,岸本美绪:《東洋学の磁場》,《帝国"日本"の学知》第三卷,东京:岩波书店,2006 年。

[5] 家永三郎:《日本史学史》,东京:东京大学出版会,1957 年。小泽荣一:《近世史学思想史》,东京:吉川弘文馆,1974 年。永原庆二:《20 世纪日本的历史学》,东京:吉川弘文馆,2003 年。大久保利谦:《日本近代史学的成立》,《大久保利谦著作集》第 7 卷,东京:吉川弘文馆,2007 年。

学的教科之一。以文部省编纂出版的小学历史教科书《史略》（1872 年）"支那"部分为嚆矢[①]，日本出版了许多以"汉史"或"支那史"为标题的中国史通俗作品（以下简称"明治中国史"），绝大多数是中小学或私塾的教科书，也有一些是面向普通读者的历史读物。这些出自日本人之手的中国史著作大部分用日文撰写，但也不乏用汉文撰写者。其中相当一部分在体例、内容和叙事风格上深受《史记》、《资治通鉴》、《十八史略》等中国史籍的影响，承继了儒家的正统史观和道德史观[②]。

为什么在明治政府大力推行"文明开化"之时，仍有日本人用汉文撰写中国史？明治汉文中国史在体例、修辞和时空表述上，与文明—进步叙事和民族—国家叙事下的中国史叙述有何不同？汉文中国史的编者们在涉及元朝出兵日本等中日关系史上的重大事件时，是援引中国史籍而书"征日本"，还是书"犯日本"以凸现日本的民族认同？他们在叙述中英鸦片战争时，是持中立态度，还是持同情清朝或英国的态度？其历史叙述背后有着什么样的历史意识？作为笔者关于明治日本中国学的重要分支"东洋史"的研究之一部分，本文通过明治汉文中国史的文本分析，考察其知识来源、修辞特征和历史意识，探讨儒家传统史学对明治日本中国史叙述的影响[③]。

一、明治汉文中国史及其知识来源

加藤周一曾经指出："理解文明就是理解历史"，日本在长期学习中国文化的过程中形成了一种习惯，即通过学习中国历史来吸收中国的文化[④]。在日本江户时代以儒学为主的藩校教育中，中国传统的经史之学占有十分重要的地位。武士子弟自幼熟读《史记》、《汉书》、《资治通鉴》等"汉土史籍"，以中国王朝之兴衰、政治之得失作为将来为政之借鉴。江户昌平坂学问所

---

① 《史略》由《皇国》、《支那》和《西洋》三个部分构成，分别为日本史、中国史和西洋史。《史略》的三分科法成为其后日本史学研究中日本史、东洋史（前身为支那史）、西洋史三分科制的雏形。从"支那史"诞生之日起，中国史作为一国之史而被纳入近代知识体系。甲午战争后，中国史又与朝鲜、蒙古等中国周边地区的历史，被纳入"东洋史"的框架之中。至此，中国史由江户时代的普遍史一变而为国别史，再变而为区域史之一部分。

② 以 1872 年文部省编纂出版的历史教科书《史略》的《支那》部分为例，它承袭《十八史略》的叙事风格，从三皇五帝、夏商周至"今帝"同治帝，按朝代、帝王顺序，叙述皇位传承、内外战争等内容。该书以春秋笔法叙事，称周武王灭殷为"伐"，称忽必烈出师日本为"伐我日本"，称崇祯自缢身亡为"思宗崩于万岁山"[文部省编纂发行《史略》"支那"部分，海后宗臣编《日本教科书大系》近代编，第 18 卷，《历史》（一），讲谈社，1963 年，第 17、23、24 页]。除了称日本为"我日本"以外，犹如出自中国人之手。

③ 明治时期日本人撰写的包括教科书在内的中国史通俗书籍数量很多，内容亦较为复杂。概言之，明治十五年之前以元代曾先之《十八史略》为原型的王朝兴衰史为主流。明治一〇年代，受欧美文明史观的影响，有田口卯吉《支那开化小史》（秀英舍，1883—1887 年）和青山正夫《支那文明史略》（文海堂，1889 年）等文明史著作问世。甲午战争后，"支那史"逐渐为"东洋史"所取代。关于文明史和东洋史的历史叙述，笔者已另外撰文，在此不加赘述。参见拙文《東洋史の時空：桑原隲蔵〈中等東洋史〉に関する一考察》，《愛知県立大学外国語学部紀要》《地域研究·国际学编》第 42 号，2010 年）。《书写中国：明治时期日本支那史·东洋史教科书的中国叙述》，拙编《再生产的近代知识》，《新史学》第 4 号，北京：中华书局，2010 年。《吾国无史乎：从支那史、东洋史到中国史》，孙江·刘建辉：《亚洲概念史研究》第一辑，北京：生活·读书·新知三联书店，2013 年。《一部缺失"开化"的"开化史"：田口卯吉〈支那开化小史〉与日本近代文明史学的困境》，《南京大学学报》2015 年第 6 期。

④ 丸山真男、加藤周一：《翻訳と日本の近代》，东京：岩波书店，1998 年第一刷，2004 年第 7 刷，第 66 页。

儒官(塾长)佐藤一斋曾经对习史的步骤作过如下说明:"读史之法在明治乱兴亡之轨迹,考历代之制度文物,知地理之沿革"①。这里所说的"史"既不是日本历史,也不是今天人们所理解的中国这一民族国家地理空间的历史,而是超越地理概念上的"中国"空间、具有普遍意义的中国文明之历史。在昌平坂学问所的必修科目"史科"中,"汉土史料"列于"本朝史料"之前②,原因亦在于此。由于接受儒家传统经史教育的武士阶层,与中国传统的士大夫阶层一样,置身于儒学知识共同体之中,无论是近世史学的始祖林罗山,还是集江户史学之大成的新井白石,其历史叙事都继承了以中国正史为代表的儒家史学传统。

据戴季陶回忆,他在民国五、六年间曾经访问过日本贵族院议员杉田定一(1851—1929)家。他看见杉田的书房里供着一尊孔子像,便好奇地问其缘由。杉田说,他家在江户时代是当地的豪农,他父亲乐善好学,有一年请了一位汉学先生来家里教农民们读书。藩里的武士得知此事后,说农民读书是僭越,不但抄了他的家、赶走了教书先生,连种田的权利也剥夺了。那尊孔子像是他父亲拼了命才从武士手里夺回来的③。在等级分明的封建时代,汉学是武士阶层独占的学问,庶民即使有财力聘请教师,也没有权利和武士子弟接受同样的教育。武士以外的农工商等阶层的子弟,只能在"寺子屋"、"手习塾"中学习实用的读算技能④。杉田的父亲从武士手中拼命夺回的那尊孔子像,直到大正年间还供奉在杉田家中。这尊孔子像象征着农民们对中国文化的尊重和对儒学知识的渴望。

明治维新后,日本民众阶层中出现了前所未有的"汉学热"。新政府推行"四民平等"和教育普及政策,在政府"邑无不学之户,家无不学之徒"的方针下,平民子弟在教育机会上不再受到限制。对于民众而言,来自中国的四书五经、《史记》、《资治通鉴》这些统称为"汉学"的学问是"至高无上之学"⑤,民间出现了一股"汉学热"。各地设立了许多以农民子弟为对象的乡学,讲授四书五经等儒家典籍,乡学成为平民子弟修习汉学的主要场所⑥。在文化中心东京,涌现出许多被称为"汉学塾"的私塾,这些私塾以儒家的修齐治平为教育宗旨,教授四书五经等中国传统的经史之学⑦。以一家名为玉琴舍的汉学塾为例,其办学宗旨的第一条即为"成德达材,

① 《佐藤一斋全集》第一卷,东京:明德出版社,1990年,第269页。
② 在江户时代的武士教育中,日本史教育长期不受重视,以昌平坂学问所为例,直到1868年学科改制,将原有的学科改为经科、汉土史料、本朝史料、刑政科4科后,其中的本朝史料课程才正式以《六国史》为教材讲授日本历史。大久保利谦《近世に於ける歴史教育》,史学会编《本邦史学史論叢》,东京:富山房,1939年,第1246—1247页。
③ 戴季陶:《日本论》(1928年),台北:"中央"文物供应社,1968年,第15页。
④ 江户时期有一部分寺子屋除了基本的读算技能之外,也兼授日本史和中国史,中国史教材以《十八史略》最多。但是,其数量微乎其微。据吉田太郎统计,日本全国仅有20所寺子屋设有历史课程,仅占寺子屋总数的0.065%。吉田太郎《寺子屋における歴史教育の研究》《横浜国立大学教育纪要》第6号,1966年,第46页。
⑤ 川村肇:《在村知識人の儒学》,京都:思文阁,1996年,第68页。
⑥ 据河村肇的研究,明治维新后,信浓国(现长野县)下伊那郡成立了许多以平民子弟为对象的乡学,有的专教汉学,也有的在汉学之外兼教和学。川路村一所明治九年成立的乡学只有汉学一个科目,以四书五经、文章典范、《十八史略》为教科书。上久坚村的一家乡塾主要教授四书五经、《春秋左氏传》、《十八史略》,兼授日本史,以赖山阳的《日本外史》为教科书。参见川村肇:《在村知識人の儒学》,第66—69页。
⑦ 神边靖光分析明治五年(1872年)的《开学愿书》后发现,仅1872年一年之中,东京就有23家汉学私塾开业,其数目远远多于教授"英学"(14家)和"皇学"(2家)的私塾。参见神边靖光:《明治初年の東京府の漢学塾——〈明治五年・開学願書〉を中心に》,幕末维新期汉学塾研究会,生马宽信编《幕末維新期漢学塾の研究》,广岛:溪水社,2005年。

进而善人,退而善己,是学问之主旨,而其本在忠孝。忠孝之义明,而士之节操立焉,是进修之次序也。古之忠臣孝子,皆自至顺之志,而发为至烈之行,学者审诸"①。可见,明治初年诞生的汉学塾承袭了江户时代藩校儒学教育宗旨。

在明治政府推行的西方近代学科体系下,西学占有很大比例。按照《学制》的规定,正规学校的学生必须修习地理、历史、数学等许多课程,江户时代藩校从素读、独看、讲释到会读、作文的传统教学方法已经无法延续;曾经作为各地藩校教材的《左传》、《史记》、《资治通鉴》、《日本政记》、《日本外史》等著作,也由于篇幅过长,难以用作学校的教科书。正如龟谷行在藤田久道《汉土历代十八史略·附三史略》序文所说:"时课大率修西学,不能专力于汉籍,所以有待于略史也。此编荟萃全史,隐括提要,凡古今治乱人物得失,了如掌纹。可以为史学之梯航。"②由此,元代曾先之编纂的一部童蒙课本《十八史略》便成为当时最受欢迎的中国史教科书。《十八史略》节录《史记》到《新五代史》的十七种正史和《续资治通鉴长编》,按编年体例,简述从太古、三皇五帝到南宋历朝历代的事迹。明朝兴学,官学和私塾教育得以发展,民间对普及性史籍的需求也大为增加,出现了诸多《十八史略》的改写版本。其中由陈殷注释、王逢标题、刘剡点校的七卷本(明正统六年,1441年刊)最为流行。《十八史略》在室町时期传入日本,江户时代由于幕府奖励儒学而广受欢迎,陈殷注释的七卷本《立斋先生标题解注音释十八史略》成为各地藩校普遍使用的教材。在明治维新以后的20多年间,该书仍被许多中学选为教材。③ 七卷本《十八史略》于明治三年(1810)首次再版,其后至明治二十年代刊行的各种《十八史略》注释本多达有五十余种,大多用作"童蒙之课本"或"诸府县之教科书"④。

除了翻刻既有的《十八史略》之外,从明治初年起,还有许多由日本人撰写的中国史略史著作问世,无论是由官方还是由民间出版,无论是以日文还是以汉文编纂,书名大多冠以"汉史"或"支那史"。笔者目前收集到自明治九年至三十二年共13部汉文中国史著作(参见表1),除那珂通世的《支那通史》外,大多鲜为人知,在近代日本中国学研究中也没有受到关注。

表1　明治时期汉文中国史书物一览表

	编　者	书名及卷数	出版事项	备　考
①	宫胁通赫(1835—1914),地方史研究家	《续十八史略读本》5卷	东京:山中市兵卫刊行,1876年	元初～清同治朝。"编次元明清三代,以续曾氏十八史略"。

---

① 神边靖光:《明治初年の東京府の漢学塾——〈明治五年·開学願書〉を中心に》,幕末维新期汉学塾研究会,生马宽信编《幕末維新期漢学塾の研究》,广岛:溪水社,2005年,第300页。

② 藤田久道·增田贡校正:《汉土历代十八史略·附三史略》卷之一,龟谷行序,东京:同盟书馆,1879年。

③ 乔治中:《明代史学发展的普及性潮流》,《中国社会历史评论》第4卷,北京:商务印书馆,2002年。乔治忠:《十八史略及其在日本的影响》,《南开学报》2001年第1期。桑原骘藏在大正年间撰写的《〈十八史略〉解题》中说:"在明治维新后很长一段时期内,小学汉文课或历史课多以本书为教材,今日许多中学还以本书抄本为汉文教科书。总之,《十八史略》应该说是我国最受欢迎的汉文书籍之一。"桑原骘藏:《〈十八史略〉解题》,1919年10月有朋堂文库汉文丛书《十八史略》所载,《桑原骘藏全集》第2卷,东京:岩波书店,1968年,第506页。

④ 中山步:《明治初期〈十八史略〉版本の特徵と問題点》,《二松学舍大学人文論叢》第64辑,2000年3月,第156—158页。

续表

	编　者	书名及卷数	出版事项	备　考
②	林正躬,号南轩,生卒年不详	《清国史略》3卷	京都:竹冈文祐刊行,1876年	清初～乾隆朝。"清二百年之隆替得失,……皆可以备我之殷鉴。亦不特便初学也。"
③	石村贞一(1839—1919),号桐荫,历史学家,曾在教部省和陆军省编纂佛教史与战史	《元明清史略》5卷	东京:东生龟治郎刊行,1877年	元初～清光绪朝。"使童蒙知读史之端绪"。
④	增田贡(?—1899),号岳阳,田中藩藩士,维新时任该藩大参事	《清史擘要》6卷	东京:龟谷行刊行,1877年	清顺治朝～同治朝。姚培谦·张景星《通鉴揽要》之续编。"庠序之教,必从节史。"
⑤	冈本监辅(1839—1904),号韦庵,德岛藩农民出身,曾赴库页岛探险,后任德岛县立中学校长	《万国史记》4卷《亚细亚史》第二《支那记》	东京:内外兵事新闻局刊行,1879年	上古～清同治朝。"欲使蒙士博通万国事绩,民情风俗"。
⑥	藤田久道(生卒年不详)编·增田贡校正	《汉土历代十八史略附三史略》7卷(别名《汉土历代二十一史略》)	东京:青木辅清等刊行,1879年	上古～清光绪朝。内容节录《资治通鉴》、《资治通鉴纲目》、《十八史略》等。清代部分抄录增田贡《清史擘要》。
⑦	增田贡	《满清史略》2卷	东京:铃木义宗刊行,1880年	清初～同治朝。"治乱之鉴"。
⑧	佐藤楚材(1801—1891),号牧山,尾张藩出身之汉学家,藩校教授,维新后任斯文学会讲师	《清朝史略》11卷	甲府:温故堂,1881年	清初～同治朝。西村茂树序(1879年)。"以便初学之讲读"。
⑨	诸理斋编·林厚德校点、增补(号东园,1828—1890),德岛藩士,维新后历任民部官权判事、浜松县令等职	《通鉴集要》11卷(原著10卷、第11卷《明纪》为林厚德所增补)	东京:石川治兵卫刊行,1881年	三皇五帝～明末("原本至元终。余不揣浅陋,补明以为一卷"。)
⑩	石村贞一·阪上成美(生卒年不详)	《续纲鉴精采》4卷	大阪:松村九兵卫刊行,1883年	明初～清光绪朝。"为初学之便"。
⑪	那珂通世(1851—1908),盛冈藩士,庆应义塾毕业,历任千叶师范学校校长、高等师范学校教授等	《支那通史》4卷(5册)	东京:大日本图书,1888—1890年	上古～清(止于南宋,元以后部分未刊)。"初学之徒,或得由以察我邻邦开化之大势矣。"

续表

	编　者	书名及卷数	出版事项	备　考
⑫	续敬（生卒年不详）编，续简订、重野安绎、续丰德阅	《汉史蠡海》3卷	佐仓町：秋锦山房，1889年	上古～清同治朝。"为儿童取其便耳"。
⑬	石村贞一・河野通之（1842—1916，仙台藩医之子，师事冈千仞，维新后入陆军省，为汉诗文团体旧雨社成员）	《最近支那史》2卷	东京：林平次郎刊行，1899年	元初～清光绪朝（甲午战争）。"时世愈近，鉴戒愈切"。

从表1备考栏中的"初学之便"、"以便初学之讲读"等文字可见，大部分汉文中国史乃是为私塾的中国史课程而编写的教材。那珂通世的《支那通史》第一卷在1889年通过了文部省的教科书审查，成为官方认可的历史教科书①。《汉史蠡海》序言称："上自尧舜氏下至清氏，数千年间之事编为若干卷，曰汉史蠡海，盖为儿童取其便耳。……初学之徒，苟熟此编更进行、则庶几乎不失其方针矣"（⑫《校订者序》）。《续十八史略读本》的作者宫胁通赫在该书序言中写道："编次元明清三代、以续曾氏十八史略"。石村贞一在《元明清史略》自序中说，编纂该书的目的乃是"使童蒙知读史之端绪"。

本文考察的13部汉文中国史中，5部为从太古到明代或清代的通史，8部为断代史（元明清史、明清史或清史）。其中明治十年（1877年）以前出版的有2部，明治一〇年代为8部，明治二〇年代为2部，明治三〇年代为1部。汉文中国史的出版为数最多的明治一〇年代，正是日本"文明开化"的鼎盛时期，无独有偶，《十八史略》各种注释本的出版顶峰也在这一时期②。这一现象说明，人们对"汉史"的兴趣并没有被轰轰烈烈的西化大潮所吞没。如表1所示，在甲午战争结束四年后的1899年，仍有日本人编写的汉文中国史问世。《最近支那史》的编者之一石村贞一在该书的跋文中写道："夫本邦之与支那也，自古交通，风俗人情，略相类似。而至近代之事，则最与我之今日关系极多。盖时势愈近，则关系愈切。……此书凡四易稿而成，学者读之，则不啻详支那近世事情，亦可以得窥亚细亚大陆形势沿革之一斑"（⑬卷二下，《跋》）。这段文字告诉我们，作者不仅关心中国往昔的历史，更关心与日本的国运密切相关的中国之现实。

关于明治汉文中国史著作的编者，如表1编者栏所示，凡是生卒年可考者，皆出生于江户时代；生卒年份不详者，从书籍出版年代亦不难推知当在明治之前出生。其中既有佐藤楚材和那珂通世等著名学者，也有名不见经传的儒者，他们自幼接受儒学教育，具有很高的汉学素养。石村贞一在《元明清史略》一书的序言中写道："予少时喜读史。史之要领关键，今犹能成诵者，得于史略者多矣"（③《自序》）。这里所说的"史略"，即《十八史略》。如后文所述，绝大多数汉文

---

①　《師範学校・尋常中学校・高等女学校検定済教科用図書表》（自明治十九年至明治三十一年），文部省编纂发行。
②　前引中山步：《明治初期〈十八史略〉版本の特徴と問題点》，第157页。

中国史在体例和内容上都受到《十八史略》的影响。

明治汉文中国史中，除那珂《支那通史》在政治史之外兼述典章制度、文化风俗外，皆以中国历史上的王朝兴衰为主线，内容主要由政治史和军事史构成。其历史知识皆来自《史记》、《汉书》、《资治通鉴》等中国史籍。尤其是《十八史略》、薛应旂《宋元通鉴》、吴乘权《纲鉴易知录》、旷敏本《鉴撮》等元明以后的通俗历史读物，为许多明治汉文中国史竞相模仿的对象。由于当时尚无官修的清朝正史，清代部分大多依据《三朝实录》、《夷匪犯境录》、《粤匪纪略》等官方、民间史料。宫胁通赫在《续十八史略读本》的凡例中写道："元明清史乘及本邦所传诸书，参考录之，又有直就清人质者矣。"（①凡例）

就内容而言，13 部明治汉文中国史中，除那珂通世《支那通史》外，几乎都抄录或摘录《史记》等正史以及在正史基础上编写的《资治通鉴》、《十八史略》等编年体史籍。如石村贞一《元明清史略》凡例所言："是编皆就正史及各家记述，集句成篇，实无一字无来历。仍揭所据之书于卷首，以示非臆造"（③凡例），作者还在该书卷首《采集参证书目》开列了 148 种参考书目①。佐藤楚材在《清朝史略》的序言中说："称谓一从底本，不能齐整，一手订正，有所不暇及也。""是编纪事，年月日或详或略，亦不一定，一从底本。其详则以其不可不详也，如纪发贼之乱是也"（⑧凡例）。该书卷首也列有 74 种书籍《采集参证书目》，其中包括作者通过弟子从中国收集到的《明史》、《大明一统志》、《三朝实录》；《粤匪纪略》、《平粤纪略》、《京报》、《缙绅全书》等。

由于大多数明治汉文中国史按照"无一字无来历"、"一从底本"的宗旨，摘抄或节录原文而成，行文中难免出现空间表述上的错位。如关于明治以后中日两国的外交往来，《续纲鉴精采》中出现"日本国使副岛种臣等来京师，互换和约"之记述（正文上方另有眉批"与日本立和约"）（⑩卷四，第 48 页）。在《元明清史略》中，光绪帝被称为"今上皇帝"；关于何如璋一行出使日本，有如下记述："简派驻扎日本钦差大臣何如璋、副使张斯桂并随员……赴日本呈国书"（③卷五，第 60 页）。《满清史略》中有"始通好日本"，"日本领事官来"等记述（⑦卷下，第 42 页）。凡是涉及鸦片战争的文字，无一例外以清军为"我兵"、"我船"。以佐藤楚材《清朝史略》为例，有"英人炮击我三船，忽成粉齑"；"（英军）又进抵宁波，我军不战而走"（⑧卷八，第 15、20 页）。

明明是日本人为日本读者编写的中国史著作，却以中国为"我"、日本为"彼"。这在今人看来颇为不可思议。为什么会出现此种现象？原因在于明治汉文中国史的编者们继承了中国古人常用的"直录原文"的修史之法。吕思勉在《中国史籍读法》中曾经指出，旧时作史者，只是根据所收集的史料加以编辑，不将自己的意见加入史料之中，所谓"作文唯恐其不出于己，作史唯恐其不出于人。……直录原文，实为古人著书之通例"②。《元明清史略》的作者石村贞一所说的"无一字无来历"，《清朝史略》的作者佐藤楚材所说的"一从底本"及"虽曰修之，其实编辑也"（⑧卷一《自序》），即来源于中国古人"作史唯恐其不出于人"的修史之法。这种看似食古不化

①　作者开列的 148 种征引书目中，既有《元史》、《大明会典》、《大清汇典》等官方史料，亦有《夷匪犯境录》、《盾鼻随闻录》等民间流传的关于鸦片战争的书籍，还有《六合丛谈》、《万国公报》、《申报》等传教士、租界外国商人创办的报刊。
②　吕思勉：《史学四种》，上海：上海人民出版社，1981 年，第 52 页。

的作史之法,如果放在长达千年以上的中日文化交流的脉络之中来看,其实不足为怪。它一方面反映出编者们对儒家文化的认同,另一方面,在儒学仍然受到尊崇的明治汉学界,以"无一字无来历"为标榜,无疑可以提高内容的权威性。

与大多数"直录原文"而成的汉文中国史不同,那珂通世的《支那通史》不但文字大多出自编者之手,在内容、历史分期和叙述体例上亦不乏创新。那珂出生于盛冈藩的武士家庭,自幼入藩校接受儒家教育,16 岁就出任藩校教师。那珂博闻强记,对中国典籍烂熟于胸。据其弟子桑原骘藏回忆,那珂能背诵整部《四库全书提要》,还是日本唯一通读二千三百卷《九通》(《文献通考》《通典》等)的学者①。《支那通史》中随处体现出那珂在中国史方面的造诣,然而,该书的历史知识并没有超出正史范围。例如,关于秦始皇统一天下后与群臣商议尊号一事,书中写道:"追尊考庄襄王为太上皇。制曰:太古有号无谥,死而以行为谥,则是子议父,臣议君也,甚无谓。自今以来除谥法。朕为始皇帝,后世以计数,二世三世至于万世,传之无穷"(⑪卷二,第1页)。这段文字几乎原封不动地引自《史记·秦始皇本纪》:"追尊庄襄王为太上皇。制曰:'朕闻太古有号毋谥,中古有号,死而以行为谥。如此,则子议父,臣议君也,甚无谓,朕弗取焉。自今已来,除谥法。朕为始皇帝,后世以计数。二世三世至于万世,传之无穷'。"

二、史体

在中国漫长的修史传统中,形成了编年、纪传、纪事本末三大体例。编年体以王朝、帝王为纲,按时间先后排列史事;纪传体以人物为中心叙事,兼及典章制度、天文地理、外国等;纪事本末体则以事件为中心叙事,便于了解事件的来龙去脉。日本自 8 世纪初最早的正史《日本书纪》起,历代正史都受中国正史中帝王本纪的影响,以编年形式记述天皇在位期间的主要事件,但是,自《续日本纪》以后,日本的正史中增加了贵族的传记②。本文考察的 13 部明治汉文中国史著作从体例上可以分为下面三类:第一类仿《资治通鉴》、《资治通鉴纲目》、《十八史略》之编年体例,按朝代、帝王顺序叙述人物、事件,由于以正史帝王本纪为纲,所以不失《史记》的纪传体风格。提纲挈领,符合当时人对略史的需要。13 部汉文中国史著作中,除佐藤楚材《清朝史略》和那珂通世《支那通史》外,皆采用编年体③。

第二类为纪传体,13 种明治汉文中国史著作中,仅有佐藤楚材《清朝史略》采用此种体例。佐藤在该书的自序中,对当时流行的编年史休提出了如下批评:

始亦欲从编年之体,既而博览群籍,自名将贤相、文学遗逸、奇节伟行、磊磊轩天地,远

---

① 桑原骘藏:《那珂先生を憶ふ》,1908 年,前引《桑原骘藏全集》第 2 卷,第 561 页。

② 坂本太郎:《日本の修史と史学》,东京:至文堂,1958 年,第 30 页。

③ 冈本监辅的《万国史记》第二卷《支那记》由以下三个部分构成:(1)政治史。叙述从上古到清代的政治变迁。(2)制度史。叙述"学制"、"军制"等制度文物之沿革。(3)《支那记附录》。摘录西方人撰写的中国史著作而成。各个部分之间没有内在关联,尚未形成独自的体例。由于该书的政治史部分模仿《十八史略》按朝代编排,本文将其归入编年体之列。

迈前古者,不可弹数。余书生习气,老而不渝,不忍割爱。……夫笔削由己者,大有径庭。故不得以涑水、紫阳为准也。(⑧卷一《自序》)

此处涑水、紫阳分别指司马光(出生于陕州夏县涑水乡)的《资治通鉴》和朱熹(晚年别号紫阳)的《资治通鉴纲目》。从上面这段引文看,熟读中国史籍的佐藤显然并不推崇这两部编年体史书的代表。其原因有二:一是编年体以帝王为中心排列叙事,无法记载名将贤相、文人雅士的事迹;二是编年体"笔削由己",易受史家个人偏好之影响。佐藤理想中的史书应该结合编年和纪传两大史体的优点,他设想自太祖努尔哈赤天命元年(1616)至光绪四年(1878),清朝十一代皇帝为"纪",每人一卷,共 11 卷,其间穿插文臣武将等名人之"传"。佐藤在卷首〈附传目录〉中列举了纪晓岚、林则徐、曾国藩、段玉裁等 194 名文臣武将的姓名,计划在历代皇帝的本纪之后,以"附传"的形式记录他们的文功武略。然而,佐藤当初的计划并没有完成,他费时四载摘录而成的皇皇十一卷《清朝史略》中,实际单独列传的仅有曾国藩一人(⑧卷十《穆宗纪》)。《清朝史略》仍然是一部以清朝历代皇帝为中心的编年史。

第三类是那珂通世《支那通史》的章节体。前面两类皆按王朝、帝王顺序排列重要史实,内容偏重于皇统承继和内外战争。与此不同,《支那通史》将上古至明清之历史分为上世史(远古到周代)、中世史(秦到宋)和近世史(元明清)三个时期,每个时期又分若干章节,各有标题,按章节叙事。《支那通史》主要由政治史和社会文化史两个部分构成,前者以正史的帝王本纪为纲,叙述王朝更替和内外战争;后者在各个时期的政治史之后另辟章节,分别叙述该时期的典章制度、社会风俗和宗教文化。如第一卷先秦部分,在春秋、战国政治更替之后,专辟《世态及文事》和《先秦诸子》两篇共十一章,介绍先秦时期社会风俗和文化学术。《支那通史》的政治史部分继承了《资治通鉴》以来编年体以帝王本纪为纲的传统,社会文化史部分则继承了《史记》中《书》的体例。

《支那通史》在体例上受到了当时盛行于日本的欧美历史著作的影响。19 世纪七八十年代,日本翻译或编译了大量欧美的历史著作,如美国的历史教科书《巴莱万国史》、基佐的《欧罗巴文明史》、勃克尔的《英国开化史》和须因顿的《万国史》。这些书籍有的根据圣经传说叙事,有的按照社会进化论叙事,历史意识各不相同,但是大致都采用古代、中世、近世之历史分期,各个时期又分别设篇、章、节,按章节体叙事。受其影响,19 世纪 80 年代以后,日本人编纂的外国史教科书逐渐采用上古、中古、近世或上世、中世、近世之历史分期法①。《支那通史》的历史分期以及各个时期对应的王朝及叙事内容如表 2 所示。

---

① 南塚信吾:《日本における西洋史学と西欧中心主義の克服——明治期の"万国史"の教訓から》,《世界史研究所「ニュースレター」》第 12 号,2007 年 12 月,第 4 页。

表 2　那珂通世《支那通史》的历史分期

上世史	唐虞～战国(第1—6篇)、世态及文事(第7篇)、先秦诸子(第8篇)
中世史上	秦～三国(第1—8篇)、制度(第9篇)
中世史中	西晋～唐(第1—7篇)、外国事略(第7篇)、学艺宗教、制度沿革(第8—9篇)
中世史下	五代～宋(第1—4篇)、学艺、制度(第5—6篇)
近世史	元以降(未刊)

《支那通史》在叙述体例上有两大创新:第一,采用"上世"、"中世"、"近世"的历史分期,打破了《汉书》以降的断代史传统,开创了中国史叙述历史分期的先河。第二,采用章节体叙事,便于根据各个时期的特点,在政治史之后记述典章制度、风俗文化、与外国之关系等内容,开创了不同于《资治通鉴》、《十八史略》等编年史著作的新的中国史叙述体例。

《清朝史略》和《支那通史》的史体折射出佐藤楚材和那珂通世不同的人生之路。佐藤楚材(1801—1891)出生于尾张藩,早年曾游学江户,后回到名古屋,任藩校明伦堂教授。佐藤是当时著名的汉学家,维新后一度担任退位将军德川庆喜的侍讲,佐藤的汉文在当时受到很高的评价。他曾出任斯文学会讲师,指导汉诗文写作,还曾与俞樾等访问日本的中国文人墨客唱和诗文①。那珂通世(1851—1908)出生于盛冈藩(位于现在的岩手县)的一个武士家庭,生父姓藤村,自幼入藩校学习儒家经典。他天资聪颖,读书过目不忘,深受藩校教授江帾(后改姓那珂)通高(号梧楼)的喜爱,9岁时被江帾收为养子,16岁时就出任藩校教师。1873年(明治六年)那珂22岁时进入庆应义塾,在福泽谕吉门下学习西学,毕业后先后任教于千叶师范学校、第一高等中学、高等师范学校,还在东京帝国大学担任兼职讲师,讲授中国历史②,白鸟库吉、藤田丰八、桑原骘藏等日本第一代东洋史学者多出于其门下。从佐藤和那珂的经历看,二人都在江户时代自幼接受儒学教育,如果没有明治维新,他们都将毕生在藩校中度过各自的儒者人生。明治维新时,佐藤已年近七旬,政权交替并没有改变他的学术生涯,佐藤虽然对当时日本流行的编年史体提出了批评,却未能完成以纪传体形式编纂《清朝史略》的庞大计划,他的知识体系局限于传统的江户汉学,所以他对叙事体例的思考没有越出中国传统史学的编年、纪传两大体系。那珂比佐藤年轻整整半个世纪,明治维新时他只有17岁,此后学习西学以及在师范学校任教的经历,使他有机会接触西方历史教科书的章节体。《支那通史》结合纪传、编年两大史体的长处,并暗合纪事本末体,较之纪事本末体在运用上又更为灵活。因此,佐藤遇到的难题,也就迎刃而解了。

三、春秋笔法

在中国修史传统中,有名为"书法"或"义例"的修辞之法。源于孔子笔削《春秋》,故又称为

---

① 长泽孝三编:《改订增补汉文学者総覧》,东京:汲古书院,2011年,第205页。王宝平:《清代中日学术交流の研究》,东京:汲古书院,2005年,第60页。

② 三宅米吉:《文学博士那珂通世君传》,故那珂博士功绩记念会编:《那珂通世遗书》,东京:大日本图书,1915年,第26页。

"春秋笔法"。按照春秋笔法,人死书"崩"、"殂"、"卒"、"死"、"篡"、"弑",争战书"征"、"伐"、"击"、"讨",原王朝与周边政权之关系则书"来朝"、"入贡"、"入寇"、"来侵",等等。史家在书写历史时,使用这些带有价值判断的词汇,凸现正统与僭伪、华与夷、善与恶、尊与卑、正与邪、君子与小人之别。

孔子作《春秋》,乃是以"微言大义"批判当时礼乐崩坏的现实,希望恢复"先王之道",即古代圣贤制定的君臣、父子等伦理秩序。儒家所说的"道"包括以下三个层面:第一,明道统之所在。区分政权之"正统"与"僭伪",具体而言,使用某个王朝的年号,则意味着以该王朝为正统。第二,确立君臣、夷夏、内外秩序。孟子所谓"孔子作春秋,而乱臣贼子惧"(《孟子·滕文公下》),说的是儒家"书法"的政治功能。朱熹指出:"春秋大旨,其可见者:诛乱臣,讨贼子,内中国,外夷狄,贵王贱伯而已,未必如先儒所言,字字有义也。"(《朱子语类》卷八十三)第三,对过去的事件或人物进行善恶、正邪等价值判断,其标准即儒家的民本思想,帝王个人之德行顺民心则王朝兴,逆民心则王朝衰。

日本人书写中国史,无论用和文还是汉文,必然会遇到"书法"和"义例"问题。如前所述,最早的官方教科书《史略》的《支那》部分,即沿用了中国史籍中的春秋笔法。明治以后,最先对"春秋笔法"提出异议的是国语学家大槻文彦(1847—1928),他曾受文部省之命参与编写教科书《万国史略》(1874 年)①。他在该书的例言中写道:"汉土之史可取原文而直书之,西洋之史经翻译而成,文体自有异同,读者宜察之。书殂书死、书征讨侵伐等亦然,不必有义例。"②大槻所说的"直书",并非通常人们理解的"秉笔直书",而是指由于中日两国都使用汉字,所以可以不经翻译而直接将汉语文献中的汉字概念移到日文之中。与此不同,从西文到日文则必须经过"翻译"这一程序,否则原文中的概念无法转为日文。大槻提醒读者,该书在叙述中西历史时风格有别,原因在于前者内容直接录自中国史籍(确切地说是从汉文翻译成和文),而后者则译自西文。同一部用日文写就的《万国史略》,在书写中国和西方的历史时,却出现"直书"与"翻译"之问题,因为对大槻这一代生于江户末期,自幼接受儒学教育的日本知识人来说,汉文并非"他者"使用的外国文字。

依据中国史书"直书"中国历史,却带来了一个问题,即"崩"、"弑"、"殂"、"死"、"征"、"伐"、"来贡"、"来寇"等中国传统的春秋笔法式的历史叙述进入了日文文本之中。大槻本人对于春秋笔法持批判态度,他清楚地意识到,"殂"、"死"、"征"、"讨"、"侵"、"伐"等词汇在中国史籍中具有重要意义,但是对于日本的年轻学子们来说,这些并没有意义。所以他强调,虽然书中沿用"征"、"讨"、"侵"、"伐"等词汇,并非遵循儒家史学之"义例",只是沿袭史料用语。可见,大槻文彦本人对于日本人按照春秋笔法书写中国历史,是持保留态度的。

日本人在书写中国历史时是否应该遵循儒家的"书法"和"义例",是否应该使用春秋笔法?

---

① 《万国史略》由《亚细亚》、《欧罗巴》(上下)和《亚米利加》三部分构成,《亚细亚》又分《汉土》、《印度》、《波斯》和《亚细亚土耳其》。其中,《汉土》是从太古到明清的中国王朝兴亡之略史,篇幅超过了其他三部分的总和。
② 师范学校编:《万国史略》,大槻文彦《万国史略例言》,文部省刊行,1874 年。

汉文中国史的编者们也遇到了同样的问题,他们之中也不乏像大槻那样对儒家的"义例"提出批评者。例如,石村贞一在《元明清史略》的凡例中写道:"篇中或依原文,或加节略,故文体不一。然书殂书死,若书征讨侵伐等,悉用原文,不必有义例"(③凡例)。石村贞一和阪上成美合编的《最近支那史》凡例中,也有如下一段与此相关的文字:"夫元明清继承,则一据正史,非必有义例。……元称本邦曰日本,明清曰日本或倭,又书入贡、来朝之类,皆失其实。然彼所称,今不敢变更。一据原文。其书征讨侵伐亦然"(⑬凡例)。二人批判中国史籍将日本视为中国的朝贡国的叙述"皆失其实",他们强调,自己并不赞成中国史籍中使用"倭"、"入贡"、"来朝"等词来叙述与日本有关的内容。书中按中国"书法"叙事,是因为直录原文。冈本鉴辅在《万国史记》的凡例中写道:"清人书外国君主之死曰死曰卒,其例不一,今概曰卒,以从简约。其不得为帝为王者,直书其名曰死"(⑤《万国史记凡例》)。然而,该书在记述中国历代皇位继承时,仍然沿袭中国史籍,称"(秦)二世为(赵)高所弑"⑤卷二,第4页;"晋武帝司马炎篡魏并吴,即帝位"(⑤卷二,第6页),等等。明治时期出版的汉文中国史著作中,绝大多数都继承了"春秋笔法",即使是采用章节体叙事的那珂《支那通史》也不例外。那珂用"崩"、"弑"、"殂"、"卒"、"死"等来表现王朝的正统与僭伪。如那珂在《支那通史》第二卷《秦民离畔》一章中,引用《史记·始皇帝本纪》的内容,对秦始皇之死以及此后的皇位继替作了如下记述:"(始皇帝)得病而崩。李斯密不发丧,宦者赵高与李斯谋,诈为受诏书,立胡亥为太子,遣使赐扶苏、蒙恬死"(⑪卷二,第3页)。"宋兵败溃、帝昺崩于海"等(⑪卷四,第46页),这类记述亦见之于其他明治汉文中国史。对于自幼接受儒学教育、熟读中国史籍的汉文中国史的编者们来说,摆脱儒家历史叙事,显然不是一件容易之事。

在儒学叙事的"书法"和"义例"问题中,最令明治汉文中国史的编者们感到棘手的,是关于忽必烈两次派兵进攻日本的叙述。在《元史》的相关记载中,多次使用"征"、"伐"、"击"、"讨",仅"征日本"就出现了十八次。

> (至元十七年)发大兵击日本。初帝屡遣使往通,日本不纳,乃命凤州经略使忻都伐之。无功而还。……(至元十八年)诏谕范文虎等以征日本之意。……诸军船为风涛所激,大失利。余军回至高丽境,十存一二。(《元史·本纪·世祖八》)

13部汉文中国史中,下列6部中出现了有关元军出兵日本的记述:

【1】高丽王王睶(賰)领兵万人,水手万五千人,战船九百只,粮十万石,出征日本。(①卷一,第5页)

【2】至元十七年二月,日本国杀国使杜世忠等。征东元帅忻都、洪茶丘请自率兵往讨,廷议姑少缓之。……二十三年正月,罢征日本。(③卷一,第2页、第6页)

【3】(世祖)命范文虎等将兵击我大日本,大败,贻笑后世。(⑤卷二,第11页)

【4】帝好远征,如云南、交趾、高丽、八百媳妇,连年用兵,悉皆臣服。又发大兵犯日本,北条时宗击破之,十万兵生还者仅三人而已。(⑥卷六,第4页)

【5】至元十七年春三月,帝如上都,复大发兵击日本。(⑫卷三,第28页)

【6】(至元十七年)日本杀国使杜世忠等,忻都、洪茶丘请自率兵往讨)。(十八年)命日本行省右丞相阿刺罕、右丞范文虎,及忻都、洪茶丘等,率十万人征日本。(中略)十万之众,得还者三人耳。(⑬卷一上,第10—11页。※"征日本"三字上方眉批"大军征日本")

在上面六段引文中,除藤田久道《汉土历代十八史略·附三史略》书为"犯日本"外,其余五种皆书为"征日本"。在儒家叙事中,"征"表示战争发动者的正义性,其次指以上伐下。《礼记》云:"以征不义"(《礼记·月令》);孟子曰:"征者,上伐下也"(《孟子·尽心下》)。反之,"犯"有"以下犯上"和"侵略"之意。《论语·学而》:"其为人也孝弟,而好犯上者鲜矣";《说文》:"犯,侵也"。同一场战争,用"征"还是用"犯"来表述,其性质截然相反。"征日本"将元军出兵日本叙述为正义行为。在此种来源于中国史籍的历史叙述中,当下的"日本"与镰仓时代的"日本"之间发生了断裂。反之,"犯日本"反向运用儒家的春秋笔法,将元军出兵描述为侵略行为,其非正义性便不言而喻了。在这里,编者对"日本"的民族认同超越了对儒家文化的认同①。

无论汉文中国史的编者们是否认同儒家的"书法"和"义例",只要文本中出现"征日本"三字,忽必烈出兵日本就被赋予了正义色彩。反之,引文【4】反向运用春秋笔法,以"犯日本"来对抗中国正史的历史叙述。"犯日本"与"征日本"仅仅一字之差,元军出兵日本便成了非正义的侵略行为。在明治时期出版的13部汉文中国史中,虽然"犯日本"仅此一例,但是今天的读者还是可以从中捕捉到作者的民族主义历史意识。

四、时空表述

时间和空间是历史叙述中不可或缺的坐标系。在当今世界,除少数例外情形外,人们在回顾人类历史时,已经习惯于用西历(基督纪年)来表示年代,以古代、中世纪、近代、现代等历史分期概念,以及"东方世界"、"东亚世界"、"欧洲世界"、"汉字文化圈"等空间概念来把握过去。然而,基督纪年和"文化圈"概念的普及,都是大航海时代以后欧洲势力向海外扩张的结果,在近代以前的东亚世界,长期以年号结合干支纪年,人们的对世界的空间把握,是以中国为中心展开的。

西历和年号这两种纪年方法,一个是通体纪年法,一个是循环纪年法。前者将时间表现为从过去、现在延伸到未来的一条直线;后者则由于频繁的改元,时间仿佛不断被拨回到零点,周而复始,循环往复。年号除了表示时间的推移,更重要的是代表王权统治的正统性,"贞观"、

---

① 除元军出兵日本之外,在台湾事件的叙述中,也有春秋笔法的反向运用。如"日本人伐台湾"(⑦卷十下,第21—22页),在此不一一列举。

"万历"、"乾隆"等特定的汉字组合,给时间赋予了强烈的政治性。当几个政权同时存在时,史家使用哪一个王朝的年号,便赋予了该王朝统治的正统性,其它政权则自动被归入"僭伪"之列。因此,在中国史学传统中,年号具有十分重要的意义。

明治时期的汉学家们在书写中国的历史时,有四个时间坐标可选择:中国年号、日本年号、神武纪年和西历。选用哪一种时间坐标并非单纯出于个人偏好,而是意味着作者选择该时间系统来统摄中国历史。同样,书写日本史或西洋史时亦是如此。13 部明治汉文中国史无一例外,皆使用中国年号。那珂通世《支那通史》在中国年号后夹注日本神武纪年或天皇年号,涉及其他国家时,另加注西历。例如,那珂在叙述佛教传播时说:"教主释迦牟尼没于周景王二年(我纪元百十八年、西洋纪元前五百四十三年)"(⑪卷二,第 40 页)。

与此不同,田口卯吉《支那开化小史》称"自东汉末年献帝即位(我 850 年),至隋灭陈之时(我 1249 年)之四百年间,可谓支那帝国纷乱动荡之时期"①。桑原在《中等东洋史》的开头部分就纪年问题作了如下说明:"时间之顺序皆用我国纪元,支那之年号略而不记,因其变更频繁,难以记忆之故。"②桑原强调,不使用中国的皇帝年号是因为中国的年号变更频繁而难于记忆,故而使用日本的神武纪年,如:"孔子,名丘,字仲尼,皇纪百十年生于鲁,倡儒教"③。田口和桑原都将中国史纳入到 1873 年创造的神武纪年的时间序列之中,这一选择表达了一个重要立场,即用日本的年号来统驭中国历史。

除了选用哪一种纪年法来表示年代,史家在书写历史时还遇到一个问题,即在西历等通体纪年法中,人们难以确定事件或人物在时间轴上的具体位置。为了解决这个问题,西方史家通常使用"古代"、"中世纪"、"近代"、"现代"等历史分期概念,或者直接使用"维多利亚王朝"、"波旁王朝"等王朝的名称来表示时间。时间被切割成一些短小的时段,装入一个个"时间之盒"后④,就不再难以把捉了。与此不同,东亚世界长期使用的年号、干支纪年法,本来就为史家准备了许多现成的"时间之盒"。在中国的史学传统中,自古就以王朝为自然的历史分界。以王朝为基本单位的历史分期,蕴含了儒家"一治一乱"的历史观念。孟子说:"三代之得天下也以仁,其失天下也以不仁。国之所以废兴存亡者亦然。""顺天者存,逆天者亡"(《孟子·离娄上》)。在儒家看来,王朝的兴衰更替有一套规律,当统治者的行为符合天道时,王朝就会兴盛,反之则会衰亡,而天道具体表现为"仁"这一儒家道德标准中最重要的概念。王朝与王朝之间不存在进步、停滞或倒退这些概念。这与西方近代启蒙史学强调的人类由野蛮到文明之进步史观截然不同。受中国传统史学的影响,明治时期日本出版的 13 部汉文中国史著作,除了那珂通世的《支那通史》采用上世、中世、近世的历史分期外,都仿照正史帝王本纪的体例,以历代

---

① 田口卯吉:《支那开化小史》卷四,东京:秀英舍,1888 年合刊本,第 244 页。
② 桑原骘藏编著,那珂通世校阅:《中等东洋史》上卷,《中等东洋史辩言十则》,东京:大日本图书,1898 年,第 3 页。
③ 桑原骘藏:《中等东洋史》上卷,第 49 页。桑原在记述其他国家的人物或事件时也一律使用神武纪年,如:"佛教之祖师名为乔答摩悉达,号释迦牟尼,中印度迦比罗城国王之子。生于皇纪四百年前后,孔、老二师殆与其同时也。"见桑原《中等东洋史》上卷,第 110 页。
④ 佐藤正幸:《歷史認識の時空》,东京:知泉书馆,2004 年,第 67—68 页。

王朝和帝王为主轴进行编年叙事。

那么,那珂在导入跨越以王朝为自然分期的新体例的同时,是否接受了西方的线性史观呢?那珂在《支那通史》的《总论》部分指出,书中的"上世"概念来自中国古代"唐虞三代"或"上三代"之说,具体指夏商周;"中世"又称"后三代",指汉唐宋;"近世"即元明清三代,那珂称之为"近世三代"。那珂除了指出每个"三代"皆为"隆盛之朝"外,没有提示具体的分期标准。由此,宫崎市定认为,那珂历史分期的标准"似乎是出于重视一治一乱的周期的立场",他比较《支那通史》和桑原骘藏《中等东洋史》的历史分期,认为后者的标准更为明确。①《支那通史》中《总论》篇末尾部分的下面一段文字似乎印证了宫崎对那珂历史分期的批评:"以叙历代治乱分合之概略,庶几初学之徒,或得由以察我邻邦开化之大势矣"(⑪卷一,第6页)。那珂虽然打破了传统的王朝史分期,导入"世"了这一新的"时间之盒",但是至少在撰写《支那通史》这一时期,与其它汉文中国史一样,那珂的历史意识并没有摆脱儒家"一治一乱"的循环史观②。

明治汉文中国史在空间表述上,受中国传统的"天下"概念之影响,都没有关于近代民族国家叙事中"国界"和"领土"的描述。唯一的例外是那珂通世的《支那通史》,该书开篇第一章《地理概略》概述了中国的疆域、地理位置、山川河流、人种等。在篇首叙述自然和人文地理知识,受到须因顿的《万国史》等当时十分流行的欧美世界史教科书的影响,这是《支那通史》有别于其他汉文中国史的特点之一。然而,必须强调的是,与文明—进步叙事和民族—国家叙事不同,在《支那通史》关于中国地理和人种的文字中,以中国为中心的华夷观念留下了挥之不去的痕迹。那珂将中国的地理空间分为"支那本土"和"蕃部"(满洲、蒙古、回疆、青海、西藏)。在这片广大的疆域里,散居着"黄色人种",其中包括支那种(汉人)、韩种(高丽)、东胡种、鞑靼种(蒙古与回)、图伯特种(西藏)和江南诸蛮种③。那珂按照文明水平,将中国境内的民族分为不同的等级:"当四邻皆纯夷之时,汉土独为礼乐之邦,政教风俗,已擅美于东洋,足以观古代开化之一例矣。""韩种又名高丽种,今朝鲜人是也,文化夙进,亚于汉人",而苗、猺、獠等"江南诸种"则"皆性极顽陋,在众夷中为最劣"④。"诸胡皆无城郭常处,以畜牧射猎为业,贵壮贱老,不知礼义,父死妻其后母,兄弟死亦取(娶)其妻,故汉人贱斥,至以为犬猪之类。"⑤《支那通史》的空间

---

① 《桑原骘藏全集》第4卷,宫崎市定:《解说》,东京:岩波书店,1968年,第755页、第763—764页。桑原根据汉族与周边民族之间的势力消长,将东洋史划分为上古期("汉族膨胀时代",从上古到秦统一中国)、中古期("汉族优势时代",秦统一中国-唐末)、近古期("蒙古膨胀时代",宋—明末)和近世期("欧人东渐时代",清初-)四个历史时期[关于桑原的历史分期,笔者在拙文《吾国无史乎?——从支那史、东洋史到中国史》(孙江、刘建辉主编:《亚洲概念史研究》第一辑)中已有论述,在此不再赘述]。

② 在甲午战争前后,那珂的历史认识经历了由传统的治乱兴亡史观向进化史观的转折,并影响到此后出版的东洋史教科书《那珂东洋小史》(大日本图书,1903年)的历史叙述。关于这个问题,笔者将另外撰文讨论。

③ 那珂通世:《支那通史》卷一,第4页。

④ 同上,第4—6页。

⑤ 同上,第38页。

表述,可以追溯到 19 世纪自欧美传入的地理知识①,更可以追溯到儒家"内中国,外夷狄"的华夷观念。

与此不同,桑原的《中等东洋史》将中国置于东自朝鲜、西至印度、中亚的巨大而边界暧昧的"东洋"空间之中。桑原将东洋史分为上古(汉族膨张时期)、中古(汉族优势时期)、近古(蒙古族最盛时期)和近世(欧人东渐时期)四个时期。除了上古期的叙述中汉族高于周边以外,其余几个时期的叙述中,汉族与其他民族之间没有高下之分,他们都被置于"东洋"这一民族竞争的舞台之上。

《支那通史》中最具代表性的儒学历史叙事反映在古代中日关系的叙述上。那珂写道:"是时支那隆盛,古今无比。吐蕃、新罗、渤海诸国,皆被其风化。我邦亦学艺益进,旧俗日变,而钦仰支那,殆如上国矣。"在该书"中世史"部分《倭汉之通交》一节,记述了卑弥呼和倭国五位国王(赞、珍、济、兴、武)派遣使向中国朝贡。

> 我邦之通于支那,不详其始。彼史曰:倭凡百余国。……又曰汉光武末年,倭奴国奉贡朝贺,光武赐以印绶。又曰:安帝初年,倭国王帅升等献生口,此皆我土豪之私交也。三国时有女王卑弥呼者,遣使经魏带方郡,诣洛阳朝献。卑弥呼者,盖我西边女酋也。……宋齐诸史,叙倭王贡献之事,赞之后有珍、济、兴、武四王,皆受南朝官爵。此四王者,反正、允恭、安康、雄略四帝也。(⑪卷三,第 69—70 页)

上面这一段叙述以中国正史为底本,并不回避卑弥呼和倭国的五位国王曾经向中国朝贡的事实。在那珂笔下,古代日本显然被置于以中国为中心的文明世界之边缘地位。这些内容不见于《日本书纪》,也不符合明治政府的官方叙述②。《支那通史》的日本古代史叙述与当时日本日益膨胀的民族主义情绪相抵牾,自不待言。

五、汉文中国史的历史意识—以鸦片战争叙述为例

明治汉文中国史的作者都在江户末期度过青少年时期,其中最年长的佐藤楚材,鸦片战争爆发时他正当壮年。对他们来说,"中华"败于"夷狄"的炮舰之下,割地赔款,这毋宁是一个惊天动地的大事件。在本文分析的十三部明治汉文中国史中,除内容止于南宋的《支那通史》、止

---

① 《支那通史》的空间和人种表述,与当时在日本十分流行的一本美国高中地理教科书《米切尔新地理教科书》颇为相似,该书介绍地球上不同地区的地理、物产、人种、政治制度等知识,并按照"文明"发展程度将人类分成若干等级。在这部地理教科书中,Corea(Korea)和满洲、蒙古、西藏等被一并归入"The Chinese Empire"之中。A. Augustus Mitchell, eds., *Mitchell's New School Geography*, *A System of Modern Geography*, Philadelphia: E. H. Butler CO, 1872, pp. 372-373.

② 关于《日本书纪》和明治政府关于古代中日关系的叙述,参见拙文《自我想像中的他者:日本近代历史教科书的中国表述》,张仲民、章可编:《近代中国的知识生产与文化政治——以教科书为中心》,上海:复旦大学出版社,2014 年。

于明代的《通鉴集要》，以及止于清乾隆朝的《清国史略》外，都以较大的篇幅记述了鸦片战争①。除冈本监辅《万国史记》的《支那史》部分以中立口吻记述之外（⑤卷二，第16页），其余的都谴责英国商人向中国走私鸦片，以及英国政府向中国派兵，赞扬林则徐严禁鸦片，以及中国军民抵抗英军。以下是13部明治汉文中国史中出版时期最早的《续十八史略读本》（1876年）中的有关叙述：

　　先是以鸦片烟，甚害民生，已设严禁。……上忧其耗盡中国，日久益甚，特命则徐便宜从事。则徐至广东，命英商尽呈所蓄鸦片，严张兵备临之。英商惧，呈千余函，则徐责未尽其数。英商抗辩不服，则徐乃命内民绝输送饮食以困之，英商穷窘，遂尽其数送呈，则徐即尽消毁之。又复诸蕃互市，惟英人不允。于是英人以战舰阗入广东。乞曰：复互市则已，否者有战耳。则徐不应，英人乃寇我船而去。则徐恐其再寇，大修兵备。……英兵大举拔乍浦，陷上海，进陷吴淞。水师提督陈化成死之。化成材勇善战，所至筑砦铸炮，连立军功。英军语曰：不恐江南百万兵，惟怕一人陈化成。……（道光二十二年）七月，耆英等会英将仆鼎查（原文中以上三字皆有口字旁。璞鼎查，Sir Henry Pottinger——引者）于江宁府定议，乃为盟约，书其略曰。清国消灭烟土，纳银二千六百万两偿之。以广州、福州、宁波、厦门、上海五处为英国交易之区，使家眷来住。香港永归英国管辖。清英官吏以同等交接。（①卷五，第75—78页）

其它汉文中国史的相关叙述，与此大致相同。除《清史擘要》（1877年）称"英人侵清船而去"（④卷四，第12—13页）外，其余都和上面这段引文一样，以清朝军队、舰船为"我兵"、"我船"，称英军"寇我船"、"来寇"。这些直接录自中国人撰写的鸦片战争著作中的文字，既有对英国商人贩卖鸦片和英国诉诸武力的抨击，也有对林则徐销毁鸦片、加强海防、陈化成奋力抗敌、为国捐躯的称扬。这类叙述在明治时期出版的中国史中决非独无仅有。文部省在明治五至十年（1872—1877年）间编纂出版的四种用和文撰写的中国史教科书，也无一例外地抨击英国商人向中国输入鸦片，将英军在中国东南沿海的军事行动描述为"骚扰"或"来寇"②。

　　那么，鸦片战争在文明-进步叙事中是如何被叙述的呢？以下以福泽谕吉《唐人往来》（1865年）和《世界国尽》（1869年）中有关鸦片战争的两段文字为参照，对儒家叙事和文明-进步叙事的历史意识作一比较。

　　若言鸦片有害国家，当先于国内颁令禁止，再向英吉利说明缘由，反复交涉，要求（英

---

① 明治汉文中国史的鸦片战争叙述主要有两类底本：一类是《夷匪犯境闻见录》、《英国侵犯事略》等中国人关于鸦片战争的文字（长泽规矩也解题《和刻本明清史料集》第一—二集，东京：汲古书院，1974年）；另一类是幕府末期的日本人根据《夷匪犯境闻见录》、以及通过荷兰商船等渠道获得的有关鸦片战争的传闻，编写而成的《海外新话》和《海外新话拾遗》等"风说书"（岭田枫江：《海外新话》共五卷，1849年；种菜翁：《海外新话拾遗》共五卷，1849年）。

② 参见前引拙文《明治初期官版歴史教科書の歴史叙述——中国史の描かれ方を通して》。

国)停止输入鸦片。对别国有害之事,英吉利不会放任不管,谈判必当有圆满结果。但林则徐急躁无谋,国内法令尚未颁布,便不问青红皂白,蛮不讲理,销毁英人鸦片。英吉利大怒,故而酿成战事,结果(清朝)大败。现在全世界都在耻笑唐人,而无人责难英吉利。皆因唐人闭目塞听,做事违背情理。咎由自取,无可抱怨。①

　　支那往古陶虞之时,距今四千年前,重仁义五常,人情淳厚,举世闻名。其后文明开化停滞不前,风俗日衰。不修道德,不求知识。唯我独尊,高枕而卧。暴君污吏,大权独揽,以上压下,恶政难逃天罚。天宝十二年(1841 年,原文如此),与英吉利国挑起纷争,一战即败,败而求和。偿银二千一百万,开五处港口。无知之民不知吸取教训,无端妄开战事。弱兵一败再败,落成今天这副样子,着实可怜。②

　　比较明治汉文中国史和福泽的鸦片战争叙述,二者对战争的原因、经过的叙述,尤其是对战争性质的分析,可谓大相径庭。二者都讲到英国出兵的直接原因是林则徐销毁英商的鸦片,但是在战争原因的分析上,着力点却大不相同。明治汉文中国史侧重于战争的远因,强调鸦片对中国人的健康和清朝财政造成的危害。如佐藤楚材《清朝史略》强调"烟毒薰人且糜财"(⑧卷八,第 13 页);石村贞一、河野通之《最近支那史》引用黄爵滋的奏折:"此烟制自英吉利,夷严禁其国民勿食,有犯者以炮击沉海中,而专诱他国人,使其顿弱。……今则蔓延中国,横被海内,槁人形骸,蛊人心志,丧人身家,实生民以来未有之大患,其祸烈于洪水猛兽"。并引用林则徐的奏折:"烟不禁绝,国日贫,民日弱。十余年后,岂惟无可筹之饷,且无可用之兵"(⑬卷二下,第 14 页)。先有鸦片之害,后有林则徐受命禁烟。因此,在汉文中国史的编者们看来,林则徐销毁鸦片乃是理所当然之举。与此不同,福泽的鸦片战争叙述着眼于战争的近因,他认为林则徐"急躁无谋"地销毁鸦片,导致英国出兵。至于鸦片之害,只是轻轻地一笔带过。

　　二者关于战争经过的叙述也大不相同。汉文中国史从英军"侵"、"寇"广东、香港,到两军在福建、浙江、吴淞、浙江对战,描述清军奋力抵御英军,最终失利,被迫结城下之盟。尤其对林则徐加强海防和陈化成奋勇抗敌,详加介绍。佐藤楚材《清朝史略》写道,林则徐除加强广东海防,在尖沙嘴、海口击退英舰外,还奏请道光帝敕福建、浙江、江苏诸督抚严防各海口,对此道光帝给予了坚决的支持。佐藤引用道光皇帝的上谕道:"既有此番举动,若再示柔弱,则大不可。朕不虑钦等孟浪,但诚钦等不可畏葸,先威后德,控制之良法也。……(英人请停贸易)该夷自外生成,是彼曲我直,中外咸知。尚何足惜其停贸易?"(⑧卷八,第 14 页)。这一段文字告诉读者,在鸦片战争中,道光帝的强硬态度,对于战争的进程起了决定性的作用。《续纲鉴精采》的作者在叙述道光帝的态度由主战倒向主和时,加了如下一段批语:"一败便议和,古今一辙也。则徐不得复有为,可叹也。以偷安为正路,以忠直为过激,君子之所以不容也"(⑩卷四,第 12

---

① 《唐人往来》(1965 年),《福泽谕吉全集》第一卷,东京:岩波书店,1958 年,第 46—47 页。
② 《世界国尽》(1869 年),《福泽谕吉全集》第一卷,第 593—595 页。

页），毫不留情地批评了清廷的"偷安"政策。与此不同，福泽对鸦片战争的描述极为简单。在他的笔下，整个战争被归结为清军"一战即败"。林则徐加强海防，中国军民抵抗英军、道光帝对英战略的转变，皆在其视野之外。

　　二者最大的分歧在于如何认识鸦片战争的性质。汉文中国史以儒家春秋笔法之"寇"和"犯"，抨击英军的侵略行为。福泽则以"闭目塞听"、"违背情理"、"自食其果"、"难逃天罚"等百姓易懂的词语，将战争的责任完全归于清朝一方，并且告诉读者，清朝失败的根本原因在于专制腐败和不思文明开化。究其根源，汉文中国史的编者们基于儒家的道德史观，强调鸦片给中国人的健康和清朝的国家财政造成的危害，认为林则徐焚烧鸦片之举为"善"，而英国为此而诉诸武力之举为"恶"。《续纲鉴精采》的作者在该书的眉批中，就鸦片贸易作了如下一段富有深意的评论：

　　　　洋人夸于穷理，其去害就利，无所不至。鸦片有害健康，固其所洞彻，而于清则如此，其自为甚善。其为人吾不知也。英人之文明焉在？要见洋人之心，终不可信。诬惑陷术中，可谓愚矣。（⑩卷四，第 11 页）

　　这段寥寥数语的评语表达了两层意思：第一，作者言词激愤地抨击英国以鸦片毒害他国之人，乃损人利己之行为。并且透过英国以鸦片毒害他人的行为，对西方文明提出了严厉的质疑："英人之文明焉在？"他所得出的结论是："洋人之心，终不可信。"第二，作者毫不留情地批评中国陷入洋人的"诬惑陷术"，乃是愚蠢之举。这些文字告诉我们，作者并不是一味尊崇儒学、偏袒中国的老学究，而是通过抨击鸦片战争中英国之"恶"，对"洋学者"们尊崇的西方文明，以及明治当局大力推行的"文明开化"政策表示出怀疑和批判。

　　与汉文教科书着重于批判鸦片之"恶"不同，福泽的鸦片战争论着力于说明清朝为何在战争中失败。他认为，中国是一个"文明开化停滞不前"、风俗道德日益败坏，被"暴君污吏"统治的专制国家。因专制政治而延误文明开化的进程，这是清朝失败的远因；清廷闭目塞听，对外交规则一无所知，林则徐盲目禁烟，则是导致失败的近因。显然，福泽的文明—进步叙事和汉文中国史的儒学叙事，二者的历史意识大相径庭。

　　值得注意的是，福泽谕吉的鸦片战争叙述有一个前提，即英国是"文明之国"，不会放任本国商人从事有害于别国利益之事。如果清朝了解外交规则，事先与英国进行交涉，本来不会发生战争。暂且不论当时的国际法仅限于拥有"主权"的西方国家，这一前提在福泽的一系列论述中也是站不住脚的。福泽在《文明论之概略》第十章里写道，鸦片战争后欧洲人获得了在中国五口通商的权利，但是，欧人的足迹决不会止于沿海，整个中国都将成为欧人的田园。"欧人所到之处，土地荒芜，草木枯萎。乃至于人种亦将灭绝。若明了此等事实，并知我日本亦东洋之一国,则今日与外国之交往,即使不受大害,他日之灾祸亦必不可免"①。福泽对西方列强侵略行为的抨击,其言辞之激烈远远超过了汉文中国史。不过,与汉文中国史的作者不同,福泽对列强的抨击不是基于道德评判,而是基于当时的国际现实。福泽写道:

> 国与国交往惟有二条,即平时以商业相互争利,战时则以武器相互厮杀。换言之,今日之世界,可谓商业与战争之时代。……战争为独立国家扩张其权义之手段,贸易为国家兴盛之征候。……国家之目的在于独立,吾人所言之文明,乃为达此目的之手段。……故吾人所言之文明,非为文明之本旨,首先当谋本国之独立,其余有待他日为之。就此而言,所谓文明者,乃国家之独立也。②

在上面这段文字中,福泽强调,在当今弱肉强食之世,战争是维护国家(近代民族国家)独立的手段,为使国家免受他国之侵略,当不惜诉诸武力。福泽认为,西力东渐乃不可阻挡之潮流,为使日本免于沦为西方列强的殖民地,维护"本国之独立"乃是至高无上之任务。为此,他甚至将国家之独立与"文明"等同视之。这段文字与前面引用的福泽关于鸦片战争的议论颇有相通之处,二者皆以历史事件的结果为思考的出发点。福泽认为,中国未能维护本国之独立,这一事实说明中国已经落后于世界文明之大潮,所以只能成为日本的反面教材。反之,英国向中国发动战争,乃是为了维护本国的利益,在"商业与战争之时代",英国的行为不应当受到非难。这里凸现出福泽文明论的另一个面向,即以战争之胜负、国家之独立这一结果为思考的出发点。前面说到,福泽在叙述鸦片战争时采用文明—进步叙事,认为中国的专制政治阻碍了文明进步。但是,在思考如何确保日本的独立、免于沦为列强殖民地的问题时,他毫不犹豫地放弃了文明—进步叙事,转而采用民族—国家叙事,以国家独立为最高目标,他大声疾呼的"文明",不过是维护独立的手段而已。可见,明治汉文中国史的作者们与福泽谕吉在鸦片战争认识上的对立,从根本上说,并不是儒家史观与文明史观的对立,而是儒家的仁义之"道"与民族国家独立之"利"之间的对立。

长期以来,在日本近代思想史研究中,形成了一种关于鸦片战争的定论,即鸦片战争促使幕府末期的武士们奋起改革,最终实现了明治维新。清朝在鸦片战争中的败北,给日本带来极人冲击,改变了日本人的中国认识。例如,在日本近年出版的一部论述日本中国认识的著作中,有如下一段文字:"鸦片战争是一次改变近世日本中国形象的重大事件。在此之前,中国是位于世界顶峰的中华之国,是日本知识人敬畏和憧憬的对象。然而,中国由于在新的国际舞台上表露丑态,成了受人蔑视的落后、固陋之国。"③"固陋之国"、"受人蔑视"等与福泽谕吉的鸦

---

① 福泽谕吉:《文明论之概略》(1875年),东京:岩波书店,1995年,第287页、第291页。
② 同上,第273—274页、第301页。
③ 松本三之介:《近代日本の中国認識——德川期儒学から東亜協同体論まで》,东京:以文社,2011年,第51页。

片战争观有着惊人的相似之处。同样,今天日本的世界史教科书在叙述鸦片战争的背景时,将视线集中于中英贸易和鸦片走私,给人的印象是,鸦片战争是一场通商战争,或者完全是由于中国严禁鸦片而导致的战争。两年的战争过程,教科书只是单线地叙述英军占领广州、上海、逼近南京到清朝投降,忽略了林则徐在广州严密防务,迫使英军北上,以及沿途受到中国军民抵抗之过程。教科书告诉学生,东亚大国败给英国,使幕府受到巨大的冲击,认识到必须改变以往的外交政策,暗示应该吸取中国的失败教训[1]。可见,以福泽《唐人往来》、《世界国尽》为代表的鸦片战争观,直到今日仍在被不断地再生产。

结语

青木富太郎在战时出版的《东洋学之成立及其发展》一书中指出:"在明治初年以前,由于我国处在支那文化的绝对影响之下,我国的支那研究是支那式的支那研究,其研究态度与支那学者、尤其是儒家研究支那时的态度几乎完全一样。"[2]明治汉文中国史的编者们,自幼熟读儒家典籍,在文化认同和学术传承上,都属于青木所说的江户知识人之列。在中国文化的长期影响下,一些自幼在江户时代的藩校中接受儒学教育的知识人,与同时代的中国士大夫一样,置身于儒学知识共同体之中,由此不自觉地形成了以儒学为核心的文化认同,其学术取向也深受中国传统学术的影响。从本文对明治汉文中国史著作的的考察来看,江户时代的学术传统不但没有因明治维新而戛然而止,相反,即使是在文明开化的鼎盛时期也方兴未艾,一直持续到甲午战争以后。甲午战争使中日两国的国力发生逆转,在普通日本人的心目中,中国不但失去了昔日文化典范之光环,而且成为蔑视的对象[3]。进入 20世纪后,随着江户时期出身的汉学家们逐渐辞世,日本汉学界人才日渐凋零,汉文中国史亦退出了历史舞台。

本文开头提出,在明治日本的中国史叙事中,除了西方影响下的文明—进步叙事和民族—国家叙事两种近代模式之外,还有一种基于儒家史观的前近代历史叙事,即儒学叙事。从本文的考察可见,明治时期日本汉文中国史著作的内容主要来自历代正史的帝王本纪,因而详于政治、军事,而略于天文、地理、经济、文化等内容。严格说来,汉文中国史并不能体现中国传统史学的全貌。但是,就整体而言,汉文中国史在体例、文体和历史意识上都深受儒家历史叙事的影响,既不同于田口卯吉《支那开化小史》等文明史著作依据欧洲进化史观将中国历史描述为"停滞之史",亦不同于桑原骘藏《中等东洋史》等东洋史著作将中国史纳入"东洋"诸民族竞争

① 杨彪:《日本历史教科书中的中国》,广州:广东人民出版社,2014 年,第 199—201 页。
② 前引青木富太郎:《東洋学の成立とその発展》,第 144 页。
③ 关于近代日本的中国形象和中国观,已经出版了许多论著,在此不一一列举。但是,由于资料所限,其研究对象基本上集中于知识阶层。金山泰志的近著《明治期日本における民衆の中国観——教科書・雑誌・地方新聞・講談・演劇に注目して》(东京:芙蓉书房,2014 年)通过分析教科书、儿童杂志、地方报刊、演剧等资料,将研究对象扩展到民众阶层,认为明治时期日本民众的中国形象在整体具有两个层面:一是对孔子等古代圣贤伟人的肯定;二是对现实中国的否定。以甲午战争为契机,日本的中国形象整体趋向负面。

之史。

在本文考察的 13 部汉文中国史中,除那珂通世的《支那通史》外,都承袭中国古代"直录原文"的修史传统,以中国史籍为"底本"(original),抄录或节略正史、《资治通鉴》、《十八史略》等编年体著作。如果放在西方影响下成立的近代学术体系中看,这些著作无论就体例还是历史意识而言,大都有古色苍茫之感。13 部明治汉文中国史中,除那珂通世《支那通史》外,在今天几乎不为人知,其原因也正在于此。然而,如果不是以西方学术体系为参照系,而是按照江户到明治这一自然时序,便不难从这些出自日本人之手的汉文中国史著作之中,看到存在于明治史学中的另一种历史叙述,即儒家历史叙事。即使在被后人誉为"永远值得我国东洋学界引以为自豪的经典之作"①的《支那通史》中,也随处留下了儒家史学叙事的痕迹。如使用中国帝王年号、以春秋笔法叙事、基于以中原王朝为中心的天下观念叙述中国与周边的关系,等等。

儒家史学传统中的正统观念、劝善惩恶之道德评判,以及以中原王朝为中心的天下观念,构成了儒家历史叙事中超越时空和事件的基本结构,这一叙事结构制约着汉文中国史的编者们对史实的取舍和历史事件的评判。如果撇开儒家叙事中春秋笔法背后的学术与权力的复杂关系的话,春秋笔法传递了一种具有普遍意义的价值取向——道德判断。这一特征在汉文中国史的鸦片战争叙述中表现得尤为明显。绝大多数汉文中国史站在儒家史学的道德立场上,抨击英国商人以鸦片毒害中国人的行为为"恶",抨击英国政府出兵中国为"来寇"、"来犯"。这种以"道义"、"善恶"为依据的叙述,描绘出截然不同于福泽渝吉以"强者"、"利害"为基准的鸦片战争图景。孰是孰非,贤者自明。然而,福泽鸦片战争叙述的余韵依然环绕在今天日本的历史叙事里,这值得后人深思。

明治维新是日本近代化的开端。所谓近代化是指在政治、社会、思想和语言等方面由差异走向"均质化"的过程。在明治时期,这种"均质化"的诉求表现为由政府规定和推广统一的语言——"国语",以实现国民统合。按照近代民族—国家叙事的标准,日本人用汉文书写中国历史,可谓一朵奇葩,因为在中国史籍,尤其是儒家春秋笔法的制约下,日本编者们的身份认同——自我(self)和他者(other)的表述往往发生倒错。然而,如果将明治汉文中国史著作放到明治初年的汉学热,乃至长达两千年的中日文化交流史中来看的话,这一现象并不难理解。佐藤楚材、那珂通世等自幼接受儒学教育,长期浸润于汉文世界的编者们"一从底本",用汉文来书写中国历史,并以"无一字无来历"为标榜,这无疑给他们的著作盖上了权威的印记。必须强调的是,在文明—进步叙事和民族—国家叙事占据丰导叙事(master story)地位之前,儒家历史叙事曾经长期主导日本人的历史叙事和自他认知。如本文所述,其影响一直延续到甲午战争之后。汉文中国史著作的存在和流行提醒论者,在讨论"明治维新"、"文明开化"等问题时,应该避免落入西方近代学术体系的认识论窠臼。

---

① 那珂通世著,和田清译:《支那通史》,和田清《序》,东京:岩波书店,1938 年。

当日本史书遭遇中国

——赖山阳《日本外史》在中国的流布*

蔡 毅**

　　日本汉文学的西传,是笔者近年来感兴趣的一个课题。迄今为止,但凡谈到中日汉文学交流,均无一例外地瞩目中国古典文学对日本汉文学的压倒性影响,反之日本汉文学也曾传入中国,或多或少引起若干反响,却几乎无人问津。其原因是显而易见的:这种日语称之为"逆输入"的中日汉文学往还,若就数量而言,双方完全不成比例,更谈不上对中国文坛有什么反转性影响,偶或有人提及,也多止于搜奇猎异,以助谈资,而非对其作深入的历史考察和文化观照。正缘于此,这个课题被打入冷宫,束之高阁,也就似属理所当然。

　　然而,按诸史籍,自遣唐使以迄近代,日本汉文学的西传轨迹,虽不能说触目皆是,却也班班可考,不绝如缕。这种史实的确认,对中日文化交流史的研究,有着不可忽视的认知意义:首先,它再次强有力地说明了在古代东亚,汉字文化作为一条特殊的纽带,把文明互异的各国紧密地联系在一起;其次,它印证了文化交流在有主从、强弱、高下之分的同时,也是双向互动的产物,而非"单边贸易",有往无还;再次,它还作为来自"诗书之国"的信使,对古代中国人的日本印象,起到了相对积极的作用。因此,笔者这一看似"边缘"、"非主流"的研究课题,应该并非小题大做,而自有其一定的学术价值。

　　本文拟选取赖山阳《日本外史》在中国的流布情形加以考述,以显示这种逆向反馈文化现象的一个侧面。关于这个课题,先行研究有赵建民的《〈日本外史〉的编撰、翻刻及其在中国的流传》。[①] 该文第 4、5 章大致勾勒了《日本外史》西传的轨迹,提供了不少有益的数据线索,惜所据多为第二手资料,故若干史实语焉不详,人名书名或有舛误,大量的相关文献也未及寓目。有鉴于此,本文拟在赵文的基础上,对这一东亚汉字文化圈独特的历史现象,作进一步的全面探讨。

一、成书经过

　　赖山阳(1780—1832),名襄,字子成,通称久太郎,号山阳,别号三十六峰外史,生于大阪,长于广岛,江户后期著名的汉诗人、史学家,著有《山阳诗钞》、《日本政记》、《日本通议》等,而读者最多、影响最广的,则是他的《日本外史》。

* 本论文为日本学术振兴会科学研究费基盘研究(C)"中国における日本漢文の受容"(课题番号 24520243)的阶段性成果。

** 蔡毅,日本南山大学教授。

① 原载《复旦学报》(社会科学版)1996 年第 1 期,第 91—97 页。

赖山阳出身于藩儒世家,其父赖春水、叔父赖杏坪都是名震一时的诗人、学者。他自幼饱读经史,"平生喜谈古英雄"①,因鉴于当时通行的奉水户藩主德川光圀之命编撰的《大日本史》卷帙浩繁且文字生硬,便立志编写一部通俗易懂、面向大众的史书,而尊王攘夷,即对幕府政权的批判,则是他借古讽今的潜在目的。该书自源平之争起,至德川当国终,以人物传为中心,并辅以"外史氏曰"的评赞,共22卷。赖山阳年方弱冠便有修史之心,25岁时开始动笔,三年大致写成初稿,但此后反复修改润色,竟整整耗时二十载,文政九年(1826)年末终于脱稿,而正式刊行,则要到赖山阳离世四年后的天保七年(1836)了。

《日本外史》系用汉文(即文言文)写成,因其生动的内容和精彩的文笔相得益彰,堪称日本汉文学史上最享盛名的著作,问世后有80多种版本刊行,"日本人写的汉文书籍很多,但像《日本外史》这样广受欢迎,直至今天也读者众多的著作,还找不到第二部"②。

二、传入中国

赖山阳《日本外史》现知最早传入中国的时间,是1864年(日元治元年,清同治三年)。时值日本幕末,海禁渐开,日本官方第一艘开赴上海的船只,是著名的江户锁国二百年后使清第一船"千岁丸",时在1862年。紧随其后,又有"健顺丸"接踵而至,《日本外史》就是随这艘船飘洋过海,来到中国的。"健顺丸"在上海逗留时间为1864年3月28日—5月14日(旧历2月21日—4月9日),约一个半月。关于这次远征,该船船长山口锡次郎留有航海日记,因主要记录在上海的见闻,故题名《黄浦志》,原本藏京都大学附属图书馆,后经长崎高等商业学校教授武藤长藏整理,刊载于该校研究馆年报《商业与经济》第五年第二册(1925年2月刊行)。著名史学家新村出曾为之作"绪言",《黄浦志》作为附录被收入《新村出全集》第十卷,现在很容易看到,据此可以了解《日本外史》最初传入中国的大致梗概。

日元治元年(清同治三年,1864)二月二十一日(公历3月28日)③,日船"健顺丸"抵达上海,其正使、亦即船长为"御军舰奉行支配组头箱馆奉行支配调役并"山口举直(锡次郎,1836—?),一行共50多人。这次幕府派遣使团赴沪,主要目的是开展日清贸易,但既然有双方人员接触,就必然有某种形式的文化交流。《黄浦志》三月三日条云,山口举直等人到上海官舍拜见道台。三月廿四日条云,"道台应宝寺④遣使请赠《国史略》一部"(原文日文),并录其来函,其文曰:

再查有文政新刻岩东园先生编次《国史略》一书,系贵国纂修。不知尊处现在有无其

---

① 梁川星岩:《星岩诗集》丙集卷六《召赖子成。子成即日航湖见过,有长句,辄步其韵却赠》诗自注,《诗集日本汉诗》第15卷,东京:汲古书院,平成元年(1989),第269页。
② 北垣恭次郎:《国史美谈》下卷,东京:实业之日本社,大正九年(1920),第276页(原文日文)。
③ 因《黄浦志》日记均用旧历,为行文方便,以下引该书悉依旧历。
④ 按"寺"误,应为"时"。应宝时1864年2—7月以候补松江知府代理上海道台。

带有此书？并望惠以全部，得广见闻为至幸。①

应宝时为了解日本历史，问该船可有《国史略》一书，冀其惠予。按《国史略》著者为岩垣松苗(1774—1849)，字长等、千尺，号谦亭、东园，京都人。该书为汉文编年体，共五卷，记叙所谓"神代"至天正十六年(1588)间日本史事，尊皇思想甚为浓厚，刊于日文政九年(1826)。很遗憾"健顺丸"并未携带此书，三月廿五日条云："道台所望《国史略》，船中未藏，乃以《日本外史》一部相赠"(原文日文)，并全文照录覆函，其中云：

　　且所命岩东园编次《国史略》，船中带有者，箧底有《日本外史》一部，弊邦处士赖襄之所编。虽不应尊望，聊供玉榻之下赐览。②

该函署名为"山口锡次郎"，日期为"三月廿五日"。原来《日本外史》的呈递，是为弥补船中未携《国史略》之憾，但这个偶然的补缺，却使代理上海道台应宝时得到一个意外的收获，因为无论内容还是形式，《日本外史》在日本史学上的地位和评价，都远在《国史略》之上。"健顺丸"船员出国远航尚随身携带，也说明该书在日本流行之广。

四月九日(公历5月14日)，"健顺丸"启航返日，临行前应宝时派人给山口船长送来诗笺和礼品，该日日记录其致函云：

　　承贶《外史》全部，顷从簿领余间一为翻阅，作者于贵邦将门猷烈记叙详，不似《吾妻镜》诸书仅举匡略。文笔老，简练有法。风闻海东多绩学士，赖君其一班矣。③（文中疑有疏漏，此处原文照录。）

看来应宝时对日本历史并不陌生，不但阅读过《吾妻镜》等代表性史书，对最新出版的史学著述也甚为关心，主动寻求，新书一旦入手，便立即过目，并做出自己的评判。究其背景，当缘于其时中日共同面对西方的军事、文化压力，中国文人对日本的关心倍增，而知一国须先知其史，故有此索书之举。应宝时的赞语，是现知中国文人对该书最早的评价，弥足珍贵。

此后清日建立邦交，《日本外史》的身影，又随之出现于外交场合。日本首任驻清大使副岛种臣于1873年到达北京，7月1日，同文馆所雇教师、美国人丁韪良携其汉译著作来拜访副岛，"大使酬之以《日本外史》"，丁表示要永久珍藏在同文馆。当然，作为国家的"正史"，副岛赠送给清朝廷的，是《大日本史》十部，以及《群书治要》等书。两个多月后，他又再度赠送丁韪良

① 《新村出全集》第十卷，东京：筑摩书房，昭和四十六年(1971)，第353页。
② 同上，第354页。
③ 同上，第358—359页。

《大日本史》一部。① 也许在副岛看来,《日本外史》毕竟是"外",作为国史,只能充当"正"的补充吧。

此后《日本外史》通过各种渠道传入中国,并广为流布。如清末大儒俞樾因编《东瀛诗选》,与日僧北方心泉多有交往,北方心泉曾寄赠《日本外史》一部,供俞樾在编选日本汉诗时作为史实参考,俞樾《春在堂诗编》有诗记其事。再如孙宝瑄《忘山庐日记》光绪二十三年(1897)正月二十五日条所记其与《日本外史》的邂逅,也饶有兴味:

> 至棋盘街书肆购书,见有《日本外史》一部,闻文笔极条达,索价颇昂,未购也。②

孙宝瑄(1874—1924)之父孙诒经,官至刑部、户部侍郎,如此仕宦门庭的富家子弟,竟然也慨叹价高,望而却步,可见尽管该书传入中国已 30 余载,北京棋盘街的书商仍自恃奇货可居,在待价而沽。当然,孙宝瑄后来还是如愿以偿了,他此后的日记中,就有在家"雨读"、"阴录"《日本外史》的记录。

此类私人藏书,固然无法精确统计,但从公家馆藏的数量,亦可略窥该书流布之概貌。据王宝平主编《中国馆藏日人汉文书目》对中国国内 68 家图书馆的调查,中国馆藏的《日本外史》共有 23 种日本版本,能判明刊行时间的,最早的是日文政十年(1827)的试刊本,最晚的是日明治三十九年(1906),分藏于中国从南到北的 30 家图书馆。③ 而该书所录日人汉文"通史"类著述中,中国馆藏数量仅次于《日本外史》的,是作为"正史"的《大日本史》,计 5 种版本,21 家馆藏,④相比之下,《日本外史》显然独拔头筹。

三、钱怿评点

《日本外史》在中国的流布,除了各种日刊本之外,中国的翻刻本更为引人注目。因为翻刻重版,意味着该书在中国有大量的读者需求,单靠进口原刊本已不敷其用。现知《日本外史》的华刻本共有两种,一是光绪元年(1875)广东刊本(二峡)⑤,二是钱怿评点本,初版于光绪五年(1879),再版于光绪十五年(1889),由上海读史堂刊行(十二峡)。

钱怿(?—1882),字子琴,苏州府无锡县人,生平未详,现今国内古玩市场拍卖其书法作品,能看到他书赠日人皆川撰山、速水仪卿、后藤基照以及"森本主人"、"大日本语云(?)先生"等题款,可见他和日本颇有缘分。其《送冈田篁所先生归日本序》云:

---

① 见《日本外交文书》第六卷、九六号文书"附记",外务省编纂,日本外交文书颁布会出版,昭和三十年(1955),第 187、191、210、221 页。
② 孙宝瑄:《忘山庐日记》(上),上海:上海人民出版社,2015 年,第 73 页。
③ 王宝平主编:《中国馆藏日人汉文书目》,杭州:杭州大学出版社,1997 年,第 163—167 页。
④ 同上,第 161—162 页。
⑤ 此据《赖山阳全书·全传》下卷,赖山阳先生遗迹彰显会编辑出版,昭和七年(1932),第 797 页所记,然其书未详。

同治初年,余五至长崎岛。幸附诸君之末光,其间志同道合,为冈田篁所先生。①

冈田篁所(1821—1903),名穆,字清风,号篁所、大可山人,长崎儒医,曾于1882年2月至4月访问上海、苏州一带,归国后根据与中国人的笔谈资料,撰成《沪吴日记》二卷。钱怿临别时所送序文,当作于他生命的最后时刻,此后不久,便撒手西归。而同治初年,正值日本海禁初开之际,他五赴长崎的目的,尚且不明,或云1871年访沪的日本人笔下有"清国驻长崎领事钱子琴"一说,而清王朝对日派驻具有近代意义的外交使员,实始于1877年,故当时钱怿可能是延续中日贸易"宝苏局"驻员长崎的旧制。其后他还曾前往东京,《读卖新闻》明治十二年(1879)7月29日头版为之抵达东京特刊一条消息,称钱怿为"热爱我国山水、诗书俱佳的文人",云其日前访问读卖新闻社加藤九郎自宅时,即席吟诗挥毫,颇受赞赏,并随之介绍了钱怿的住处,称希望得到他墨宝的人可自行前往。文中尤其引人瞩目的,是说日本首任驻清大使副岛种臣赴上海时,曾召见钱怿,对其甚为看重。检《苍海诗选》卷二,有五言古诗《次韵答钱子琴》,其中有云:

钱君博洽士,论及墨香裏。至其言要理,可知鬼神泣。②

诗系唱和之作,不免溢美之词,但两人曾有交往,也是不争的事实。钱怿因有此种种亲历,得以耳濡目染日本文化,结识交游日本文人,从而心底有了一种"日本情结",他后来对《日本外史》特为青睐,也就在情理之中了。

钱怿评点本封面书名作《日本外史评》,扉页则作"赖襄子成著《日本外史》、钱怿子琴评阅",卷首有齐学裘光绪三年(1877)十月序:

孟冬十日,钱君子琴手持《日本外史》视余,云是日本赖子成所著。余受而读之,笔老气充,辞严议正,正如读太史公《史记》,令人百读不厌,不朽之作也。观其外史详明,则国史之严密更可知矣。吾友子琴,批语精微,引人入胜,可为读史之一助。

齐学裘(1803—?),字子贞,一作字子治,号玉溪,晚号老颠,安徽婺源(今属江西)人。工诗文,兼擅书画,光绪年间寓居上海,与刘熙载、毛祥龄等时相过从。著有《蕉窗诗钞》、《清画家诗史》、《寄心盦诗话》、《见闻随笔》、《见闻续录》等。和钱怿一样,齐学裘对与日人交游也颇为热衷,前引副岛种臣《苍海诗选》中,有三首与齐唱和之作,分别是卷二《和齐玉溪捕鼠诗用其三十

---

① 见冈田篁所:《沪吴日记》,明治二十三年(1890)刊,国会图书馆藏本,第7—8页。
② 富士川英郎、松下忠、佐野正巳编:《诗集·日本汉诗》第十九卷,东京:汲古书院,第186页。

韵》,卷三《赠齐玉溪先生兼呈贤息梅孙》,卷五《同齐玉溪和杜甫秋兴八首原韵》,[1]关系似乎比钱怿深得多。因为齐学裘和钱怿之间还有一段未能判明的著作权"公案",所以先把他的赞语引在这里。

钱怿自序则作于整整一年之后,光绪四年(1878)十月:

> 余至日本屡矣。与其国士大夫交,言论之间而我国之古今政治山川风物,无不源源本本,洞悉无遗。而其国之礼乐政教,明主贤臣,茫乎其未有闻也,不禁惘然者久之。盖彼皆读我国之书,而我未读其国之书也。于是遍阅其史乘,奈文字晦涩,不终卷欲眠。后得《外史》读之,凡二十二卷。其中自平源专政,包举宇内,迨至陪臣执国命,而宰制环瀛。后则英贤崛起,豪杰奋兴,割剧分裂,由分而合,由合而分。八九百年事迹,包括无遗;五畿六道之风土人情,昭然若揭。至于文笔之工,离奇操纵,无不如意。叙事简赅,议论明通,褒贬微显,真良史之才,文章之矩臒也。丁丑秋,闲居无事,勤加玩索,喜其笔法严密,一秉左史,遂谬加朱墨。固知史传体例只用提纲,从无评赞,何必多此一举,以遗讥大雅乎?夫亦出于情之所不容已。更同好有人,如登宝山,极口叹绝,竟自忘其丑矣。

鉴于这段文字道出了钱怿评点《日本外史》的由来,故不惮辞费,原文照引(文字或有舛误,悉依原貌)。"余至日本屡矣",当如前述"五至长崎",而慨叹中日双方的相互了解有天壤之别,实为当时"知日派"的共同心声。中国人所撰日本史,首推黄遵宪《日本国志》,但黄在钱怿作序当年年末才刚刚抵达日本,全书正式出版则要到十七年之后,使得梁启超感慨此书如果早出十年,中国对日本的就里能大致明了,或许不至于甲午战败。在这种背景下,钱怿借他山之石,聊补国人不谙日本史实之缺,亦属贤明之举。而《日本外史》的史才、史识、史笔,更是钱怿尤为瞩目的地方。"笔法严密,一秉左史",捧之如读华夏史家之作,文笔优美生动,叙述引人入胜,远胜其他"文字晦涩"的日本史书,所以他"出于情之所不容",忍不住要"谬加朱墨",评点一番了。

钱评在自序之后,有"凡例"和"总评"。他将原著二十二卷合并为十四卷,各卷正文上方以传统的评点方式,几乎每页都缀以按语批注,笔者对各卷评语数统计如下:卷一,156 条;卷二,137 条;卷三,129 条;卷四,151 条,卷五,134 条;卷六,115 条;卷七,142 条;卷八,122 条;卷九,84 条;卷十,113 条;卷十一,144 条;卷十二,115 条;卷十三,102 条;卷十四,89 条;合计1733 条。其内容或为对历史人物、事件的感叹,或为对故事情节的提示,而最多的则是对行文章法的点评,如"此是加倍引衬法"(卷一 29 页上),"开出波澜,文气动宕"(卷八 17 页上)之类。这里且看一段实例:日天文五年(1536)至永禄七年(1564)的十二年间,越后的上杉谦信与甲斐的武田信玄为争霸而在川中岛有五次对决,其中关于天文二十三年(1554)的川中岛之战,卷十一"足利氏后记"有这样一个惊险的场面:

---

① 富士川英郎、松下忠、佐野正巳编:《诗集·日本汉诗》第十九卷,东京:汲古书院,第 186 页、第 197 页、第 214 页。

信玄与数十骑走。有一骑黄袄骝马,以白布裹面,拔大刀来呼曰:"信玄何在?"信玄跃马乱河,将逃。骑亦乱河,骂曰:"竖子在此乎?"举刀击之。信玄不暇拔刀,以所持麾扇扞之。扇折,又击斫其肩。甲斐从士欲救之,水驶不可近。队将原大隅,枪刺其骑,不中,举枪打之,中马首,马惊跳入湍中,信玄才免。

这段写武田信玄乱军混战中侥幸逃脱,惊心动魄,栩栩如生,颇有《三国演义》描写战争的胜概。对此钱怿评曰:

> 必谓信玄胜矣,不意短兵相接。忽尔一将突出,气势如龙。如闻其声,如见其形。
> 转胜为败,慌急无措,皆能曲曲传神。

亦如毛宗岗之评点,钩玄提要,条分缕析。有清一代,毛评《三国》甚为流行,钱怿秉承其衣钵,把赖山阳的《日本外史》等同于小说,也如此这般地评说一番。要之,钱评虽然不免乡夫子冬烘之气,并未见有真知灼见,但在中日文化交流史上,这是中国文人对日本史书第一次以评点的方式予以推介,其意义显然不容低估。

四、诸家论赞

钱怿对《日本外史》情有独钟,褒之无以复加。但他的评点问世后,中日两国均有人不以为然,分别从各自的角度提出了批评。

日本方面有冈千仞。冈千仞(1833—1914),号鹿门,仙台人,明治时期著名汉学家。曾任大政官修史官,并漫游中国南北,其《观光纪游》卷一《航沪日记》明治十七年六月八日(1884,清光绪十年五月十五日)条云:

> 过书肆扫叶山房,插架万卷,一半熟书。偶阅生书,皆坊间陋本。有钱子琴所评《外史》。余曾见子琴,笔话不成语。吟香曰:《外史》评成其师齐学裘之手。子琴三年前死,其妻无可食,屡来乞怜。又曰:中人渐用心东洋大势,《东瀛诗撰》、《朝鲜志略》、《安南国志》等书盛售。①

按冈千仞曾为《日本外史》作序,对该书应格外眷顾。他提供的"爆料人""吟香",即岸田吟香(1833—1905),字国华,备前(今冈山县)人。岸田吟香是明治时代著名社会活动家,从业兼

---

① 小岛晋治监修:《幕末明治中國見聞錄集成》第二十卷,东京:ゆまに書房,1997年,第30—31页。

及新闻、出版、医药等各种领域，常驻上海，与当地文人多有交往，钱恽、齐学裘当均为其圈子中人。而从前文介绍的齐学裘的著述与交游看，其学术地位显然在钱恽之上。岸田吟香说钱评其实是齐学裘捉刀代笔，不知有何根据，而齐学裘既然能为钱恽作序，想必不会为弟子如此放下身价，先越俎代庖，再隐姓埋名。但从岸田吟香到冈千仞，说到钱恽均不屑一顾，亦可见其在日人心目中地位之低下。文中所云"中人渐用心东洋大势"，并举《东瀛诗撰》（应为《东瀛诗选》，俞樾编，已在此前一年刊行）等书为例，则敏锐地观察到中国人对以日本为中心的东亚局势逐渐予以关注的舆情动向。

中国方面则有谭献。谭献（1831—1901），字仲修，号复堂，晚号半厂，浙江仁和（今杭州）人。中举人后曾任教谕、知县，并主持过若干书院。平生酷爱读书，涉猎广博，著述甚丰，然多未刊刻，唯选评《箧中词》《复堂词录》较为有名。其毕生读书经历，见载于《复堂日记》，其中有关于《日本外史》的三则记录。

先看他对钱恽的批评：

> 今沪上刻钱绛（系"恽"之误）子琴评本，语未离时文批尾白科。（卷六壬午条，1882）[1]

说钱恽之评不出"时文"，即八股文窠臼，谭献可谓点中要害。但谭献对《日本外史》本身，还是颇为赞赏的。他最初读到该书，是在1873年：

> 阅《日本外史》，至《信玄》《谦信纪》，两才相当，使人神王。详述戎事，机智百出，与中原史事不殊。东国喜聚坟籍，岂将才亦有稽古之力，抑不免傅会邪？相门专政，始平源氏，当宋哲宗，终于德川家齐，已当道光朝矣。近代所谓将军者，信长弑而秀吉兴，秀吉死而家康盛。矛戟相寻，托于忠信。权谋智力，伟然可观。近则庆喜失职，国王亲政且十年，西人讧之，国事又亟为大变也。（卷三癸酉条，1873）[2]

《信玄纪》和《谦信纪》，如前所引，在日本也一直被认为写得最为出彩。"两才相当，使人神王"，谭献慧眼识英，既看到这决定日本历史走向的两雄对决史事之重要，又看到赖山阳刻画人物遣词造句之精美，所以他接着对《日本外史》略作赞语："详述戎事，机智百出，与中原史事不殊。东国喜聚坟籍，岂将才亦有稽古之力，抑不免傅会邪？"他称赞赖文之笔底生风，并指出日本历史与中国类似，文物典籍多有留存。最后一句稍作贬抑，也是当时文人对日本一般持有的轻视态度的自然流露。至于引文后半概述日本历史，则甚为精当，"近则庆喜失职"一句，已是《日本外史》问世之后的事，可见他对日本的史实及近况相当详熟。

《日本外史》叙事之传神写照，看来给谭献留下了深刻的印象。两年后他在读王韬《普法战

① 谭献：《复堂日记》，范旭仑、牟小朋整理，石家庄：河北教育出版社，2001年，第130页。
② 同上，第61页。

纪》时，再度援引《日本外史》来做比较：

> 阅王韬《普法战纪》，鸷劲略似《汉书》。往见《日本外史》纪平秀吉微时养马以至当国，则神似孟坚。（卷三乙亥条，1875）①

说赖山阳"神似"班固，这个评价非同小可。因为中国传统上"班马"（班固、司马迁）并称，且多有人认为《汉书》叙事之严谨详赡，乃在《史记》之上。

九年之后，谭献又再次与《日本外史》相遇，这次他看到的，就是钱怿的点评本：

> 日本外史，东国赖襄著。前假仲瀛藏本读过，今沪上刻钱绎（系"怿"之误）子琴评本，语未离时文批尾白科。赖襄读中书，有意规摹《左传》、《史记》，虽虎贲中郎，似在前明王元美一流之上。日本世卿氏族家政陪臣，颇与春秋时势相近，易于学《左氏》也。岛上片土，动称天下；千里共主，直曰天王，一何可笑！（卷六壬午条，1882）②

按"仲瀛"即高仲瀛，杭州人士，与谭献为世交，《复堂日记》对其多有记载，庚午（1870）条记"仲瀛携示日本人所刻《三策》"，并详录其对抗英国之"上、中、下"三种策略，"署名狩野深藏稿，不知其名氏"，③可见高仲瀛所持日本汉籍不在少数，《日本外史》当为其个人藏书。前云《日本外史》在中国的翻刻，最早为光绪元年（1875）广东刊本，而谭献初读在此前两年，故仲瀛所藏应为日刻本。谭献认为赖山阳"有意规摹《左传》、《史记》"，点出其与中国史学传统的继承关系，说他"虽虎贲中郎"，即规形仿步有过分相似之嫌，但较之明代王世贞（元美），仍堪居其上。其实《复堂日记》对王世贞有褒有贬，若与其赞语"元美天才本高，生唐以前亦足名家。吠声之口至今未已，文章得失岂有公是非哉"④相比较，似有自相矛盾之嫌，但由此也可见他对赖山阳的别具青眼。至于文末对日本国土狭窄却动辄以"天下"、"天王"自称的嘲笑，则显示出彼时中国文人固有的"大国心态"。

谭献之外，从史料价值对《日本外史》加以评骘者，则大有人在。最早参照该书以述日本史实的，是黄遵宪的《日本国志》。1877—1882 年，黄遵宪在任清朝驻日使馆参赞官期间，即完成了《日本国志》的初稿，书中对《日本外史》多有言及。如卷三"国统志三"云：

> 既而源松苗作《国史略》，赖襄作《日本政记》、《日本外史》，崇王黜霸，名分益张。⑤

① 谭献：《复堂日记》，范旭仑、牟小朋整理，石家庄：河北教育出版社，2001 年，第 66 页。
② 同上，第 130 页。
③ 同上，第 46 页。
④ 同上，第 10 页。
⑤ 黄遵宪：《日本国志》，王宝平主编：《晚清东游日记汇编》，上海：上海古籍出版社，2001 年影印本，第 49 页。

源松苗即岩垣松苗,其《国史略》已见上述。而赖山阳的基本政治思想、乃至他为日本修史的主要动机,即尊王攘夷,亦即"崇王黜霸"。黄遵宪对《日本外史》的着眼点,也在于该书尊崇天皇、批判幕府的主张,《日本国志》在论述幕末明初时局变动时,乃多处引以为据。其《近世爱国志士歌》自注,亦云"尊王之义……赖襄作《日本外史》,益主张其说",①反复申说,足见印象之深。

如果说黄遵宪得助于《日本外史》,乃职是身居日本、可先睹为快之故,那么僻处内陆的王先谦,就完全是受益于该书的西传了。现知对该书征引最多的,首推王先谦的《日本源流考》。王先谦(1842—1917),湖南长沙人。字益吾,因宅名葵园,人称为葵园先生。著述甚丰,晚年鉴于中国频受外侮,认为知"洋"方可御侵,乃对外国史地予以关注,光绪二十八年(1902)刊行的《日本源流考》即其成果之一。该书顾名思义,属史事考核,但和此前中国"正史"叙写日本时大多陈陈相因不同,所用多为日本史料,显示出晚清学者放眼世界的恢宏视野,而《日本外史》以其详赡赅博,便成为他的"帐头秘本",笔者统计书中标明出处为《日本外史》的,竟达412条之多,为中国史书对域外汉籍的参照,创下了一个纪录。

此外,清末唐才常《觉颠冥斋内言》、朱一新《无邪堂答问》、易鼎顺《盾墨拾遗》、文廷式《纯常子枝语》等著作中,都从史实角度对《日本外史》有所述及,亦可见其普及日本历史知识之功。

《日本外史》作为史书,其在华影响已如上述。而该书文笔之畅达,甚至以"假"乱真,也适可引以作文坛花絮。清末丁仁《八千卷楼书目》卷八史部地理类,有这样的表记:

《日本外史》二十二卷,国朝赖襄撰,日本刊本。②

丁仁把赖襄划属"国朝",应该是一时疏忽,因为他在此后著录赖山阳其他著述如《山阳遗稿》等书时,都标明"日本赖襄",显然并非不知就里。但群贤荟萃的《清史稿》编撰者,也误以为其出自国人之手,就不禁令人莞尔了。艺文志二史部之十一"地理类",于"地理类外志之属"著录该书云:

《日本外史》二十二卷,赖襄撰。③

按"地理类外志"收录有关日本的著述共七种,赖山阳之作居首,其余八种均为中国人之作,依次分别是:傅云龙《(游历)日本图经》,黄遵宪《日本国志》(此处误作"日本图志"),顾厚焜《日本新政考》、陈家麟《东槎闻见录》、何如璋《使东杂记》、吴汝纶《东游丛录》。这六种书在晚清中国人的日本研究著作中,皆堪称一时之选,现在也常被引用,《日本外史》与之同列,其分量

① 黄遵宪著,钱仲联笺注:《人境庐诗草笺注》(上),上海:上海古籍出版社,1981年,第274—275页。
② 丁仁编:《八千卷楼书目》卷八,台北:广文书局,1970年影印本,第29页A。
③ 《清史稿》卷一五二,上海:联合书店,1942年,第574页。

自然不轻。同属所收录有关海外的著述,若为外国人所作,则予标明,如《坤舆图志》,即云"西洋南怀仁撰";若作者不明,如《朝鲜史略》、《越史略》,则云"不著录人氏名"。可见对于这个名叫赖襄的人,《清史稿》的编撰者并没有意识到,他其实是一个"老外"。与此相映成趣的是,近代学者吴闿生于其《晚清四十家诗钞》曾选赖山阳《日本乐府》之《蒙古来》和《骂龙王》二首,评曰:"此二诗绝高古,不似日本人口吻……意朱舜水之徒为之润色者欤?"[①]也是虽知其人,仍疑其作,不愿相信这是日本人独立写成的。赖山阳如果地下有知,听说自己的著作在汉学"本场"竟能鱼目混珠,真伪莫辨,或当会心一笑。

赖山阳《日本外史》在中国的流布状况,略如上述,然日本汉文学的西传这一课题,则远未穷尽,诸多史料尚有待补充,认识分析也有待深化。现抛砖引玉,以求教于大方之家。

---

① 收于《中华国学丛书》,台北:中华书局,1970 年,第 91—92 页。

清季启蒙人士改造民众阅读文化的论述与实践 | 张仲民 *

一、引论

阅读的历史同禁书的历史密不可分。从查禁一方立场看,禁书总有正当性,其目的在于通过禁止某些文本的出版或流通,使人们不接触在禁书者看来非法或不够合法的知识,从而达到查禁者的政治、意识形态或道德、宗教上的目的。而通过对"禁书"的考察,我们就有可能知道在特定的时代、特定的空间中,那时的人应该阅读什么和不应该阅读什么,为何要限制阅读及其成效如何等问题。

在中国,历代颁布的禁书之令为数甚伙,而清代尤甚。撇开政治层面的禁书不提,清代禁书令中有许多是针对小说、戏剧、唱词等通俗文学的,其查禁这些通俗文学类书籍,往往指以"淫书小说"、"淫辞小说"等名称,以其于风俗人心、社会秩序大大有碍——"诲淫诲盗"而禁之:

> 一切鄙俚之词……大率不外乎草窃奸宄之事,而愚民之好勇斗狠者,溺于邪慝,转相慕效,纠伙结盟,肆行淫暴,概由看此等书词所致,世道人心,大有关系。①

这里所谓的"诲淫诲盗",多是统治者和士绅精英的强加之词,便于为查禁行动寻找合法性。实际上,这些文类虽包含有不少情色、非圣无法的成分②,可亦承载有很多正统社会推崇和宣扬的教化观念,有严肃与正统的一面,情欲、暴力和教化在此是相辅相成、互相为用的。当然,其中的某些文类确实属于露骨的色情之作,内容非常淫秽,尽管自序"十九以劝诫为借口。"③

此处姑且不论其中所禁之书是否"诲淫诲盗"和是否当禁,类似禁令的屡次颁布与诸多论述的不断生产,虽可表明朝野间对此问题的关注及警惕,但在某种程度上,似乎更说明这类禁

---

* 张仲民,复旦大学历史系副教授。

① 《嘉庆七年十月禁毁小说》,收入王利器辑录:《元明清三代禁毁小说戏曲史料》(增订本),上海:上海古籍出版社,1981年,第56页。

② 比如,许多农民起义便是直接袭用《水浒传》等书中的口号与组织形式,从明末之李自成、张献忠,到天地会、湖南瑶民起义,都是显著例子。有的甚至连战术、战略亦效法《水浒》,例如张献忠,"日使人说《三国》《水浒》诸书,其埋伏攻袭咸效之"。参看罗尔纲:《〈水浒传〉原本和著者研究》,南京:江苏古籍出版社,2000年,第237—266页;孟宪承等编:《中国古代教育史资料》,北京:人民教育出版社,1985年,第424页。

③ 钱锺书:《管锥编》第1册,北京:中华书局,1994年,第110页。

令与论述的实际效力或许并不大,"功令虽有严禁之条,而奉行者多以为具文"①。即或有厉行禁令者,也收效甚微,"思夫淫辞邪说,禁之未尝不严,而卒未能禁止者,盖禁之于其售者之人,而未尝禁之于其阅者之人——即使其能禁止于阅者之人,而未能禁止于阅者之人之心。"②另一方面,自然也表明这类书的普及程度与影响力——"识字之人,有不读经,无有不读小说者"。③ 此种现象绝非区区律法就能令行禁止,也非道德训诫所能力挽狂澜,特别是在私人刻书风行和商品经济发达的明清时期。

然而,在大厦将倾、新学流行的清末社会,受到新学影响、力主文化改造的启蒙人士——他们主要是一批政治立场不尽相同的新知识分子、趋新士绅、开明官员、新式军人等,受到世变之亟的刺激,意识到"今日法固不能不变,变法根本,端在读书"④。在他们看来,中国士民久处于专制政治之下,风气闭塞,眼光狭隘,不关心国事,不具备国家思想,"目未睹凌虐之状,耳未闻失权之事,故习焉安焉,以为国之强弱,于己之荣辱无关,因视国事为不切身之务云尔。"⑤且普遍迷信"怪力乱神","文明"程度非常低。在此情况下,启蒙者开始将大众阅读文化视为一个关系国家兴亡的政治问题⑥,决心采用启蒙论述来规训老百姓的阅读文化,并借用西方这个象征权威来背书,承续以往正统的禁书论述,凭借新的思想资源及传播媒介,发起一场旨在改造大众阅读、禁止他们阅听"淫辞小说"的文化实践。

在这个过程中,清末启蒙人士时时以西方(包括日本在内)列强富国强兵的经验(其中不少是他们想象的经验)自警、警人,且将之转化到小说、戏曲等文类中,去开导在他们看来是懵懂愚昧的"下流社会",以为可以将己身的阅读经验、思维方式,顺理成章地加之于他们,并以为这是通往西方(包括日本)所示范的现代与建构民族国家的必须之路,"余谓各种系统之进于文明,皆非读书不可。"⑦"地方上不读书人太多,就为地方的大害。"⑧由是言之,引车卖浆者流阅读什么以及如何阅读,必须适应启蒙精英的方略,服务于建立现代民族国家的需要。于此,阅读已不再纯是私人的行为,也不只是与人心风俗有关的行为,它实际关系到中国的国运和每个人的前途。笔者希望借此展开讨论,就改造阅读习惯的文化肇因,启蒙人士采取的净化策略与所获得的效果,以及阅听者的反应等方面,进行一些探讨。

需要提醒的是,阅读从不是在真空状态下进行,其过程和效果同文化习性、物质条件、传播

---

① 余治:《删改淫书小说议》,见余治:《重订得一录·各项善堂义举规章》卷五,上海:上海人文印书馆,1934 年,第 46 页。

② 钱湘:《续刻荡寇志序》,收入俞万春:《荡寇志》,上海:上海世界书局,1935 年,第 4 页。

③ 康有为:《〈日本书目志〉识语》,收入姜义华主编:《康有为全集》第 3 册,上海:上海古籍出版社,1992 年,第 1212 页。

④ 汪大钧函,收入上海图书馆编:《汪康年师友书札》第 1 册,上海:上海古籍出版社,1986 年,第 595 页。

⑤ 哀时客(梁启超):《爱国论一》,原刊《清议报》(横滨),第 6 册(光绪二十三年十一月初六日),载梁启超:《饮冰室合集》,《文集之三》第 1 册,北京:中华书局,1989 年,第 67 页。

⑥ 19 世纪第二共和时期,法国改革者和政府也发起了一场改造民众阅读的运动,不许各个地方图书馆收藏有争议作者的作品及一些异端的政治著作,希望能将有害于统治秩序的出版品包括一些文学读物,从大众的阅读品中剔除出去。参看 Martyn Lyons, *Readers and Society in Nineteenth—Century France: Workers, Women, Peasants*, New York: Palgrave Macmillan, 2001, pp. 144 - 154.

⑦ 孙宝瑄:《忘山庐日记》(上册),上海:上海古籍出版社,1983 年,第 622 页。

⑧ 《论地方上不读书人太多,就为地方的大害》,《通俗日报》宣统元年九月初六日,第 1 面。

状况等因素息息相关。至于这些因素的制约情形，中西学界对此已经有不少的研究，读者可以参考。① 本文限于材料和篇幅，不能一一处理，只能对传统阅读文化的影响、读者的经济基础、传播速度和广度、读者接收情况，以及编译者与出版者层面进行一些考察。

二、前现代中国阅读文化管窥

在中国，官方和知识精英制造了大量关于阅读、禁书、禁止怪力乱神的论述。在这些论述中，不少是针对下层百姓而言的，就是大量禁止他们阅读某些通俗类文学书籍或阅听戏曲，禁止他们迷信怪力乱神。其实，民众接受和欣赏"怪力乱神"与"淫辞小说"，经常不过是一种作为嘉年华会一样的游乐观赏行为而已，未必一定会走上同当权者和主流意识形态、礼仪纲常相对抗之路，如时人之言："社会不能无游戏之事，以舒适其性情，故愚夫愚妇之入庙烧香，非必尽迷信神佛也。春秋暇日以从事游观，亦人情之所不可无也。"② 然而，在部分官方及正统人士那儿，却往往有这样的认知与担心，发布和推行禁令自然是应有之义，再饰以冠冕堂皇的说辞，其目的无非还是为了端正风俗人心、翼教卫道，维护专制王权的统治秩序与意识形态控制，预防这些文类惑世诬民，出现不乐见的后果。这些论述尽管大多是由官方或知识精英制造，不足为我们完全采信，但是，历史上的下层民众并没有留下太多关于自己生活、阅读、思想和信仰的记述——他们直接提供的证据太少。我们转换视角，由这些官方论述出发，反其道而行，或亦能对前现代中国下层社会流行的阅读文化有些许认识和体会。

实际上，那些官方和知识精英屡禁不止的读物，因其浅显、通俗、富于趣味和故事性，且贴合一般民众的生活及期望，往往是庶民百姓乐意阅听的；而他们所推崇的教化、训令，因其繁杂、艰涩，且常常带有强迫性质，往往让老百姓心存芥蒂、漠不关心。中国历史上的下层民众，他们的阅读习惯以及思想的生成固然同官方和知识精英的教化有关，但对于一般老百姓来说，他们的知识水平比较低，绝大多数人甚至不识字，日常的阅读和娱乐兴趣依然是稗官野史、听大书、看戏剧等。这些文类以生动、形象、扣人心弦的叙述和寓意宏大、褒贬明确、使人浮想联翩的修辞，展现人们对于人情世故、天道自然、善恶祸福、社会秩序、忠孝节义、礼教纲常的认知（包括服从、暌隔或反抗），实际昭示了他们的生活经验、精神生活、期望及其如何面对、看待他们所处的外在环境。尽管这些文类存在官方与正统意识形态不太认同的成份，但它们同时亦承载着正统教化，"内地各省城乡弹唱稗官野史者流，如《三国志》《说唐》《说岳》之类，每逢鼓板登场，听者塞座，验其实效，虽事隔久远，间涉荒唐，然无论妇孺皆知某也忠、某也奸，了如指掌。此习惯之可证者。"③ 刘师培也曾认为《三国演义》能激发爱国思想，"昔李定国阅《三国演

① 参看李仁渊：《阅读史的课题与观点：实践、过程、效应》，收入复旦大学历史系、复旦大学中外现代化进程研究中心编：《新文化史与中国近代史研究》，上海：上海古籍出版社，2009 年，第 213—254 页。
② 颠：《时事评》，《舆论时事报》1910 年 8 月 22 日，第 2 张第 1 页。
③ 程清呈，收入故宫博物院明清档案部编：《清末筹备立宪档案史料》上册，北京：中华书局，1979 年，第 280 页。

义》,而爱国思想油然而生。"①在很多人看来,民众认知到的经史大义、纲常礼教、忠孝节义等正统意识形态,往往是经由小说、戏曲中生动形象的故事获知,传统小说与戏曲是呈现和传达这些观念的最佳方式,恰当利用,足以佐助文治。

亦如以往研究所表明的那样,一般来说,知识精英甚至官方的直接影响力最多仅及于读书识字阶层,难以穿透至下层民众的日常生活与行为当中,大众关于过去的记忆以及对现世、来世的观点和想象,通常是来自于他们从小到大就阅听的民谣、神话、口述故事、戏剧以及传统、通俗小说、小报、流行的出版品等文类,并非直接源自官方与知识精英的训诫。② 对于前现代中国而言,可能更是如此,"今时一般社会所有种种思想及希望,大都皆发源于旧时各小说中者,居其十之七八。"③如鲁迅在小说里曾点出,某些人面对辛亥年间的乱象感慨:"倘若赵子龙在世,天下便不会乱到这地步了。"④教育家李廷翰(1886—1934)说他小时候看了许多所谓"淫辞小说","后来作史论时,所发议论,觉得有益于小说者不少,而社会之情状亦多于小说中得之"。⑤ 舒新城也在看了包括《三国演义》、《红楼梦》、《西游记》、《聊斋》、《西厢记》、《七侠五义》等小说之后自谓:"对于社会各方面的知识却增长不少;文章也无形中进步了许多。而扶弱不依强,傲上不傲下的习惯,也大半由这些小说所养成。"后来舒新城说他不愿意做官,也是因为受到小说《水浒传》和《儒林外史》的影响。⑥ 张恨水喜爱风流才子、高人隐士的行为,鄙弃传统的读书做官说法,也与他小时候受到旧小说的影响有关。⑦ 至于像三纲五常、《圣谕广训》之类教条,固然在不断向老百姓灌输,然多托诸空言说教,其效果如何,很成疑问,远不如迂回地经由通俗文类有成效。事实上,这类"肉食者谋之"的说教及阅读规训,或因其深文奥义,或以其形式繁杂,或由其陈义甚高,下等社会多不与之。

尤其就一般妇女而言,较喜欢感性的东西,"其于一切深文奥义索解而不能,于是寝馈于稗史小说。"⑧,但这些书"不是说神仙鬼怪,就是说才子佳人"⑨,内容多为不经之谈,与传统社会关于女性的伦理纲常时相悖反,不能不引起卫道翼教人士的担忧,他们主张的女子教本无非还

---

① 刘师培:《论白话报与中国前途之关系》,原刊《警钟日报》1904 年 4 月 25、26 日,转见万仕国辑:《刘申叔遗书补遗》(上册),扬州:广陵书社,2008 年,第 166 页。

② 参看 Richard J. Evans, *In Defence of History*, London: Granta Books, 2000, p. 207. 又可参看霍布斯鲍姆(Eric Hobsbawm)著:《民族与民族主义》,李金梅译,上海:上海人民出版社,2000 年,第 56、90 页。

③ 狄平子:《小说新语》,原见《小说时报》(上海)第 9 期,引文转见陈平原、夏晓虹编:《二十世纪中国小说理论资料》(第 1卷),北京:北京大学出版社,1989 年,第 366 页。

④ 鲁迅:《风波》,鲁迅先生纪念委员会编:《鲁迅全集》第 1 卷,北京:人民文学出版社,1973 年,第 336 页。

⑤ 李廷翰:《教育丛稿》第 5 种,上海:中华书局,1921 年,第 23 页。关于李廷翰,可参看许洪新:《民国初教育家李廷翰史料钩沉》,收入林克主编:《上海研究论丛》第 18 辑,上海:上海人民出版社,2007 年,第 319—332 页。

⑥ 参看舒新城:《我和教育》(上海:中华书局,1945 年),收入张玉法、张瑞德主编:《中国现代自传丛书》第 2 辑(上册),台北:台北龙文出版社,1990 年,第 56、66 页。

⑦ 参看张恨水:《写作生涯回忆》,北京:人民文学出版社,1982 年,第 7 页。

⑧ 董瑞椿:《广女学议》,《实学报》第 6 册(光绪二十三年九月廿一日),第 393 页(北京:中华书局,1991 年影印本)。

⑨ 裘毓芳:《劝看白话报》,《无锡白话报》(无锡),第 5 页下。该《无锡白话报》为复旦大学图书馆馆藏,无标注具体出版日期,其目录与《中国近代期刊篇目汇录》第 1 卷中的《无锡白话报》目录不太一样。《中国近代期刊篇目汇录》第 1 卷中的《无锡白话报》目录,没有该期所有的《〈无锡白话报〉序》和这篇《劝看白话报》。参看上海图书馆编:《中国近代期刊篇目汇录》(卷 1),上海:上海人民出版社,1980 年,第 922—925 页。

是一些承载正统教化的《女四书》、《女孝经》、《列女传》之类书籍,以培养妇女的三从四德为主义。[①] 可是,这些读物,"率迂陋不可卒读",[②]自然难引起妇女读者的阅读兴致。因而,女子的阅读世界根本不会像《女四书》中所言的——"淫佚之书不入门,邪僻之言不闻于耳"。[③] 曾朴小说《孽海花》中有段话,虽属小说家言,然还是能揭示一些女性读者的阅读情况:

> 这闺秀的姓名、籍贯,一时也记不得,但晓得他平日看见那些小说、盲词、山歌、院本,说到状元郎,好像个个貌比潘安,才如宋玉,常常心动。[④]

可以说,僵化、枯燥的女教书根本无法满足女性实际的阅读需求,而像《西厢记》、《牡丹亭》这样的言情杰作,却让许多女性爱不释手、魂系梦牵。[⑤] 难怪前现代社会一些以维护伦理纲常、移风易俗为己任的在地士大夫,要主动充当基层教化的先锋和主力了,配合地方官员,不遗余力地查禁这类淫辞小说、规训大众文化和妇女。然而,不断出现的女训、女诫与官方或士大夫大量的整顿风俗的论说,以及被官绅们树立的诸多贞女烈妇范型,只是显示男权社会欲建构和期待的妇女形象,并不一定为普通妇女真心接受或效法。一些女性作家在作品中还大量涉及情欲问题,普遍出现的妇女烧香拜佛、卜问吉凶、"通奸"改嫁等"越轨"现象,实在是很好的证明。[⑥]

因此,一般情况下,大众文化和女性的日常生活同正统的说教与规训往往背道而驰,踏青、旅游、观戏、看小说、听说书、唱山歌,迷信"怪力乱神"等,早已经成为大众日常生活,特别是女性生活不可分割的部分。即便是较高阶层和地位的妇女,由于种种原因,难得受到比较高级的文化教育及文化训练,容易受到带她们长大的保姆或仆人的影响,她们的阅读和信仰依然是与下层社会妇女相似的。周作人在回忆母亲时也曾提起:"先母不曾上过学,但是她能识字读书。最初读的也是些弹词之类,我记得小时候有一个时期很佩服过左维明,便是从《天雨花》看来的……"[⑦]周作人还记得他母亲看《七剑十三侠》、《三国演义》,新出的章回小说之类的书。[⑧] 民

---

① 关于古代中国的女子教育及所使用教本,可参看祁伯文:《中国女子教育之史的发展》,《青年》(北平)第 1 卷 10、11 期(1938 年 11 月 1 日、11 月 15 日),第 13—16、6—10 页。

② 刘师培:《留别扬州人士书》,转见万仕国编著:《刘师培年谱》,扬州:广陵书社,2003 年,第 19 页。

③ 王相笺注:《女四书》(光绪戊申年江阴源德堂藏版,复旦大学图书馆藏),卷下"女范",第 49 页。

④ 曾朴:《孽海花》,收入吴组缃等主编:《中国近代(1840—1919)文学大系·小说集》第 4 册,上海:上海书店,1992 年,第 14 页。

⑤ 有关过去女性读者阅读《西厢记》,特别是《牡丹亭》后的反应情况,可参看仲玉:《〈牡丹亭〉女读者的恋慕狂》,《古今半月刊》第 5 期(1942 年 7 月),第 24—27 页。对于前现代中国女性读者的阅读情况,还可参看 Li Yu, "A History of Reading in Late Imperial China, 1000—1800," Ph. D. Dissertation, Department of East Asian Languages and Literatures, The Ohio State University, 2003, pp. 150—215.不过该文的讨论非常简单。

⑥ 高彦颐(Dorothy Ko)的《闺塾师:明末清初江南的才女文化》(李志生译,南京:江苏人民出版社,2005 年)一书,其中也讨论了明清时期,江南部分知识精英女性的阅读及文学创作,这部分女性读者的闺中密枕中依然包含《牡丹亭》、《桃花扇》等"淫辞小说",以及当时书籍市场上随处可见的戏剧、小说和诗集等文类。

⑦ 周作人:《知堂回想录》,香港:香港三育图书公司,1980 年,第 596 页。

⑧ 周作人:《知堂回想录》,第 597 页。

国期间亦类似,如出身破落豪门之家的张爱玲回忆她小时候,"我仅有的课外读物是《西游记》与少量的童话。"①在这些女性为人母后,此种喜阅小说的习惯又往往会影响到下一代。李廷翰就回忆说,"我九岁时,始看小说。吾母为我讲解。"到他十一岁之时,已经读了包括《水浒》等在内的一百多本小说。②

　　事实上,这类"淫佚之书"不只是文化程度不高的女子爱读,就是一般男性也经常阅读。狄楚青就认为,不仅中国女子将《天雨花》、《笔生花》、《再生缘》等院本小说作为教科书,"吾国旧时男子,何尝不以小说为教科书?"③如舒新城回忆他在县立高等小学求学时,"发现小说的一种宝藏,在那里三年,除去前一两个月外,无日不看小说。"④著名文学家包天笑也回忆说他从小就爱看小说,"几部中国旧小说,如《三国演义》、《水浒传》、《东周列国》之类,却翻来翻去,看过几遍。后来还看《聊斋志异》、《阅微草堂笔记》这些专谈鬼狐的作品。"⑤大概包天笑后来之所以走上文学之路,与其小时候看这些"不正经"的书有很大关系,这种情况同样发生在许多别的作家身上。1934年,《文学》杂志一周年纪念时,以"我与文学"为题向作家们征文,有白薇、钱歌川、徐懋庸、茅盾、艾芜、巴金、欧阳山、赵家璧等59位作家写了文章。这五十九人中,说到由读经书走上文学路的只有三人,由唐宋古文或《庄子》、《文选》之类走上文学之途的,并无一人,大部分人都是因小时候看《三国演义》、《聊斋志异》、《西游记》这类"诲淫诲盗"的说部,而走上文学之路的。⑥读经书与喜好"淫辞小说"尽管未必相扞格,但显而易见,较之经书,"淫辞小说"对于这些作家走上文学道路的影响要大得多。而一些乡间的塾师,固然是正统文化、精英文化的代言人和宣讲者,但他们同时也充当了"淫辞小说"的保存者与传播者的角色。正像舒新城的回忆,说他们村子(湖南溆浦乡下)里的人,"对于先生尤其重视:每到年节,大家都要请他去吃饭,平常到了吃过夜饭的时候,先生的房间或者佛堂的天井中,总是坐着许多本乡的老人和少年,围着先生听他讲《说唐》、讲《水浒》、讲《三国演义》、讲《包公案》、讲《荡寇志》,以及其它的种种故事。"⑦晚清《图画新闻》亦曾报导过绍兴某吴姓塾师在私塾里,"每晚弹唱艳词,演说宝卷",吸引周围"男女老幼,共聚一堂"。⑧

　　上述的种种情况,均表明"淫辞小说"类读物受欢迎的程度。故有人总结道,"下流社会中,

①　张爱玲:《天才梦》(1939 年),收入来风仪编:《张爱玲散文全编》,杭州:浙江文艺出版社,1995 年,第 1 页。民初还曾有女子撰文告诫妇女不要有"耽于小说之恶习",否则"其弊亦殊深"。丁婉宜:《女子德性之修养》,《中华妇女界》第 2 卷第 3 期(1916 年 3 月 25 日),第 9 页。这亦从反面坐实女性对于小说之喜爱。

②　李廷翰:《教育丛稿》第 5 种,第 23 页。

③　狄平子:《小说新语》,原见《小说时报》第 9 期,引文转见陈平原、夏晓虹编:《二十世纪中国小说理论资料》第 1 卷,第 366 页。

④　舒新城:《我和教育》上册,第 25 页。

⑤　包天笑:《钏影楼回忆录》上册,太原:山西古籍出版社、山西教育出版社,1999 年,第 129 页。

⑥　参看曹聚仁:《旧文人的文字游戏》,收入《曹聚仁杂文集》,北京:三联书店,1994 年,第 42 页;郑振铎、傅东华编:《〈文学〉一周年纪念特辑:我与文学》,上海:上海生活书店,1934 年。

⑦　舒新城:《我和教育》上册,第 25 页。

⑧　《村学究》,《图画新闻》戊申年二月,转见刘精民收藏:《光绪老画刊——晚清社会的〈图画新闻〉》,北京:中国文联出版社,2005 年,第 230 页。

虽不能读经史等书,未有不能读小说者;即有不读小说,未有不知小说中著名之故事者。"①进而言之,这些"淫辞小说"类读物并非只有引车卖浆者流、妇女或孩童喜欢阅读,即或是士大夫、达官贵人也愿意分享这些文类和此种阅读文化传统,阶级或财富并不构成阻隔大众文化和精英文化的鸿沟,看似大相径庭的大众文化和精英文化,其相通、相融处通过阅读相同的"淫辞小说"亦能表现出来。明代正统七年(1442 年),曾有朝臣主张禁止《剪灯新话》等小说,其原因就是:"不惟市井浮夸之徒,争相颂习,至于经生儒士,多舍正学不讲,日夜记忆,以资谈论。若不严禁,恐邪说异端,日新月盛,惑乱人心。"②个别高级官员曾在应对雍正问答时援引三国旧事,无意中流露出曾读过《三国志》小说,还为此遭到治罪。③ 凡此,均可见这些文类之吸引力与影响力:

> 社会间其文字知识稍深的,莫不有一部《三国志》、《水浒》、《西游》、《封神》、《七侠五剑》、《红楼梦》等书在其胸中;其知识稍下的,莫不有《十八摸》、《哭五更》、《四季相思》、《瓦车蓬》、《五美图》等为其吟讽;其全无知识的,则工作劳苦的余暇,亦莫不藉一二山歌俚语,以发抒心志。此等著作与口耳朝夕相接,观念为其所移,行为为其所化。④

约言之,一般大众热衷于接受和阅读的毋宁是那些"怪力乱神"、"淫辞小说",而非冠冕堂皇的意识形态教条,长期在这些通俗文类的耳濡目染下,一般人不知不觉中受到潜移默化,"而天下之人心风俗,遂不免为说部之所持。"⑤

在 19 世纪末叶以前,不管是中央政府、地方政府,或是在地的士大夫,他们虽都主张禁止老百姓读这些"淫辞小说",个别有远见之人如钱湘,也认识到要找出如《荡寇志》之类的替代读物,才能达到不仅禁售者、亦并使阅者不取阅"海淫海盗"这类书的目的——"兹则并其心而禁之,此不禁之禁,正所以严其禁耳。"⑥可如钱湘这样见识的人在当时实属凤毛麟角,他们并没有制作出多少像俞万春的《荡寇志》这样高质量的维护"封建"纲常伦理的读物,以代替那些所谓的淫辞小说。一般士人能做的,无非是表率禁书,宣扬纲常礼教与因果报应,送善书和主张改删淫词小说而已。

19 世纪末之后,禁"海淫海盗"这类书的论述从中央到各级政府,乃至于士人阶层,依旧有不少表达,出发点也与之前相同。甚至是当时的新学才子梁启超,亦有相同认知:"中土小说,虽列之于九流,然自《虞初》以来,佳制盖鲜。述英雄则规画《水浒》,道男女则步武《红楼》。综

---

① 《论小说之教育》,《新世界小说社报》第 4 期,引文转见陈平原、夏晓虹编:《二十世纪中国小说理论资料》(第 1 卷),第 186—187 页。
② 《正统七年禁〈剪灯新话〉等小说》,收入王利器辑录:《元明清三代禁毁小说戏曲史料》(增订本),第 15 页。
③ 《雍正六年二月郎坤援引小说陈奏革职》,收入王利器辑录:《元明清三代禁毁小说戏曲史料》(增订本),第 36 页。
④ 畸零:《小说与社会》,《大公报》(长沙),1919 年 8 月 28 日,第 2 张。
⑤ 《本馆附印说部缘起》,《国闻报》第 1 期(光绪二十三年十一月十八日),转见张静庐辑注:《中国近现代出版史料·补编》,上海:上海书店,2003 年影印本,第 103 页。
⑥ 钱湘:《续刻荡寇志序》,《荡寇志》,第 4 页。

其大较,不出海淫海盗两端。"①在梁启超稍早的《变法通议·论幼学》一文中,梁亦曾说中国古代文人之文"海淫海盗,不出两端。故天下之风气,鱼烂于此间而莫或知,非细故也。"②不同的是,在梁启超发表这类言论的时代,特别是由于庚子年义和团事件,怪力乱神由异端进入正统,许多士人迷信"怪力乱神",认为洋人船坚炮利不足畏,拳民皆可以术破之,其结果自然是众所周知。

随着西学、新学影响的不断扩大,特别是在义和团事件发生之后,启蒙人士鉴于庚子之后的现实困境,开始群起反思义和团事件之文化造因,"义和拳之乱,所以举国披靡、云集响应者,固由人心思乱之殷,而亦系一般国民皆有一梨山老母、元始天尊斗法演宝之事,深印于其脑中,故不觉有感,斯应也"③。他们认为义和团的兴起是与传统通俗文学的影响分不开的,"如曩年北省义和团之肇乱,虽由排外之思想所积而成,然何莫非《水浒》、《西游》诸戏剧有以酿成之哉?至于民间奸盗等案,之由于观剧而起者,殆犹不可以指数也!"④有人则干脆指出:"庚子之拳匪,即《封神演义》一书之结胎也,可见稗官野史实与政俗上有直接之关系。"⑤"拳匪神坛,所奉梨山圣母、孙悟空等,皆剧中常见者。愚民迷信神权,演此劫运,盖酝酿百年以来矣。"⑥的确,义和团的组织形式、聚集方式很多是从他们耳熟能详的通俗文学中而得,团众将这些文化习得运用于自己所从事的活动中,之所以如此,"大约此辈人胸中只有《封神演义》、《西游记》、《水浒传》数部书耳。其余无非戏文搬演之经验。"⑦启蒙人士反思义和团运动的根源,认识到正是因为北方老百姓相信与模仿《封神传》、《西游记》之类"邪书"中的描述,认为自己法力无边、刀枪不入,才敢起来与洋人为难。

痛苦反省义和团运动的文化肇因之余,这些启蒙士人也认识到这样一个现实:《封神传》、《西游记》等书之所以为下层社会之圣经;观世音、姜太公之流,之所以为下层社会之教主,正在于下层社会"其智识极短,其生计极难,其道德极浅薄,其社会极涣散"⑧。在这样的情形下,必须对下层社会该读什么书进行规训,"若近时之义和团,则《封神传》、《西游记》产出之人物也。故欲改进其一国之人心者,必先改进其能教导一国人心之书始。"⑨

然清廷对内忧外患已疲于应付,在查禁"淫辞小说"方面实是有心无力。此消彼长,凭借新的思想资源和传播媒体崛起的启蒙人士则成为主张查禁这类书的主角。自然,这也决非意味

---

① 任公(梁启超):《译印政治小说序》,原刊《清议报》第1册(孔子二千四百四十九年十一月十一日),收入《饮冰室合集》,《文集之三》,第1册,第34页。这种评价有故作高论之嫌,并不意味着任公不读这些"海淫海盗"的旧小说。因梁曾自道:"吾读《水浒传》,宋公明何以破祝庄;吾读《西游记》,唐三藏何以到西域……"见梁启超:《过渡时代论》,原刊《清议报》第83册(孔子二千四百五十二年五月十一日),《饮冰室合集》,《文集之六》第1册,第29页。
② 梁启超:《变法通议·幼学》,《饮冰室合集》,《文集之一》第1册,第54页。
③ 新:《新小说之平议》,《汉口中西报》1909年4月23日,新闻第1页。
④ 《宜禁演剧说》,《长沙日报》1905年10月4日,第1版。
⑤ 津门清醒居士:《开民智法》,《大公报》1902年7月21日,未标版面。
⑥ 罗惇融:《庚子国变记》,上海:上海书店,1982年,第14页。
⑦ 《某人致某人函》,转见中国社科院近代史研究所编:《义和团史料》上册,北京:中国社会科学出版社,1982年,第255页。
⑧ 《论革除迷信鬼神之法》,《中外日报》1905年4月9日,第1版。
⑨ 观云:《神话历史养成之人物》,《新民丛报》第36号(光绪二十九年六月十四日),第88—89页。

着清朝各级政府以及翼教卫道之士对"诲淫诲盗"这些文类撒手不管、不闻不问,只是说在当时出现的各种有关论述中,相比借助于新式传播媒体和出版机构要"开民智"的启蒙论述,这些议论显得有些旧调重弹、了无新意。如其时尚为清政府辩护者之《申报》的言论:书之当禁者有二,一为诲盗诲淫之小说,一为讪谤朝廷之谬书。① 较之于《申报》这样的卫道立场,启蒙人士不只提出了要查禁"诲淫诲盗"这类书,更要寻找和制作出这类书籍的替代读物——新小说、文明戏,从理论和实践上真正改造民众的阅读。且他们对于应该禁止"讪谤朝廷之谬书"的主张,大都不以为然,甚至斥之为"野蛮之举动",有悖进化公例。

不过,禁书乃老生常谈,大家早已领教多次、司空见惯。且从以往查禁效果来说,收效不大,经常会适得其反,在清末新式传播媒体大量出现的情况下,还会招致舆论抨击,倒等于给被禁的阅读品做了广告,愈禁愈增加其份量和销量。禁止阅读显然不能正本清源,要想不让大众阅读某些书,就必须预备相应的读物代替,否则效果不会很大。解铃还须系铃人,制造出合适的替代品,吸引读者的阅读兴趣,这才是"不禁之禁"之道。"文本只有通过读者才具有意义,且会随读者而变化。"②没有读者的阅读,新的文类生产再多又有何用? 故此,梁启超号召:"今宜专用俚语,广著群书,上之可以借阐圣教,下之可以杂述史事,近之可以激发国耻,远之可以旁及彝情,乃至宦途丑态、试场恶趣、鸦片顽癖、缠足虐刑,皆可穷极异形,振厉末俗,其为补益,岂有量耶!"③换言之,从把持庶民大众的"淫辞小说"入手,就成为改造阅读文化的必然途径。而戏剧为小说中一部分,剧本大多由小说改变而来,有新小说而后有新剧本,则小说之改良,尤为首要。④

三、改造阅读文化之主要举措一

在已经吸纳新思想资源的启蒙者那里,小说的影响无所不在,所关甚大,"国势由于风俗,风俗由于民德,民德由于所读之书,书以小说为能普及,此已论定,无可疑矣,不必赘矣。"⑤进一步,还有人认为:"天下无不有小说之国,亦无不读小说之人,成人以上,智识未定之时,爱之尤笃。故及人之广,中人之深,莫小说若。且小说有智人愚人之权,而读小说者,又不得不因小说之所以愚人者自愚。与小说之所以智人者字智,故小说而善,可以救风俗之弊,小说而不善,亦足以为风俗之蠹贼。"⑥他们考察东西方经验后得出,泰西小说"率皆为读者身心智慧之益,

① 《论公堂严办发售〈警世钟〉事》,《申报》1905年1月7日,无标版面。
② Michel de Certeau, *The Practice of Everday Life*, Berkeley, Los Angeles, London: University of California Press, 1988, p. 169.
③ 梁启超:《变法通议·幼学》,原刊《时务报》第16册(光绪二十二年十二月初一日),收入《饮冰室合集》,《文集之一》第1册,第54页。
④ 参看棣:《改良剧本与改良小说关系于社会重轻》,《中外小说林》第2卷第2期,引文转见陈平原、夏晓虹编:《二十世纪中国小说理论资料》(第1卷),第294—295页。
⑤ 《说小说》,《中外日报》1902年4月10日,第1版。
⑥ 《支那风俗改革论》,《大陆报》第2期(光绪二十八年十月初十日),"论说",第7页。

穷究物理,洞达世情,又复激昂奋发,刚健不阿。至十九世纪为小说最盛之时代,法人又以力排弊政之词寓诸小说之中,家传户颂,遂贩夫走卒,亦莫不乐而玩之,于是民气大伸,攘臂图义,遂为大革命之主因。今日法人之安享共和政体之福,皆小说诸家之所界。"①陈天华也认为"世界各国","每年所出的小说,至少也有数百种,所以能够把民智开通。"②而日本明治维新之成功,小说亦有大功,但相比起来,中国"小说界之腐坏,至今日而极矣。夫小说为振民智之一巨端,立意既歧,则为害深,是不可不知也。"③进而,有人甚至认为中国当下风俗如此之坏,皆源于老百姓模仿相信旧小说的结果:

> 支那人之机械变诈、口蜜腹剑,人人以为诸葛孔明、徐茂公自拟,美其名曰神计算,足智多谋,则《三国演义》、《隋唐演义》之为之也。支那人之江湖亡命,拜盟结会,绿林铜马,漫山遍野,则《水浒》、《七侠五义》、《施公案》、《彭公案》之为之也。支那人之妖言惑众,见神见鬼,白莲教、八卦教、义和拳、红灯照,种种之变相,则《封神传》、《西游记》之为之也。支那人之儿女情长、英雄气短,以善病工愁为韵事,以逾墙钻穴为佳期,则《西厢》、《花月痕》、《红楼梦》之为之也。小说之种类,不可指数。总之,有一种之小说,必有一种之毒质,其文采愈足以自饰,则其流毒愈深且远。夫以区区小说,乃至左右国民,隐然为教育之中心点。④

而梁启超之生花妙笔更是将"吾中国群治腐败之总根源"归咎为旧小说,⑤并大力疾呼:

> 欲新一国之民,不可不先新一国之小说。故欲新道德,必新小说;欲新宗教,必新小说;欲新政治,必新小说;欲新风俗,必新小说;欲新学艺,必新小说;乃至欲新人心、新人格,必新小说。何以故?小说有不可思议之力支配人道故。⑥

于此,小说的社会功能与政治作用得到了前所未有的认识和强调,其重要性被建构得无以复加。梁启超在介绍新创办的《新小说》时同样标榜:"盖今日提倡小说之目的,务以振国民精神、

① 《支那风俗改革论》,《大陆报》第2期,"论说",第8—9页。
② 陈天华:《狮子吼(1904年冬—1905年11月)》,收入刘晴波等编校:《陈天华集》,长沙:湖南人民出版社,1982年,第137—138页。
③ 衡南劫火仙:《小说之势力》,原刊《清议报》第68册,引文转见陈平原、夏晓虹编:《二十世纪中国小说理论资料》,第32页。
④ 《支那之真相》,《大陆报》第6期(光绪二十九年四月初十日)"论说",第13—14页。
⑤ 梁启超的这种观点后来遭到"曼殊"的反驳:今之痛恨祖国社会之腐败者,每归罪于吾国无佳小说。其果今之恶社会为劣小说之果乎?抑劣社会为恶小说之因乎?曼殊:《小说丛话》,《新小说》(上海),第13号(光绪三十一年元月),第172—173页。不过,后来还是有不少人的观点契合梁启超的认知,像民国初年一作者即发表过类似高论:"吾国数千年专制黑暗之历史、盗贼淫乱之社会,虽皆谓小说有以致之可也。"徐章垞:《论小说与社会之关系》,《友声》第1期(1913年8月),第10—11页。
⑥ 梁启超:《论小说与群治之关系》,《新小说》第1号(光绪二十八年十月十五日),第1页。

开国民智识,非前此海盗海淫诸作可比。"①他主办的《新小说》杂志则想为中国的说部"创一新境界",赋予小说以宏大的政治使命,宗旨在于"借小说家言,以发起国民政治思想,激励其爱国精神。一切淫猥鄙野之言,有伤德育者,在所必摈"。②梁启超这些关于新小说社会功能的论述得到了当时诸多趋新人士之支持,他们纷纷在报章杂志上发表言说,各抒己见,献计献策,遥相呼应。③在具体实践上,有人呼吁启蒙人士应该:

> 尽舍今日之所事,并力译著小说,平价发售,使通国之人无一人不读新译新著之小说,而后旧小说之势力尽为吾新译新著之小说所夺。旧小说之地位,尽为吾新译新著之小说所占;旧小说之祸毒,尽为吾新译新著之小说所拔。而吾民之脑筋,尽印吾新译新著之说;吾民之眼帘,尽触吾新译新著之小说。支那风俗,字当尽为吾新译新著之小说所化。④

在这样的呼吁下,许多启蒙人士身体力行,纷纷创办许多小说类刊物、写作和译介新小说,"挽近人士皆知小说为改良社会之不二法门,自《新小说》出,而复有《新新小说》踵起,今复有《小说林》之设。故沪滨所发行者,前后不下数百种。"⑤梁启超、李伯元等人创作的新小说都曾被出版商作为品牌推出。林纾的翻译小说以及一些翻译日本的小说如《经国美谈》、《广长舌》之类广告,亦经常可在当时报章杂志上见到;同时,报纸、杂志上也开始有大量新小说广告出现,"今者,有志之士争以译小说、编小说为急务,广告所布,日出不穷"⑥。政治小说、立宪小说、国民小说、侦探小说、翻译小说、伦理小说、心理小说、写情小说、历史小说、教育小说、科学小说、哲学小说、冒险小说、寓言小说、语怪小说、家庭小说、苦情小说、虚无党小说、复仇小说、时事戏剧、历史新戏、广东戏本等,名目花样百出,其中尤以翻译小说最为盛行,所谓"近时上海书肆林立,而惟小说一种,阅者最多,销流最畅,故译述诸小说,几于汗牛充栋。"⑦其中林纾所译诸小说影响力最大,也最为持久。⑧

此时诸多报章杂志也已开始刊载或连载小说,新小说的生产供不应求。那些专门的小说杂志社,四处募集新小说著作,宣称想"藉稗官野史之势力,为开智革俗之津梁。"⑨一般的报纸、杂志还给新著、新译小说许以重酬。像新小说丛报社的小说征集酬金为甲等洋五元,乙等

① 《绍介新刊:〈新小说〉第 1 号》,《新民丛报》第 20 号(光绪二十八年十月十五日),第 99 页。
② 《中国唯一之文学报〈新小说〉》,《新民丛报》第 14 号(光绪二十八年七月十五日),插页。此文原未署名,应出自梁启超之手。已被收入夏晓虹编:《〈饮冰室合集〉集外文》,北京:北京大学出版社,2005 年,第 121—127 页。
③ 这方面的论说可以参看陈平原、夏晓虹:《二十世纪中国小说理论资料》;还可参看附录《清末报刊上改良小说和戏曲论述篇目(1900—1911)》。
④ 《支那风俗改革论》,《大陆报》第 2 期,"论说",第 9—10 页。
⑤ 《小说丛话》定一语,《新小说》第 15 号(光绪三十一年三月),第 169 页。
⑥ 《说小说》,《中外日报》1902 年 4 月 10 日,第 1 版。
⑦ 《说黄天霸》,《中外日报》1907 年 2 月 5 日,第 2 版。
⑧ 参看钱锺书:《林纾的翻译》,收入钱著《七缀集》,北京:生活·读书·新知三联书店,2002 年,第 77—114 页。
⑨ 《改良小说社征求小说广告》,《时报》1909 年 6 月 28 日,广告第 3 张。

四元,丙等三元,丁等二元。① 《时报》社悬赏的小说酬金更高,第一等甚至达到千字十元,二等七元,三等也有五元。② 《小说世界日报》的求新奇小说的征文广告中,亦悬赏格为每种十元至百元,但所作小说"须与本社宗旨符合而有益于社会"。③ 诸如包天笑此类困于科场的才子,就是靠翻译和写作新小说挣稿费谋生,渐而在上海洋场出人头地的。④ 后来,连一向并不刊载小说的《中外日报》,也以翻译小说"益人智慧不少",开始请人专门翻译新小说,并按日刊登。⑤ 随后又开始连载一些中国人自己撰写的新小说。⑥ 1905 年 4 月,改版后趋新的《申报》,也多次刊出了"访求小说"的广告。号称以启蒙为职志的《大公报》则有些姗姗来迟,直到 1909 年 2 月下旬才开始刊载小说,其根据也是本着"社会教育之中,尤以小说之功居多"的原则。⑦ 一直在连载新小说的《神州日报》,亦因其所刊载的"译著各小说,久荷海内称许,良由稗官家言最足增进智识,开通社会也",多次刊出《访求小说》告白:"不吝重酬",访求"新著、新译各小说,无论章回传记、弹词曲本"。《新闻报》则在刊登的小说之前,先在每日报纸上作"本报附载小说"预报给读者。商务印书馆则征求过反迷信的小说:"述风水算命烧香求签及一切禁忌厌胜之事,形容其愚惑,以发明格致真理为主……"⑧主张革命的《民报》也不例外,特意刊载陈天华为唤醒民众进行排满和种族革命所著的《狮子吼》小说,并为之加编者按语,颂扬该小说为"有血有泪之言","读此篇而不怒发冲冠、拔刀击案者,必非人也"。⑨

在报刊的读者当中,许多人喜欢读的也是报刊上所刊登之小说,特别是知识水平较低的"妇女与粗人"类读者。故此就有人主张以书报专攻士大夫,"决不为士大夫设"的小说"专攻妇人与下等人"。⑩ "惟妇女与粗人,无书可读,欲求输入文化,除小说更无他途。"⑪因此,这时报纸的销路都与小说挂上了关系,为利润计,绝大多数报章杂志也刊登新小说,以吸引读者眼球,增加发行量。曾亲与其役的包天笑回忆说:

> 那时候,正是上海渐渐盛行小说的当儿,读者颇能知所选择,小说与报纸的销路大有关系,往往一种情节曲折,文笔优美的小说,可以抓住了报纸的读者。⑫

胡适的经验或可为包语的注脚。其时正身在上海求学的胡适后来回忆说:"我在上海住了六

---

① 《征求小说》,《时报》1906 年 9 月 9 日,首页广告。
② 《小说大悬赏》,《时报》1907 年 4 月 18 日,第 1 张。
③ "《小说世界日报》"广告,《新闻报》1905 年 4 月 9 日,第 1 张。
④ 可参看李仁渊:《新式出版业与知识分子:以包天笑的早期生涯为例》,《思与言》第 43 卷第 3 期(2005 年 9 月),第 53—104 页。
⑤ 《中外日报》1906 年 2 月 2 日,第 1 版。
⑥ 《添印新著小说启》,《中外日报》1907 年 5 月 9 日,第 1 版。
⑦ 《本报增刊小说广告》,《大公报》1909 年 2 月 18 日,第 2 版。
⑧ 《上海商务印书馆征文》,《新闻报》1904 年 12 月 4 日,广告版。
⑨ 陈天华:《狮子吼(1904 年冬—1905 年 11 月)》,收入《陈天华集》,第 99 页。
⑩ 《说小说》,《中外日报》1902 年 4 月 10 日,第 1 版。
⑪ 别士(夏曾佑):《小说原理》,《绣像小说》第 3 期(癸卯闰五月初一日),第 4 页。
⑫ 包天笑:《钏影楼回忆录》上册,第 407 页。

年,几乎没有一天不看《时报》的。"他认为当时《时报》之所以受欢迎,一原因即在于:"那时的几个大报大概都是很干燥枯寂的,他们至多不过能做一两篇合于古文义法的长篇论说罢了。《时报》问世以后每日登载'冷'(即陈景韩)或'笑'(即包天笑)译著的小说,有时每日有两种冷血先生的白话小说,在当时译界中确要算很好的译笔。他有时自己也做一两篇短篇小说,如《福尔摩斯来华侦探案》等。"①年少的胡适读小说上瘾,他有时不禁见猎心喜,自己也写小说,送去《时报》应征(或即应征《时报》"小说大悬赏"广告)。胡适还回忆当时《时报》刊载的许多小说之中,哀情小说《双泪碑》最为风行。有别的读者在读了《双泪碑》后投书《时报》,表达自己的阅读感受,也为胡适的说法提供了证明,"余读此,余心碎,余肠断,余胆战,余泪枯,余脑筋觉有万千之刺激,余魂已飘飘,若离余之躯壳……"②而让胡适等读者神魂颠倒的"哀情小说"《双泪碑》,只是《时报》重金悬赏小说中的第二等。③该小说后来还曾单独成书出版,以满足读者需要,定价仅时洋一角。④同样在《时报》上刊出的由陈景韩撰写的《火里罪人》、《土里罪人》等小说,也被读者认为"极妙","皆写情小说之妙品也"。⑤

这时,有的报刊为吸引读者、增加销量,还采用不另收费随报纸附送小说的手段(当然也有如《申报》等附送《点石斋画报》,《大公报》附送白话论说的情况),如历史悠久之《申报》即刊载广告曰:将新闻小说、各处风景择其有趣味者,绘成画图报一大张,按日石印附送,以答阅报诸君期望之厚意。⑥还有的小说杂志如《小说时报》,因为出版后读者日多,使成本下降,从而可以降价销售,以刺激读者的购买欲望。⑦广智书局则采取捆绑销售策略,凡购买该书局书籍一元以上者,送新小说一册,购买书籍两元以上者送两册,以此类推,十元以上送十册,并在报纸广告上开列出所送的十三种新小说书目,以吸引读者。⑧改良小说社则大作广告,说购买该社出版的新小说超过一元者有赠书相送。⑨甚至连黄楚九的中法大药房,在发卖药品时也附送新小说以促销。⑩有的报刊还搭便车,拿《水浒》、《封神演义》等在民间极流行之类小说做文章,推出《新水浒》、《英雄小说新水浒》、《新封神传》、《新西游记》、《也是西游记》、《新聊斋》、《反聊斋》、《改良版聊斋志异》、《新儒林外史》、《新石头记》等名目的小说,将旧题目赋予新内容,以此增加卖点和看点,吸引读者购买。如此种种,不一而足。这些做法从客观上都会影响读者的阅读选择,也说明新小说在当时所造成的社会效应。后来许多小说杂志虽因种种原因而停刊,

① 胡适:《十七年的回顾》,见郑大华整理:《胡适全集》第 2 卷,合肥:安徽教育出版社,2003 年,第 403—408 页。
② 《投书》,《时报》1907 年 7 月 28 日,第 5 张。
③ 《双泪碑》,《时报》1907 年 6 月 11 日,第 1 张。
④ 《各种新小说》,《时报》1908 年 7 月 16 日,首页广告。
⑤ 张棡(张震轩)光绪三十三年丁未二月初一日日记,张震轩原著:《观剧日记》,沈不沉辑注,香港:香港出版社,2005 年,第 42 页。
⑥ "本馆特别广告",《申报》1909 年 12 月 11 日,第 1 张第 3 版。
⑦ 《〈小说时报〉减价原因》,《时报》1909 年 11 月 27 日,广告第 3 张。
⑧ "奉送小说",《时报》1907 年 4 月 13 日,首页广告。
⑨ 《阅新小说者又有特别赠品》,《民立报》1911 年 7 月 21 日,第 1 页。
⑩ 《谨送新小说保证书》,《时报》1905 年 2 月 19 日,第 1 张第 5 页。

可"华人爱读新小说之嗜好,乃经久而益盛。"①难怪有人感慨:"近年译籍东流,学术西化,其最歆动吾新旧社会,而无有文野智愚咸欢迎之者,非近年所流行之新小说哉!"②

以上这些著译小说的实际内容、著译动机和出版旨趣千差万别,但在名义上,它们往往都援用了"改革小说"、"新小说"、"新新小说"这类广泛流行于启蒙人士间和报刊中的符号,多将小说与国家、与启蒙联系起来,所谓"出一小说必自尸国民进化之功,评一小说必大倡谣俗改良之旨,吠声四应","虽谓吾国今日之文明为小说之文明可也"。③ 提倡改良小说之势,转眼风行草偃,"不数年而吾国之新著、新译之小说,几于汗万牛、充万栋,犹复日出不已而未有穷期也。"④十余年前的八股世界,"近则忽变为小说世界。"⑤这当中,真心鼓吹者有之,随声附和、浑水摸鱼实行"拜金主义"者亦比比皆是。由于文化市场上存在许多粗制滥造的新小说,一般读者购阅起来可能会无从下手。于是,一些帮助读者购买小说、批评旧小说的指南书如《小说闲评》之类书,也开始应时而生;一些"购书宜慎"、"新书评骘"与抨击新小说质量之差的告白或文章亦开始出现在当时的报刊中。凡此,均足表明新小说论述的符号威力及时人对此之心态。小说家陆士谔曾用讽刺的笔法,描述了某些时人对新小说的看法以及在他们的想象中新小说所发挥的作用:

> ……我们瞧了这些新小说,差不多增进了数十年的阅历,所以在社会上交际,人家的圈套,颇能识破他一二,决不会再受人欺骗了……我说新小说比了圣贤经传还要有用……并且新小说比不得旧小说。那旧小说无论你笔墨怎样好,正大如《水浒》、《三国》,尚不免有一两段淫秽的地方,所以老辈里不许子弟瞧小说,怕的是不曾学好,先学坏了。如今新小说这种弊病一点子都没有的,那怕是艳情小说,也只讲得一个情字,那淫是断断不会有的……新小说乃是人人少不来的东西,差不多与吃饭穿衣一般的紧要……新小说不仅有益于人的知识,并还有益于人的身子呢。⑥

当然,对于启蒙人士来说,创作新小说只是开端,最后的结果是他们希望由改造小说开始,将启蒙关怀灌注于创作一切大众喜闻乐见的文类,推延至各个地区、各色人等,"先由小说以推而至于演剧、说大书、唱小曲,无不有此。先由通都大邑,推而至穷乡僻壤,无不如此,必期至台阁之宠妾、黄发之村童,皆以此为谈笑之具,则其力之巨,以士夫较之,有天渊之别也。"⑦

关于清末新小说的生产情况,时人即曾言:"风泉发涌不可遏抑,长编短书,蔚成大观。数

---

① 《论泰西书籍流通中国》,《中外日报》1908 年 3 月 22 日,第 1 版。
② 觉我:《〈小说林〉缘起》,《小说林》第 1 期(光绪三十三年六月再版),第 1 页。
③ 摩西:《〈小说林〉发刊词》,《小说林》第 1 期,第 3、2 页。
④ 吴沃尧:《〈月月小说〉序》,《月月小说》第 1 卷第 1 号(光绪三十二年九月望日),第 2—3 页。
⑤ 寅半生:《〈小说闲评〉叙》,《游戏世界》第 1 期,引文转见陈平原、夏晓虹编:《二十世纪中国小说理论资料》,第 182 页。
⑥ 陆士谔:《新上海》,章全标点,上海:上海古籍出版社,1997 年,第 39 页。
⑦ 《说小说》,《中外日报》1902 年 4 月 10 日,第 1 版。

年以来,新小说之发见于兹土者,殆不下一二千种。"①后有学者也曾对此做过比较详细的数量统计,缺漏之处自然难免,但足可表明清末新小说创作、编译之繁荣②,以及新小说的日渐商业化倾向③。

四、改造阅读文化之主要举措二

在前现代中国总体识字率很低的情况下,所谓"中国识字之人十一,读书之人百一,阅报之人千一。"④小说固然能吸引下层社会的读者,"然能阅小说者,仍限于识字之人,且必识字而粗解文理,略谙世事之人,始能有所领悟,而生其感触之思想。"⑤即或是设立讲演新小说所这类组织,收效也有限,况且新小说的读者还须具有一定的文学修养与审美能力。换言之,新小说的直接影响力一般也只能触及读书识字阶层,这些人在中国社会中只能占少数,就是阅读新小说者以言传身教去感化周围之人,新小说之普及率与发挥的效力终归有限,靠新小说来改造绝大多数中国人的阅读习惯,无疑仍是绠短汲深。相较起来,小说之受人欢迎就远不逮戏剧了,"小说虽作至极浅,终不能入不识字人之目。必待由小说而化为戏剧,其用乃神。"⑥故此,启蒙人士认为,"戏曲之感动社会,其功效较小说尤速"⑦。

要之,对于绝大多数不识字之人,包括部分读书识字者,不能无所娱乐,看演戏仍是他们娱乐即"阅读"的主要手段。而从本质及阅读效果看,我们不应该将阅读的形式仅局限于阅读书籍和报刊等纸类介质,阅读活动的参与者决非只限于印刷符号的读者,看电影、看电视、上网都是阅读的形式。同样,阅读不应只局限于眼睛,戏曲、大书就是文盲的书籍,听读书、听戏等以耳朵为主的活动一样也是阅读的形式。⑧ 如罗伯·丹屯(Robert Darnton)之言:"阅读一个仪式或一个城市,和阅读一则民间故事或一部哲学文本,并没有两样。"⑨从这种角度自可说,阅

---

① 新:《新小说之平议》,《汉口中西报》1909 年 4 月 23 日,新闻第 1 页。

② 参看樽本照雄:《新编增补清末民初小说目录》,济南:齐鲁书社,2002 年;刘永文:《晚清小说目录》,上海:上海古籍出版社,2008 年。

③ 有关晚清民初新小说的商业化情况,可参看陈平原:《二十世纪中国小说史》第 1 卷,北京:北京大学出版社,1989 年,第 95—117 页。

④ 高凤谦函:《汪康年师友书札》第 2 册,上海:上海古籍出版社,1986 年,第 1623 页。罗友枝(Evelyn Sakakida Rawski)曾引用多种材料来估算中国 19 世纪的识字率,她认为男女平均识字率在当时大约为 16%—20%。参看 Evelyn Sakakida Rawski, *Education and Popular Literacy in Ch'ing China*, Michigan:The University of Michigan Press, 1979。但罗友枝的估算颇值得商榷,包括对识字率的定义,对于相关数字的推演等。参看张朋园:《劳著〈清代教育及大众识字能力〉》:《中央研究院近代史研究所集刊》第 9 期(1980 年 7 月),第 457—461 页。

⑤ 《论演说之效果》,《中外日报》1905 年 5 月 20 日,第 1 版。

⑥ 《论兴学练兵作小说,其效不及演戏之速》,《中外日报》1903 年 11 月 15 日,第 1 版。

⑦ 《报余广告》,《南方报》1907 年 7 月 14 日,第 2 页新闻。

⑧ Guglielmo Cavallo, Roger Chartier (eds), *A History of Reading in the West*, Translated by Lydia G. Cochrane, Amherst & Boston:University of Massachusetts Press, 1999, p. 4; Roger Chartier, *The Order of Books:Readers, Authors and Libraries in Europe Between the Fourteenth and Eighteenth Centuries*, Translated by Lydia G. Cochrane, Cambridge:Polity Press, 1994, pp.8-9.

⑨ 罗伯·丹屯著:《猫大屠杀:法国文化史钩沉》,"国立"编译馆主译,吕健忠译,台北:台北"国立"编译馆、联经出版事业公司,2005 年,第 xii 页。

读小说和阅听戏剧并无差异。戏剧本多来自于说部稗史,是从中演化出的一种艺术形式,就文类性质而言,二者并无轩轾。从阅读的效果来言,参与文化的传播也绝非只有通过印刷文字才能实现,对于前现代的中国下层民众来说,口耳相传才是他们交流信息的主要手段,阅听戏曲对下层民众文化的重要,不亚于印刷文本之于精英文化,"盖戏馆者,俨然一下流社会之活动学校也;戏本者,俨然一下流社会之教科新书也"①。这就很容易理解,为什么清代北京城的馒头铺,争相兼营出租唱本给买馒头的人,这些唱本的内容无非还是所谓"淫辞小说",故能吸引大量阅听人。②

　　实际上,看戏之类的"阅读"不只流行于下层社会,它在中上层社会和士大夫之中同样广泛流行,"上而王公,下而妇孺,无不以观剧为乐事"③。乾隆、光绪和慈禧就是清代统治者中最爱看戏的代表,清代宫廷里演戏非常频繁,内廷还设置专门的演剧机构南府和升平署,在宫廷内外以及各处行宫,修建了众多的戏台;同时也大量传唤市井戏班入宫演戏,慈禧统治时期,内廷传旨演剧,"一月之中,传演多至数次"④。京剧的崛起就与满清皇族对之的喜爱和提倡有关,民间因醮会、盂兰盆会、赛龙舟、婚丧嫁娶、拜神祭祖等事情而演戏的情况更是非常普遍。在这些广泛流传的戏曲中,内容属于忠孝节义、因果报应之类的戏非常流行,所谓淫戏更是极受欢迎。

　　演戏以其更形象化、更直接、更便捷的手段娱乐观众,自然会感染不少阅听人。文康在《儿女英雄传》中曾以文学家的笔法惟妙惟肖地形容了听戏人的神情:

　　　　瞧了瞧那些听戏的,也有那哑嘴儿的,也有点头儿的,还有那从丹田里运气,往外叫好儿的,还有几个侧耳不错眼珠儿的,当一桩正经事在那儿听的。看他们那些样子,比那书上说的闻《诗》闻《礼》还听得入神儿。⑤

此虽为小说家语,但亦可证戏曲对于老百姓的吸引力,远非正统说教可比拟。故当时有启蒙人士即言:"最足震动冥顽之脑筋者,不在真事之历史的,而在假面状之戏曲的。"⑥听大书也是下层社会常见的消闲或阅读方式,尤其是在乡村。在大书的阅听者中,"听书的人不好听劝善惩恶的箴言,专好听佳人才子的情语,杀人放火的野蛮史和鬼怪神奇的荒唐小说。"讲大书的人也投其所好,不讲枯燥的道德说教,"所说的不是偷香私会的淫荡事,就是绿林的传奇和神怪的说

---

① 张蔚臣:《开民智莫善于演戏说》,《大公报》1906 年 11 月 5 日,第 2 张。
② 李家瑞:《清代北京馒头铺租赁唱本的概况》,收入张静庐编:《中国近现代出版史料·补编》,第 134—138 页。
③ 箸夫:《论开智普及之法首以改良戏本为先》,《之罘报》第 7 期(光绪三十一年四月十一日),第 3 页。
④ 飘瓦:《京华闻见录》,转载于苏曼殊等著:《民权素笔记荟萃》,太原:山西古籍出版社,1997 年,第 140 页。有关清朝宫廷演剧的情况,可参看幺书仪:《晚清戏曲的变革》,台北:秀威信息科技,2013 年,第 11—73 页。但幺书并未讨论到晚清趋新人士发起的戏曲改良运动。
⑤ 文康:《儿女英雄传》,北京:十月文艺出版社,1995 年,第 246 页。
⑥ 榆:《论改革习俗之难》(续),《盛京时报》光绪三十四年六月十二日,第 2 张。

部。"①在内容与效果上,听大书与观戏剧实是殊途同归。

戏曲既有如此力量,影响世道人心自是巨大,有人甚至认为,凡是一切民间怪力乱神类的东西都是依托于戏曲才发挥力量的,"凡五星(行)阴阳之说,僧道元虚之谈,鬼祟狐疑之惑,若无戏曲征信之,则毫无势力之足言",欲从根本上改革这种现状,"非扫除神话鬼怪迷信之恶剧,改编崇尚忠贤有益世风之新戏。"②类似观点与心态,盛行于启蒙人士中,他们普遍意识到,戏剧为改良社会风气、促进启蒙的妙药,"欲无老无幼无上无下,人人能有国家思想而受其感化力者,舍戏剧末由。"③特别是对于下层人士,他们不识字,不读新书,也买不起新书、新报,仅仅依靠新书、新报来开通智慧就收效甚微,反观于戏曲对于"下流社会"的影响,则不可同日而语:

　　试观穷乡僻壤,报赛竞会,袍笏登场,万众无哗,村妇牧竖,蠢男野老,每当演至古忠臣烈士、贞女义仆,殉节遭难、酸心惨目之际,往往声咽泪落。抑或演古奸雄淫娃、卖友恶奴、负心背德,明谋陷害之事,则又往往发指眦裂。故下流社会观演剧而心思开发、志气感动者,一岁盖不知凡若干人矣!④

因此,欲开通"下流社会"的智识,部分启蒙者认为,唯有从事戏曲改良,发挥演剧的社会效应,"除非是改良说书、唱戏,再没有开通下等社会相好法子了。"⑤

此时兴起的改良戏曲运动,逐渐成为一种时髦与权势崇拜,在清末招致诸多启蒙人士的参与和讨论。⑥《安徽俗话报》、《安徽白话报》、《月月小说》、《中国白话报》、《绣像小说》、《小说月报》、《神州日报》、《民立报》、四川的《通俗日报》《通俗报》等诸多报刊上还不断刊载"新戏"、"历史新戏"、"改良戏曲"、"改良新剧"、"时事新剧"等名目的新戏曲。远在英国殖民地香港的维新人士胡礼垣也受到影响。光绪三十二年(1906),胡礼垣游览内地受到刺激,"前年偶游内地,见竹棚歌舞所演戏文,阻塞进化之机,降低人格之品,中国之不能变,未始不由于此。怅触于怀,不能自已。"⑦遂开始写作《梨园娱老集》,丁未(1907)之春写成。该书主旨是鼓吹戏曲改良,胡礼垣借用戏曲这个流行文类来宣传其政治思想与政治理想,"此书虽曰娱老,实小则为少年男女修德育,大则为齐家治国平天下而作,以梨园者,人所同乐,故借其题,以为发挥。人老

---

① 昇昂:《说书》,《晋阳公报》1908 年 11 月 29 日,第 5 页。
② 榆:《论改革习俗之难》(续),《盛京时报》光绪三十四年六月十二日,第 2 张。
③ 天僇生:《剧场之教育》,《月月小说》第 2 卷第 1 期(原 13 号,戊申人日),第 4 页。
④ 《观本埠梨园集资兴学而有感》,《新闻报》1905 年 8 月 31 日,第 1 张。
⑤ 《论开通下等社会的好法子》,《盛京时报》光绪三十三年三月二十一日,第 2 张。
⑥ 有关的戏曲改良论述情况,也可参看本文附录《清末报刊上改良小说和戏曲论述篇目(1900—1911)》。关于清末的改良戏曲运动的启蒙面相分析,可参看李孝悌:《清末下层社会的启蒙运动》,石家庄:河北人民出版社,2001 年。近代欧洲早期也曾有启蒙人士改革大众戏曲的努力,参看彼得·伯克(Peter Burke)著:《欧洲近代早期的大众文化》,杨豫等译,上海:上海人民出版社,2005 年,第 251—295 页。
⑦ 《致志尧书》,《胡翼南先生全集》,收入沈云龙主编:《近代中国史料丛刊续编》第二十七辑,台北文海出版社影印本,第 2921 页。参看《复英敛之书》,《胡翼南先生全集》,第 2880 页。

则事无能为,只写其心以为愉快,此《梨园娱老集》之所以名耳。"①全书分两册,自许甚高,"第一册破专制,开大同之基也。第二册箴自由,立大同之极也。"②1908年书出版后,胡礼垣将其挂号分赠给达官显贵、名流、各报馆和广东绅商,"拙集自告成时,即以挂号法分寄王公大臣、督抚大吏、驻外公使、外国名流、诸家报馆,并粤省绅宦以及拥皋比而司觉世牖民之责者。如有介绍,亦必寄呈。无他,为欲开风气之故也。"③胡礼垣还赠书百部给母校香港皇仁书院,④亦曾托英敛之将此书转赠严复一本,求其品评。⑤严复在回信中礼节性地赞扬了该书。⑥

在这样的集体努力下,清末的戏剧改良运动,蔚为时尚,包括一些趋新官员、地方士绅都支持有加,大众媒体也跟风配合,进行宣传报道。时任两江总督的端方即在参考日本经验后于光绪三十三年正月丙申(1907年2月16日)奏请:"戏剧宜仿东西国形式改良,将使下流社会移风易俗。日本演戏学步欧美,厥名芝居,由文学士主笔,警察官鉴定,所演皆忠孝节义有功名教之事,说白而不唱歌,欲使人尽能解。中国京沪等处戏剧,已渐改良,惟求工于声调,妇孺不能便喻,似宜仿日本例,一律说白,其剧本概由警察官核定。此事虽微,实于风俗人心大有关系。"⑦清政府民政部也根据"某司员"主张改良戏曲的条陈,行文各省督抚,呼吁改良戏曲。⑧一些天津士绅亦曾集体禀请北洋总督袁世凯,希望袁能出面禁止淫戏、鼓励改良戏曲。⑨

上海的戏曲改良运动开展得最为火热。一批演员汇合趋新绅商沈缦云,成立了从事戏曲改良的演出团体——上海新舞台。⑩像新舞台曾演过为甘肃旱灾募捐的新戏,很好刻画出灾民的凄惨情况,获得较好效果,时论认为,此剧"足以征吾国戏剧之进步与伶界之热心也"。⑪陆澹安曾在清末年间经常去新舞台观新剧,在看了商学会为赈灾演出的新剧《国民爱国》及《血手印》后,感觉"其陈义有可观者"。⑫再如李登辉领导的寰球中国学生会这样的趋新团体,也标榜自己要演出改良新剧:"俾国民皆知演剧为教育界最显活泼之现象"⑬,"藉补教育所不及"⑭,受到时人注意和赞扬,其第一次演剧时,观众多达千人,有时论对此也有不无夸张的报道:"阅者无不拍掌称赏,使更进而益上,洵足以改良社会,增广知识。"⑮有时,寰球中国学生会

① 《示外孙黄临初书》,《胡翼南先生全集》,第2933页。
② 《梨园娱老集》,《胡翼南先生全集》,第1248页。
③ 《复英敛之书》,《胡翼南先生全集》,第2927页;《示外孙黄临初书》,《胡翼南先生全集》,第2934页。
④ 《复英敛之书》,《胡翼南先生全集》,第2879、2882页。
⑤ 《复英敛之书》,《胡翼南先生全集》,第2886页;《寄严几道书》,《胡翼南先生全集》,第2898—2900页。
⑥ 《与胡礼垣书》,收入王栻主编:《严复集》,北京:中华书局,1986年,第594页。
⑦ 朱寿朋编、张静庐等点校:《光绪朝东华录》第5册,北京:中华书局,1958年,总第5628页。
⑧ 《改良戏曲》,《国民白话日报》戊申七月十四日,第2版。
⑨ 《天津士绅上袁宫保改良戏曲禀》,《时报》1906年8月14日、8月15日,均在第1张。
⑩ 关于新舞台的一些演剧活动,可参看钟欣志:《晚清"世界剧场"的理论与实践——以小说〈黑奴吁天录〉的改编演出为例》,《中研院近代史研究所集刊》第74期,2011年12月,第121—127页。
⑪ 《新舞台演甘肃旱荒剧谈》,《神州日报》1909年6月28日,第3版。
⑫ 陆澹安:《澹安日记》,上海:上海锦绣文章出版社,2010年,第20页。
⑬ 《寰球中国学生会演剧之宗旨》,《中外日报》1906年12月27日,第3版。
⑭ 《新学界之大演剧》,《中外日报》1906年12月26日,论前广告第1版。
⑮ 《记寰球中国学生会演剧事》,《中外日报》1906年12月29日,第3版。

还在报纸上刊登广告邀请新舞台演唱改良新戏。① 有医院还编出"医事新戏",借新戏"详细指示,演说生理之原因,卫生之方法,能使人人知医,共登仁寿之域",同时附以行医和卖药广告。②

　　流风所被,上海的许多社会戏院都开始追逐该时尚,标榜自己所演为改良新戏,并大登广告,招徕观众。上海丹桂戏园编排的《江北水灾》,因为表现灾民惨状真切,让观者大为感动,吸引了不少观众为灾民募捐。③ 而丹桂戏园推出的《潘烈士投海》时事剧,蒋维乔观看之后认为该剧"出神入化,足以改良风俗"。④ 两年后,温州观众张震轩在上海看了丹桂戏园编演的该剧后,也认为它"尤有声有色,观者为之下泪"。⑤ 当时流行的其它改良新戏如《瓜种兰因》、《党人碑》、《明末遗恨》、《黑藉冤魂》等,或关于历史,或关于社会,亦曾获得良好的演出效果,颇让时人印象深刻。⑥

　　这时候上海学校中演新剧的风气也渐渐开始流行,开始是在教会学校,后来"上海中国人所办的学校,学生演戏,也大为盛行,开什么游艺会、恳亲会、毕业会以及许多节日,也常常有此余兴"。⑦ 许多学生剧团在苏北遭受水灾时,还纷纷演剧助赈;一些社会剧团如丹桂茶园,以演改良文明的自强新戏标榜,也参与助赈活动,演灾民情形活灵活现,取得良好效果。⑧ 一些启蒙人士还计划在上海、苏州成立梨园学堂,培养出演新戏剧的人才。

　　各地趋新人士纷纷响应该潮流。有的地方还成立了戏剧改良会,"以改良戏剧为宗旨,以灌输文明思想、开通下等社会为目的。"⑨四川就由成都商务总会发起,联合劝业道、提学使司、巡警道立案成立了戏曲改良公会,为"补助教育起见",发行《改良戏曲》系列剧本,"以广流传"。⑩ 其中,"双流刘君特撰各种新词,扮演蜀国史事,中有《制锦袍》一剧,为明庄烈制锦袍赐女土司秦良玉事,悲歌慷慨,尤脍炙人口,传钞颇众,几于洛阳纸贵。"⑪山西启蒙人士也在省城太原设立改良戏曲社,拟"将旧剧本可删者删之,可存者存之,并取各国诸大英雄之新事业,及吾国近年以来关于国耻各事,编为剧本,招徒演习,以期激发国民之志气"。⑫ 天子脚下的北京,改良戏曲运动也有一定进展,我们通过《中外日报》上这则《记京城戏院改良进化情形》报

---

① 《寰球中国学生会请新舞台演唱二十世纪新染化新戏》,《时报》1909 年 6 月 8 日,首页广告。
② 《请看医事新戏》,《时报》1908 年 5 月 22 日,第 1 页广告。
③ 《投书》,《时报》1907 年 1 月 19 日,第 3 版。
④ 蒋维乔丙午七月二十八日记,见《蒋维乔日记》,影印本第 2 册,北京:中华书局,2014 年,第 249 页。
⑤ 光绪三十三年丁未二月初一日记,张震轩原著:《观剧日记》,第 42 页。关于该剧情况及所受到的欢迎,还可参看钟欣志:《晚清"烈士剧"初探》,《文化艺术研究》2012 年 7 月号,第 123—137 页。
⑥ 胡祥翰:《上海小志》,收入胡祥翰等:《上海小志・上海乡土志・夷患备尝记》,上海:上海古籍出版社,1989 年,第 32 页。
⑦ 包天笑:《钏影楼回忆录》上册,第 512 页。
⑧ 《演剧助赈》,《时报》1907 年 1 月 17 日,第 3 张;《投书》,《时报》1907 年 1 月 18 日,第 3 张;《学生演剧助赈》,《时报》1907 年 4 月 22 日,第 1 张;《新舞台演剧助赈》,《民立报》1910 年 12 月 14 日,第 5 版。
⑨ 《戏剧改良会开办简章》,《警钟日报》1904 年 8 月 7 日,第 4 版。
⑩ 《戏曲改良公会广告》,戏曲改良公会弟一种:《审吉平》(无具体出版信息,应为清末刊本,复旦大学图书馆藏)。关于清末民初四川戏曲改良运动的情况,可参看郭勇:《晚清四川戏曲改良的历史还原》,连载于《四川戏曲》2008 年第 6 期、2009 年第 1 期,第 6—10、13—16 页。
⑪ 《剧本新词》,《中外日报》1906 年 6 月 20 日,第 6 版。
⑫ 剑公:《改良戏曲之先声》,《晋阳公报》1910 年 2 月 28 日,第 5 版。

导,即可管中窥豹:

> 自玉成班田际云排演《惠兴女士》戏后,票友(京城谓凡工于戏曲而不以唱戏为业者,谓之票友,又谓之顽儿票,若外间之客串也)乔荩臣排演《烈士投海记》,义顺和班崔灵芝排演《女子爱国戏》(梁巨川侍郎济所撰),均能发挥义气,有声有色。每演新戏,观者皆逾常拥挤,外城厅丞且特告示表彰,并制银牌以奖励之。近又有人将张傻子事演成新戏,足见都中近来风气发达,迥非此前闭塞可比也。①

梁漱溟之父梁济当时也曾积极参与其中。②

戏剧改良的呼吁与努力甚至还体现在当时中小学生的国文教材中。如标明为明德学堂审定、初等小学适用的《国文教科书》中即曰:"若将戏剧改良,取故事或近事,能激发国民之志气者,演为戏剧,令人纵观,则社会之进步,必更远矣!"③另外一本国文教科书也专设一课《改良戏剧》,表达了类似看法:欲人群之进步,莫如改良戏剧。去古今之事,可激发人心、转移风俗者,演为戏剧,使人观之自然感动,收效自速。盖戏剧为人之所乐观,即不识字之人,亦寓目焉。其关系人群非浅小也。④

在清末戏剧改良运动中,满人汪笑侬(1858—1918)的成就比较大。汪曾自谓:"铜笆铁板当生涯,争识梨园著作家";"手挽颓风大改良,靡音曼调变洋洋。"⑤如他在南京庆升戏院演江北水灾灾民事,"现身说法,尤觉淋漓尽致",汪还现场拿出捐册,受到感动的台下观众纷纷慷慨解囊,这些捐款及出演三天的"所有戏资,均归义赈",接济江北灾民。⑥ 1910 年,汪被聘为戏剧改良所所长。汪笑侬自己不仅演剧,更改编和创作了很多的剧本,他将自己"忧国忧民"谋求革新的心理通过"高台教化","凭自己的身手口舌,来达到移风易俗的目的。"⑦汪的许多剧本和演出都很受观众欢迎,如他根据戊戌事件改编成的《党人碑》,"隐射时事,为新党所推重"⑧,"此戏上海最有名,人人爱看之"⑨,《新闻报》、《中外日报》等报纸上不断刊登此戏的出演广告。《安徽俗话报》第 11 期也曾刊登汪笑侬的《新排瓜种兰因班本》,其中曰:听说这本《瓜种兰因》,

---

① 《中外日报》1906 年 7 月 4 日,第 7 版。关于当时京津一带的戏曲改良运动情况,可参看吴新苗:《清末民初北方地区戏曲改良运动考述》,《中国戏曲学院学报》2001 年 8 月号,第 37—40 页。

② 关于梁济清末在北京从事的戏曲改良活动,可参看罗志田:《对共和体制的失望:梁济之死》,收入氏著《近代读书人的思想世界与治学取向》,北京:北京大学出版社,2009 年,第 150—153 页。

③ 湖南机器印刷局印行:《最新初等小学国文教科书》(无具体出版日期,但可看出为清末时出版,复旦大学图书馆藏),卷二,第六十七课:《戏剧》,第 30 页。

④ 戴克让编:《最新初等小学国文教科书》第 9 册,第五课,上海彪蒙书室印行,光绪三十二年丙午十二月初版,无页码。

⑤ 中国戏剧出版社编辑部编辑:《汪笑侬戏曲集》,北京:中国戏剧出版社,1957 年,第 298 页。

⑥ 《戏资助赈》,《中外日报》1907 年 7 月 26 日,第 8 版。

⑦ 周信芳:《敬爱的汪笑侬先生》,《汪笑侬戏曲集》,第 3 页。关于汪笑侬的戏曲改良活动,还可参看傅秋敏:《论汪笑侬的戏曲改良活动》,《戏剧艺术》第 3 期(1988 年),第 45—54 页;钟欣志:《晚清"世界剧场"的理论与实践——以小说《黑奴吁天录》的改编演出为例》,《"中研院"近代史研究所集刊》第 74 期,2011 年 12 月,第 94—97 页。

⑧ 孙宝瑄:《忘山庐日记》上册,第 380 页。

⑨ 剑村游客辑:《上海》(无出版地点和单位,光绪二十九年铅印本,上海图书馆藏本),第 9 页。

是说波兰国被瓜分的故事,暗寓中国时事,做得非常悲壮淋漓,看这戏的人无不感动。① 民初名记者黄远生对汪笑侬的戏曲改良活动也有很高评价。②

另外,李叔同(1880—1942)和春柳社、春阳社在清末民初时期也从事了许多改良戏曲的活动,他们所演出的《茶花女》、《黑奴吁天录》等,都是比较成功的作品。③ 像春阳社所演出的《黑奴吁天录》、《双烈殉路》两剧,曾让观众蒋维乔看后感叹演员演技道:"神情栩栩之态,令人忽哭、忽泣,真妙技也。"④风气所及,受到改良戏曲运动的影响其他一些艺人也投身其中,像夏月润等"戏子"在看了启蒙人士主张改良戏曲的文字后,"大为感发",便捐款"到上海的实业讲习社,并在丹桂戏园开大会,商议教育普及的法子。要编些戏来唱。"⑤

综合以上情况看,清季启蒙人士在改良戏剧方面对民众阅读文化的改造,花费了不少心血和努力,涉及层次很广,也得到一些观众的认可与传媒的赞许、宣传,应该是收到了一定的成效。可惜,最明白反映这个成效的清末改良戏曲剧本总数,已难有较准确的统计,我们只能从后人所编不完全的晚清戏曲名录中,窥豹见斑。⑥

五、申论

以上概括分析了清末启蒙人士改造民众阅读的两方面情况,但并不能全部涵盖清末启蒙人士改造民众阅读文化的论述与努力。如本文对当时清政府如何规划大众的阅读没有涉及,对其他净化阅读的努力也付之阙如。清末启蒙人士也认识到这个问题:所谓"开智之术,以笔、以舌、以教,三者盖缺一不可"⑦。单采取一种"开智"形式,势必有欠周全,故"毋宁舍小说与剧本,而赞成演说之举。"⑧以声教补充文教之不足,这就涉及到清末对演说这一宣传形式的提倡,"宣讲演说之力,实足以辅助同文之化,激发爱国之心。"⑨事实上,若再放宽一点的话,清末关于删改时宪书、改良纱灯图画、创办女报与白话报、创设公共图书馆、讲报、设立阅报所、关注贫民教育、设立劝学所、筹建半日学堂、出版画报、编辑教科书、统一语言、推广世界语、简化文字等的论述及实践,虽属比较广泛的开民智活动,但也可归入启蒙人士改造民众阅读的文化政

① 三爱(陈独秀):《论戏曲》,《安徽俗话报》第 11 期(甲辰八月初一日),第 31 页。

② 参看黄远生:《新茶花一瞥》,收入《远生遗著》,北京:商务印书馆,1984 年影印本,第四卷,第 262—263 页。

③ 有关这一时期李叔同及春柳社、春阳社的一些活动,可参看黄爱华:《中国早期话剧与日本》,长沙:岳麓书社,2001 年,第 13—221 页;钟欣志:《晚清"世界剧场"的理论与实践——以小说〈黑奴吁天录〉的改编演出为例》,《"中研院"近代史研究所集刊》第 74 期,2011 年 12 月,第 105—120 页。

④ 蒋维乔丁未十一月二十四日记,见《蒋维乔日记》,影印本第 2 册,第 490 页。

⑤ 《唱戏的大发热心》,《新白话报》第 7 期,甲辰二月朔日发行,第 45 页。

⑥ 参看阿英编:《晚清戏曲小说目》,上海:上海文艺联合出版社,1954 年,第 1—61 页;赵晋辑录:《戊戌变法前后至辛亥革命报刊发表的戏曲剧作编年》,《戏曲研究》第 6 辑,北京:文化艺术出版社,1982 年,第 291—298 页。

⑦ 《论四川改宣讲为演说之宜仿行》,《华字汇报》1905 年 7 月 31 日,第 5 页。

⑧ 《论演说之效果》,《中外日报》1905 年 5 月 20 日,第 1 版。

⑨ 《论今日宜以声教补文教之穷》,《中外日报》1906 年 12 月 9 日,第 1 版。不过,也有时人认为依靠演说开通民智也很难,"对下流社会的演说尤难。"铁秋:《论地方宜设演说研究会》,《国民白话日报》,戊申八月廿四日,第 2 版。有关情况,可参看陈平原:《有声的中国——"演说"与近现代中国文章变革》,《文学评论》第 3 期(2007 年),第 5—21 页。

治操作范围,只是限于篇幅和主题关怀,这儿阙而不论了。

其实,不管那些主张禁淫辞小说的人士,或是要新小说、改良戏曲的启蒙人士,其政治立场既有革命的,也有立宪的,更有一批混迹于上海十里洋场的文人,还有一些趋新的地方士绅、官僚、青年士子等,其间并没有清晰的楚河汉界划分,在政治、文化和社会问题上的差异不妨碍他们在启蒙、在改造国民立场上的共同认知。即便他们所从事的行业与实践差别很大,间或不乏紧张与冲突,在实际的文化创作活动中又各有幽怀和关切所在,在具体的推行手段上也不尽一致:有人办阅报社,有人资助改良戏曲的编写和演出活动,有人专事创作与翻译,有人专事鼓吹和宣讲,有人则身体力行去演改良新戏……但他们在主张利用小说、戏曲文类推动对下层老百姓的教化和启蒙方面则一,如传统中国的士大夫一样,都意识到这些文类对教化民众的巨大作用。像李孝悌教授所指出的:"不论是知识分子,或一般的通俗文化创造者,都刻意地利用小说、戏曲,作知识转介、讯息传播、社会批判或宣传教化的工作。"①

对于主张改造民众阅读文化的清季启蒙人士来说,他们所据以立论的根据不仅是中国传统通俗小说、戏曲等文类的感染力,以及广大下层民众中蕴藏的力量,更要藉欧美及日本的强国经验来论证改造民众阅读文化的合法性。早在 1898 年发表的《译印政治小说序》中,梁启超就非常夸张地认为:

> 在昔欧洲各国变革之始,其魁儒硕学、仁人志士,往往以其身之所经历,及胸中所怀,政治之议论,一寄之于小说。于是彼中辍学之子,黉塾之暇,手之口之,下而兵丁、而市侩、而农氓、而工匠、而车夫马卒、而妇女、而童孺,靡不手之口之。往往每一书出,而全国之议论为之一变。彼美、英、德、法、奥、意、日本,各国政界之日进,则政治小说为功最高焉。②

在这些陈义甚高的文字中,政治小说在列强的变革过程中究竟改变了多少人的政治观念,到底有多少人阅读了这些政治小说,又受到了多大的影响,这些都是充满疑问的,至于下"每一书出,而全国之议论为之一变"这样的论断,更是任公的故为高论。③

梁启超小说论述中的这种片面性和极端性后来被延续,其偏激程度甚或过之,如陶佑曾即言:"自小说之名词出现,而膨胀东西剧烈之风潮,握揽古今利害之界线者,唯此小说;影响世界普通之好尚,变迁民族运动之方针者,亦唯此小说。"④陶此处已经将小说之作用抬高到无以复加之地步,他还推而把列强进化、大陆竞争全部归结于稗官说部的力量,显然充满了诸多想象、

---

① 李孝悌:《中国近代大众文化中的娱乐与启蒙——以改良戏曲为例》,收入张启雄主编:《二十世纪的中国与世界》下册,台北:"中央研究院"近代史研究所,2001 年,第 968 页。

② 任公:《译印政治小说序》,《饮冰室合集》,《文集之三》第 1 册,第 34—35 页。

③ 当时类似的夸大论述还有很多,比如有人认为只要有讲报的人:"逐日赴茶馆通衢,宣讲时事,俾里巷粗人同沾文化……此举将数千年愚民之成见,一扫而空,数千万愚民昏瞀之头脑,一震而醒,数百府厅州县拘隅之风气,一棒喝而开。"《论说报》,见《学务杂志》第 4 期(光绪三十二年六月二十五日),第 6—7 页。

④ 陶佑曾:《论小说之势力及其影响》,《游戏世界》第 10 期,转见陈平原、夏晓虹编:《二十世纪中国小说理论资料》,第 226 页。

误解的成分。受到梁启超影响的蔡锷则将中国旧小说极力贬斥，将之置于二元对立的框架进行批评：

> 中国之小说，非佳人则才子，非狐则妖，非鬼则神，或离奇怪诞，或淫亵鄙俚。要而论之，其思想皆不出野蛮时代之范围。然而中上以下之社会，莫不为其魔力所吸引，此中国廉耻之所以扫地，而聪明才力所以不能进步也。①

蔡锷这种心态很多时人也都有过，如胡适当年即有这种心态："予幼嗜小说，惟家居未得新小说，惟看中国旧小说，故受害滋深。今日脑神经中种种劣根性皆此之由，虽竭力以新智识、新学术相挹注，不能泯尽也。"②类似的鼓吹及做法，无异于矫枉过正，属于研究者所谓的"自我吹嘘又自曝其短"，"当梁启超与其同辈将小说的功效与缺陷相提并论，他们其实是将传统批评家对说部的畏惧与迷醉同时推到极致……当他们一厢情愿地对未来新文学表示吹捧时，他们其实已成为自己一心想打倒的旧文学价值的最吊诡的提倡者。"③

凡此种种，均足以说明清末主张新小说的许多启蒙人士，并不在乎小说本身的艺术价值如何，看重的依然是其文以载道的特质——对现实的影响、感化作用，借小说、戏曲来影射比附现实，把其看作政治的婢女、为现实服务的工具，忽略了文学作品最重要的艺术性质，极端夸大了小说、戏曲等文类的社会作用。正如王国维当时的批评："观近数年之文学，亦不重文学自己之价值，而唯视为政治教育之手段。"④结合语境可知，王国维这里明显是针对梁启超及其提倡的"新小说"运动，批评梁派不视文学为目的，而视之为政治手段，实际是在亵渎文学。

在当时改良戏曲的论述中，曾有启蒙人士主张：欲提倡新戏，应该先改良演员的人格，"教以读书识字，并灌以普通知识，激以爱国热心，使之养成人格，不以优伶自贱"，社会也应该形成尊重演员的风气。⑤ 激进者如陈去病还号召青年，"明目张胆而去为歌伶"。⑥ 清末兴起的学校演剧之风即是响应这种倡导的鲜明体现。然而，一旦涉及到具体问题，我们可以发现启蒙人士对优界的歧视与偏见依然广泛存在，"伶界人物，则无论何种脚色，其人皆伍于倡隶间，而不得与身家清白之齐民齿。"⑦这种心态通过他们关于某些因优伶发生事件的一些议论，可一览无

---

① 奋翮生（蔡锷）：《军国民篇》，《新民丛报》第 1 号，光绪二十八年元月一日，第 86—87 页。
② 胡适 1906 年 5 月 1 日日记。见曹伯言整理：《胡适全集》第 27 卷，第 23 页。后杨树达亦曾认为："原来我们中国人有鄙视小说的精神，这也本难怪。因为中国的小说，不是诲盗，就是诲淫，没有好小说。"杨树达：《教育和文字》，《湖南教育月刊》第 1 卷第 1 号（1919 年 11 月），第 8 页。也有人认为青年所以多病，在于其喜读淫辞小说。参看周逢儒：《青年期之身弱多病，其原因在喜阅小说》，《绍兴医药学报》第 12 卷第 7 号（1922 年 7 月 20 日），第 28—29 页。
③ 王德威著：《被压抑的现代性——晚清小说新论》，宋伟杰译，北京：北京大学出版社，2005 年，第 33 页。
④ 王国维：《论近年之学术界》，收入周锡山编校：《王国维集》第 2 册，北京：中国社会科学出版社，2008 年，第 302 页。
⑤ 《戏本改良》，《中外日报》1904 年 12 月 19 日，第 3 版；《提倡新戏须先改良优界之人格》，《通俗日报》宣统二年三月初三日，第 1 面；《尊伶篇》，《同文沪报·消闲录》光绪三十年七月初五日（1904 年 8 月 15 日）；等等。
⑥ 佩忍（陈去病）：《论戏剧之有益》，《二十世纪大舞台》第 1 期，转见阿英编：《晚清文学丛钞·小说戏曲研究卷》，北京：中华书局，1960 年，第 64 页。
⑦ 《学界与伶界之比较》，《华商联合报》第 12 期（宣统元年六月三十日），第 4 页。参看《论提学使聘优伶为教员》，《新闻报》1906 年 8 月 16 日，第 1 张。

余。如在 1911 年 6、7 月间,天津伶人元元红拐了"某绅之妾",引起各报"大书特书,百般骂詈"。[1] 办报宗旨即在启蒙的《大公报》对此也发表了多篇评论,其中一则评论道:

> 元元红不过一下贱优伶,尚不足怪。以娼妓而姘优伶,其人格本属相当,亦不足怪。而最可怪者,显宦巨贾每喜娶娼妓为姬妾,纵令出外听剧,以贻此中菁之羞。[2]

从这则闲评中,我们可以察觉出评论者所流露出来的浓厚等级意识及身份优越感。而从此前各报对发生在上海的"淫伶"李春来"奸淫案"一事的报导中,我们亦可发现更多类似的评论与心态。[3]

与启蒙人士中出现将中国旧小说极度贬斥的现象类似,一些主张改良戏曲的人士亦同样有将中国传统戏曲"负面整体化"的倾向,他们攻击中国旧戏曲,认为中国旧戏,"综其大要,不外寇盗神怪男女数端。"[4]"海淫海盗及鬼神荒诞之事,则十有八九。"[5]还有人认为"中国旧时的戏本"——"全系报应的主义"。[6] 陈独秀甚至将中国国民的劣根性根源也归之为旧戏曲,"我们中国人这些下贱性质,那一样不是受了戏曲的教训!"[7]这类将旧戏曲(包括旧小说)"负面整体化"的评论,实际延续了从谭嗣同、樊锥以来激进反传统的思维方式,且表明这种"负面整体化"的心态与做法已渗透到大众文化领域,不只体现在清末民初的精英学者对中国传统学术与思想层面的批判[8]。

就改造阅读论述的中心产地上海而言,存在大量剧社(茶园)借赈济之名演剧敛钱、作广告,甚至有组织借赈济之名演剧强行收钱的现象。[9] 另外,一些上海剧院标榜自己所演为新戏,但仅只是标榜一种新的形式,从表演技巧到过程、到根本思想,仍为旧戏之还魂,如徐兆玮之言:

> 至大舞台观剧,演所谓刑律改良者,惜仍侑于习惯,如借尸还魂诸事,思想太旧,不足

---

① 安○:《社会之心理如此》,《大公报》1911 年 6 月 29 日,第 3 张。
② 梦幻:《闲评二》,《大公报》1911 年 6 月 25 日,第 2 张第 1 版。
③ 关于李春来(1855—1925)案,《中外日报》《神州日报》《时报》《时事报》《世界繁华报》《民立报》等上海报纸在 1907 年 10—11 月、1908 年 5—10 月、1910 年 8—10 月间都有大量相关报导与评论,这些论述几皆称李春来为"淫伶",亦有评论称之为女界"恶魔"。《沪事评论》,《神州日报》1910 年 10 月 8 日,第 4 页。关于时人对于李春来的看法,还可参看慕优生编:《海上梨园杂志》卷二,上海:上海振聩社,宣统三年四月版,第 14 页。
④ 箸夫:《论开智普及之法首以改良戏本为先》,《之罘报》第 7 期(光绪三十一年四月十一日),第 3—4 页。
⑤ 《宜禁演剧说》,《长沙日报》1905 年 10 月 4 日,第 1 版。
⑥ 伯耀:《改良新戏系转移社会风气之妙药》,《岭南白话杂志》第 4 期(戊申正月二十九日),第 8 页。
⑦ 三爱(陈独秀):《论戏曲》,《安徽俗话报》第 11 期(甲辰八月初一日),第 1 页。
⑧ 关于清末民初精英学者对中国传统的批判,可参看罗志田:《中国传统的负面整体化:清季民初反传统倾向的演化》,《中华文史论丛》第 72 辑,上海:上海古籍出版社,2003 年,第 225—251 页。
⑨ 参看《上海之评论》,《神州日报》1909 年 10 月 18 日,第 4 页;指严:《论上海近日演剧筹费之风》,《时报》1911 年 1 月 1 日,第 1 张。

云改良也。剧场造法颇合，惜演法仍旧习惯，未免令观者意兴索然耳。[①]

　　还有一些所谓新戏则投观众所好，将旧戏改头换面，在广告上增加新的噱头，内容与旧戏并无大异，不过是"藉公益之虚名，纵游戏之大欲"，按旧标准来看，同样可以"海盗海淫"，"今日沪上之所演者何剧耶？《翠屏山》、《富春楼》之海淫也，《白水滩》、《四杰村》之海盗也。"[②]正可谓："实见近来大率假改良社会之名，而隐为败坏风俗之事。"[③]进而，有人认为难将所有旧戏、所有旧的优伶一一改良，即有的一些改良戏曲效果不佳，仍需迎合民众之庸俗需求，且民众为看戏所费巨大，费时众多，不如干脆废止演剧，另外以官厅谕告、学堂宣讲等方式开通民智。[④]

　　再拿读者来说，虽然有诸如《月月小说》这样的刊物，明确标榜是面向社会各阶层读者办的，认为《月月小说》"官场中应看"、"维新党应看"、"历史家应看"、"实业家应看"、"词章家应看"、"妇女们应看"。[⑤]但在实际生活中，新小说的读者往往还是有一定经济基础的读书人而非"下等人"，比如郑孝胥、孙宝瑄、徐兆玮等人的日记中，不断有他们购阅新小说的记载。政治立场较守旧的官僚恽毓鼎，也留下一些他读新小说译作的记载，他尤喜读林纾翻译的小说。[⑥]这些情况表明，"小说所收之结果，仍以上流社会为多"[⑦]。绝大多数新小说的读者实质上还是有闲、有钱的阶层，而非为生计四处奔波的一般民众，"只能供文人学士之浏览，而普通之人不能解其文义及洞其道理者"[⑧]。《中外日报》上也有人感叹："诸君不见新出之各小说乎？仍见之于我辈案头耳！伙计柜台上有此物乎？东洋车夫手中有此物乎？而佣媪侍婢无论也。此其弊不在彼等不读书，而实由我等之不读书，漫然而与之。"[⑨]造成这种情况的原因是多方面的，其中一重要原因就是"不晓得社会心理缘故"，[⑩]许多启蒙人士不明白下层人之生活及心理状态，乃至长期以来形成的阅读文化传统之惯性，生产出的多数新小说脱离实际，空言说教[⑪]，不符合大众欣赏口味与接受水平，即便让士大夫读之，亦会感觉其"可厌"，乃至"惟觉其千手一律、剿袭雷同，而毫无激发感情之意趣，阅未数页，已昏昏欲睡矣！"[⑫]而对于翻译小说，有读者也认为除了林纾所译质量尚可之外，其余"多嚼蜡无味"。[⑬]依靠此类新小说，自然难以达到改造阅读、启蒙大众的效果，故此，"里巷间之顽夫、稚子、妇人，依然但知《三国》、《水浒》、《西游

---

①　李向东等校点：《徐兆玮日记》，合肥：黄山书社，2014 年，第 2 册，第 1077 页。

②　《论沪上新流行之害人物》，《时报》1909 年 11 月 9 日，第 1 张。

③　《论报馆与戏子》（《辨尊崇优伶之邪说》），《刍言报》宣统二年十一月初一日（1910 年 12 月 2 日），内编第 2 版。

④　《宜禁演剧说》，《长沙日报》1905 年 10 月 4 日，第 1 版。

⑤　报癖：《论看〈月月小说〉的益处》，《月月小说》第 2 卷第 1 期（原第 13 号）（戊申人日），第 1—9 页。

⑥　参看恽毓鼎著，史晓风整理：《恽毓鼎澄斋日记》第 1 册，杭州：浙江古籍出版社，2004 年，第 315、319、321 页。

⑦　《小说丛话》中平子（狄楚青）语：《新小说》第 7 号（光绪二十九年七月十五日），第 167—168 页。

⑧　樊：《小说界之评论及意见》，《申报》1910 年 1 月 20 日，第 1 张第 3 版。

⑨　《说小说》，《中外日报》1902 年 4 月 10 日，第 1 版。

⑩　陆士谔：《新上海》，第 244 页。

⑪　像当时的读者钱玄同读了"新小说之佳者"的《自由结婚》以后，认为该书虽然"笔墨颇痛快淋漓"，但"议论太多，识见甚陈腐气"。钱玄同 1906 年 1 月 23 日记，杨天石主编：《钱玄同日记》上册，北京：北京大学出版社，2014 年，第 18 页。

⑫　新：《新小说之平议》，《汉口中西报》1909 年 4 月 23 日，新闻第 1 页。

⑬　参看徐兆玮：《徐兆玮日记》第 2 册，第 970 页。

记》。而能知新小说之名者，百不一二；其能称颂新小说之美者，盖罕闻也。"①无怪乎有时论即指出：新小说不管是采用白话文，或是稍显艰深的文言文，下流社会中人都很难"晓解"，"诚欲改良风俗，必先从下流社会设想，必使市井负贩之夫一读了然，知其所言之为何事，然后知所劝惩，而有以收善俗化民之效。今新译之编，不啻汗牛充栋，而求其内容外观，适合此义者，千百卷中，直无一二焉！欲持是以淘淬风俗，铸成一般高尚之国民也岂不难哉？"②

尽管小说、戏剧对读者确实有潜移默化作用，但它们仍然主要是"消遣品"、"游戏物"和"猎奇"对象，阅听者从中得到休闲和娱乐才是主要追求，"专注在'好白象'、'引人笑'"，③于焉受到教化和从中阅世知人，只是伴随效应，"人之所以乐观剧者，非于此中寻道德与学问也。乐其有英雄儿女无限离奇浓郁之事，可暂移我情而已。"④近代著名小说家陆士谔对此也有很清醒的认识，他特意在 1909 年出版的新小说《新上海》的《自序》中说："小说虽号开智觉民之利器，终为茶余酒后之助谈。"⑤

进而言之，读者阅读新小说和观听改良戏剧，未必就一定欣赏或愿意接受其宣扬的启蒙理念，更多还是因为欣赏其情节或叙事，能让自己戚戚于心，从中得到慰藉与释放，一如上文所引胡适与那个投书给《时报》的读者之欣赏《双泪碑》、恽毓鼎之喜读林译等新小说。他们之所以喜读这些小说，仍在于其叙事感人与文笔（译笔）合乎文法。如恽毓鼎所言："两日看侦探小说，殊有味，足以增益智慧，文法亦佳，起伏映带，颇具匣剑帷灯之妙。"⑥再像钱玄同阅读吴趼人的言情小说《恨海》之后的感受："写情之处实为佳绝，观至终篇，令人坠泪。以吾之旧目光观之，觉其远胜西洋写情小说之专摹写恋、妒者十倍也。"⑦只有非常趋新和知新的像孙宝瑄、黄远生、徐兆玮那样的极少部分士人，才会更在意其所传达的启蒙理念与现代性。

至于像《官场现形记》、《茶花女遗事》、《迦茵小传》、《孽海花》、福尔摩斯系列等异常畅销的新小说，对于很多读书者而言，参照传统的禁书论述，其在"诲淫诲盗"方面或许一点都不会亚于《红楼梦》、《水浒》等在禁书之列的中国旧文类。如《官场现形记》即被时人当作官场指南阅读，如写于 1907—1908 年的《后官场现形记》所言：

> 无奈读书的只看了（《官场现形记》）一面，当作他处世的金针，为官的秘宝，专心致志，竭力仿摹，六七年来，成就人才确实不少。所以《官场现形记》竟美其名为"官场高等教科书"，不胫而走，海内风行，洛阳纸贵。⑧

---

① 樊：《小说界之评论及意见》（续），《申报》1910 年 1 月 22 日，第 1 张第 3 版。
② 新：《新小说之平议》，《汉口中西报》1909 年 4 月 23 日，新闻第 1 页。
③ 《星期》"小说杂谈"选录，转见芮和师等编：《鸳鸯蝴蝶派文学资料》上册，福州：福建人民出版社，1984 年，第 38 页。
④ 《论兴学练兵作小说，其效不及演戏之速（续昨稿）》，《中外日报》1903 年 11 月 16 日，第 1 版。
⑤ 陆士谔：《新上海》，第 2 页。
⑥ 恽毓鼎丙午（1906）年五月十七日日记，《恽毓鼎日记》，第 315 页。
⑦ 钱玄同 1907 年 2 月 27 日记，杨天石主编：《钱玄同日记》上册，第 87 页。
⑧ 白眼：《后官场现形记》，收入董文成、李学勤主编：《中国近代珍稀本小说》第 14 册，沈阳：春风文艺出版社，1997 年，第 477 页。

出版商亦在报刊上大作广告,大言不惭声称《官场现形记》是"官场教科书",①"今之官场中人无不喜读此书",并要人"不可不看"、"不可不学"。② 还有人谓林译言情小说《迦茵小传》,实质是"传其淫也,传其贱也,传其无耻也。"又说林译诸书:"半涉于牛鬼蛇神,于社会毫无裨益。"③民初亦有人指责晚清新小说中"最占势力"的"侦探小说、爱情小说","其诲淫诲盗更有甚于昔者",特别是给读者展示了"阴谋诡计"、"蛇蝎其心,豺狼其行"、"唯利是图"面向,即如福尔摩斯之类侦探小说,"类多据一二侦探家之事实,而铺张扬厉之,故离奇其事,以显侦探之巧,庸讵知海盗即基于此! ……爱情小说,则弊更甚……假自由名义,遂淫乱目的;窃文明虚声,忘廉耻大义……"④后来,周作人也曾对清季民初这种现象表达过不满:"欧洲文学的小说与中国闲书的小说,根本全不相同,译了进来,原希望可以纠正若干旧来的谬想,岂知反被旧思想同化了去,所以译了《迦茵小传》,当泰西《非烟传》、《红楼梦》看;译了《鬼山狼侠传》,当泰西《虬髯客传》、《七侠五义》看;将查白土书店编给小孩作文练习用的短篇故事,译成了《诗人解颐语》,当作泰西《聊斋》看。"⑤

　　前引诸例证,不但表明出版商、著译者在实际出版、写作过程中重利轻义、哗众取宠的取向;亦表明读者阅读新小说过程中存在的选择性、功利性、猎奇心态与情欲关怀等人之常情,以及文本在被阅读和接受过程中具有的开放性和复杂性。难怪即使是在新小说创作和出版蒸蒸日上之际,也有人持另类见识,认为小说只是读者消遣的娱乐品,不应担负太多艺术之外的责任:"所谓风俗改良、国民进化,咸惟小说是赖。又不免誉之失当。"⑥

　　改良戏曲亦何尝不如是? 19世纪中叶的士大夫余治所编的诸多教化剧,因空言说教,内容陈腐正统,不符合老百姓的欣赏趣味,流传不广。清末的改良戏剧运动亦不免此弊,胡乱影射,每下愈况,越来越流于形式和说教,内容多刻板重复,穿新鞋走老路,贻下优孟衣冠之讥,堕入"杂乱粗野,无理取闹"一途,不若"旧排各戏曲词关目,均有情致"。⑦ 无怪乎时人在技术层面对"文明戏"有如此批评:

　　　　盖其演外国故事也,其事其人既非观者所凤知,且西服而西歌,固令人莫辨,西服而华歌,又觉其可怪,而西服而为华戏之台步,动作尤觉其不类。至若情节之平衍,声情之暗淡,犹其末病也。若其演吾国故事也,尤令人无欢,远不若旧戏之《文昭关》、《杀妾饷士》、

① 《请读官场教科书》,《时报》1905年6月22日,首页广告。
② 《〈官场现形记〉初、二编售书告白》,《世界繁华报》1904年6月17日;《读〈官场现形记〉者,看! 看! 看!》,《世界繁华报》1903年10月22日。转见薛正兴主编:《李伯元全集》(第5册),南京:江苏古籍出版社,1997年,第151—153页。
③ 寅半生:《读〈迦茵小传〉两译本后》,《游戏世界》第11期,引文转见陈平原、夏晓虹编:《二十世纪中国小说理论资料》,第230页。
④ 徐章垿:《论小说与社会之关系》,《友声》第1期(1913年8月),第11页。
⑤ 仲密(周作人):《论黑幕》,《每周评论》第4号(1919年1月12日),第2版。
⑥ 觉我:《余之小说观》,《小说林》第9期(戊申年正月),第2页。
⑦ 《恽毓鼎澄斋日记》上册,第358页。

《对刀步战》等剧,足令观者起敬。①

　　这样导致的结果是让很多人,特别是女性,依然对"改良新戏、文明新戏,全不爱听。那个园子有淫戏,那个园子多上女座。女座多,男座就不少……"②这些出自知识精英的描述或不乏夸饰之处,但就欢迎程度言,"淫戏"对于阅听者的吸引力的确远超过改良新戏。或许是意识到这个问题,清末的某些改良戏曲,为吸引观众,竟借用情色的宣传或场景,如脱衣舞或裸女表演,来聚拢人气,以宣传启蒙和革命。③故此,有人对新旧剧遂一起批评、等同看待,将上海"新旧"剧场"人满为患"现象,当作腐败堕落的象征,"此商业凋敝之候,当地人士不思经营正当之商业,藉以整顿市面,惟此无益有害之事是务。而一般性耽荒逸者,又趋之若鹜,亦可见习俗之崇尚虚浮矣!"④

　　此外,清季新小说与改良戏曲的生产者在实践中并未必始终贯彻启蒙理念,他们许多的创作及呼吁往往流于表面。恰像王德威教授指出的,小说创作乃"空中楼阁",可以任由作者"驰神幻想",故此,在最终的作品呈现上,清季小说展示出一个"多音复义"、"众声喧哗"的局面,并非仅是单一的启蒙或现代性指向。⑤清季的戏曲改良运动,其效果亦半斤八两,那些打着"文明新剧"招牌的改良新戏,往往是别有意图的赶时髦,一如时论的批评:

　　　　非不喜欢新剧,我实恶上海之新剧,非真有心改良剧本,以促社会之进步,乃借新剧之
　　　名学两句新名词、穿两件西洋服,以混闹一场而已。⑥

戴季陶亦有类似看法:"近来沪上伶人,每以新剧赴会旧剧,故意将剧本引长,谓之改良新戏,其无意识,实堪发噱。"⑦

　　至于多数著译者、改编者和扮演者,尽管他们是打着新小说和戏曲改良的大旗,实际是藉之"为稻粱谋","著书与市稿者,大抵实行拜金主义,苟焉为之。"⑧"盖操觚之始,视为利薮,苟成一书,售诸书贾,可博数十金,于愿已足,虽明知疵类百出,亦无暇修饰。"⑨可以说,写稿的作者们毋宁更在意这些文类的符号效应及其生产后所带来的经济收入,而非其启蒙作用与长远

---

① 《说文明戏》,《中外日报》1908 年 6 月 18 日,第 1 版。
② 《妇女不可听戏》,《通俗报》(即《通俗日报》,只是自 1910 年 3 月 20 日后个别期自称为《通俗报》)(成都)宣统二年三月二十日,第 1 面。
③ 参看李孝悌:《中国近代大众文化中的娱乐与启蒙——以改良戏曲为例》,《二十世纪的中国与世界》下册,第 984—987 页。
④ 伟:《上海市场之悲观》,《时事报》1911 年 2 月 28 日,第 1 页。
⑤ 参看王德威:《被压抑的现代性——晚清小说新论》,第 20—21 页。
⑥ 微笑:《剧谈》,《时报》1911 年 9 月 8 日,副刊"滑稽时报"。
⑦ 戴季陶:《剧评》(原刊《中外日报》1910 年 8 月 5 日),收入桑兵等编:《戴季陶辛亥文集》上册,香港:香港中文大学出版社,1991 年,第 33 页。
⑧ 天僇生:《中国历代小说史论》,《月月小说》第 1 卷第 11 号(光绪丁未十一月),第 5 页。
⑨ 寅半生:《〈小说闲评〉叙》,《游戏世界》第 1 期,转见陈平原、夏晓虹编:《二十世纪中国小说理论资料》,第 182 页。

的社会效果。正如戴季陶的批评:"近世之所谓作者,非趋于名,则趋于利,其脑中何尝有文学思想在,不过欲借以博衣食住而已。以如是之人,作为文章,其无足观也,亦奚足怪!"①

总体上看,清季这些所谓新小说、改良戏曲,内容五花八门,质量参差不齐,"议论多而事实少","开口见喉咙";大多数作品粗制滥造、质量低劣,为追风赶时髦的结果。新文类的实践者创作不出足以抗衡旧经典的新作;在翻译方面亦多率尔操觚之作,译品欠佳②,价格又贵;出版商出版的作品又滥竽充数、但为利来,读者的阅读趣味自然会移向他处,启蒙关怀在此状况下自然会被边缘化与空洞化。真正优秀的新小说、新戏曲且能达到启蒙效果者,在清末文化市场上属凤毛麟角,并不多见。《月月小说》上即有文章批评此种现象道:"今试问,萃新小说数十种,能有一焉如《水浒传》、《三国演义》影响之大者乎?曰:无有也。萃西洋小说数十种,问有一焉能如《金瓶梅》、《红楼梦》册数之众者乎?曰:无有也。"③陆士谔也在小说《新上海》中,从观众角度批评改良新戏道:"最没道理就是新戏,扮演的都是外国小说上故事,牛不牛,马不马,瞧了很没趣味的。"④

之后,为吸引心不在此的读者,著译者和出版商推出的新小说,已经越来越走上八卦艳情、黑幕,乃至色情之路。到民国初年,中国的出版中心、文化中心上海的情况尤其如此,即有时论批评道:"乃沪上近日新出版者,非嬛薄卑靡之小说,即淫媟秽亵之杂志,荡青年之心志,贻社会以祸害,而封面所绘,尤为不堪入目","徒见其诲淫诲盗而已"。⑤ 但这些出版物却大有销场,所谓"无赖少年趋之若鹜。"⑥新小说的教父梁启超也触景生情感慨:"今日小说之势力,视十年前增加倍蓰什百","其什九则海盗与海淫而已,或则尖酸轻薄毫无取义之游戏文也。于以煽诱举国青年弟子",梁复将始作俑者归咎于新小说——"何一非所谓新小说者阶之厉?循此横流,更阅数年,中国殆不陆沉焉不止也。"⑦梁语可谓是深刻的自我解剖,亦不啻自打耳光,重归以前主张禁"淫辞小说"的正统派之腔调,然从中显示出来的梁启超对小说社会作用的重视,则一以贯之,历经十数年而未改。罗家伦于1918年发表的《今日中国之小说界》一文⑧,也秉居小说足以感化社会的立场,对民初小说中借新小说名义而泛滥的才子佳人、妖魔鬼怪、黑幕、情色内容的小说严加斥责,亦反证清末新小说运动之余绪,已大出启蒙人士本来的设想及控制。

改良戏曲运动到了清末民初,其负面效应更是变本加厉。一些"新剧家"借用文明新戏的招牌,从传统小说以及当时流行的鸳鸯蝴蝶派小说中找材料,东拼西凑,哗众取宠,宣传

① 戴季陶:《文艺小评》(原刊《中外日报》1910年8月9日),收入桑兵等编:《戴季陶辛亥文集》上册,第63页。
② 如恽毓鼎曾批评清末新小说的译者——"今之自命新学者","其文笔怪僻,鄙俚不通,无论中学,即西学亦乌能窥其万一哉?"恽毓鼎丙午(1906)年五月十七日日记,《恽毓鼎日记》,第315页。
③ 天僇生:《中国历代小说史论》,《月月小说》第1卷第11号,第5页。
④ 陆士谔:《新上海》,第244页。
⑤ 肇:《呜呼!今日之小说杂志》,《大共和日报》1915年3月4日,第6版。
⑥ 《京报之沪上出版界》,《大共和日报》1915年3月13日,第5版。
⑦ 梁启超:《告小说家》,原刊《中华小说界》第2卷第1期(1915年1月1日),收入《饮冰室合集》,《文集之三十二》第4册,第67页。
⑧ 《新潮》第1卷第1号(1919年1月1日),第106—113页。

因果报应,胡乱插科打诨,使得当时流行的所谓文明新剧,实际"是退化的,是堕落的,是海淫海盗的,不但不配在世界底戏剧界里占得位置,就把初兴的新剧拿来一比,也不觉得要起'每况愈下'、'一蹶不振'的感想"。① 而某些新剧的演员和编者,不过是"帮闲恶少,尽作名优,"②其日常做派多为时人不齿。民初小说家朱瘦菊(海上说梦人)在小说《歇浦潮》中,即对沪上所谓"新剧家"的表现,借"钱秀珍"之口揭露道:"我道新剧家是何等人物?却原来聚着一班淫棍,还要夸什么开通民智,教育社会,简直是伤风败俗罢了。"③接着,作者又特意借一妓女之口进一步挖苦"新剧家"薄情寡义,连妓女都不如,"心目中只有金钱二字","真所谓衣冠禽兽"。④

　　上述对演员或改编者的评论或许有些苛刻,但从技术层面和观众接受效果来讲,已成时髦的改良新戏的确存在诸多问题。1912年,曾在上海各茶园广观新剧的文学青年顾颉刚,即从非常专业的角度表达了对当时流行的改良新戏的不满:

　　　　若今之所谓新剧者,则叫嚣凌乱,一无的旨:西女口吻,作中土之詈人;战士从军,响气枪以御敌。不值一钱,言之齿冷。初观暂觉新奇,再演即催倦睡。新剧如此,诚不如勿演之为得也。若以通俗教育相责备,自非待诸真正纯粹之新剧不可。⑤

稍后,亦有专业剧评家进一步质疑,批评改良新剧家往往"徒斤斤于演外国历史剧,及晚近时事剧,舍本逐末。卒之新剧之皮毛未具,旧戏之精神全失",其所擅长者"舞台之构造也,电灯之换光也,背景之变动也,器设置如真也,皆为物质上至所能事",新戏真正的艺术特质和技巧则完全不如旧戏,加上"新剧家所排各戏多无基本观念,故看者每苦不知其究竟,而兴味遂大减"。⑥黄远生则指责道:新剧"敷演悬谈,高鸣哲理,自附雅乐,而观者思卧思呕"。⑦尽管有观察者从积极的角度分析,亦不得不承认:"号为改良社会之新剧家,除描绘一二社会现形外,演唱数年来,其实际之足以感化社会者。究有若何影响?此非反对新剧也。戏剧之改良社会,为一部分之教育方法,实亦普及教育之辅佐品。是故国内教育不普及,仅恃此少数人以演唱新剧谋风俗之改良,杯水车薪,岂仅无济,十寒一曝,宁易成功。"⑧无怪乎五四新文化运动时期,傅斯年、胡适等知识分子又要大力提倡戏曲改良,这无疑是等于完全否定了清季戏曲改良运动付出过的努力。⑨

①　陈大悲:《中国的新剧没有迎合群众心理吗》,《曙光》第2卷第3期(无署具体出版时间),第33—34页。参看陈光辉:《改良戏剧刍言》,《复旦》第2期(1916年6月),第15—20页。
②　黄远生:《新剧杂论》,收入《远生遗著》第四卷,第193页。
③　海上说梦人:《歇浦潮》上册,上海:上海古籍出版社,1991年,第130页。
④　海上说梦人:《歇浦潮》上册,第131页。
⑤　顾颉刚致叶圣陶函(1912年12月),顾颉刚:《顾颉刚书信集》,北京:中华书局,2011年,第10页。
⑥　《啸虹轩剧谈》,《大共和日报》1913年6月16日,附张。
⑦　黄远生:《新剧杂论》,收入《远生遗著》第四卷,第193页。
⑧　姚公鹤:《上海闲话》,上海:上海古籍出版社,1989年,第122页。
⑨　可参看《新青年》第5卷第4号(1918年10月15日)胡适、傅斯年、欧阳予倩等人文章。

六、结论

综上可知,作为在清末语境里非常流行的文化符号,新小说与改良戏曲也一样是众声喧哗、多元杂陈的论述空间与开放地带,而非仅具有启蒙意义。此外,作为传播媒介的存在形式和表现方式,新小说与改良戏曲本身自然具有可操纵性、欺骗性和利益导向性。由是,新小说与改良戏曲难免成为各种思想论述、现实利益互相援引、争夺、颉颃的场域。倡导者、评论者利用其宣传启蒙、改造大众文化,一些政府官员利用其塑造开明形象和网罗人才,报章杂志利用其吸引读者、增加销量,作家与译者则争先著译改编之,以获得稿费和名望,商人利用其谋取利润并表示趋新,医院攀附之利用其来扩大知名度,诸如此类。在这样不同维度的生产和复制、展演与利用、传播和泛化过程中,新小说与改良戏曲运动逐渐蔚为大观,展现出了强大的符号效力,或许在一定程度上确实促进了清季下层社会的启蒙。但也正是在此娱乐政治化的过程中,新小说与改良戏曲运动日益偏离了其最根本的艺术特质以及启蒙人士的规划,在不同脉络、不同阅听者那里呈现出不同甚或大相径庭的阅读价值及附加意义,最后日益变得滥情化、商业化与形式化。加之清政府有意无意地掣肘①,都使得新小说与改良戏曲运动的效果大打折扣。恰似《大公报》上刊出的一个总结:

> 小说新矣,而附会则依然如旧也,是谓新说部旧稗官;戏曲新矣,而俚俗则依然如旧也,是谓新剧目旧伶工;社会新矣,而现象则依然如旧也,是谓新组织旧人物。②

区区数语,实可概括清末新小说和改良戏剧运动之效果,亦为我们昭示了清季启蒙人士藉此改造民众阅读文化的成效乏善可陈。

毕竟,阅读并非一个抽象或理想化的行为,阅听者有着极大的主动性。综合前文论述中有关阅听者的响应情况可知,尽管在吸收启蒙关怀与树立国民意识方面,清季一些读者对新小说和改良戏等文类的阅听反应,与启蒙人士改造大众阅读的规训虽存有契合之处,可更多还是方枘圆凿,读者在乎较多的仍是从中获得刺激、娱乐和放松,而非认同与接纳那些宏大及抽象的外在预设。在此意义上可说,文本的内容如何其实并不重要,关键在于读者是否善于读书,"以新眼读旧书,旧书皆新书也,以旧眼读新书,新书亦旧书也。"③清季的大多数阅听者都属不善读新书的人,不可能完全按照启蒙人士所期望的那样顺利接受外来的新文类及阅读规训,他们

---

① 如清学部即曾在宣统元年四月初十日密电驻日大臣及监督,批评留日学生"以改良戏曲为名,结社演剧,不但败坏学风,而且流弊甚大",要其"设法禁止",并查明"为首提倡暨随从附和之学生姓名"。总务司:《致使日大臣禁止游学生结社演剧电》,收入总务司案牍科:《学部奏谘辑要续编》(原书为线装,无具体出版信息,上海辞书出版社图书馆藏本。另,台北文海曾出版此书影印本),原书无页码。
② 梦幻:《过渡时代四》,《大公报》1911 年 8 月 17 日,第 3 张。
③ 孙宝瑄:《忘山庐日记》上册,第 526 页。

对于倡导者、译著者与出版者、改编者、评论者各方的预设及期望,不会也不可能照单全收——对新小说和改良戏曲的象征意义和启蒙教化方面尤为如此,他们往往是从其所熟悉的事物及角度对之进行拼凑与联系,经常是以"旧眼读新书",所谓"无神仙鬼怪不足以成小说,无喜怒哀乐不足以成小说,无奸盗邪淫不足以成小说,无贫贱富贵不足以成小说,无忠孝节义不足以成小说"。[①] 只有存在类似内容的新文类,才易得到他们的认同与欣赏。如出身缙绅之家的陈衡哲(1890—1976)回忆她在清末初读林译小说《不如归》时,也是以其所言情事类似她从小背诵的乐府民歌《孔雀东南飞》才更好接受之。[②] 而带有启蒙色彩却又缺乏此类成份的新文类就很难让他们戚戚于心,特别是一些新小说和改良戏等新文类对读者的接受程度要求颇高时。正像某些启蒙者的标榜,"无格致学不可以读吾新小说"、"无警察学不可以读吾新小说"、"无生理学不可以读吾新小说"、"无音律学不可以读吾新小说"、"无政治学不可以读吾新小说"、"无论理学不可以读吾新小说"。[③] 诸如此类的悬鹄,不消说一般读者望尘莫及,恐怕多数启蒙人士也只能望洋兴叹。无怪通俗易懂、平易近人的"淫辞小说",其魅力远大于那些质量参差不齐的新小说和改良戏!

又如本文第二部分所揭示的,"淫辞小说"以其描述的情事、表达的思想,同社会大众之文化消费需求、日常生活和集体想象有诸多若合符节之处,最为他们喜闻乐见、耳熟能详。职是之故,"淫辞小说"在当时即便被禁止阅听,而其别具一格的吸引力,使阅听者对之的爱恋性质,愈禁愈增加其诱惑力,所谓"勃勃而莫能遏,于是多方百计以觅得之,潜访转恳以搜罗之。未得则耿耿于心胸,萦萦于梦寐;既得则茶之余、酒之后,不惜糜脑力、劳心神而探索之、研求之。至其价值之优劣、经济之低昂,固不计及也"。[④] 此语虽不乏渲染、夸大之处,但从中体现的阅听者之主体性乃至此种阅读文化的顽强生命力,则是毫无疑问的。

或可说,启蒙人士从外部强加的改造阅读的论述与行动,短时期内也许会对一般阅听者造成影响,然而不可能完全改变他们长期以来形成的阅读文化及思维方式。一般而言,焦大不会爱上林黛玉,引车卖浆者流欣赏不了也不太会乐意欣赏阳春白雪,强迫焦大与林黛玉结合、引车卖浆者流去欣赏阳春白雪,恐怕只会造成悲剧。大众文化包括大众的阅读习惯,其形构和社会根源极为繁复深远,欲祛除千数百年的积习,需要一个长期复杂的历史过程,"今拟一旦去之,其力固有所不及。"[⑤]但启蒙精英阶层期望迅速开通、动员"下流社会",为此目的,甚或采用文化暴力或专制手段亦在所不惜——"宜用秦始皇焚书坑儒之手段,严厉以图之",[⑥]如此强势

① 徐章垿:《论小说与社会之关系》,《友声》第 1 期(1913 年 8 月),第 10 页。
② 参看陈衡哲:《陈衡哲早年自传》,冯进译,安徽教育出版社,2006 年,第 91 页。不过陈衡哲这个回忆不很准确,按照她的说法,她大概是在十四、五岁(约 1905 年左右)到上海打算就读爱国女校时购阅此书,但第一部中译《不如归》为林纾等从英文转译而来,出版于 1908 年,陈衡哲可能误记了购阅时间。
③ 《读新小说法》,《新世界小说月报》第 6、7 期,转见陈平原、夏晓虹编:《二十世纪中国小说理论资料》,第 277—278 页。
④ 陶佑曾:《论小说之势力及其影响》,《游戏世界》第 10 期,转见陈平原、夏晓虹编:《二十世纪中国小说理论资料》第 1 卷,第 227—228 页。
⑤ 《论旧俗不可骤易》,《中外日报》1904 年 11 月 3 日,第 1 版。
⑥ 津门清醒居士:《开民智法》,《大公报》1902 年 7 月 21 日,未标版面。

的启蒙论述,锋芒所及,自然会造成一些蔑弃传统、粗暴贬低大众文化的现象,反而加强和加深了人们对之的不解与误解,使大众产生更多的疏离感和戒备心。事与愿违,欲速不达,最终还会让改革与启蒙举步维艰,使本来要走向贩夫走卒、重视下层社会的开民智运动,在效果上适得其反、南辕北辙。① 恰如费孝通之言:"否定传统的情感。这情感固然是促进社会去改革文化的动力,但是也可以使改革的步骤混乱而阻碍了改革的效力。"②揆之近代世界其它国家的类似举动,也多以高开低走、无果而终告收。③ 包括中共后来推行的革命文艺路线,特别是样板戏运动,虽风行于一时,但最后一样以饱受争议和不了了之完结。

　　可以想见,清末启蒙人士利用传播媒体希望从创作新小说、改良戏曲等方面来改造民众之阅读文化,期待下层社会的民众,有"礼义"和"教化","养人格、保国体"、"合文明之程",④其目标只是一种理想意象,犹如海市蜃楼,可望而不可及。这种对大众阅读文化的规训和改造,势必不了了之,效果难副所期。⑤

---

① 而形成吊诡的是,一旦真正地服从于一般大众的需求,根据大众的意志来推行启蒙与改革,委屈迁就之,其结果势必又与启蒙的理念相悖反。故陈景韩在清末即指出:"改良与仍旧,二者不可并列者也。唯仍旧不良,故欲改,然改良必不能恰合社会之程度。然欲合社会之程度,必须顺社会之习惯。然我每见欲顺社会之习惯,而事事悉模仿社会之旧习者矣,虽欲改良,安得而改良哉?"冷:《敬告改良家》,《时报》1908 年 2 月 18 日,第 5 页。更有甚者,一些满腔热血试图改革习俗、推介文明的人,把持不住,往往还会"转为习俗所改革,将为旧社会所同化,不得不舍个人之心理,以来社会之心理"。榆:《论改革习俗之难》,《盛京时报》光绪三十四年六月十一日,第 2 张。
② 费孝通:《乡土重建》,上海:上海观察社,1948 年,第 151—152 页。
③ 如在法国大革命前,启蒙哲学家的著作因为是"禁书",只能在地下流通,老百姓却百般搜寻阅读;而 1789 年革命者掌握了权力后,启蒙思想家的著作已经合法化,可以公开出版发卖,新政府大力提倡人民阅读这些书籍。但吊诡的是,这时阅读大众却不愿再读这些书籍,他们需要的更多是娱乐而非教化、私人感情的故事而非关于公共价值的理性论述。于是,新政府不得不重祭旧制度下的禁书与书报检查制度,来查禁那些通俗文学,并提倡启蒙书籍。不同的是:旧制度下的书报检查制度是由私人掌控,实行起来远非严格与彻底;但在新体制下,检查制度由中央政府控制,执行起来较迅捷有力,但效果同样不佳。有关的讨论可参看 Carla Hesse, *Publishing and Cultural Politics in Revolutionary Paris*, 1789 - 1810, Berkeley, Los Angeles and Oxford: University of California Press, 1991, pp. 240—244. 19 世纪初年英国的普通读者的阅读亦朝着娱乐化的方向发展,这也曾引起一些评论者的担忧,担心会导致道德堕落与玩物丧志,然而阅读的娱乐化、休闲化趋势却不可逆转。Richard D. Altick, *The English Common Reader: A Social History of the Mass Reading Public*, 1800 - 1900, Columbus: Ohio State University Press, 1998, pp. 368—376.19、20 世纪早期的英国工人阶级读者,亦没有服从英国文化精英为其量身打造且展现文化霸权的阅读规训,他们在读书选择方面同样有极大主动性,特别喜欢手抄本与左翼作家的著作;即便阅读那些体现文化精英要求的书籍,他们也没有接受那些正统的阅读规训。Jonathan Rose, Rereading the English Common Reader, in David Finkelstein, Alistair McCleery (eds), *The Book History Reader*, London and New York: Routledge, 2002, pp.327 - 328.
④ 《论中国士大夫宜注意下流社会》,《中外日报》1905 年 12 月 25 日,第 1 版。
⑤ Carlo Ginzburg 的《奶酪和蛆虫》(*The Cheese and the Worms*),依据教会的审判档案,对被审判者——16 世纪的一个磨坊主曼诺齐(Menocchio),及其所读的书乃至其宇宙观进行了分析,发现曼诺齐是一个复杂的、有主见的思想者,他读了大量信仰、哲学和游记方面的书籍,结合他本人熟知的口述传统,曼诺齐对许多问题都有不同于时流的见解,其阅读及思考后形成的信仰和宇宙观,与当时教会的正统规训很相悖反。Carlo Ginzburg, *The Cheese and the Worms: The Cosmos of a Sixteenth - Century Miller* (Translated by John Anne Tedeschi, London and Henley: Routledge & Kegan Paul, 1980).上引 Martyn Lyons 的研究,也揭示了 19 世纪法国下层社会的读者,包括女性读者,亦非等待被规训和指导的消极主体,他们有属于自己的文化实践,也是在积极建构自己的明显有别于精英与教会要求的阅读文化;即使他们也可能阅读属于"精英文化"的正统文本,但也是根据自己的需要和知识水平来理解和使用的,且往往脱离正统的规范。而大众一旦掌握了"阅读",更不会轻易就范于外加的条条框框。当然,这种对正统文本的异端化解读和"挪用",以及"过河拆桥"现象,实属一种便宜行事的"弱者的武器",为对抗与消解外来"文化霸权"的有效策略。

清末（1900—1911）报刊上改良小说和戏曲论述篇目①

篇　名	作　者	出　处	备　注
《改良戏剧之计画》	健鹤	《警钟日报》1904 年 5 月 30 日	该文又见《广益丛报》第 44 号，1904 年 8 月 1 日
《改良小说之条陈》		《警钟日报》1904 年 7 月 14 日	
《戏剧改良会开办简章》		《警钟日报》1904 年 8 月 7 日	
《讲演小说所之组织》		《警钟日报》1904 年 11 月 21 日	
《论戏曲》	三爱（陈独秀）	《安徽俗话报》第 11 期，甲辰八月初一日（1904 年 9 月 10 日）	该文又见《新小说》第 14 号，收入《陈独秀文章选编》，北京：三联书店，1984 年
《莫看小说》*		《女报》光绪二十八年六月朔日（1902 年 7 月 5 日）	该文又被转载于《湖南通俗演说报》第 6 期，癸卯闰五月上旬（1903 年 7 月）
《论戏剧改良之有关于教育》*	余名镛	《约翰声》第 18 卷第 5 号，1907 年 9 月	
《伶部改良策》		《同文沪报·消闲录》光绪三十年七月初六、初七、初八日（1904 年 8 月 16、17、18 日）	
《纵谈剧部》		《同文沪报·消闲录》光绪三十年十二月初六日（1905 年 1 月 11 日）	
《尊伶篇》	剑雪生	《同文沪报·消闲录》光绪三十年七月初五日（1904 年 8 月 15 日）	
《倡优合论》	江东钝汉	《同文沪报·消闲录》光绪二十九年十月二十九日（1903 年 12 月 17 日）	
《中国之演剧界》	观云	《新民丛报》第 65 号，1905 年 3 月 20 日	
《广东戏》		《中国日报》1904 年 3 月 24 日	
《剧场之教育》	天僇生	《月月小说》第 2 年第 1 期（原 13 号）	
《禁花鼓淫戏议》		《申报》1900 年 11 月 8 日	

---

① 陈平原、夏晓虹编的《二十世纪中国小说理论资料》（第 1 卷）（北京：北京大学出版社，1989 年）一书中已收篇目，这里从略。另外，报刊杂志中有关此类事件的具体报道，甚多，此处不录。本处收录的只是以戏曲或小说为主题的论述篇目，至于那些内容涉及改良小说或戏曲的篇目，因太多，亦未收。另：表中加＊篇目表示笔者没有看到该文，是从《中国近代期刊篇目汇录》（1、2、3、4）（上海：上海人民出版社，1980、1981、1982 年）等索引中所辑出来的。其中个别篇目与阿英所编《晚清文学丛钞·小说戏曲研究卷》（北京：中华书局，1960 年）中的若干文章有所重复。

篇　名	作　者	出　处	备　注
《论戏曲改良与群治之关系》	天僇生	《申报》1906 年 9 月 22 日	
《学界禀请改良淫戏未果》		《申报》1907 年 1 月 4 日	
《论今日演剧助赈事》		《申报》1907 年 1 月 19 日	
《答客问本报附刊小说》		《申报》1907 年 2 月 26 日	
《论今日改良文学之必要》	僇	《申报》1907 年 4 月 12 日	
《小说界评论及意见》	樊	《申报》1910 年 1 月 20、21、22、23 日	
《小说闲评》		录《小说世界》,转见《华字汇报》1905 年 7 月 24 日	
《论改良戏剧》	鹭	《南方报》1905 年 10 月 4 日	
《论开智普及之法首以改良戏本为先》	箸夫	《之罘报》第 7 期,光绪三十一年四月十一日(1905 年 5 月 14 日)	
《论戏曲宜改良》	幼渔	《宁波白话报》第 1 次改良第 4 期,甲辰六月望日	
《二十世纪大舞台·发刊词》	亚卢(柳亚子)	《二十世纪大舞台》第 1 期,甲辰(1904)九月秋	
《论戏剧之有益》	佩忍(陈去病)	《二十世纪大舞台》第 1 期,甲辰(1904)九月秋	该文原见《警钟日报》1904 年 8 月 21 日、8 月 24 日、8 月 26 日,《二十世纪大舞台》版是"重为删定"本
《戏曲改良之建议》		《云南》第 6 号,1907 年 6 6 月 18 日	
《本司详据津郡学务总董林兆翰等禀改良戏剧借资开化文并院批》*		《直隶教育杂志》第 12 期,1906 年 9 月 3 日	
《改良评话以助普及教育说》*		《四川学报》乙巳第 1 册,光绪三十一年二月(1905 年 3 月)	
《论改良戏曲》*		《四川学报》丙午第 12 册,光绪三十二年十二月(1907 年 1 月)	
《论川省戏曲宜改良之理由》*		《重庆商会公报》第 163 期,宣统元年十一月十四日(1909 年 12 月 26 日)	
《拟致星洲商会论演戏宜改良以感动民气书》*	南洋策鳌子来稿	《孔圣会旬报》第 85 期,孔子降生二千四百六十年七月二十一日(1909 年 9 月 5 日)	

篇　名	作　者	出　处	备　注
《戏剧之于道德—— 敬告一般演改良新剧者》*	我恨生来稿	《孔圣会旬报》第 87 期，孔子降生二千四百六十年八月十一日（1909 年 9 月 24 日）	
《〈新小说〉书后》		《新闻报》1902 年 12 月 4 日	
《小说世界日报》		《新闻报》1905 年 4 月 9 日	
《天津士绅上袁宫保改良戏曲禀》		《时报》1906 年 8 月 14 日、8 月 15 日	该文又见《广益丛报》第 118 号（第 4 年第 22 期），1906 年 10 月 7 日
《论改良戏曲》		《时报》1906 年 10 月 6 日	
《奉劝小说家留意》		《时报》1907 年 1 月 17 日	
《小说大悬赏》		《时报》1907 年 4 月 18 日	
《改良戏馆议》		《时报》1907 年 4 月 19、20 日	
《改良小说社征求小说广告》		《时报》1909 年 6 月 26 日	
《论上海近日演剧筹费之风》	指严	《时报》1911 年 1 月 1 日	
《论改良戏曲》*	仪征嶰叟	《新朔望报》第 6 期，戊申三月望日（1908 年 4 月 15 日）	
《改良新戏系转移社会的妙药》	伯耀	《岭南白话杂志》第 4 期，戊申正月二十九日（1908 年 3 月 1 日）	
《提倡新戏须先改良优界之人格》		《通俗日报》宣统二年三月初三日（1910 年 4 月 12 日）	
《妇女不可听戏》		《通俗报》宣统二年三月二十日（1910 年 4 月 29 日）	
《做报与演戏有暗合之处》	顽固生	《通俗报》宣统二年四月初六日（1910 年 5 月 14 日）	
《论演戏于社会之关系》		《通俗日报》宣统元年六月十一日（1910 年 7 月 17 日）	
《论戏之关目》		《通俗日报》宣统二年九月二十二日（1910 年 10 月 24 日）	

篇　名	作　者	出　处	备　注
《论白话小说》*	镇洋姚鹏图	《广益丛报》第 65 号，1905 年 3 月 5 日	
《四川:督宪批警察局提学司商务局详会议设立戏曲改良公会文》*		《广益丛报》第 180 号（第 6 年第 20 期），1908 年 9 月 5 日	
《论戏曲改良之法》*		《广益丛报》第 191 号，1908 年 12 月 22 日	
《说小说》		《中外日报》1902 年 4 月 10 日	
《论兴学练兵作小说，其效不及演戏之速》		《中外日报》1903 年 11 月 15 日、16 日	
《说〈红楼梦〉》		《中外日报》1907 年 2 月 22 日	
《添印新著小说启》		《中外日报》1907 年 5 月 9 日	
《读〈水浒传〉随笔》		《中外日报》1908 年 4 月 23 日	
《说文明戏》		《中外日报》1908 年 6 月 18 日	
《论宜永禁男女合演之戏剧》		《中外日报》1909 年 2 月 7 日	
《论限制社会小说事》	汰	《中外日报》1909 年 5 月 24 日	
《编戏曲以代演说说》		《大公报》1902 年 11 月 11 日	
《说戏》		《大公报》1904 年 8 月 24 日	
《淫戏宜禁》		《大公报》1904 年 12 月 8 日	
《附件》无标题，但内容全为批评"淫戏"		《大公报》1904 年 12 月 17 日	
《说改良戏剧》		《大公报》1905 年 1 月 3 日	
《拟立广智小说会社议》	张蔚臣	《大公报》1906 年 2 月 29 日、3 月 2 日	
《论戏馆有伤风化》		《大公报》1906 年 3 月 30 日	

篇 名	作 者	出 处	备 注
《开民智莫善于演戏说》	张蔚臣	《大公报》1906 年 11 月 5 日	
《本报增刊小说广告》		《大公报》1909 年 2 月 17 日	
《论演剧急宜改良》		《盛京时报》1907 年 5 月 4 日	
《论小说急宜改良 及其改良之办法》		《盛京时报》1907 年 5 月 15 日	
《论淫戏之急宜禁止》		《盛京时报》1908 年 5 月 22 日	
《论改良戏曲之效用及方法》	卧心	《盛京时报》1908 年 9 月 10、12 日	
《改良戏曲议》	梦	《盛京时报》1909 年 5 月 21、22 日	
《论演剧亟宜改良》		《津报》1907 年 4 月 26 日	
《学校剧之沿革》	LYM	《学报》第 1 年第 8 号，光绪三十四年三月十八日（1908 年 4 月 18 日）	
《论报馆与戏子》		《刍言报》宣统二年十一月初一日（1910 年 12 月 2 日）	
《说书》	异昂	《晋阳公报》1908 年 11 月 29 日	
《改良戏曲之先声》	剑公	《晋阳公报》1910 年 2 月 28 日	
《访求小说》		《神州日报》1907 年 9 月 14 日	
《剧场杂俎》	坚抱	《神州日报》1910 年 8 月 26、27 日，9 月 1、13 日	
《剧谈》	李苦禅	《神州日报》1910 年 9 月 18 日	当时上海各大报上有很多类似主题的栏目或剧谈短札或时评，限于篇幅，这里仅收录内容较多、评论较长者，其余短评短论均割爱
《剧谈》	羲人	《神州日报》1910 年 11 月 17、18 日	
《看戏自由谈》	非也	《神州日报》1911 年 6 月 19 日	
《说剧》	谦（陈垣）	《时事画报》丁未年（1907）第 27 期	转见《陈垣早年文集》，台北中研院文哲所，1992 年，第 85—86 页

篇 名	作 者	出 处	备 注
《说戏本子急宜改良》		《京话日报》第 106、107 号	
《正乐学堂的宗旨》		《京话日报》第 421 号	
《请禁唱本》	竹本子	《京话日报》第 442 号	
《戏本赶紧改良》	春治先	《京话日报》第 490 号	
《原戏》		《江宁学务杂志》光绪三十三年八月第 6 期	
《荣华戏园观剧记》	天石	《汉口中西报》1909 年 11 月 3 日	
《新小说之平议》	新	《汉口中西报》1910 年 4 月 23 日	
《旧小说之势力》	省三	《汉口中西报》1910 年 5 月 6 日	
《论宣讲社宜附设戏曲改良部》	端	《厦门日报》宣统二年庚戌九月初六日	
《宁波小说七日报·序》	冠万	《宁波小说七日报》第 1 期	
《宁波小说七日报·发刊词》	蛟西颠书生	《宁波小说七日报》第 1 期	
《宁波小说七日报·序》	豫立	《宁波小说七日报》第 2 期	
《小说之遭遇》	病骸	《宁波小说七日报》第 2 期	
《宁波小说七日报·祝词》	宾鸿	《宁波小说七日报》第 4 期	
《小说之价值》	病骸	《宁波小说七日报》第 4 期	
《宁波小说七日报·祝词》	汲古生	《宁波小说七日报》第 5 期	
《宁波小说七日报·祝词》	养正	《宁波小说七日报》第 7 期	
《论宣讲社宜附设戏曲改良部》	端	《闽报》宣统二年庚戌九月初六日	
《寰球中国学生会演剧之宗旨》		《中外日报》1906 年 12 月 27 日	
《宜禁演剧说》		《长沙日报》1905 年 10 月 4 日	

篇　名	作　者	出　处	备　注
《扬子江小说报成立之历史》	石	《汉口中西报》1910 年 5 月 7 日	
《小说改良会叙》	何负	《经济丛编》1902 年第 8 期	
《挽颓风：戏剧之于道德（敬告一般演改良新剧者)》	我恨生	《孔圣会旬报》1909 年第 87 期	
《开明演剧会之报告》		《南方报》1907 年 7 月 28、29、30 日	文章结尾署名树鹤跋
《论提学使聘优伶为教员》		《新闻报》1906 年 8 月 16 日	
《论演剧助赈》		《新闻报》1907 年 1 月 17 日	
《请看文明戏园》		《顺天时报》1907 年 3 月 2 日	
《戏本改良》		《中外日报》1904 年 12 月 19 日	
《论丹桂戏园因改良新戏受奖事》		《上海（报)》1907 年 9 月 11 日	
《论改良社会宜严禁导淫、导迷、导恶之小说》	漱	《上海（报)》1907 年 9 月 28 日	
《西人之小说评》		《时报》庚戌二月初十日	
《戏曲与报纸之关系》		《时报》丁未正月十二日	
《新剧之结果》	白	《时报》丁未正月十二日	
《新戏曲宜以动人感情为胜》	笑	《时报》丁未正月十五日	
《支那风俗改革论》		《大陆报》第 2 期，光绪二十八年十二月初十日	该文为连载，但只有该期部分是针对新小说和戏曲改良而发

鲁迅侧影

——读橘朴《与周氏兄弟的对话》

孙　江[*]

一、那人是谁？

如欲了解近代中日在思想上的龃龉，橘朴是一个值得研究的对象。但是，不要说在中国，即使是在今天的日本，橘朴仿佛是思想史上的失踪者，鲜为论者提及。[①] 橘朴是谁？增田涉在《鲁迅的印象》一书中写道：

> 在日本的中国研究者中，鲁迅称赞过橘朴。他说："那个人比我们还了解中国。"又说："单从橘朴的名字看，此人是中国人，还是日本人，不得而知，抑或是中国人的笔名。"内山完造插话道："他是日本人。"我以往对橘朴为何许人近乎无知，至多好像在什么地方见过这个名字。从此，我开始稍稍注意起这个人来了。[②]

增田回忆的是 1931 年在上海时的往事。增田曾受教于鲁迅，对鲁迅充满敬意，毕生从事翻译和介绍鲁迅著述的工作，他的回忆应该说是可信的。在以往关于橘朴和鲁迅的研究中，增田的这段话也常常为论者所引用。[③] 但是，让人困惑不解的是，鲁迅在感叹"那个人比我们还了解中国"时，却又质疑他到底是中国人，还是日本人？鲁迅既然不识橘朴国籍，何以断言"那个人比我们还了解中国"？因此，这里不是鲁迅的口述有误，就是增田的记忆出差。其实，在鲁迅说这句话的 8 年前，他和橘朴是有过一面之缘的。在 1923 年 1 月 7 日的日记里，鲁迅这样写道：

> 七日。云。星期休息。午后井原、藤冢、永持、贺四君来，各赠以《会稽郡故书杂集》一

---

[*]　孙江，南京大学学衡研究院教授。

[①]　最新的研究可参见如下论文。清水亮太郎：《橘樸の戦場——民族·国家·资本主义を超えて》，《早稻田政治公法研究》第 95 号，2010 年 12 月。子安宣邦：《橘樸を読むとは何か——橘樸〈支那社会研究〉を読む·1》，《现代思想》1 月号，2012 年 1 月 1 日。同《中国は社会革命の波間に漂うている——橘樸〈支那社会研究〉を読む·2》，《现代思想》2 月号，2012 年 2 月 1 日。同《橘樸における〈满洲〉とは何か——橘樸〈满洲事变と私の方向転换〉を読む》，《现代思想》3 月号，2012 年 3 月 1 日。

[②]　增田涉：《鲁迅の印象》，东京：角川书店，1970 年，第 39 页。

[③]　参阅山本秀夫：《橘樸》，东京：中央公论社，1977 年，第 62—63 页。本文关于橘朴生平的叙述参考了该书。

部,别赠藤冢君以《唐石经》拓片一分。下午九山君来,并绍介一记者橘君名朴。[1]

在友人丸山的介绍下,鲁迅在家中接待过橘朴,并且知道橘朴是一名记者。其时,橘朴任日文报纸《京津日日新闻》主笔,引介者丸山名昏迷(幸一郎),系《新支那》杂志记者。这次会面给橘朴留下了深刻的印象,乃至他在以后的著述中反复提及此事。

1925年4月,橘朴在《通俗道教的经典》这篇面向日本读者的文章里说道:"想必很多读者都听说过用漂亮的文笔将日本思想和文学介绍给支那(原文如此,以下同——引者)青年的北京大学教授周作人的名字,此人的兄长周树人也是一个绝不逊于弟弟的日本通,他一边在教育部任职,一边以鲁迅之名获得当代第一流短篇小说家的地位,最近,他在大量翻译厨川白村的遗著。"橘朴向鲁迅询问迷信问题时,鲁迅谈起北京西河沿一家"狐狗狸"(扶乩)银行,并告诉橘朴银行行长是唐代仙人吕纯阳。橘朴闻后吃惊地问,早在一千年前即已死去的吕纯阳何以能担任银行行长?北京政府会批准吗?鲁迅答曰:"政府的事情不了解。但是,可以确知吕纯阳当上了银行的行长"。"其理由很简单,财神梁士诒不能防止交通银行停止兑换,那毕竟因为人的力量有限,看到获得永生的仙人(做行长),就绝对不会有这种顾虑了。"[2]从这段对话看,二人意见一致,都认为中国"还广泛存在着认真接受这种逻辑的社会"。

1948年1月,由中野江汉整理的橘朴遗著《道教与神话传说——中国的民间信仰》出版。橘朴在书中谈到道教神仙不老不死时,又重述了和鲁迅的谈话。文中有"现在已经是故人了"句,可知原稿作于鲁迅去世以后。在介绍鲁迅时,橘朴增加了"他同时还是新思想运动的有力的指导者",显然意识到鲁迅死后历史地位的提升。橘朴在文章最后引鲁迅话说:"在民间,确实相信吕纯阳是银行行长,只要此人担任行长,(银行)就不会有问题。也即,民众对人绝望后,转而相信仙人了。即使被称为财神的梁士诒不是也不能防止交通银行和中国银行停止兑换吗?但是,仙人正直有慈悲心,而且还具超自然的能力,将财产存放在那儿是不会错的。"橘朴则附和道:"原来如此。假使失败了,比交给人来管,要强得多。"[3]

对同一次谈话,橘朴的两次回忆,内容大同小异,都是关于唐代仙人吕纯阳何以当上银行行长的事情。如果仅凭一个吕纯阳,鲁迅就断定橘朴"比我们还了解中国",这令人难以置信,除非橘朴还有其它让鲁迅叹服的地方。其实,上述橘朴的回忆并不是对谈的所有内容,就在对谈四天后,橘朴以《与周氏兄弟的对话》为题,在《京津日日新闻》上分两天刊载了谈话内容。这篇文章长期以来鲜为人知,直到数年前《京津日日新闻》的所在被发现,人们才得以知道文章的存在。[4] 阅读这篇文章,可知当天对话内容不止于吕纯阳,而二人在若干问题上意见之相左,

① 鲁迅手稿全集编辑委员会编:《鲁迅手稿全集·日记》第4卷,北京:文物出版社,1979年,第132页。
② 橘朴《通俗道教的经典》(上),《月刊支那研究》,第1卷第5号(1925年4月)。
③ 橘朴遗稿,中野江汉编注:《道教と神話伝説——中国の民間信仰》,东京:改造社,1948年,第30—31页。
④ 山田辰雄、家近亮子、浜口裕子编:《橘樸:翻刻と研究——〈京津日日新聞〉》,东京:庆应义塾大学出版会,2005年。本书收录了橘朴自1922年3月23日到1923年6月27日在《京津日日新闻》上撰写的360多篇文章,多达588页。以下所引橘朴在该报上文字,皆出自此书。

颠覆了以往所有对这次谈话的解读。① 应该说，在出入鲁迅家门的日本人中，橘朴也给鲁迅留下了深刻的印象，因此，在分析鲁迅"那个人比我们还了解中国"的感叹时不能不考虑这次谈话的内容。

让我先简单回顾一下橘朴和鲁迅见面前在中国的经历。

记录橘朴早年活动的文字主要有三类：第一类是橘朴自己撰写的文字，如在济南住院期间写给八重夫人的信，刊载在《京津日日新闻》的文章；第二类是他人的文字，如八重夫人的日记记录了橘朴的一些言行；第三类是橘朴去世后相关人士的回忆。根据这些资料，可以将橘朴的经历概括如下：

1881 年 10 月 14 日，比同岁鲁迅（9 月 25 日生）晚 20 天，橘朴出生于日本大分县。中学时代的橘朴成绩出众，特立独行，在转学和被勒令退学中肄业。1903 年，在早稻田大学刚刚就读一年的橘朴，因帮助同学考试作弊而退学。其后，在尝试独立办报不果后，1905 年橘朴进入札幌的《北海时代》报社，同年"日俄战争"结束，这成为橘朴于次年 4 月转赴大连的契机。

在大连，橘朴担任《辽东新报》日文版记者。《辽东新报》社长为末永纯一郎，其弟末永节与排满革命党孙中山、黄兴等过从甚密。据末永纯一郎的外甥、和橘朴大致同时进入《辽东新报》的大来修治回忆，橘朴好酒嗜烟，博览群书，以"橘江南"笔名在该报上撰述"社论"。② 1913 年，橘朴移居天津，加入森川照太所办周刊《日华公论》，出任主笔，与汉诗诗人山根立庵友，二人经常出入日本租界里的酒肆，自称"天津酒客二庵"。山根后来投身于在上海的《亚东日报》社。1914 年，橘朴在日文报纸《新支那》上读到中野江汉《白云观游记》连载文章，很受震动，主动向中野求教，从此开始关心和研究民间道教。③ 1917 年 4 月，《满州日日新闻》董事长田原祯次郎主编的《支那研究资料》邀橘朴做主笔。这本以杂志形式出版的"资料集"发行到次年 8 月即告停刊。④ 1917 年 11 月，俄国苏维埃革命发生。1918 年 8 月，日本政府加入欧美反苏维埃阵营，出兵西伯利亚，橘朴以日本青岛守备军从军记者的身份经大连、哈尔滨抵达西伯利亚赤塔。不久，在从赤塔返回中国的途中，因饮酒过度而突发脑溢血，被送到满洲里医院抢救，养病长达 3 个月，留下半身不遂的后遗症，橘朴此后所写文章都是口述、由他人记述而成的。1919 年春，橘朴从满洲里到北京，参与《京津日日新闻》的编辑工作。该报前一年 10 月 31 日在北京创刊，发行人是创办《日华公论》的森川照太。1920 年 6 月，橘朴去青岛，在那里，见到他在熊本"五高"时期的同学福富卯一郎，后者时为日本在青岛殖民地民政部财政部长。在福富家，橘朴受到福富妻八重的款待。同年 7 月，橘朴往济南，任中文《济南日报》主编。1921 年 2 月底离开《济南日报》，转任《东方通信》济南通信员，一度住院养病（3 月 3 日—15 日）。1922 年 4 月离开济南，抵天津，担任《京津日日新闻》主笔。这一年，橘朴的生活发生了很大变化，由他口述、

① 如有论者强调鲁迅和橘朴在民间道教上认识一致，参见朱越利：《鲁迅和橘朴的谈话》，中国中日关系史研究会编：《日本的中国移民》，北京：生活·读书·新知三联书店，1987 年。

② 大来修治：《「遼東新報」時代の橘君》，山本秀夫编：《甦る橘樸》，东京：龙溪书舍，1981 年，第 66 页。

③ 中野江汉：《跋》，前揭《道教と神話伝説——中國の民間信仰》，第 280 页。

④ 北京支那研究会编、橘朴主笔：《支那研究资料》全 5 卷，东京：龙溪书舍，1979 年翻印。

副岛次郎和阪本祺笔录的文章连日发表于《京津日日新闻》。10 月,他去青岛李村进行社会调查,将调查报告发表于《青岛新报》上。11 月初,转任北京政府财政部顾问的福富卯一郎突然去世,橘朴中断调查,赶赴北京帮助八重夫人料理后事。在北京期间,他委托与其妹夫一家有旧的清水安三(崇贞女子工读学校校长)介绍,以记者身份先后拜访了京城思想界的名流。对鲁迅的拜访可以说是这一连串拜访计划中的一个。

在中国的十六年间,橘朴通过阅读中文文献和实地考察形成别异于日本国内"支那学者"的中国观。在拜访鲁迅前,橘朴发表于《京津日日新闻》的连载文章主要有三方面的内容:一个是关于中国统一问题。在军阀混战、列强争夺下中国有无统一的希望,这是橘朴的关心所在,他把希望寄托在中国的商人和青年身上。第二个是女性与社会消费问题。在满洲里养病期间,橘朴得到了在青岛常常光顾的小酒店女主人的照顾,后者在关闭酒店后,只身前往满洲里,此事对大男子主义的橘朴影响甚大,他给八重夫人的信件也透露出了相关的信息。第三个是民间信仰问题。橘朴围绕《聊斋志异》和民间道教诸神撰写了一组文章,堪称日本道教研究的创始人。

橘朴在形成自己的中国观的同时,十六年间,从东北到华北,从中国到苏联,见到了很多同胞,日本人在殖民地的种种恶行使其作为日本人的自我意识发生了变化。在下榻于青岛福富卯一郎宅期间,橘朴曾对福富妻八重谈到在青岛和西伯利亚所看到的日本人。八重在 1921 年2 月 9 日的日记中记下了橘朴的话:"以前认为清廉洁白是日本人的特征,为什么,为什么会是一个欲壑难填的肮脏国民。"[1]橘朴对日本的认识散见于其所发表的文章里。在《京津日日新闻上》上,读者不难找到他对日本帝国主义进行批判的文字。在《报纸与民众》一文中,他说:"报纸以将重要或有意思的社会现象正确展示给民众为职守,此外还可以对这些现象进行评论,但这并不是其必然的职守。"因为在资本家和工人的阶级对立下,"工人没有金钱的余裕,当然无法办报,甚至连购读也很困难。因此,今天的报纸不仅基本上都掌握在工人之敌资本家手中,就是购读者也主要是工人以外的人。明白无疑,报纸不要说做不了天下之木铎,就连做社会忠实之耳目也不够格"。[2] 日本国内在劳资对立、政治对立(政友会与宪友会)下,报纸都有明显的政治偏向,橘朴声言《京津日日新闻》是个不受阶级和党派左右的报纸,告诫日本读者要舍弃党派之心,自由地忠实地倾听民众的声音,这是阻止"民主危险"(指中国高涨的民族主义——引者)、赢得民众如长城般信赖的方法。[3] 1924 年 12 月,橘朴创办了一份研究性杂志《月刊支那研究》,在创刊号上,他发表了著名的《认识支那的途径》一文,批判日本人的中国认识,写道:(1) 对支那,日本人一般以先进者自居,毫无反省。(2) 日本人自以为支那是儒教之国。(3) 与上述误信看似矛盾,日本人认为支那人是几乎没有道德情操的民族。[4] 虽然,《认识支那的途径》作于和鲁迅相见之后,但和此前累积的思考不无关系。现在,让我们还是回到

①　宿南八重:《八重日記》,山本秀夫编:《甦る橘樸》,第 271 页。
②　朴庵:《新聞と民衆》,《京津日日新聞》(1922 年 3 月 26 日)。
③　同上。
④　橘朴:《支那を識るの途》,《月刊支那研究》,第 1 卷第 1 号(1924 年 12 月)。

1923 年元旦刚过的北京吧。

二、鲁迅如是说

1923 年 1 月 7 日,星期天,下午,北平新开路。

周树人(鲁迅)、周作人兄弟住处来了两位日本客人。就在二人到来之前,周家还因周作人的日本妻子急病而一片忙乱,特地请来了山本医生。二位来客,一个是周氏兄弟的旧识丸山昏迷,一个是丸山引荐的《京津日日新闻》主笔橘朴。宾主落座后,话题一分为二,橘朴主要和鲁迅交谈,丸山则和周作人断断续续地聊着日本文学。四天后,11 日(星期四)和 13 日(星期六)的日文报纸《京津日日新闻》第三版刊载了署名"朴庵"(橘朴)的《与周氏兄弟对话》的文章,记录了这次谈话的内容。

在橘朴眼里,时在北京大学教授日本现代小说的周作人,因为与武者小路、志贺等日本作家交往甚深,且访问过日向的新村并向中国人介绍,因而广为日本人所知,而"兄长虽然在日本人中没有名气,却是绝不逊于弟弟的日本通,一个了不起的论客"。[1] 名不见经传、自视不低的橘朴,对这次对谈是有所准备的,由他诉诸文字的谈话虽不乏修饰之处,但字里行间透显出他和鲁迅和气中的意见对立。

(一)"支那的事情一切都糟透了"

"支那的事情一切都糟透了"。橘朴想了解中国的新思想家们何以对自己国家的历史传统深恶痛绝,出乎他意料的是,对中国及中国人抱有"极端悲观看法"的鲁迅毫不掩饰地脱口说出这句话。这让橘朴大吃一惊,不禁感叹:"今天西方文明统治了世界,即便在支那,受过新式教育的人也在不知不觉地受其感化而用西方的尺度来衡量自己国家的事情。"[2]橘朴对于西方文明(特别是基督教)抱有偏见,[3]在橘朴看来,"这种态度是错误的,支那有支那的尺度"。因此,橘朴当即质疑道:"对于过去四千年在与西方没有关系的情况下发展起来的文化,不管怎么说,正确的方法是用支那的尺度来加以评价。"[4]听完橘朴的反问,鲁迅细细地道出了一切都糟透了的理由。

鲁迅说,中国的家族制度压抑个性,生活在这样荒唐的社会中的人,无论是老年人,还是年轻人,无论考虑什么,还是做什么,如果不说谎,什么也做不了。接着,幼年丧父的鲁迅举出深以为恶的中医痛批:中医脱胎于几千年前的巫术,是运用阴阳、五行之类的迷信原理,再随便加入一点可怜的经验知识而创造出来的,是非科学的东西。他告诉橘朴自己的父亲就是这种野蛮医术的牺牲品。本来,鲁迅父亲的疾病只是牙龈里生了菌,恶化后病情加重,医生不知道病

① 朴庵:《周氏兄弟との対話》(上),《京津日日新聞》(1923 年 1 月 11 日)。
② 同上。
③ 朴庵:《私の基督教観》,《京津日日新聞》(1922 年 3 月 30 日)。
④ 朴庵:《周氏兄弟との対話》(上)。

源，却说"是因为做了什么不道德的事情而受到神罚的报应"。说到激动处，鲁迅口沫四溅①，强调中国人的头脑"只要依然如此非科学，就别指望什么进步啦，改革啦。因此，我们第一步要做的事是给青年和儿童胸中注入科学精神，即教育"。说着，鲁迅更长叹道："说到教育普及改善等，就现状看仅是像梦一样的希望而已。"为什么呢？鲁迅对橘朴说："都市还算好办，到了农村，大家族制度势力覆盖了社会的一切，多么好的教育家去，也无济于事。但在大都市，大家族制度无立足之地，无论商人，还是劳动者，大都是一个个的个人，我们的教育理想多少比较容易实现。"②

鲁迅以西方的尺度悲观地看待中国现实，指出中国未来的可能性在城市，通过在没有家族制度束缚的城市推行教育来改造年轻人，给年轻人注入科学思想，中国也可能出现新气象。

（二）银行行长吕纯阳

橘朴介绍曾在济南调查过扶乩及信徒们所发行的《道德杂志》和《道生银行》，问鲁迅去年12月中旬北京有报纸刊登"道生银行"开业的广告，那是不是扶乩？对此，鲁迅答曰："此事不清楚。说到扶乩银行，很早就有了。前门外西河边有一家叫慈善银行的就是，最滑稽的是那家银行的行长是名为吕纯阳的仙人。"橘朴闻后惊道："是唐代的吕纯阳吗？如是，他可是仙人之冠呀！但是，早在一千年前就死去的仙人却成了民国银行的行长，岂不可笑？"鲁迅苦笑道："的确是很可笑的事情。"③

鲁迅在说"行长"时用的是 president 音译词④，为了确认该词日语的正确翻译，鲁迅回头打断了周作人和丸山的交谈，问 president 日语怎么翻译。作人笑答：头取！显然，周作人也在旁听着二人的谈话，这样，周作人等也顺势加入关于吕纯阳的谈话。

在明白 president 即日语银行的"头取"后，橘朴还是难以理解："一千年前已死去的仙人何以承担责任？"鲁迅忍俊不禁地说："恰恰相反。活财神梁士诒终止了交通银行的支付业务，将纸币贬值了一半以上。而不老不死的仙人吕纯阳绝不会干这种没有慈悲心的事，所以让人安心，这是扶乩信徒的坚定信仰。至于如何到官府登记，我不清楚。对信徒们来说，无论如何得让吕纯阳当行长，否则他们是不会答应的。"⑤四人捧腹大笑。

笑归笑。对于迷信或扶乩，橘朴有自己的一套看法。于是，他在笑声中提出自己的不同意见："迷信无疑很滑稽，但是，在迷信者的主观上没有比这更认真的事了。此外，我们在考虑这种在民众中发生并且传播的迷信的起因时，还是应该对迷信者抱以深深的同情。何以如此呢？中国民众在数千年来为沉积的政治性的、社会性的罪恶所压抑，无处逃避，不正是不安的生活

---

① 鲁迅说话时有这个特点，参见增田涉前揭书，第22页。
② 朴庵：《周氏兄弟との対話》（上）。
③ 同上。
④ 两人当天的谈话可能使用的是汉语。鲁迅所使用的 president 的汉语音译词是否为"伯里玺天德"，不得而知，关于 president 的汉译，参阅孙建军：《新汉语「大统领」の成立》，《或问》第10号（2005年11月）。
⑤ 朴庵：《周氏兄弟との対話》（上）。

自然地、不可避免地孕育了迷信吗?"①

鲁迅笑着反驳道:"搞扶乩迷信的多为官吏和有钱人,穷人是进不去的。"橘朴表示确如鲁迅所说,在济南搞扶乩的很多都是有钱人。但是,穷人中也有迷信,比如在理教,在天津、直隶、山东以及河南等地都有很多信徒,南京也有很大的团体。听完橘朴的话,鲁迅对橘朴的观点表示赞成:"(在理教)确实是个讲情义的宗教。禁酒禁烟,讲节约不浪费,加强团结以防止统治阶级之压迫,因为崇拜观音菩萨以祈求现世和来世之幸福,与迷信一致无二,是满足了无助的中国劳动阶级要求的宗教。"②

(三)流亡作家爱罗先珂

在鲁迅家里还住着一位远道而来的俄国客人:盲作家爱罗先珂。爱罗先珂1921年8月来中国,1923年4月离开中国,先后居住于哈尔滨、北京、上海等地,曾在北京大学教授世界语。从后文清水安三的回忆可知,清水带橘朴见胡适时,曾邀爱罗先珂作为翻译一同前往。橘朴问鲁迅,此前在一家报纸上看到爱罗先珂写的剧评,"令人不可思议"。鲁迅同样对爱罗先珂仅凭演员的声音就能和常人"几乎一样"理解剧情表示吃惊,称是自己陪爱罗先珂一起去看戏的,剧评也是自己翻译的。③

橘朴问,爱罗先珂因为"激进"而被驱逐出日本,但回国后不久又来到中国,"看来也不喜欢布尔什维克社会"。鲁迅回答道:"爱罗先珂一点也没有批评本国的事情,好像是被堵住了嘴。但是,撇开这点不谈,爱罗先珂是憧憬自由的自然人。因此,我行我素,性格怪僻。比如,有人赞美资产阶级,他就会怒骂此人'笨蛋'。如果有人赞美无产阶级,他则会说'非也,非也,资产阶级也有其优点'。可以说,爱罗先珂不是列宁主义者,而且不单单不是列宁主义者,爱罗先珂是除了爱罗先珂之外任何主义都不会乐于接受的人。"④

橘朴又问,爱罗先珂喜欢中国人吗? 鲁迅答曰:"好像非常厌恶。"但与北京相比,对上海还有点好感。"这个人在印度也呆过,但似乎最喜欢的是日本友人。"橘朴不以为然地道:"大概是还没有厌倦时就被驱逐出境之故吧。"鲁迅表示首肯:"也可以这么说吧。"⑤四人大笑。谈话至此结束。

在文章的结尾处,橘朴不无失望地写道:"我很意外周对中国之绝对悲观的态度,感到他可怜至极。在我看来,周的悲观可谓太过分了。当然,今日支那的现状让真正认真的支那人看了也许只能得出如周一样的结论。与周树人的悲观论以及其他意见相比,我带着对他严肃性格的深深敬意而告辞离去。"⑥

---

① 朴庵:《周氏兄弟との対話》(下),《京津日日新聞》(1923年1月13日)。
② 同上。
③ 同上。
④ 同上。
⑤ 同上。
⑥ 同上。

三、新思想与旧思想

鲁迅口中的中国，一片灰暗，这不是橘朴想要听到的，橘朴之所以采访鲁迅，乃是想听听新思想家对未来中国的构想。

橘朴和新思想家的遭遇在五四时期。1919 年"五四运动"爆发时，他正在北京养病，留下了一些关于事件的评论。这些评论现在已经找不到了。橘朴在后来的文章中偶尔会提到这个时期所写的文章，透过橘朴的回忆，可知他对"五四运动"的看法。他认为，"五四运动"应分为表层的"排日"和内面的"社会革命"，运动发生前，《南华早报》刊载了"匪夷所思的煽动性报导"，"随着排日运动的进行，支那学生和英美报纸、传教士以及商人的关系稍稍明朗了"。但是，随着"排日"目的的达成，在"社会革命"的目标上，"受冲击的绝非仅止日本人"。[①] 橘朴认为"五四运动"是由外在力量促成的，同时也觉察到其背后有着深层的社会革命的因素。

"五四"时期的橘朴，仅仅是一个观察者。1922 年重返北京后，橘朴试图将其观察的距离拉近。在上述和周氏兄弟谈话的文章开头，他写道："我把家安顿好了，打算和支那的新思想家们交往。"实际上，早在一个月前（12月）[②]，在清水安三的斡旋下，橘朴就先后拜访了陈独秀、蔡元培、胡适、李大钊和辜鸿铭等人。40 年后，清水回忆当时的情形道：

> 因此，我首先将他带到陈独秀处。我还请翻译西田耕一一同去，因为我觉得自己的支那语很难胜任。接着，到了蔡元培处，是请周作人作翻译的。
>
> 至于鲁迅，我当时不认为他是那么了不起的人物，相比之下，觉得周作人了不起。但是，由于橘朴说鲁迅头脑更好，我必须告诉大家，正是从那时开始，我才与鲁迅关系越来越接近的。我翻译鲁迅的文章，将其投给日本的报社和杂志社，给鲁迅搞一点零花钱，这变成了我的工作。
>
> 那时，叫爱罗先珂的俄罗斯诗人在，我就和爱罗先珂一起带着橘朴去见当时刚刚成名的胡适。因为胡适说英语，我的英语恐难胜任，所以叫上了爱罗先珂。
>
> 大概朴庵和李大钊心气投合，去了两次，是坐着咯吱咯吱的人力车去的，二人似乎肝胆相照。我不认为李大钊是什么思想家，朴庵说他是了不起的思想家。我去美国学习期间，李大钊在东交民巷为张作霖逮捕而杀害。
>
> 我记得还带他去另一个人辜鸿铭处，他对访问辜鸿铭很高兴。此后，大概又去了好几次吧。辜鸿铭留着发辫，思想虽然完全不同，但是，是非常有意思的人物。[③]

---

① 朴庵：《非基教運動》，《京津日日新聞》（1922 年 3 月 27 日夕刊）。
② 山本秀夫：《橘樸》，第 61 页。
③ 清水安三：《橘樸先生の思い出》，山本秀夫编：《甦る橘樸》，第 82—83 页。

因为缺乏对话当事人的佐证,笔者很难对清水的回忆置评。尽管如此,清水所述内容和橘朴的经历与思想倾向应该说是吻合的。前文论及橘朴见鲁迅时是由丸山陪同的,根据清水的这段文字,清水与鲁迅的结交乃得益于橘朴助言。对于清水提及的陈独秀、蔡元培、胡适、李大钊、辜鸿铭等五个人,目前尚未发现橘朴撰述与他们见面的文字,橘朴在《京津日日新闻》发表的文章中提到过前三者,没有说到后二位。在前三人中,橘朴对胡适的学术期待很高,他在1922年5月20日文中称,"清朝的考证学在打破关于古代思想的错误传统上贡献巨大,但是,其任务尚未完成即遭遇革命,十年来几乎处在停顿状态。将来年轻的学者用西方的科学方法一定能取得更大的进步。清代的考证学是从文献的考勘出发的,进而进入考古学,特别是自从清末对殷墟进行发掘以来,在此方面揭开了一个新的局面。今后,必然会发展到人种学上的研究,如此,则支那古代史、特别是其思想必然更加全面的展示在我们眼前"。"如果拜托胡适君,耗费时日,一定能做得出","这些用新方法阐明的古代思想对现代支那人来说也是非常重要的"。①

对于陈独秀,橘朴将其定位为社会革命的指导者。在见鲁迅前两天,他去了东安市场,买到《独秀文存》,阅读之下,盛赞"陈独秀是著名的社会革命的先驱者,《独秀文存》不仅是其民国五年以来白热化奋斗的全记录,今天在整个支那成为青年学生的常识,作为新的社会革命的源泉,(该书)是具有历史价值的书籍"。②

相比之下,橘朴对蔡元培的评价或高或低。在1923年1月24日(晚报)《蔡氏的性格及思想》一文中,他向日本读者介绍了蔡元培。其时,北京正发生学潮,学潮对全国商人及劳动者团体产生了影响。蔡氏是中心人物。橘朴认为,从1921年出版的《蔡孑民先生言行录》看,蔡是位"主情主义者",即人道主义者。作为校长,他提拔的学者有马克思主义者、无政府主义者,有"什么都行,不管怎样,必须进行社会革命的莽汉"(陈独秀),有"从美国回来的实用主义者"(胡适),有"从唯识论绕进孔子哲学"的人(梁漱溟),"这种态度,往坏处说是八面玲珑。但是,作为现在支那最高学府的主宰,应该说是最恰当不过的了。如果与此相反,蔡氏是个有主义和偏好的人,那么,北京大学的自由空气在其治下就不会产生了。"③但是,蔡并非不是没有主义之人,比如,他支持1921年的非宗教运动,要以艺术代替宗教,这是法国大革命以来的思想。从人道主义角度看,蔡在这次学潮中的反应是拙劣和轻率的,结果造成了学生在国会前的流血,对此,他应负很大的责任。"就算他没有责任,他知道学生们没有任何保护地暴露在官府淫威和刀枪下,就不该自己一人安居于上海,应该去保护学生,比个人生命还重要的是促进社会革命"。④

在新思想家里,橘朴评价最低的是梁启超,称"梁启超在严格意义上不是学者,蔡氏也经常将这个幼稚的启蒙家找来给学生讲演"。⑤ 后来又说被舆论视为与"实证主义者"胡适相对应

---

① 朴庵:《支那統一論》(二十二),《京津日日新聞》(1922 年 5 月 20 日)。
② 朴庵:《私の元旦》(上)(1923 年 1 月 5 日)。
③ 朴庵:《蔡氏の性格及思想》,《京津日日新聞》(1923 年 1 月 24 日夕刊)。
④ 同上。
⑤ 同上。

的"理想主义者"梁启超,其"主张如变色龙,不可期待"。[①]

清水回忆说,橘朴与新思想家李大钊"肝胆相照",对旧思想家辜鸿铭亲近有加,这似乎很矛盾。不过,橘朴和李大钊在思想上是有共同点的。如,李批评日本的大亚洲主义,是侵略中国的隐语。[②] 橘朴对日本在中国的所作所为有一定反省。1923 年 3 月 30 日,北京学生联合会通电呼吁与日本"经济断交"——拒绝提供原料给日本,不买日本商品。次日,全国商会联合会通电揭露日本议会决议在日本与他国进行战争时把"满蒙"作为作战地点。橘朴冷静地分析道,1919 年"排日运动"使用的是"抵制劣货"的口号,这次运动名称虽然变了,内容没有变,只不过"经济断交"对日本更有震慑力。在确认了事实后,他不是批判中国,而是告诉日本读者,联合会所指出的仅仅是诸多事情中的一小部分,"总之,支那商人断定日本是这样一个性质的野心国家,为此而感到恐惧和憎恨,这不是没有一点道理的,日本国民应该深深地加以反省"。[③]

橘朴不满西方文明的价值取向,就此而言,他与辜鸿铭有可能"一见如故",惜无证据可供佐证。不过,从橘朴对梁漱溟和康有为的赞辞上,还是可以捕捉到一些线索的。关于梁漱溟,他写道:"北京大学教授梁漱溟系山东出身的有希望的青年学者,数年前写过一本《东西文化及其哲学》的书,在论及《周易》的宇宙观时,曾与柏格森的创造进化论加以比较。梁氏的学问尚不成熟,未可深信,但是,他的见解却是含有很有意思的暗示的。在此,如果支那民族的一神就是宇宙本身,即泛神论的存在的话,创造无疑就在内在于神自身之中。"[④]对于康有为的"大同思想",橘朴十分赞成。据前述清水回忆说,当收到清水在北京琉璃厂买到的康有为的著作时,橘朴非常高兴。[⑤]

从对上述新旧思想人物的看法可知,橘朴是个介于新旧思想之间的人。在思想取向上,橘朴喜欢执着于旧传统的辜鸿铭和康有为,这是因为他从中找到了对抗西方文明的思想资源;之所以对陈独秀颇有好感,是因为橘朴认为"社会革命"是要打破礼教——被士阶层搞坏的儒教和官僚体系,这也是橘朴在《支那统一论》中反复陈述的内容;在对帝国主义的批判上,橘朴和李大钊有共同语言。那么,鲁迅在新思想和旧思想的之间处于怎样的位置呢?

四、橘朴没有说出来的话

鲁迅和橘朴,是在笑声中结束谈话的。在鲁迅所谈的三个问题上,橘朴都有欲言而止的不同意见。

在第一个如何认识中国的话题上,对于鲁迅以西方尺度批评中国之事,橘朴大不以为然。

---

① 朴庵:《東西文化の契合點》(上),《京津日日新聞》(1923 年 5 月 4 日)。
② 拙文:《近代中國におけるアジア主義言説》,《日本・東アジア文化研究》,第 1 号(2002 年 2 月)。
③ 朴庵:《排日運動の種々相》,《京津日日新聞》(1923 年 4 月 3 日)。
④ 朴庵:《女神崇拝》(十三)(1922 年 11 月 16 日夕刊)。
⑤ 清水安三:《橘樸先生の思い出》,山本秀夫编:《甦る橘樸》,第 82—83 页。

橘朴有烟不离手的习惯,可以想见,在鲁迅谈话时,橘朴一边吸着烟,一边想着别的事情:中国有中国的尺度。半年前,橘朴在《女性与社会性消费》一文里,曾嘲笑日本人在艺术鉴赏上的西方崇拜癖。他举浮世绘的例子说,当日本人听到浮士绘被拿到法国后其艺术价值受到肯定并影响了当地的画风时,早晨还作为孩子玩耍的道具,到了晚上赶紧拿到裱装店裱装起来,挂在客厅里①。和否定西方尺度一样,橘朴同样主张不能以日本尺度来看中国。前文引用过他批判"支那学"的话:"对支那,日本人一般以先进者自居,毫无反省。"这句话虽然公开发表于1924年12月的文章中,却早已形成于他多年在中国的实践中。在对话的第一个主题里,鲁迅叹息:"支那的事情一切都糟透了",将中国社会视为以家族制度为中心的"谎言"社会——这一点和橘朴所批判的日本"支那学"的观点一致无二,即认为"支那人是几乎没有道德情操的民族"。相反,橘朴把中国社会分为官僚—军阀的上层社会、商人—资本家的中间社会和农民、劳动者的下层社会。以这种分层为背景,他同样批判儒教,却强调"我绝不是要排斥儒教,而是因为它被士阶级所利用,二千年来它不仅使士自身堕落,还压迫了民众,真是罄竹难书"。② 在此,橘朴对中国历史做了新的解释:中国不是儒教国家,"日本人自以为支那是儒教之国"是错误的,中国是道教国家,只有道教——橘朴称为"通俗道教",不是一般所说的文本道教——才存在于中国人的生活之中。以道教观察中国的历史,橘朴认为中国的历史从来就没有断裂过,政治上的分分合合不过是历史之表象而已。"支那民族从遥远的太古到今日,其统一就从没有割断过。从外表看,常常分裂,但是,那仅仅是水上的波纹。波浪一个个处于对立状态,但是构成波浪的水本身没有一刻曾经分离过。"③这样,在鲁迅的外在尺度和橘朴的内在尺度之间,中国社会呈现出两种截然不同的形象。

　　也许鲁迅说累了,也许同样烟不离手的鲁迅需要重新点烟,橘朴得到了插话的机会,将话题转移到"迷信"——扶乩问题上。这是当天谈话的第二个主题。

　　如果不看《京津日日新闻》上的谈话记录,单看橘朴后来的回忆,在关于道教的对话上,鲁迅和橘朴的意见似乎很投机。确实,他们几乎都同时注意到道教在中国社会的位置,但是,得出的结论却根本相反。在鲁迅研究者那里,有一条常被道及的资料:1918年8月20日鲁迅致许寿裳信。鲁迅在信中说:"中国根柢全在道教。"④这句话的前后文如下:"《狂人日记》实为拙作,又有白话诗署'唐俟'者,亦仆所为。前曾言中国根柢全在道教,此说近颇广行。以此读史,有多种问题可以迎刃而解。后以偶阅《通鉴》,乃悟中国人尚是食人民族,因成此篇。此种发现,关系亦甚大,而知者尚寥寥也。"大概是书信体的缘故,文意有些不畅,但鲁迅对道教的认识非常明确:从"食人"到"狂人"——"吃人"的礼教背后隐藏着道教。在和橘朴的谈话里,鲁迅在说到民间扶乩时,一副不屑一顾的神态,橘朴用"滑稽"、"苦笑"、"忍俊不禁"等词描述了鲁迅的反应。相反,橘朴则大不相同,在他看来,道教代表民众,儒教代表士阶级。早在1914年,橘朴

① 朴庵:《女性と社會的消費》(八),《京津日日新聞》(1922年7月12日夕刊)。
② 弥次郎:《土匪と階級闘争——中國群盗史論緒論批評1》,《京津日日新聞》(1923年4月8日)。
③ 朴庵:《支那統一論》(五),《京津日日新聞》(1922年5月13日)。实际上是连载之(六)。
④ 鲁迅:《致许寿裳》(1918年8月20日),《鲁迅书信集》上卷,北京:人民文学出版社,1976年,第18页。

即已开始研究道教经典,实地考察民间道教信仰。橘朴在《支那统一论》一文中写下了如下一段文字:

> 西洋的支那学者和传教士一样,不断地说道教坏,这些一言难尽。近来,治新学问的人也学着西方人的腔调骂道教,大叫只要一日不把道教扫尽,民智就没有向上的希望,这也是难以一言道尽的。但是,我要向这些支那人警告:诸位想把民众从夹杂着可笑迷信的道教中解救出来是可以的,但不要忽视了道教虽然有一言难尽的弊端,它可是将构成支那思想核心的一神思想传到今日的唯一组织。且看,古儒教提倡的天命思想直到秦统一为止,不是高于一切的思想吗? 天命思想将对唯一神的信仰转化为对地上统治者的信仰,汉以降的统治者仅仅沿袭其形式,而将其信仰和思想丢弃不顾。[1]

在鲁迅等“治新学问的人”(新思想家们)看来,中国民智未开的原因在于道教之类的迷信毒害,只有根绝了道教,才有可能开启民智。在谈话中,当鲁迅嘲笑迷信时,橘朴反驳说:“迷信无疑很滑稽,但是,在迷信者的主观上没有比这更认真的事了。”橘朴这段反驳是有其所本的,数月前,他在《聊斋研究》之连载文章中写道:

> 说到迷信,不仅仅宗教,可以说所有的信仰都是迷信。但是,对我们来说,重要的是在我们的精神和物质生活领域,有感到迫不得已的、强烈的、真切的需要得到满足的东西。如果它恰好是神,那所信仰的就是神了;如果恰好是科学,那就信仰科学好了。不管是什么,在第三者看来,与迷信一致无二,主观上神或自然科学都是唯一的无上的真。[2]

可见,橘朴不是以科学与宗教或宗教与迷信的二元论来看待中国的道教或迷信的,这与鲁迅有根本的不同。后来,他在另一篇文章《生活不安与迷信》中说:“有人说支那人重迷信在于没科学,这固然是事实,但与之相比,不能忘记迷信发生之原因。那是什么呢? 生活不安。”[3]至此,可知橘朴为何反对鲁迅关于中国社会是个“说谎”社会的言辞了。因为对“迷信者”抱有深深的同情,橘朴从民众的迷信行为中还捕捉到宗教心和道德情操,他认为世界上没有哪个民族比中国人更具宗教心了。他写道:

> 支那人是富有宗教心的民族,没有宗教信仰即无法安居的民族。而道教即他们的民族性宗教,要想短时间将其灭绝不但不可能,如果一个民族固有的思想或性情是确确实实地存在着并构成了民族个性的要素,这样的学说可信的话,那么,很明显,纵令外国人也别

---

① 朴庵:《支那统一論》(二十三),《京津日日新聞》(1922 年 5 月 30 日)。
② 朴庵:《聊斋研究》(十四),《京津日日新聞》(1922 年 9 月 18 日夕刊)。
③ 朴庵:《生活不安と迷信》,《京津日日新聞》(1923 年 4 月 30 日)。

企望将支那民族的个性之表象道教消灭。我希望读者以这样的态度面对道教和阅读我的文章。①

在橘朴看来,文化具有跨越时空不变的本真性,"进入民国后,官府开始了赤裸裸的破坏信仰的行为,取代以往的村夫子而成为民智生活的指导者的教员和学生,一个劲地攻击'迷信',这确实导致了信仰有所淡薄,尽管如此,要想使人们对地狱的恐惧绝迹,恐怕尚需时日"。②

谈话的第三个主题是爱罗先珂。橘朴对爱罗先珂复来中国表示:"我推想,布尔什维克的社会也不能令其满意。"热爱自由的作家为什么会对为中国新思想家所欢呼的"布尔什维克"不满意呢? 这是橘朴的关心所在。鲁迅的回答非常个人化:"爱罗先珂是除了爱罗先珂之外任何主义都不会乐于接受的人。"从后来橘朴的言行看,他不仅反对布尔什维克,还批判共产党的阶级革命。他对自太平天国以来的中国革命有自己的一套解释,认为中国统一的原动力在民众,"主要是各省城的青年学生团体及总商会所代表及所指导的民众。这个力量从正面和军人以及与之沆瀣一气的官僚、政客发生冲突"。但是,民族革命如欲成功需要借助外力:一种是从现实的中国找出代表,另一个方法是给其代表以资金,提供所需要的武力。③ 橘朴似乎在关注布尔什维克可能与中国革命发生的关系。但是,鲁迅极个人化的回答使谈话没能继续下去。接着,橘朴问鲁迅爱罗先珂"喜欢支那人吗"? 得到的鲁迅的回答是"似乎最喜欢的是日本友人"。在谈笑之间,橘朴似乎关心第三者如何看中国,而鲁迅答非所问,橘朴依然没得到想要得到的答案。

总之,对橘朴来说,这是一次话不投机的采访。在围绕"中国"的问题上,"那个人比我们还了解中国"中的"我们"与"那个人"之间存在着一条沟壑。这条沟壑由于各自的历史选择和被历史所选择,后来发生了根本的逆转。

五、话外之话

鲁迅对增田涉说"那个人比我们还了解中国",大概是在1931年下半年,离开橘朴和鲁迅的谈话已有八年多时光。这期间,橘朴先后出版了《土匪》、《道教》二书,④创办过《月刊支那研究》,全面阐述其中国认识,撰写长文批判日本中国学的领军人物内藤湖南⑤。1925年10月,《月刊支那研究》停刊,橘朴受"满铁本社调查科的嘱托",由一名自由职业者一变而为受雇于"满铁"的合同职员。从此,橘朴的研究兴趣和政治立场开始发生变化,无论在《调查时报》、《满蒙》、《新天地》等发表文章,还是在各地调查,会见青帮首领徐煜(上海,1927年),采访军阀韩

① 朴庵:《女神崇拜》(一),《京津日日新闻》(1922年11月2日)。
② 朴庵:《神》(十五),《京津日日新聞》(1922年10月11日夕刊)。
③ 朴庵:《支那統一論》(十),《京津日日新闻》(1922年5月17日夕刊)。
④ 橘朴:《土匪》,天津:京津日日新闻社,1923年。《道教》,东京:支那风物研究会,1925年。
⑤ 橘朴:《支那は何うなるか》,《月刊支那研究》,第1卷第3号(1925年2月)。

复渠(郑州,1929 年),橘朴自觉地将其中国认识融入帝国的殖民地经营中。野村浩一指出,面对中国日益高涨的民族主义,橘朴试图阻止民族思潮对在华日本人社会及其利益的冲击,找出日本和中国携手的可能性。[①] 1930 年夏,满铁新设"交涉部资料课",橘朴又被委任为"嘱托"职员。1931 年 3 月,橘朴面见关东军司令部作战主任石原莞尔,陈述了关于"满蒙问题"的意见,这对石原莞尔有很大影响。8 月,橘朴参与编辑《满洲评论》,很快成为主笔。"九一八事变"后,10 月橘朴赴沈阳面见策划事变的石原莞尔,陈述将"事变作为解放亚洲之基石,建设以东北四省为版图的独立国家"构想。

当橘朴选择了"政治转向"时,鲁迅,一个否定民族文化,对中国前途失望之极的人,正在被历史选择。1932 年 3 月 25 日,英文《中国论坛》刊载了一篇题为《文学斗争之父》的文章,其中写道:

> 在中国所有老一代和新一代有创造力的作家中,鲁迅——周树人教授的笔名,是最著名的。他的名字广为欧美社会的、革命的作家所知,但是,不为资产阶级的外国人乃至中国人所知。这是因为他不"说英语,摇尾巴,敲大鼓"。既不为自己,也不为南京政府;既不为基督教青年会、洛克菲洛或其他类似的走狗机构,也不为那些在美国旅行、为在中国展开高尚"事业"而乞讨金钱——那不过是使自己获得高收入的手段而已。鲁迅是所有一切中最出色的。他是通过创造性的文学方式进行反封建思想的斗争之父。他第一个把现代小说的形式介绍到中国,并将其运用到表现中国人的生活和需要上。[②]

从上述文字,依稀可见鲁迅作为"民族英雄"诞生的前奏,其时,距鲁迅说"那个人比我们还了解中国"不久,正是"那个人"——橘朴,一个追求中国文化本真性的人,成为伪满州国"王道乐土"话语制造者之时。[③]

附录

朴庵:《与周氏兄弟对话》(上)(下),《京津日日新闻》1923 年 1 月 11 日、13 日

我把家安顿好了,打算和支那的新思想家们交往。7 号星期天下午,我与圆(丸)山同行访问了位于新开路边的周氏兄弟家。兄长树人在教育部任职,弟弟作人目下在北京大学教授日本现代小说。作人因与武者小路、志贺等交往甚深,且访问日向的新村并向支那人介绍,因此,在日本人中广为人知。

① 野村浩一:《近代日本的中国认识》,张学锋译,北京:中央编译出版社,1999 年,第 203—204 页。
② "Father of Literary Struggle", *The China Forum*, March 25, 1932.
③ 中日战争全面爆发后,橘朴目睹中国人民所遭受的惨祸和中国共产党的崛起,其中国认识发生了动摇。山本秀夫在前揭《橘模》书中谈到一个小插曲,1944 年,橘朴在徐州住院,感到来日无多的橘朴,对身边人说:死后遗骨要去延安走一遭(第 365 页)。

兄长虽然在日本人中没有什么名气,但是个绝不逊于弟弟的日本通,是个了不起的论客。去年,以"过激派"之理由被日本政府驱逐的盲诗人爱罗先珂就住在周家。在我们去之前不久,因作人之妻急病而请来山本医生。虽然一片混乱,还是很爽快地接待了我们。我的谈话对象主要是论客树人,作人则与圆(丸)山断断续续地谈着日本文学。

树人对支那和支那人抱有极端悲观的看法,他毫不掩饰地掏出心里话而侃侃而谈。今天西方文明统治了世界,即便在支那,受过新式教育的人也在不知不觉地受其感化而用西方的尺度来衡量自己国家的事情。但是,我认为这种态度是错误的。支那有支那的尺度。我对他说,对于过去四千年在与西方没有关系的情况下发展起来的文化,不管怎么说,正确的方法是用支那的尺度来加以评价,但树人根本不同意。

"支那的事情一切都糟糕透了。第一是支那的家族制度,在其中生活的人遭受了如不虚伪就无法活下去的压迫。外国人总批判支那人说谎,无疑一言中的。即使被说中了,也不能不承认。在这样荒唐的社会中生活的支那人……无论老年人,无论年轻人……无论考虑什么,无论做什么,最后除了说谎之外,什么也做不了。"

树人进而批判中国的学问道:

"比如医术。支那的医术是几千年前从巫发展而来的,可现在和巫的头脑又有多大不同呀!支那的医术不过是以阴阳、五行之类愚昧的迷信为基础,运用这些迷信原理,随便加入一点可怜的经验而调理出来的。实际上,我父亲这样的人都是这种野蛮医术的牺牲品。父亲的疾病是牙龈里生了菌,因此而得了大病,支那医生不知道病源,因此,他们说我父亲是因为做了什么不道德的事情而受到神罚的报应。那时,我虽然还是小孩,听了后非常气愤。"

树人认为,"支那人的头脑只要依然如此非科学,就别指望什么进步啦,改革啦。因此,我们第一步要做的事是给青年和儿童胸中注入科学精神,即教育",说着,他更加长叹道:

"说到教育普及改善等,就现状看仅是像梦一样的希望而已。都市还算好办,到了农村,大家族制度势力覆盖了社会的一切,多么好的教育家去,也无济于事。但在大都市,大家族制度无立足之地,无论是商人,还是劳动者,很多都是一个个的个人,我们的教育理想多少比较容易实现。"

接着,话题转到迷信。近来大为流行的扶乩,即 planchette。我介绍了曾经在济南调查扶乩流行的状况及信徒们所发行的《道德杂志》和《道生银行》后问,看到 12 月中旬北京报纸刊有道生银行开业的广告,那不是扶乩吗?对此,树人答曰:

"此事不清楚。如果是扶乩银行,很早就有了。前门外西河边有一家叫慈善银行的就是,最滑稽的是那家银行的行长(president——引者)是名为吕纯阳的仙人。"

我大吃一惊:

"是唐代的吕纯阳吗?如是,他可是仙人之冠呀!但是,早在一千年前就死去的仙人却成了民国银行的行长,岂不可笑?"

树人苦笑道:

"的确是很可笑的事情。"

为了慎重起见，我向他确认"行长"（president）是什么意思。树人回头问作人日语叫什么？作人笑答：

"头取！都是头取呀！"

但是，我还是难以理解：

"即使是仙人，一千年前已死去的仙人何以承担责任？"

树人忍俊不禁地说：

"但是，恰恰相反。活财神梁士诒终止了交通银行的支付业务，将纸币贬值了一半以上。而不老不死的仙人吕纯阳绝不会干这种没有慈悲心的事，所以让人安心，这是扶乩信徒的坚定信仰。至于如何到官府登记，我不清楚。对信徒们来说，无论如何得让吕纯阳当行长，否则他们是不会答应的。"

四人捧腹大笑。（《与周氏兄弟对话》上）

我这样说道：

"迷信无疑很滑稽，但是，在迷信者的主观上没有比这更认真的事了。此外，我们在考虑这种在民众中发生并且传播的迷信的起因时，还是应该对迷信者抱以深深的同情。何以如此呢？中国民众数千年来为沉积的政治性的、社会性的罪恶所压抑，无处逃避，不正是不安的生活自然地、不可避免地孕育了迷信吗？"

树人笑着摇头道：

"但是，搞扶乩迷信的多为官吏和有钱人，穷人是进不去的。"

的确如此，我在济南调查的结果就和周所说的情形符合。接着，我问道：

"的确如你所说。在穷人的迷信中，我感到有意思的是在理教。在理教以天津为中心地，在直隶、山东以及河南都有很多信徒，南方的南京据说也有很大的团体。"

听了我的话，周表示同意道：

"确实是个讲情义的宗教。禁酒禁烟，讲节约不浪费，加强团结以防止统治阶级之压迫，因为崇拜观音菩萨以祈求现世和来世之幸福，与迷信一致无二，是满足了无助的中国劳动阶级要求的宗教。"

话题转到爱罗先珂。

我：此前某家报纸的附录栏刊载了爱罗先珂的剧评，令人不可思议。

周：那个剧是我陪他一起去看的，剧评也是由我来翻译。实际上，此人感觉非常敏锐，令人吃惊。他可能是通过演员声音来感受的，和我的理解几乎一样。

我：爱罗先珂因为是"激进派"而被驱逐出日本，好像很高兴地回国了，但很快又转回来，来到支那。我推想，布尔什维克的社会也不能令其满意。

周：爱罗先珂一点也没有批评本国的事情，好像是被堵住了嘴。撇开这点不谈，爱罗先珂是憧憬自由的自然人，因此我行我素，性格怪僻。比如，有人赞美资产阶级，他就会怒骂此人

"笨蛋"。如果有人赞美无产阶级,他则会说"非也,非也,资产阶级也有其优点"。可以说,爱罗先珂不是列宁主义者,而且,不单单不是列宁主义者,爱罗先珂是除了爱罗先珂之外任何主义都不会乐于接受的人。

我:爱罗先珂喜欢支那人吗?

周:好像非常厌恶。他说,与北京相比,上海还算略有点意思。这个人在印度也呆过,但似乎最喜欢的是日本友人。

我:大概是还没有厌倦时就被驱逐出境之故吧。

周:嗯,也可以这么说吧。

四人大笑。至此,和周的谈话结束了。我很意外周对中国之绝对悲观的态度,感到他可怜至极。在我看来,周的悲观可谓太过分了。当然,今日支那的现状让真正认真的支那人看了也许只能得出如周一样的结论。与周树人的悲观论以及其他意见相比,我带着对他严肃的性格的深深敬意而告辞离去。

南雍艺海

新学衡

李瑞清先生艺术作品

江前石尒流　亭下華方午　萼榭童艖絪永和　吟壇贈苔追長慶

玲瓏磊落勢琴多采元章

昔元時大谷子寫石其塵如肺其勢如鐘潑墨淋漓有落筆入神之概余多病之身有

時一畫佛性之所致亦臨漢魏鐘鼎文字今之鈐筆所如寫此怪石豈我心之不可轉耶抑人

情之不可挽耳

乙卯日長至阿梅清道人

玉梅花庵葬书魂

——李瑞清先生的书法艺术

李昕垚*

　　李瑞清先生是近代著名的教育家、书法家，四体皆工，与另一书法名家曾熙，同为光绪年间进士，晚年又同寓居沪上，鬻书课徒，诗酒飘零，故以"南曾北李"齐名书坛，培养出张善孖、张大千兄弟、吕凤子、胡小石、马宗霍、李仲乾、黄鸿图等众多名家。李瑞清曾执掌两江师范学堂八年，不仅手创"图画手工科"，成为中国近代美术教育的先驱与推手，更与柳诒徵、王伯沆、胡小石等"学衡派"名家交往密切，为两江师范学堂化成气象，奠定格局。

　　李瑞清字仲麟（仲霖），号雨农、梅庵、梅痴，同治六年（1867）八月八日生于江西抚州府临川县的一个簪缨世族，高祖李宗瀚是乾隆、道光时期著名书法家、金石家；叔祖李联琇（李宗瀚之子）是咸丰年间进士、国子祭酒、国史总纂；父亲李必昌，字慕莲，号益生，又称荣禄公，在湖南为官三十年。光绪十九年（1893）李瑞清考中举人，二十一年（1895）中进士，钦点翰林院庶吉士。二十八年（1902）出任江南高等学堂监督，三十一年（1905）分发江苏候补道，署江宁提学使，亲赴日本考察教育，聘请日本教员来华教习。次年重任两江师范学堂监督。宣统二年（1910），被选为南洋劝业会研究会会长，又在上海创办留美预备学堂，聘请黄宾虹为国文教习。次年秋，鬻书京师，筹募经费偿还留美学堂教习之工资，十一月，因生活拮据，卖掉平时所用司库，充当旅费，率全家老弱二十余人，避乱上海，寓居南市三牌楼，改着道士装，以鬻书画，卖诗文，课门徒为生，自署清道人。民国九年（1920）八月初一逝世，遗体葬于南京牛首山。

　　李瑞清书法的根脉，在于他对书艺本身的理解。他在《玉梅花庵书断》中说，"学书尤贵多读书，读书多，则下笔自雅。故古来学问家虽不善书，而其书有书卷气。故书以气味为第一，不然，但成手技，不足贵矣。"重视书家自身学问的涵养和人品的砥砺，胸中有沟壑，人品立得住，写书方可入神品。

　　李瑞清于真、草、篆、隶，四体皆工，然皆本之于金石，即"求分于石，求篆于金"。正如他自己在《报陶心云书》中所言"瑞清幼习训诂，钻研六书，考览鼎彝，喜其瑰玮，遂习大篆"，童蒙时代逐渐培养起来的扎实的训诂基础和六书功底，为他学金文、篆书提供了绝佳的条件，"余书本从篆、分入，学书不学篆，犹文家不通经也，故学书必从通篆始"，对篆书的重视，一方面源于李瑞清深厚的家学渊源，另一方面也归因于乾嘉以降，金石学的持续兴盛对碑学、帖学产生的影响。

　　处于时代浪潮之中的李瑞清，思考碑帖之关系，亦颇有发微。"余幼学鼎彝，弱冠学汉分，

＊　李昕垚，南京大学历史学院硕士生。

年廿六始用力今隶,六朝诸碑靡不备究,尔后始稍稍学唐以来书。然从碑入简札,沉腘不入格,始参以帖学,然帖非宋拓初本,无从得其笔法,故不如碑之易得也。且帖皆宋人手刻,参入后来笔法……王虚舟云:'江南全帖,不如河北断碑。'诚知言也。余每临帖以碑笔求之,辄十得八九,但若拘受汇帖,无异向木佛求舍利子,必无之事,不可不知也。"①与帖参于众手相比,碑更易得其真,故李瑞清于北碑用力甚深。从目前存世的临《张猛龙碑碑阴》,集《郑文公碑》等作品即可窥一斑。他对清末民初魏碑徒具其形的书风颇有意见,"挽近俗士,风化所靡,未解执笔,便言魏晋。目未涉乎鼎彝,心更昧于碑碣,俭腹虚造,附以诡术,以鼓努为雄强,以僻诞为奇伟,妍媸杂糅,朱紫乱矣。"②而为了解决长期沉浸于北碑之中所带来的滞纳呆板之气,他"缘碑入帖",力求放开,大胆从帖学中汲取养分,一破碑版之气,形成了高古而不呆滞,朴拙而不版结的独特风格。

"自古长安如弈棋,百年世事不胜哀",甲午以降,国运沉沦,辛亥鼎革之际,李瑞清尽力维持两江师范学堂校舍图书。民国初,避居上海,仿明朝之大涤子自称石涛和尚,假道号聊以自娱,因名"瑞清",故自称"清道人",改穿道袍。李瑞清逝世时,释道阶即以"黄冠托迹以求志,不降不辱臣节保"的挽联来悼念。不论李瑞清是否真的以"清"之名来寄托亡清之心绪,可以肯定的是,寓居沪上的近十年间,李瑞清鬻书卖画,奔波生计,亦是冷眼向洋,静观世变。他在《桃花源画意》中题诗云:"万里风涛一钓舟,武陵春色满溪头。漫言辟世桃源好,流水飞英处处愁。"国变风云,人情冷暖,皆入心曲。

"青山本是无情物,写到沧桑亦可怜。"传说李瑞清初到上海时,沈曾植即告诉他:在上海卖书画不难,但要有两个条件,一个是"纱帽",即过去做过大官,一是"怪体",即风格越奇怪越好。你是前清的学部侍郎,"纱帽"算有了,可是书画还不怪。李瑞清听了他的话,就转向奇怪的风格发展。③不管是否确有其事,清道人这种风格的转变,为他在十里洋场的文化圈迅速站稳脚跟,提供了助力,也带来了颇多争议。

柳诒徵先生之孙柳曾符曾在《柳诒徵执教两江师范学堂小记》一文中提到,前浙江美术学院教授陆维钊先生,青年时代在南高求学,不满李先生书法,一日为柳诒徵先生所知,柳先生出李先生工楷所书柳母墓志铭以示,迥非后来形体,陆先生仍怡然。所以时人亦知李先生书,凡署瑞清下款,皆辛亥以前作,必为精品。

"人间久已无春色,共写秋心入画图。"清道人逝世后,由挚友曾熙、弟子胡小石料理后事,于南京牛首山罗汉泉旁之雪梅岭立墓,墓旁筑"玉梅花庵",有曾熙书写的对联:"六朝山色今犹在,百世人伦我所帅。"另有谭延闿题联云:"名山名士同千古,成佛成仙是一家。"清风明月,亦得与玉梅花庵共眠。

---

① 李瑞清:《玉梅花庵书断》,《清道人遗集》,合肥:黄山书社,2011 年,第 158 页。
② 李瑞清:《跋自临郑文公下碑》,《清道人遗集》,合肥:黄山书社,2011 年,第 85 页。
③ 雷文:《清道人写怪字》,《书谱》总 20 期,第 3 页。

中外比较

新学衡

天主教第一位国籍主教罗主教之名、字与生日的新发现
——罗马耶稣会档案馆所藏罗文炤主教墓志铭之初步研究

宋黎明[*]

　　罗主教西文名字为 Gregorio Lopez,是中国天主教历史上第一位国籍主教。他于 1685 年晋升主教之位,从明朝万历年间天主教入华算起,相隔一百年之多,而第二位国籍主教赵怀义(1880—1927)的出现是在 1926 年,相隔近二个半世纪。换言之,罗主教是明末天主教入华后三百五十年中唯一的国籍主教,这在天主教历史上堪称纪录。与这个纪录形成强烈反差的是,学界对罗主教的研究成果较少[②],学术水平也不是很高。事实上,人们至今对于罗主教的生年莫衷一是,对于其生日更是一无所知。笔者最近在罗马耶稣会档案馆发现了一份有关罗主教的珍贵文献[③],据此可以确知罗主教的生日,并纠正过去有关罗主教中文名与字方面的讹误。

　　罗马耶稣会档案馆的这份文献共有五页:第一页是拉丁文标注,说明资料的来源;第二页是罗主教墓碑之一的式样;第三、四页为罗主教墓碑之一的中文墓志铭;第五页为墓碑之二的中文墓志铭。本文分别介绍其内容,并对首次披露的这一文献进行初步的研究,以抛砖引玉。

一、拉丁文标注

Inscriptiones Lapidum qui sunt in Sepulchro Ill.mi Basilitani, quas Ill.mus a Leonissa mandavit imprimi: in quibus utitur Litera Tien ad Significandum Deum, quam tamen Roma Idolatria imbutam aperit contra S.S. Societ. J.

Concordat cum esemplari huc missoà P. Ant.o de Silva Soc. Jesù
Rectore Collegii Nankinensis in cuius fidem subscribo
Pekini 8va 9bris 1705
Philippus Grimaldiè Soc. Jesu
Visitoris[④]

---

[*]　宋黎明,南京大学学衡研究院"学衡讲座教授"。

[②]　西班牙多明我会士 José Maria González,*El primer obispo chino*,Exc.mo Sr. D. Fray Gregorio Lo, o Lopez, O.P., Villava 1966;多明我会第二位国籍主教郑天祥主编:《罗文藻史集》,高雄教区主教公署印行,1967 年。

[③]　ARSI,Jap.Sin., 157, ff.1 - 5.

[④]　ARSI,Jap.Sin., 157, f.1.

译文：

尊贵的巴希利衔(Basilitani)主教陵墓上(两种)墓志铭,该主教命余天民立铭,其中"天(Tien)"字表示"天主(Deus)",而罗马方面却以此字充满迷信而反对神圣的耶稣会。

本人认同耶稣会南京会院院长林安多(Antonio da Silva)神父寄来的抄件,立此为据。

北京,1705 年 11 月 18 日

耶稣会巡察使闵明我(Philippus Grimaldi)

两个拉丁文标注为两种不同的笔迹,后一标注的拉丁文署名为 Philippus Grimaldi,即耶稣会士闵明我(Claudio Filipo Grimaldi,1638—1712),时任耶稣会日本暨中国巡察使①,故其署名的头衔为 Visitoris。在文件的下方,盖有闵明我的印章:SOCIETATIS. IESU. VIS. JAP. ET. CHIN.(耶稣会日本暨中国巡察使)。在文件的右上角,写有"8 Nov. 1705, Grimaldi(闵明我,1705 年 11 月 8 日)"的字样,与文件中闵明我署名日期一致,系后人所加。根据这一标注,这份文献是由耶稣会士葡萄牙人林安多(Antonio da Silva,1654—1726)寄出,而林安多当时的职务之一是耶稣会南京学院院长(Rectore Collegii Nankinensis),这一职务在其传记中似未被提及。② 根据钟鸣旦的消息,南京主教罗历山(Alessandro Ciceri,1639—1703)曾居住在南京耶稣会学院(Jesuit college),林安多也属于该学院。③ 根据《江南传教史》的消息,南京耶稣会学院位于罗寺转湾,包括教堂、女子教堂、洗礼堂、住所、庭院等④,因此,作为南京学院院长,林安多可能兼任南京耶稣会传教团团长。

无论如何,很可能是林安多在 1705 年以耶稣会南京学院院长的身份,将有关罗主教墓志铭的抄件(esemplari)寄往罗马的。前一拉丁文标注介绍了所寄档案的主要内容,没有署名。其笔迹与后一标注不同,而从笔迹判断,其作者为林安多本人。⑤ Ill.mi Basilitani 指巴希利衔(Basilitani)主教,而当时巴希利衔主教是中国首位国籍主教罗主教,即长期以来为世人所熟知的罗文藻主教,他于 1685 年被任命为巴希利衔主教,后于 1688 被任命为南京主教。inscrip-

① 闵明我,意大利人,字德先,1658 年入会,1669 年多明我会会士闵明我(Domingo Fernández Navarrete,1618—1686)在拘禁期间逃逸,时在广州的 Grimaldi 遂冒名顶替,又称"小闵明我"或"假闵明我"。1695—1696 年任耶稣会副省会长,1703 年—1706 年任日本和中国巡察使。1712 年逝世于北京。参见费赖之著,冯承钧译:《在华耶稣会士列传及书目》(北京:中华书局,1995 年),荣振华著,耿升译:《在华耶稣会士列传及其书目补编》(北京:中华书局,1995 年)相关条目。下列有关耶稣会会士的介绍,均主要参考此二书,不一一加注。

② 林安多有多种中国名字,如林安、林安廉、林安之、林安英;他于 1654 年出生在里斯本,1669 年进入耶稣会科英布拉初修院,1694 年出发前往中国,1694 年 5 月 4 日到达江南,1699 年在南京任教区本堂神父,次年被任命为南京主教罗历山(Alessandro Cicero)的助手,并在罗历山逝世后于 1705 年被任命为南京宗座代牧主教,但因故辞职;1711—1714 年在南京任副省会长,1726 年 3 月 6 日在南京逝世。

③ Nicolas Standaert, *Chinese Voices in the Rites Controversy: Travelling Books, Community Networks, Intercultural Arguments*, Roma: Institutum Historicum Societatis Iesu, 2012, p.155.

④ Louis Gaillard(方殿华), *Nankin D'Alors Et D'Aujourd'hui: Nankin Port Ouvert*, Chang-hai, Imprimerie de La Mission Catholique, 1901, p.232.

⑤ 罗马耶稣会档案馆有林安多的一封信函,署名 Antonius da Silva,笔迹与此拉丁文标注相同;ARSI, Jap.Sin., 157, f.12.

tiones lapidum,意为墓志铭(复数)。罗主教葬在南京雨花台,而根据后面的材料,可知罗主教有两个墓志铭,所以在南京雨花台先后有两个墓碑。拉丁文标注说明罗主教生前嘱咐 Leonissa 勒石。Leonissa 指 Giovanni Francesco de Nicolais de Leonessa(1656—1737),有时简写为 de Leonessa,后面两份中文墓志铭,载明其中文姓名为余天民。他是意大利方济各会士,1684 年到达广州,很快成为罗主教(1617—1691)宗座代牧的副手,并在 1691 年罗主教逝世后成为其接班人。① imprimi 原意为印刷,因涉及墓碑,故似可理解为将墓志铭镌刻在墓碑上。

拉丁文标注称墓志铭中的"天"字代表了天主教真神 Deus,并称罗马方面即教廷以此充满异端色彩而反对耶稣会。这句话似乎莫名其妙,其实包涵深意,容后再论。

二、墓志铭(一)之"条式"

主教先叔祖墓志条式

(此式除上迭西字与《信经》、《十诫》不写于后,其余墓志及下迭诸姓氏,一一开载于后)

西洋字讲主教的事情,此纸小,不及写之。此上迭一概西字。

《信经》:"我信全能者"云云,至"我信常生。亚孟。"《天主十诫》:"一、钦崇"云云。念至"善者升天堂受福,逆者下地狱受永殃。"

"清故天学主教"云云

"主教罗公,讳文炤"云云

至"逦天主降生一千六百九十一年"

圣多明我会士

圣方济各会士

耶稣会士

会中人陆

功服从孙

后学析妣

仝志②

---

① 他的中文名字通常写为余宜阁或余天明,但通过后面的墓志铭,可以确认其中文姓名为余天民。《意大利百科全书人物词典》也将其拼写为"Yu T'ien-min"即余天民(*Dizionario Biografico degli Italiani*,Roma Trecani 2013,vol.78)。1693 年罗力山(Alessandro Ciceri,1636—1703)成为南京主教,余天民则于 1696 年 11 月离开中国,两年后在马德里获知自己被任命贝鲁特(Berytus)主教兼湖广宗座代牧的消息,1700 年 3 月 7 日在罗马祝圣。余天民离开中国后一去不返,是从未到任的湖广宗座代牧。

② ARSI,Jap.Sin.,157,f.2.

"主教先叔祖墓志"之题,别具一格,融教会与家庭于一体;对于教中人士而言,罗主教是"主教",对于其从孙而言,则是"先叔祖"。罗主教在兄弟中排行最小,此"从孙"为其兄之孙,所以他被称为"先叔祖",而非"先伯祖"。罗主教少年时失去父母,由其兄长抚养,此"从孙"或为抚养他的哥哥的孙子。根据余天民 1691 年 6 月 16 日致传信部报告书:罗主教临终前,有"侄孙辈等人伺候其旁哭泣",罗主教温和地阻拦说,不要哭泣,他只承认谨遵天主诫规者为其家人。[①] 此"侄孙"即为在墓志铭上署名的"从孙"。因为该墓志铭有罗主教从孙的署名,所以碑题上出现"先叔祖"的字样。"功服"为古代丧服名,有大功和小功之分,其中大功服的对象,男子为堂兄弟等,服丧期为九个月;小功服的对象,男子则为叔伯祖父等,服丧期为五个月。因此,罗主教的从孙为小功服,服丧期为五个月。在后面正式的墓志铭中,尽管有罗主教从孙罗日藻的署名,但不见"先叔祖"的字样。

"此式除上迭西字与《信经》、《十诫》不写于后,其余墓志及下迭诸姓氏,一一开载于后",说明罗主教墓志铭分为上下两"迭",上"迭"上层为"西字"墓志铭,"西字"通常为拉丁文;下层则为《信经》与《天主十诫》;对于上迭二层的内容,该文献均省略不载,所载为中文墓志铭与墓志铭署名者,这是下"迭"上层与下层的内容。关于上"迭"上层的内容,该文献解释说:"西洋字讲主教的事情,此纸小,不及写之。此上迭一概西字。"有趣的是,中文传统书写总是自右向左,而此处却反其道而行之,仿效西文书写形式,实为罕见。此处西文或为拉丁文,通常是与中文对应的拉丁文墓志铭。杜鼎克(Ad Dudink)告诉笔者,余天民曾撰写一篇悼念罗主教的拉丁文讣告,可能就是这层内容。

上"迭"第二层为《信经》和《天主十诫》。下迭第一层或总第三层有三个简单的提示,即碑题 "清故天学主教"云云、墓志铭内容"主教罗公,讳文炤"云云和立碑日期至"遡天主降生一千六百九十一年"。下迭第二层或总第四层内容提示了诸多立碑人,即"圣多明我会士、圣方济各会士、耶稣会士、会中人陆、功服从孙、后学析姒"等;根据墓志铭内容,可知其中"析姒"为"浙姚"之误。下面分别介绍下层的具体内容并加以简单的分析。

三、罗主教中文墓志铭(一)

(下中层)

清故天学主教罗公宗华先生墓志

主教罗公,讳文炤,字宗华,福建福宁州福安县人,世居罗家巷,生于明万历丁巳年九月十九日。少孤,抚于伯氏。苦志读书,不屑攻时艺,嗜天人性命之学;一日得读天学书,深相契合,年十六遂受洗于泰西利安当先生,圣名额勒卧略。未几,偕利先生至吕宋,见诸西儒,钦崇昭事之诚,即卓然向道,通习西文经史,年三十三入多明我会,三十七授撒责多

① José Maria González, op. cit., pp.129—135.余天民 1691 年 6 月 16 日关于罗文炤主教的报告,原文为拉丁文。

德铎品级;时回闽粤,播乱所遭险阻艰难,不能备纪。皇清康熙三年甲辰,泰西诸修士蒙今上弘仁,恩养广东,莫慰教众,挽公代为抚视;公甘心劳勤,跋涉于燕齐、秦晋、吴楚者,寒暑凡四易。至辛亥诏赐诸西儒,生还本堂,死归本墓。公功有成,咸述上教皇;教皇嘉公恭恪,赐主中州教务。命下,公曰:"误矣,恐非我也。我何堪比钜任耶?"辞不允,命之再,乙丑始拜命。又勤劳七载,今辛未岁正月三十日,终于江宁昭事堂,享年七十五岁。临终顾教众曰:"余忝为信德之首,愧不称厥职。圣教信德,为万德之根,凡在教者,毋稍涉疑贰也。远西职铎德者,舍命航海而来,惟以教人信望爱于天主。"天民叨职公副,敬遵遗命,发诸贞石,营公窀穸于江宁聚宝门外、雨花台西,墓后皆耶稣会诸西儒之茔也。谨志。

康熙辛未初夏朔日

遡天主降生一千六百九十一年

(下中层完)①

　　罗主教的中文姓名为罗文藻,这几乎成为定论而无人置疑。事实上,为了纪念罗主教,南京主教于斌(1901—1978)曾推动《文藻月刊》在 1948 年创刊,而且台湾高雄在 1966 年创办"文藻女子外国语文专科学校"(后改名为"文藻外语大学")。但是,这个墓志铭却明确写道:"主教罗公,讳文炤",意即其名为"文炤",非"文藻"。根据现有资料,罗主教生前唯一留下的中文署名即为罗文炤:多明我会士赖蒙笃(Raimundo del Valle, 1613—1683)所著《形神实义》(福安:长溪天主堂,1673 年),四名修订人为万济国(Francisco Varo,1627—1687),闵明我(Domingo Fernández Navarrete, 1618—1686),白敏我(Domingo Sarpetri, 1623—1683)和罗文炤。② 此处的"罗文炤似乎没有引起足够的重视",陈纶绪神父(1915—2005)注释道:"Gregorio López,生卒年 1616—1691,中国多明我会士,未来的南京主教,通常以罗文藻而为人知"③。毕竟这是 1673 年的署名,罗文炤后来是否有可能改名为罗文藻呢? 但这一墓志铭以及上述墓志"条式"和下述另一墓志铭,均证实罗主教生前只有一个名字:罗文炤。不但如此,在这个墓志铭上罗主教从孙署名为"罗日藻",而根据中国古代避讳的原则,晚辈不得使用长辈之名,以示尊重,为此罗主教名字中则不可能出现"藻"字,所以罗文藻既非罗主教的正名,亦非其别名,而是一个讹误。

　　根据新发现的墓志铭,可知罗主教之名为"文炤",而非人们普遍采用的"文藻"。同样,罗文炤主教的字为"宗华",而长期以来其字被写为"汝鼎"或"我存"。"汝鼎"出处不明,待考。

---

① ARSI,Jap.Sin., 157, f.3—4a. 墓志铭前后所写"下中层"和"下中层完",说明墓志铭是墓碑上第三层的内容。碑文中"幸亥"为"辛亥"之误。

② ARSI,Jap.Sin., I, 117. 在《形神实义》中,"泰西传教会"代多明我会,"景教"代天主教。

③ 陈纶绪:《罗马耶稣会档案处汉和图书文献目录提要》(Albert Chan S.J., *Chinese Books and Documents in the Jesuit Archives in Rome*, *a Descriptive Catalogue*:*Japonica-Sinica* Ⅰ-Ⅳ., N.Y.:Sharpe, 2002),第 165—166 页。

"我存"与"文藻"之名联系在一起,则是由于一帧流行的罗主教画像。[①] 在这幅画像的右上方,有七个中文字"主教罗文藻我存",下面则有法文说明"Monseigneur Grégoire Lopez / D'après la gravure donnée par le P. Le Comte en 1701(Lopeze 主教,据 1701 年李明(Le Comte)神父所遗木刻像)"。所谓"李明神父所遗木刻像",当指其名著《中国现状新忆》(Nouveaux mémoires sur l'état présent de la Chine)1701 年版所刊之像;笔者未见此版,但在该书 1702 年版中确实有一尊罗主教的木刻像,画面上没有任何汉字,下方则有法文注释:"Gregoire Lopez Chinois de Nation, de L'Ordre de S.to Domenique, Evesque de Basilee et Vicaire Apostolique a la Chine(Gregoire Lopez,中国人,圣多明我会,巴希利衔主教兼中国宗座代牧)"。[②] 在罗文炤逝世后,余天民在给教廷传信部寄出一份报告的同时,"也寄了一尊主教的遗像;他的衣着是按照中国的习俗,坐在祭台旁,其上有主教高冠及权杖,手持一串念珠。"[③]李明著作中所载之像与此相同。笔者所见写有"主教罗文藻我存"汉字的罗主教遗像,是在 1924 年一本法文著作中。[④] 由此可以推断,"罗文藻"之名以及"我存"之字出现在上个世纪二十年代,其始作俑者可能将罗文炤与明末天主教名人李之藻(字我存)混为一谈,并以此长期误导了学界。

如果说学界过去集体误会了罗文炤主教的名与字,那么对于其生年则更是众说纷纭,正如郑天祥指出,对于罗主教的诞生年月,"一般史学家却众说纷纭,究竟于何年何月诞生,迄无定论。"具体而言,关于罗主教的生年,目前存在 1610 年、1611 年、1615 年、1616 年和 1617 年五种说法。1610 年之说由法国耶稣会士方殿华提出,理由不明。[⑤] 1611 年之说理由有二:其一,罗文炤 1685 年接受祝圣为主教时,自称时年 74 岁,据此推断其生年为 1611 年;[⑥]其二,《罗化宗谱》载,"罗文藻生于明万历三十九年"即 1611 年。[⑦] 1615 年之说和 1616 年之说均出于罗文炤 1688 年一函,其中他自称现年 73 岁,德礼贤推断罗主教生年为 1615 年或 1616 年,换言之,如果罗主教所说为虚岁,则其生年为 1616 年,实岁则为 1615 年。José Maria Gonzále 认为罗主教所说为实岁,故将其生年定为 1615 年,[⑧]而德礼贤似乎偏向于虚岁,故将罗主教生年修改

① José Maria González,op. cit.,封面即采用此图;同作者在另一部著作中也采用这一插图,José Maria González, *Historia de las Misiones Dominicanas de China 1632 - 1700*,Madrid, 1964,T. I, pp.528 - 529.吴应《哭司教罗先生》诗中,有"空帷像设俨相似"句,说明罗主教灵堂中供奉着罗主教的遗像,此"像"当同于余天民所寄"遗像"或为同一木刻像。

② Luise Lecomte,*Nouveaux mémoires sur l'état présent de la Chine*, Paris 1702,p.208.

③ Enrique Heras,*La dinastía Manchú en China*; *historia de la última dinastía imperial y en particular de sus relaciones con el cristianismo y la civilización europea*, Barcelona 1918, t. 1, p.493.

④ Joseph de La Serviere,*Les anciennes missions de la Compagnie de Jésus en Chine*,1552 - 1814, Chang-hai 1924, p.46。笔者所见没有汉字注释的最后一帧罗主教遗像,载于樊国梁主教(1837—1905)1902 年关于北京历史和概括的著作:Pierre-Marie-Alphonse Favier,*Peking*, *histoire et description*. Peking 1902,p.159.

⑤ Louis Gaillard, op. cit., p. 261.

⑥ 郑天祥:《罗文藻史评》,郑天祥主编:《罗文藻史集》,第 223 页。

⑦ 罗一鸣:《罗文藻生卒年考》,《海交史研究》1997 年第 1 期。

⑧ José Maria Gonzále, op. cit., p. 22.

为 1616 年。① 1617 年之说似乎没有什么根据,但最为流行。② 现在,根据罗马耶稣会所藏罗主教墓志铭,我们可以确定罗主教的生日为"明万历丁巳年九月十九日",即 1617 年 10 月 18 日。据此,不但罗主教生年一锤定音,其生日也水落石出。

值得一提的是,墓志铭对罗主教的年龄也采用了虚岁和实岁两种计算方法。罗文炤主教的生日为 1617 年 10 月 18 日(明万历丁巳年九月十九日),忌日为 1691 年 2 月 27 日(辛未岁正月三十日),如果按照实岁计算,他享年 74 岁。墓志铭称罗主教"享年七十五岁",显然使用的是虚数。同理,这个墓志铭称罗文炤在康熙乙丑(1685)被祝圣主教后,"又勤劳七载,今辛未岁正月三十日终于江宁昭事堂",这里的"七载"也是虚数。但是,另一方面墓志铭称罗主教"年十六遂受洗于泰西利安当先生",如果根据虚数,罗主教受洗之年当为 1632 年;但罗主教受洗日期明载为 1633 年 9 月 24 日,所以此处"年十六"为西方的实岁。同理,墓志铭又称罗主教"年三十三入多明我会,三十七授撒责多德铎品级",所依均为西方的实足年龄,即罗主教 1650 年(1 月 1 日)加入多明我会,1654 年(7 月 4 日)晋铎。因此,从年龄计算的角度看,这个墓志铭也堪称中西合璧。

墓志铭比较详细地介绍了罗文炤主教的生平,其中不乏值得注意的信息。罗主教在中国天主教界脱颖而出,很大程度上得益于当时的"康熙历狱"。1664 年,杨光先(1597—1669)对天主教发难,康熙于 1665 年初将所有传教士软禁在广州,罗主教作为中国人却有活动自由,并因辛勤传教而获教廷赏识、提拔。墓志铭对这段历史以"曲笔"记载如下:"皇清康熙三年甲辰,泰西诸修士蒙今上弘仁,恩养广东,莫慰教众,挽公代为抚视;公甘心劳勋,跋涉于燕齐、秦晋、吴楚者,寒暑凡四易。至幸(辛)亥诏赐诸西儒,生还本堂,死归本墓。公功有成,咸述上教皇;教皇嘉公恭恪,赐主中州教务。"在接到教廷主教任命之后,罗主教下面一段话充分反映出其谦逊的性格:"命下,公曰:'误矣,恐非我也。我何堪比钜任耶?'辞不允,命之再,乙丑始拜命。"此外,罗主教的临终遗言,也是研究罗主教的珍贵史料:"临终顾教众曰:'余忝为信德之首,愧不称厥职。圣教信德,为万德之根,凡在教者,毋稍涉疑贰也。远西职铎德者,舍命航海而来,惟以教人信望爱于天主。'"

根据墓志铭,罗文炤主教逝世于"江宁昭事堂";根据郭廷裳《南京罗主教神道碑记》,另一南京主教罗历山(Alessandro Ciceri, 1639—1703)"(康熙)癸酉仲冬之望没于金陵之昭事堂寝"③,"江宁昭事堂"当即"金陵昭事堂"。"昭事堂"并非南京独此一家,笔者在罗马耶稣会档

① Pasquale M. D'Elia, *Catholic native episcopacy in China, being an outline of the formation and growth of the Chinese Catholic Clergy*, 1300-1926, Shanghai: T'usewei Print. Press, 1927, p. 30, n. 2;德礼贤:《中国天主教传教史》,上海:商务出版社,1939 年,第108 页。我国宗教界偏向此说,见丁光训、金鲁贤主编:《基督教大词典》,上海:上海辞书出版社,2010 年,第 392 页。

② 例如,范良佐:"纪念中国天主教第一位国籍主教罗文藻逝世三百周年",载《中国天主教》,1992 年第二期;池惠中:"中国天主教爱国爱教的先驱——罗文藻主教",载《中国天主教》,2011 年第二期;Nicolas Standaert, *The Interweaving of Rituals: Funerals in the Cultural Exchange between China and Europe*, Seattle: University of Washington Press 2008, p. 141; D. E. Mungello, *The Catholic Invasion of China: Remaking Chinese Christianity*, Lanham, Maryland: Rowman and Littlefield Publishers, 2015, p.44.

③ 郭廷裳:《南京罗主教神道碑记》,载《巴黎国家图书馆明清天主教文献》第 11 卷,第 375—378 页。

案馆发现一份资料,记载吴历等十三人于康熙十七年(1678)秋前往杭州观瞻卫匡国不败肉身,其中提到"虞山昭事堂"。[①] 高华士《清初耶稣会士鲁日满——常熟账本及灵修笔记研究》写道,1685 年至 1690 年间,常熟有一座 Chao-shih Tang,而且卫匡国在杭州的教堂也叫此名;该书中文译者疑 Chao-shih Tang 为"造世堂"[②],笔者认为常熟 Chao-shih Tang 当即"虞山昭事堂",杭州的 Chao-shih Tang 也当译为"昭事堂"。"昭事堂"或典出"昭事上帝",故"昭事堂"实为天主堂的代称。就笔者所知,似乎只有耶稣会将天主堂称为"昭事堂",故此可以判断罗文炤主教逝世地点为南京耶稣会天主堂,即南京汉西门天主堂。这一教堂的创立者为耶稣会士毕方济(Francesco Sambiaso,1582—1649),依靠三十名南京天主教徒的捐款,他于 1637 年购买了汉西门一块地皮,并建立教堂以及会院。雍正年间禁教,汉西门教堂在 1724 年被没收,两年后寓所成为谷仓,1846 年部分尚存。1864 年,部分地皮根据条约归还给教会,并开始建立新教堂。1887 年 4 月 17 日第一块基石。1888 年 1 月 12 日落成,即今天的石鼓路天主堂。[③]

根据罗主教的"遗命",其接班人余天民寻找碑材("发诸贞石"),在南京聚宝门(今中华门)外雨花台耶稣会墓地安葬罗主教。立碑时间"康熙辛未初夏朔日","康熙辛未"即公元 1691 年,"初夏"为四月,初一为"朔日",所以立碑时间为公元 1691 年 4 月 28 日。[④]这块墓地系当年毕方济在购买汉西门地皮时一同购买,罗主教是安葬其中的唯一的多明我会士,也是唯一的中国人,其余九位皆为外国耶稣会士,包括罗历山主教和短期内担任主教的林安多,故雨花台墓地有"主教坟(le cimetière des Évêques)"之称。太平天国期间,"主教坟"因遭到炮击而毁,只有一些墓碑残片幸存,但无人收集。后来遭到水灾,墓地移到雨花台较高的地方,并在墓前竖立一块巨大的石碑,上刻"耶稣"二字,并刻有葬于此地的十名传教士的西文姓名、中文姓名以及他们入会、入华、逝世日期。1889 年,法国耶稣会士方殿华实地考察并测量雨花台"主教坟",并记录了十个传教士的名字,均有中文姓而无名。[⑤] 在这个石牌上,罗文炤主教只有西文 Mgr Gregorio Lopez 和一个孤零零的中文"罗"姓,而不见其名与字,亦无其生年等其他诸多消息,这给后来的考据者留下巨大的想象空间。于斌主教称,他在 1936 年秋担任南京主教后,"曾数度赴雨花台瞻仰罗主教墓地",[⑥]此墓地当为方殿华所说的包括罗主教在内的十名传教士集体墓地。笔者最近为此专门探访雨花台,"罗主教墓地"了无痕迹,询问雨花台管理人员,竟不知曾有此墓地存在。这似乎是一种集体遗忘,查最新出版的南京地方志,其中称清凉山曾有一座"外国人坟",而对雨花台的"主教坟"却只字未提。[⑦]

---

① ARSI, Jap. Sin., 166, ff. 423v-433.

② (比利时)高华士著,赵殿红译:《清初耶稣会士鲁日满——常熟账本及灵修笔记研究》,郑州:大象出版社,2007 年,第 158 页;同页,注 2。

③ Louis Gaillard, *Nankin D'Alors Et D'Aujourd'hui: Aperçu Historique et Géographique*, Chang-hai, Imprimerie de La Mission Catholique 1903, pp.247-8; p.289.

④ 按照常理,立碑时间当亦即安葬时间,故可断言罗文炤主教的安葬时间为 1691 年 4 月 28 日。一种说法为罗主教安葬的时间为 1691 年 5 月 2 日(郑天祥主编:前揭书,第 8 页),或误。

⑤ Louis Gaillard 1901, op.cit. pp.261-262.

⑥ 郑天祥主编:《罗文藻史集》,第 2 页。

⑦ 南京市地方志编纂委员会办公室编著:《南京简志》,南京:南京出版社,2014 年。

四、罗主教墓志铭之一署名者

（下层。横写因直不能容故也）

圣多明我会：

郭玛诺　以西巴尼亚人

白诚明　以西巴尼亚人

费理伯　以西巴尼亚人

马希诺　以西巴尼亚人

圣方济会士：

利安定　以西巴尼亚人

余天民　意大理亚人

伊大任　意大理亚人

叶崇孝　意大理亚人

林汉默　以西巴尼亚人

耶稣会士：

刘蕴德　湖广巴陵人

洪若　法朗济亚人

安多　拂兰第亚

张安当　意大理亚人

毕嘉　意大理亚人

张开圣　路西大尼亚

殷铎泽　意大理亚人

徐日升　路西大尼亚

郭天爵　路西大尼亚

刘应　法朗济亚人

吴历　江南常熟人

会中人，陆希言，江南华亭人

功服从孙罗日藻

同志

后学浙姚徐砼敬书

（下层。横写因直不能容故也）[1]

---

[1] ARSI，Jap.Sin.，157，f.4v. "下层"表示这是墓碑最下层；因为立碑人与上述墓志铭后面的部分写在一张纸上，无法像墓志铭文字那样"直写"而只能"横写"，所以有"横写因直不能容故也"的说明。

立碑人共有 22 人之多,其中多明我会士四人,方济各会士五人,耶稣会士十一人,另有耶稣会修士陆希言以及罗主教功服从孙罗日藻。罗主教从孙罗日藻的署名极其重要,据此可以充分判断罗主教的"文藻"之名为讹误。墓碑的书写人徐砼是当时颇有名气的书画家,"后学"二字表示他可能是一位天主教徒。关于外国传教士的国籍,"以西巴尼亚"为西班牙,"意大理亚"为意大利,"路西大尼亚"为葡萄牙,"法朗济亚"为法兰西即法国,"拂兰第亚"为佛兰德(今比利时)。

上述名单的抄写,是根据当时中文从右往左的习惯。但是,就单个修会而言,其成员的尊卑关系却并非如此简单。先看方济会五人,如果按照从右往左的习惯,其排名则为利安定(Augustinus a S. Paschale,1637—1697)、余天民、伊大任(Bernardino della Chiesa,1644—1721)、叶崇孝(Basilio de Glemona,1648—1704)和林汉默(Jaime Tarin),但这不能正确反映他们之间的地位关系。事实上,排名中间的伊大任为北京主教,地位最高;其次是排在伊大任左边的叶崇孝,时任陕西宗座代牧;然后是余天民,作为罗主教的副手,其地位相当于副主教,地位在利安定和林汉默之上。因此,方济会五人的名单排列当为伊大任、叶崇孝、余天民、林汉默和利安定,所以正确的排名为中、左、右、再左、再右,如同当今会议主席台上的座次。这样的情形在当时的文献中并不罕见,例如在 1700 年三位在华主教和宗座代牧致福州教徒函的署名,如果按照从右往左的习惯,则分别为陕西宗座代牧叶尊孝(即叶崇孝)、北京主教伊大任以及江西主教白乐万(Alvaro de Benavente,1646—1709)[1],但根据他们的地位,排名则为伊大任、白乐万和叶崇孝;事实上,在这份复函的拉丁文译文中,三人便是根据他们地位的后一种排名,说明从会议主席台的角度决定排名次序,乃为当时的一个常识。[2]

再看这个墓志铭上诸多耶稣会士的署名。如果根据从右到左的习惯,那么排名次序则为刘蕴德(1628—1707)、洪若(Jean de Fontaney,1643—1710)、安多(Antoine Thomas,1644—1709)、张安当(Antonio Posateri,1640—1705)、毕嘉(Gabiani,Jean-Dominique,1623—1696)、张开圣(Francisco da Silva,1691—1722)、殷铎泽(P. Intorcetta,1625—1696)、徐日升(Thomas Pereira,1645—1708)、郭天爵 Francisco Simões(1650—1694)、刘应(Claude de Visdelou,1656—1737)和吴历(1632—1718)。显而易见,这个排名次序无法反映他们在教中的真实地位,因为作为新晋神父的刘蕴德,其地位不能高于其他外国耶稣会士,而且低于同时晋铎的吴历。因此,这个名单的排名也应该按照会议主席台的角度来看,即张开圣、殷铎泽、毕嘉、徐日升、张安当、郭天爵、安多、刘应、洪若、吴历、刘蕴德。据此,两位中国神父叨陪末席,因为他们晋铎时间最短,同时符合国人谦逊的风格。多明我会情况比较特别,名单是双数,笔者猜测这四位神父的排名或为费理伯(Savador de Santo Tomas)、白诚明(Petro Alcala)、马希诺

① ARSI,Jap.Sin.165,200－200v.

② ASR(罗马国家档案馆),Cina,ms. 116－117. 拉丁文译文题为:"*Responsum Domini Episcopi Pekinensis,Domini Episcopi Ascalonsensis et Revermi P. Basily de Glemona Vicary Apostoliei Xensitana Provincia ad cosdem Christians*(北京主教、阿斯科拉主教和陕西宗座代牧叶尊孝复同样教徒函)"。

(Magino Ventallol)、郭玛诺(Manuel Trigueros)。[1]

　　既然单一修会的名单应该按照会议主席台的次序安排,那么三个修会之间的关系该如何解读? 如果根据从右往左的习惯,三个修会的次序为多明我会、方济各会和耶稣会,尔后是耶稣会修士以及罗主教从孙,最后是墓碑书写人。从罗主教与三个修会的关系看,这样的排列似乎顺理成章,因为他是多明我会士,年轻时曾接受方济会神父的洗礼,与耶稣会则保持着良好的关系。但是,方济各会五人中有两个主教级的人物,而余天民则是罗文炤主教的继承人,也是罗主教所委托方后事处理人,举足轻重。耶稣会名单中虽然没有主教级别的人物,但人员众多,吴历和刘蕴德又是罗文炤主教亲自祝圣的中国神父,其份量远在多明我会之上。相反,多明我会四名神父不甚有名,而且作为罗文炤主教所在修会,排名最后也显得客气有礼。因此,笔者认为三个修会的排名也应该是中、左、右,即方济各会、耶稣会和多明我会,如同主席台的座次。至于三个修会神父名单之外的耶稣会修士陆希言以及罗主教从孙罗日藻,则可视为主席台上的侧席或台下之人,并不影响三个修会在主席台的座次。

　　在耶稣会的名单中,万其渊(1631—1700)的缺席引人注目。他与吴历和刘蕴德同为罗主教祝圣的中国籍司铎,即吴历《哭司教罗先生》诗中"所傅铎品只三子"。吴历和刘蕴德均在名单之中,独缺万其渊的原因在于,其渊成为司铎之后一度神经失常,1689 年秋天,他从上海耶稣会寓所深夜跳墙消失,次年 2 月出现在福建省北部,向当地耶稣会士要求住所并请求宽恕;耶稣会打算让他担任中文老师,但又在 1691 年神秘消失。[2] 据说,万其渊遁入湖广山中隐居独修,刘蕴德曾前往寻觅,未果。[3] 因此,在罗主教逝世之后,万其渊不能前来吊唁,也未能在墓碑上署名。这说明凡是在墓志铭上署名者,应该亲自来南京吊唁罗主教或出席葬礼。据此,我们可以修改一些在华传教士的信息。例如,根据费赖之的消息,葡萄牙耶稣会士 Francisco da Silva(1691—1722),中文名字为张方济,字开圣,1690 年任澳门道长,1692 年传教南京、常熟、苏州、松江等地。[4] 既然张开圣在罗文炤主教墓志铭上署名,说明他到江南的时间不是 1692 年,而是 1691 年春或此前。另外,既然墓志铭上其他会士的署名均为本名,所以 Francisco da Silva 的中文本名或许不是张方济,而是张开圣。

五、罗主教中文墓志铭(二)

清故天学司铎罗公华宗先生之墓

① 由于学界对在华多明我会士缺少深入的研究,从他们的中文姓名还原西文,殊非易事。这四名多明我会士的西文名字的还原,主要根据罗马耶稣会档案馆所藏在华多明我会的一份名录;见 ARSI,Jap.Sin.,157,f.6.
② Liam Matthew Brockey, *Journey to the East:The Jesuit mission to China*, 1579 - 1724. Cambridge,Mass:Belknap Press of Harvard University Press 2007,p.151;p.280.
③ 万其渊病愈后重新传教,1700 年 10 月 8 日卒于上海;方豪:《中国天主教人物传》,北京:宗教文化出版社,2007 年,第383 页。
④ 费赖之著:《在华耶稣会士列传及书目》上册,冯承钧译,北京:中华书局,1995 年,第 469 页。

公讳文焰，字宗华，福建福安县人，生于明万历丁巳年九月十九日，卒于今康熙辛未年正月三十日，享年七十五岁。公少业儒，嗜天人性理之学，时年十六受洗于圣方济各会会士泰西利安当先生。博通中西经史，三十三入多明我会，三十七授多德铎品级；为道勤苦，足践半寰区，不矜劳，不伐功，惴惴如不及者。于乙丑年受命统摄教务，诚无忝其所职，爱德信德，尤为后学仪型，兹封树事竣，谨大略如此。

皇清康熙三十年岁次辛未孟冬望日

意大利亚余天民顿首熏沐谨书①

碑题"清故天学司铎罗公华宗先生之墓"中有两个错误。第一，"司铎"为"司教"之误。罗主教逝世时的地位不是司铎，而是主教，而主教亦可称"司教"，如吴历有诗题为"哭司教罗先生"，罗历山墓志铭上也有"旋晋秩司教"句，指其升迁为主教。② 第二，"华宗"为"宗华"的颠倒，因为在这个墓志铭正文以及墓志铭之一的碑题和正文中，罗主教之字均写为"宗华"，并非"华宗"。姚旅《露书》卷9《南海》中几次出现"罗华宗"，③但他显然为一外国传教士，与国籍主教罗主教没有关系。无论如何，这个墓志铭再次证实罗主教之名为"文焰"，字为"宗华"，虽然碑题被误抄为"华宗"。

此碑立于康熙三十年岁次辛未孟冬望日，即康熙三十年十月十五日，公历为1691年12月4日，与第一个墓碑竖立的时间相隔七个多月。从墓志铭可以判断，这个墓碑比较简单，没有拉丁文墓志铭，没有《信经》和《天主十诫》，墓志铭本身也简洁，最后只有余天民一人署名。根据前述拉丁文标注，可知这一墓志铭也出自雨花台墓碑，这意味着雨花台墓地实际上曾两次为罗文焰主教立碑。在为罗文焰主教立第二块墓碑时，第一块墓碑还在吗？为同一墓主同时立两个碑，这似乎史无前例，故可以排除这一可能性。那么是否因为第一块墓碑立后遭到破坏而不得不立第二块墓碑？这种可能性也几乎不存在，因为如果是这样，则完全可以按照原样再立一碑，而不必重写一个更加简单的碑文并且省略前一墓碑的许多内容。因此，1691年冬天重新立的这个墓碑当取代了七个多月前的墓碑。关于个中原因，现有的资料没有提供现成的答案，笔者在此只能进行一些主观的推测。

新墓碑无疑突出了余天民个人，但作为罗主教的接班人，余天民似乎不会因为这个理由而另立新碑，特别是旧碑上有两个主教署名，如果没有得到他们以及其他立碑人的首肯，余天民不会自作主张除旧立新。笔者认为，另立新碑最可能的理由是旧碑过分张扬，不合规矩。第

① ARSI, Jap.Sin., 157, f.5.

② 郭廷裘：《南京罗主教神道碑记》，载《巴黎国家图书馆明清天主教文献》第11卷，第375—378页。

③ 姚旅：《露书》卷9《南海》："南海在粤，可达京师。往时海运往往扬帆，盖由东海而北海也。顷见罗华宗云：自北海而西海而抵南海，则是四海周流。西北隔于戎狄，人莫由至耳。罗华宗者，西洋人，慕华而至，华衣冠，饮食言动皆宗华者。余问：西洋布出若国乎？答云：彼小西洋，吾所居大西洋，在京师之背北海中，去京师不远，阻于鞑靼，不能飞越，故必至南海焉。自西洋至南海，须阅三岁，海中自有小岛，小岛自为一国，时可泊舟焉。问其酒，则葡萄也。华宗与璃玛豆同国，或云璃玛豆之徒，其道稍逊，或云璃玛豆之友。璃玛豆善天文，所著图与中国颇异，且善炼丹。余问华宗供帐所出，云：家中时有至粤者。此殆托言。或亦善炼丹乎？"这一资料由汤开建教授提供，特此致谢。

一,旧碑内容太杂,特别是第二层有《信经》和《天主十诫》的内容,而且立碑人有二十二人之多,前所未闻。第二,旧碑体积太大,因为有《信经》《天主十诫》以及众多立碑人,也因为长篇中文墓志铭以及相应的拉丁文墓志铭,旧碑分为四层,故需要一个庞大的碑材。在罗主教之前,在华传教士包括利玛窦(Matteo Ricci,1552—1610)和汤若望(Johann Adam Schall von Bell,1591—1666),从未有人享有如此巍峨的丰碑。可以想见,1691年春这个独一无二的墓碑落成之后,或许遭到非议,故在年底再立新碑,而这一变更应该得到了伊大任等在华宗教领袖的首肯。

　　余天民单独署名的中文墓志铭,是新墓碑上唯一的内容,而现存北京诸传教士墓志铭则有中文与拉丁文两种文字。[①] 或许罗文炤主教新墓碑删繁就简而矫枉过正,干脆将墓碑上的拉丁文字也一并去除,这种可能性是存在的。从郭廷裳《南京罗主教神道碑记》看,罗历山主教墓志铭似乎也只有中文而无西文。根据记载,吴历的墓碑也是如此。叶廷管《记吴渔山墓碑及渔山与石谷绝交事》载,昭文张约轩通守元龄曾得杨西亭所写渔山小像,上有上海徐紫珊跋云:"余尝于邑之大南门外,所谓天主坟者,见卧碑有'渔山'字,因剔丛莽视之,乃知即道人埋骨处,命工扶植之。碑中间大字云:'天学修士渔山吴公之墓。'两傍小书云:'公讳历,圣名西满,常熟县人。康熙二十一年入耶稣会,二十七年登铎德,行教上海、嘉定。五十七年在上海疾卒于圣玛第亚瞻礼日,寿八十有七。''康熙戊戌季夏,同会修士孟由义立碑。'"[②]是否从罗文炤主教雨花台新碑开始,南方传教士墓碑就形成与北方传教士墓碑不同的模式? 笔者对南方传教士墓碑所见无多,故不敢断言。

　　顺便说一下,罗文炤主教两个中文墓志铭的作者不详,作为罗主教的继承人和新碑唯一立碑人,余天民显然写不出如此优雅的中文,中文墓志铭必出自一中国文人之手,更可能出自一教中的中国文人。在这个意义上,吴历无疑为最佳人选,他与刘蕴德同为罗主教祝圣的铎德,而其文学修养高于后者,何况其诗《哭司教罗先生》中有"墓碑超行诚难诔"句,暗示他本人或为罗主教墓志铭的作者。

六、罗主教墓志铭与"译名暨礼仪之争"

　　现在我们回过头来看前述拉丁文标注中的一句:其中"天(Tien)"字表示"天主(Deus)",而罗马方面却以此字充满迷信而反对神圣的耶稣会(*in quibus utitur Litera Tien ad Significandum Deum，quam tamen Roma Idolatria imbutam aperit contra S.S. Societ. J.*)。这句

① 参见 Jean Marie Planchet(1870—1948)，*Le cimitière et les oeuvres Catholiques de Chala*，1610 - 1927，Peking，1928；北京行政学院:《青石存史——利玛窦和外国传教士墓地的四百年沧桑》,北京:北京出版社,2011 年。
② 叶廷管(1792—1869)《记吴渔山墓碑及渔山与石谷绝交事》,载章文钦笺注:《吴渔山集笺注》,北京:中华书局,2007 年,第 751 页;参见王韬(1828—1897):《渔山入西教与石谷绝交之关系》,载《吴渔山集笺注》,第 755 页。

话涉及当时著名的"译名暨礼仪之争"①，为此，首先需要简单地回顾一下这一争论的历史。

明末西方传教士进入中国，为了传播其宗教，如何翻译西方独一无二的真神或 Deus 的中文译名，成为当务之急。1584 年，罗明坚（Michele Ruggieri，1543—1607）撰写并出版了第一本中文天主教著作《天主实录》，其中借鉴了中国三教共享的"天主"术语，将 Deus 译为"天主"；由于《天主实录》介绍了天主教的基本知识，所以《天主实录》中的"天主"不同于中国三教的天主，是独立于中国三教天主之外的第四种天主。时隔二十年，在《天主实义》中，利玛窦（Matteo Ricci，1552—1610）在采用罗明坚发明的"天主"的同时，声称西方的"天主"或"陡斯（Deus）"等于中国的"天"或"上帝"。利玛窦的论述立即在耶稣会内部引起纷争，日本耶稣会士以及利玛窦接班人龙华民（Niccolò Longobardi，1565—1655）和其他一些在华耶稣会士对利玛窦进行责难，耶稣会内部的争论最后以一场妥协告终，即 Deus 的正式译名为"天主"，但利玛窦提出的"天"或"上帝"可继续使用。然而，随着天主教其他修会如方济各、多明我等进入中国，争论复起，而由于"天"或"上帝"为中国古代的神祇，所以教徒祀孔和祭祖等礼仪问题也成为争论的对象。为此，多明我会士黎玉范（Juan Bautista Morales，1597—1664）前往罗马游说，教廷传信部遂于 1645 年下令禁止拜城隍庙、祀孔和祭祖；耶稣会不甘示弱，几年后派遣卫匡国（Martino Martini，1614—1661）前往罗马陈情，教廷圣职部遂于 1656 年下令，如果祀孔祭祖如卫匡国所说仅为世俗性和政治行崇拜，则允许中国教徒进行这些礼仪。

教廷朝令夕改，时在福州传教的颜珰（Charles Maigrot，1652—1730）则一意孤行，他在 1693 年颁布的七条禁令，其中规定 Deus 的唯一译名为"天主"，禁止使用"天"与"上帝"，同时禁止祀孔、祭祖等；1700 年复活节前后，他更利用主教之权试图迫使耶稣会士就范，终于导致福州教徒对他动怒并动粗，纷争遂波及中国并欧洲。1700 年 11 月 30 日，时在北京的耶稣会士闵明我等人以"治理历法远臣"的名义上奏康熙皇帝，希望康熙在"译名暨礼仪之争"中选边站，当天皇帝下旨："这所写甚好，有合大道。敬天及事君亲、敬师长者，系天下通义。这就是无可改处。"耶稣会如获至宝，12 月初这一文献的满文和中文文本连同拉丁文译本通过多种途径寄到罗马，而中文文本在北京、南京、广东和福建等地广泛刊印。与此同时，耶稣会总会长贡扎莱兹（Tyrso González，1624—1705）也指令在华耶稣会士在各地收集教徒和异教徒关于译名和礼仪问题的意见，并派遣卫方济（François Noël，1651—1729）和庞嘉宾（Kasper Castner，1665—1709）前往罗马，试图影响教廷的决策。② 耶稣会所有努力均无济于事：1704 年 12 月 20 日，教皇格勒门十一世颁布《至善的天主》（Cum Deus optimus）诏谕，充分肯定颜珰七条禁令，并要求所有传教士和教徒严格执行，否则将革除教籍。在此之前，教廷特使多罗（Charles -

---

① 学界习惯将这一争论称为"礼仪之争"或"中国礼仪问题"，这种说法未免以偏概全且反客为主，因为礼仪问题从未摆脱译名问题而单独存在过，且先有译名之争，后有礼仪之争，译名之争是重点而礼仪之争为附庸，而一旦厘清译名，礼仪问题便可轻易解决。因此，笔者主张将"礼仪之争"更名为"译名暨礼仪之争"。参见宋黎明：《神父的新装——利玛窦在中国（1582—1610）》，南京：南京大学出版社，2011 年，第 291—292 页。

② 参见 Nicolas Standaert, *Chinese Voices in the Rites Controversy*: *travelling Books*, *Community Networks*, *Intercultural Arguments*, Roma: Institutum Historicum Societatis Iesu, 2012.

Thomas Maillard de Tournon，1668—1710)来华与康熙皇帝交涉。多罗一行于1705年4月进入中国，同年九月从广州乘船北上，十二月中旬抵达北京。次年三月，多罗获悉教廷《至善的天主》的消息，但直到1707年2月才在南京公开其内容。[①]

在多罗抵达北京之前，闵明我伙同林安多将罗文炤主教在南京雨花台的两个墓志铭的铭文寄至罗马。毫无疑问，在华耶稣会士当时尚不知教廷已经通过《至善的天主》而对"译名暨礼仪之争"做出判决，但清楚耶稣会在这一争论中已经处于下风，所以前述拉丁文标注中指出罗马方面即教廷反对耶稣会以"天"取代"天主"的做法。耶稣会欲在形势对己不利的情况下力挽狂澜，这正是将罗文炤主教墓志铭寄到欧洲的动机。事实上，在一些名词和姓名的右边，有人划了黑线，如同现在的重点号。划黑线的计有："天学主教"（两次），"天学司铎"（一次，实为"天学司教"之误），"天人性命之理"（一次），"天人性理之学"（一次），"天学书"（一次），"余天民"（两次），"天民"（一次）。总而言之，几乎所有带有"天"字的词语都打上重点号，除了"天主"一词以及耶稣会士"郭天爵"。这些划上黑线的词句意在说明，用"天"字表示"天主"，不但为耶稣会的做法，而且多明我会和方济各会也未能免俗。事实上，在罗文炤主教墓志铭上，"天学主教"即天主教主教，"天学书"即有关天主教书籍，但"余天民"或"天民"中的"天"字是否代表"天主"，实属疑问，而"天人性命之理"与"天人性理之学"中的"天"，则显然与"天主"不搭界，因为这是指中国古代哲学，且是罗文炤接触"天学"之前的东西。另外，因为利玛窦《天主实义》中引用了"昭事上帝"，所以罗主教逝世之地"昭事堂"隐含以"上帝"取代"天主"之意，而且罗主教"至吕宋，见诸西儒钦崇昭事之诚，即卓然向道"句中，异曲同工。在"译名暨礼仪之争"中，引发争议的不但有"天"字，而且有"上帝"二字，但划线者似乎忽视了"上帝"的问题。

无论如何，与许多当时寄至罗马的中文文献一样，1705年11月寄出的罗主教墓志铭，实际上成为了耶稣会在"译名暨礼仪之争"中的一个工具。耶稣会的种种努力没有改变其在欧洲失败的命运，1715年2月15日，教皇格勒门十一世发布又颁布《自登基之日》(Ex Illa Die)教宗通谕，重申必须绝对遵守1704年的禁令，否则将受绝罚。毫无疑问，"译名暨礼仪之争"对于天主教在中国的传播产生了消极的影响，但因为这场旷日持久且日趋激烈的争论，不少中文文献因收藏在西方档案馆而得以幸存，罗主教墓志铭就是一例。根据这份珍贵的文献，我们现在可以确定：罗主教的中文姓名是罗文炤，非罗文藻；其字为宗华，非我存；其生日则为明万历丁巳年九月十九日，即1617年10月18日。

① 关于多罗使团的最新研究与资料，见 Kilian Stumpf，*The Acta Pekinensia or Historical Records of the Maillard de Tournon Legation*，Volume 1，December 1705 – August 1706，Institutum Historicum Societatis Iesu 2015。

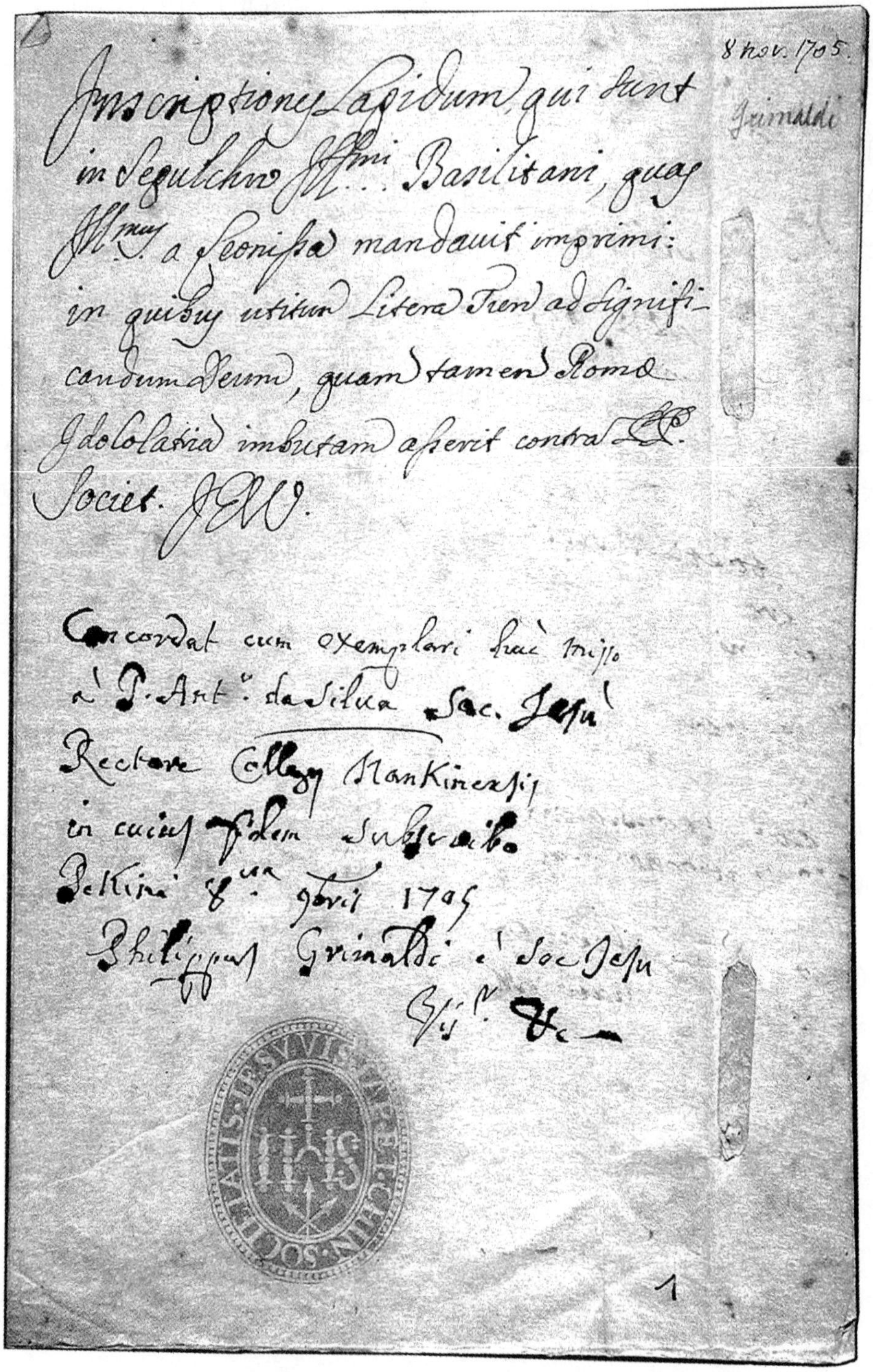
Inscriptiones Lapidum, qui sunt in Sepulchro Ill.mi ... Basilitani, quas Ill.mus D. a Leonissa mandavit imprimi: in quibus utitur Litera Tien ad significandum Deum, quam tamen Romae Idololatria imbutam asserit contra PP. Societ. JESU.

Concordat cum exemplari huc misso a P. Ant.o da Silva Soc. Jesu Rectore Collegij Nankinensis in cuius fidem subscribo Pekini 8.va Aprilis 1705

Philippus Grimaldi e Soc. Jesu

8 nov. 1705.

Grimaldi

1

图 1

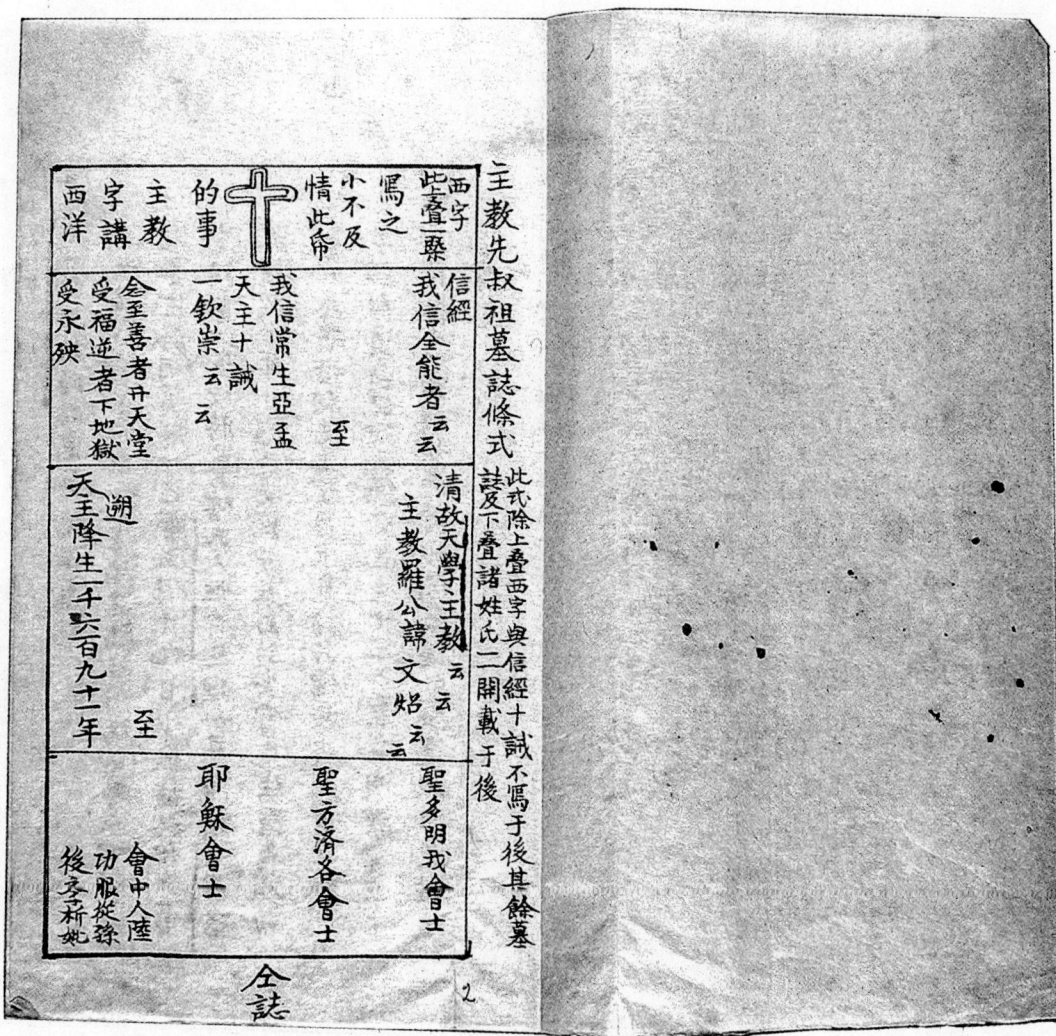

主教先叔祖墓誌條式　此式除上叠西字與信經十誡不寫于後其餘墓

西字	信經			
此一叠一槃	我信全能者云	清故天學主教云	聖多明我會士	
寫之	誌及下叠諸姓氏二開載于後			
小不反	天主十誡	主教羅公諱文炤云	聖方濟各會士	
情此希	一欽崇云			
	我信常生亞孟		耶穌會士	
的事	至			
字講	念至善者升天堂		會中人陸	
主教	受福逆者下地獄	天主降生一千六百九十一年	功服從緣	
西洋	受永殃	溯 至	後亥子祈妣	
			仝誌	

图 2

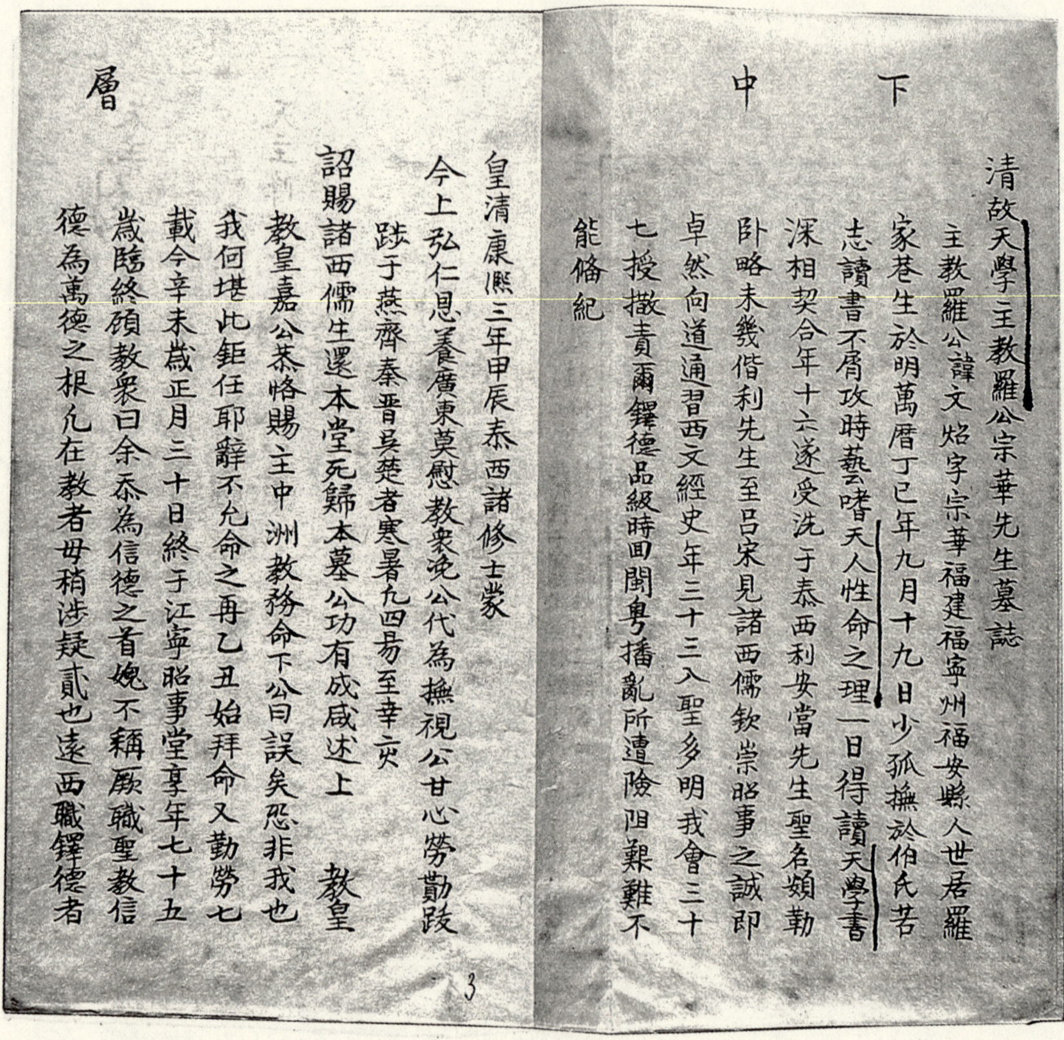

下中

清故天學三王教羅公宗華先生墓誌

主教羅公諱文炤字宗華福建福安縣人世居羅

家巷生於明萬曆丁巳年九月十九日少孤撫於伯氏苦

志讀書不屑攻時藝嗜天人性命之理一日得讀天學書

深相契合年十六遂受洗于泰西利安當先生聖名頗勒

卧略未幾偕利先生至呂宋見諸西儒欽崇昭事之誠即

卓然向道通習西文經史年三十三入聖多明我會三十

七授撒責爾鐸德品級時間閩粵播亂所遺險阻艱難不

能傋紀

層

皇清康熙三年甲辰泰西諸修士家

今上弘仁恩養廣東莫慰教衆凂公代為撫視公甘心勞勩跋

跋于燕齊秦晋吳楚者寒暑九四易至辛亥

詔賜諸西儒生還本堂元歸本墓公功有成咸述上

教皇嘉公荼恪賜主中洲教務命下公曰誤矣恐非我也

我何堪此鉅任耶辭不允命之再乙丑始拜命又勤勞七

載今辛未歲正月二十日終于江寧昭事堂享年七十五

歲臨終頌教衆曰余忝為信德之首魄不稱願職聖教信

德為萬德之根凡在教者毋稍涉疑貳也遠西職鐸德者

图3

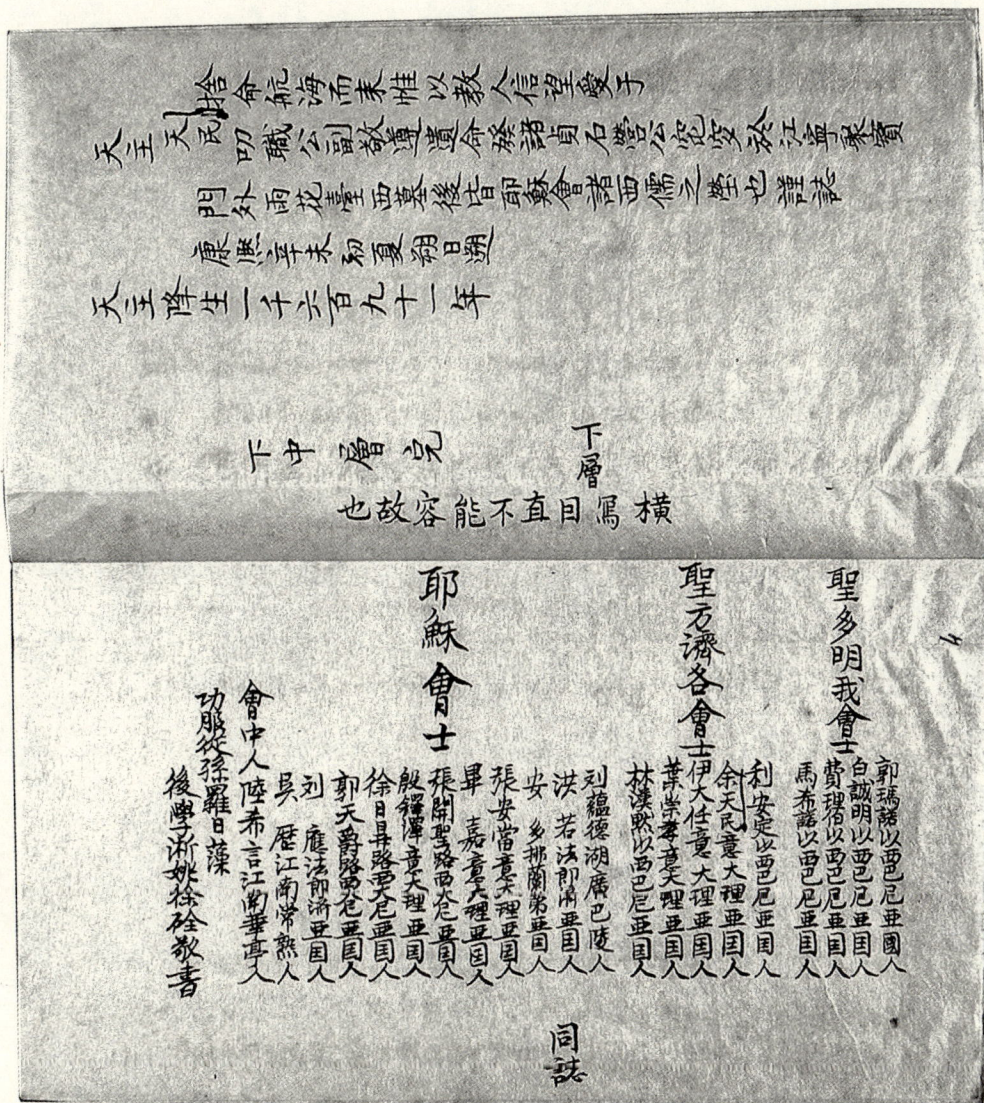

图 4

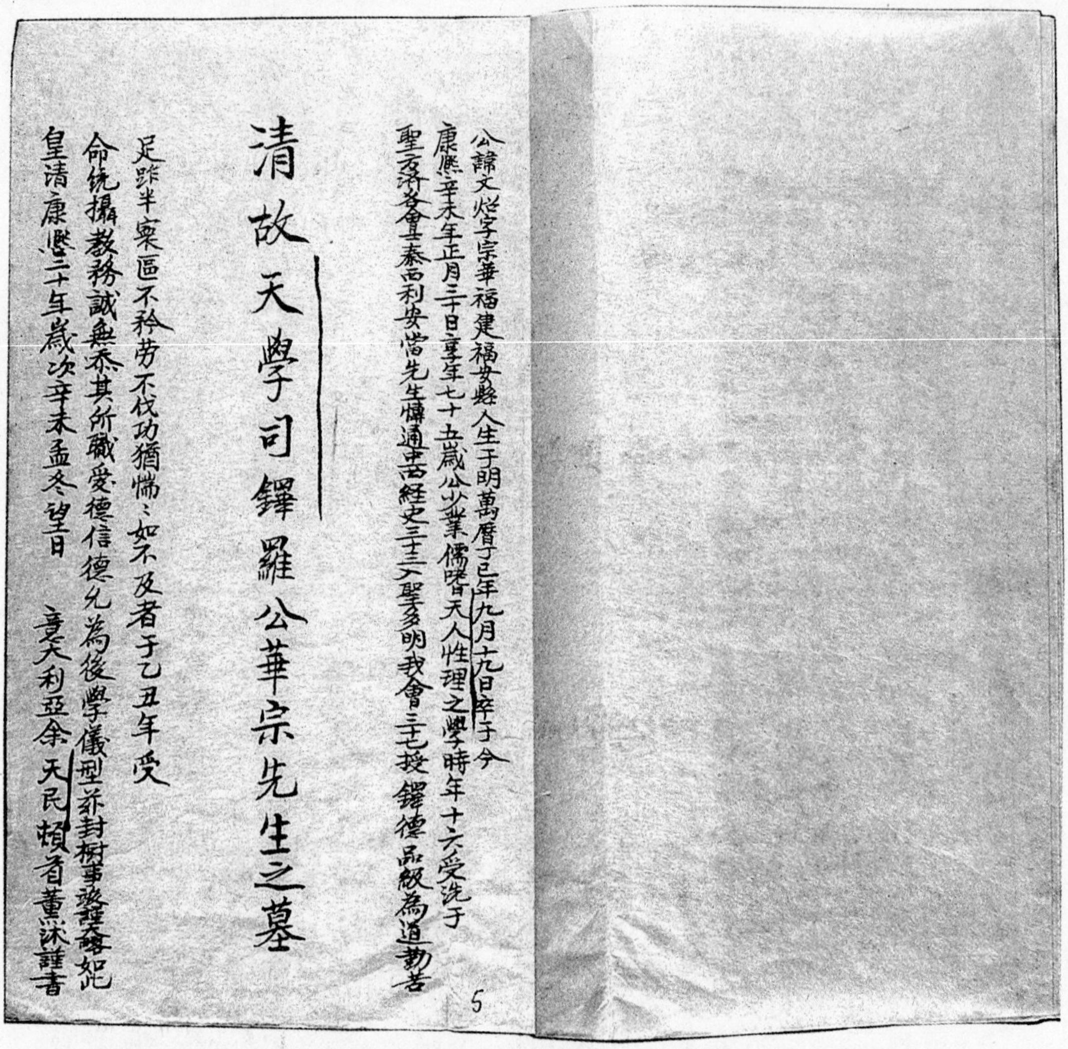

公諱文炤字宗華福建福安縣人生于明萬曆丁巳年九月十九日卒于今
康熙辛未年正月三十日享年七十五歲公少業儒嗜天人性理之學時年十六受洗于
聖方濟各會士泰西利安當先生傳通中西經史三十三入聖多明我會三十七授鐸德品級為道勤苦

清故天學司鐸羅公華宗先生之墓

足跡半寰區不矜勞不伐功猶惴惴如不及者于乙丑年受
命統攝教務誠無忝其所職愛德信德允為後學儀型爰封樹事竣謹誌其略
皇清康熙三十年歲次辛未孟冬望日　意大利亞余天民頓首薰沐謹書

5

图5

玉川考略

——上田秋成的《雨月物语》及其国学与文人茶著作之间的关系

Stephen J. Roddy*

高野有奥妙

掬水以饮之

玉川往来客

是否已忘之

——空海（弘法大师，774—835）①

上田秋成的著名短篇小说集《雨月物语》第五话《佛法僧》中出现两首空海法师写作的诗歌。第一首是一首咏物七绝，以一种极其秀美的小鸟（日本名称佛法僧，乃 eurystomus orientalis）为题，此鸟似乎有感于圣人的盛德而常在空海的墓地（即高野山上的名刹奥院）周围翩翩飞舞。一日，两名至奥院参拜过夜的行者吟诵此首七绝以及历代题咏此鸟的几首和歌，因而引起修罗道的一群鬼怪突然显灵，开始质询行者，与活人对话。这群恶鬼也提到空海的一首和歌，也就是上面所引题咏高野山附近的玉川的那一首。此首和歌的冠词（即序文）中说玉川的水里有毒虫，警告来访者别喝，这群恶鬼表示疑惑，其中一名是著名诗人里村绍巴的阴魂。绍巴反驳冠词里的说法，认为玉川应该是清澈的，因为假如真有毒虫，则古人势必不可能给它取如此的雅名。他说冠词甚或这首和歌都可能是后人假托空海之名所作的。

众所周知，空海法师是高野山真言宗本山的开山祖师，高野山之所以成为全日本最有权势的佛教圣地之一，空海大师功不可没。虽然绍巴不将后人之所以对这样的误解执迷不悟直接归罪于圣人，但是却间接地质疑圣人之所言所行，似乎也认为佛寺的存在模糊了山中的本来面貌。因此这段对话隐隐约约地表露出空海对后世有不良影响之意。我们甚至可以说绍巴的这段言论反映了当时日本国学思想的基本原则：为了恢复所谓古道的根源，不得不除却语言上或思想上所积累的外来影响。在《雨月物语》1776 年付梓以后，秋成转向《万叶集》、《源氏物语》、《伊势物语》等古书进行研究，而在晚年又写了另一篇具有国学色彩的"读本小说"（亦即历史小说），也就是《春雨物语》。苏森芭尔娜斯认为《春雨物语》应该可以视为一种国学著作。②《雨月物语》虽然写作时期较早，但是它或多或少也反映出作者的国学倾向，尤其是《佛法僧》与其他两篇小说都显露有秋成国学理念的轨迹。

＊　Stephen J. Roddy，美国旧金山大学教授。

① 岩佐美代子编：《風雅集》第 3 册，东京：笠间书院，2002 年，第 98 页。

② Susan Burns, *Before the Nation: Kokugaku and the Imagining of Community in Early Modern Japan*, Chicago: Chicago University Press, 2003, p.122.

绍巴认为,由于众人历来对这首和歌认知错误,因此后人无法了解"玉"的原意。他说玉(日语训读为多摩[她玛])有清澈的意思,把"玉"字冠在"川"或"井"字之前就是表示一种清澈、纯真的状态。因为序文及和歌本身都有违这个常理,故而绍巴认为这样的误解要归咎于佛教徒的愚昧。如果确实有人以为有毒虫在水中浮潜,这应该是一种象征性的污染,也就是语言上的污染,佛教信徒因一心崇敬空海而无法领悟原意,歪曲了语言的本质。

在秋成的全集中,"水"——尤其是"清水"——常常出现,例如下述文字:

> 世上一切事物,没有比水更加清澈或者更直截的。流水或直或横都顺其自然,从河流舀出来立即融入容物的形状。①

秋成在各种著作中经常用同样的形容词来赞赏日本的山和水,也赞誉倭语本身形容这种美景的魅力,并且否定佛教的所谓"小智"对于山水本来面貌的不良影响。而有意思的是,针对品茶的器具和礼节,他也用同样的词汇来探讨其妙处。秋成晚年特别爱好品茗,他所提倡的茶道是文人茶,反对当时盛行的茶汤。不过,他跟茶汤的主要代表人物千利休一致认为茶的精髓就是一种清纯、自然的本性,这可能是因为茶道优劣的关键在于如何烹煮开水。毋庸赘言,茶不是日本土生土长的,从茶树到茶具以至饮茶的方式,跟佛教一样,都是从中国引进到日本来的。而且首先发展中国品茗文化的诗人、画家等文人跟空海法师几乎都是同一个时代的人,而陆羽的《茶经》、卢仝咏茶的诗歌都是在空海到大唐前后的时期写的。中国的文学、书法、密宗,或许也包括炼钢法等文艺、技术,都透过空海之手流传到日本京城平安京,后来也传播到高野山,此皆与中国品茗文化兴起的时期及渊源多有重叠之处。秋成在18世纪京都文人圈中十分活跃,而他的各种著作又都表现出其对中国历代品茗文化的浓厚兴趣,而且学问渊博、涉猎颇深。

秋成在国学领域里进行了长达三十多年的研究,对品茗文化也留下了两篇名著,虽然写作对象有异,但其中所用的措辞却相当类似。绍巴对玉川的言论在秋成广泛的学问活动之中究竟是否含有特殊的意义,我之所以对此饶富兴趣,并作考略,即是因此而起。秋成不像众多国学名家对于古代日本常常表示怀念之情,甚或排外之意,虽然他不是唯一对海外事物抱持包容态度的国学家,但他对日本与海外关系的观点比别人更加复杂而又深远。正如彼得傅可格所说,秋成之辈"重视日本的本土文化,重视日本的独特性格,但是跟本居宣长那样把日本当作高高在上的神国者流有所不同,秋成认为日本只是世界诸国中的一员。"②除了建部绫足或者村田春海等少数人之外,秋成在国学上独树一帜,并写了几篇带有国学思想内容的历史小说。以《佛法僧》等作品和秋成的学术著作来做比较,或许可以说明他是如何运用历史小说当作表述思想内容的另一种工具。

---

① 上田秋成:《上田秋成全集》第1册,东京:中央公论,1995年,第39页。
② Peter Flueckiger, *Imagining Harmony: Poetry, Empathy, and Community in Mid-Tokugawa Confucianism and Nativism*, Stanford, CA: Stanford University Press, 2011, p. 199.

水质争议

在《佛法僧》中，绍巴不只对冠词表示疑惑，也提出这首和歌不符合空海当时一般和歌格调的见解，认为极有可能不是大师写的。在此之前，江户时代的贝原益轩和井原西鹤都接受前人对这首和歌与冠词的一贯看法，没有意识到有真伪的问题。故而绍巴的这种论调显然与众不同，对在文学、宗教上地位如此崇高的空海进行质疑，不免有乖张之嫌。而历来研究《雨月物语》的学者讨论到《佛法僧》的比较少，针对绍巴这些言论的论文并不多。① 但是绍巴的论调似乎也反映出秋成本身的看法，因为他在《胆大小心录》（1808）中也对这首和歌跟冠词表示同样的疑问。②

据绍巴说，古人起先给这条河流取名的时候不可能没有注意到水中有无毒虫，既然名之为"玉"，当时玉川的水必定是清澈的。如果后来真的有毒虫的污染，空海自己一定会驱使当地的土地神把河沟都填满，以免后患。为了恢复古代事物的本质，首先必得客观地考察一切因循已久的观念。这样的态度在一个小兵卒对名为玉川的水会有毒虫提出质疑时表露无遗，他之敢于质疑旧说是绍巴十分肯定的。小椋岭一曾经说过，也是因为小兵卒不像高层人士不愿对空海提出异议，可见没有任何偏见。③

绍巴的言论是《雨月物语》中阐述国学原理最明显而又精确的例证，这也是针对那些认为崇高如空海、神圣如高野山皆可豁免于任何质疑或批评的态度而发。来访奥院的两名行者之一梦然感佩空海的遗德，不意惊动群鬼出来夜巡，而有与绍巴、丰臣秀次（1568—1595）等恶鬼的对答。有学者认为秀次在高野山的出现，乃是为了表明高野山善恶交杂，不尽然全是纯洁无瑕的。梦然所看到的秀次是个满腹经纶而又飘逸出群的秀士，但根据野史记载，秀次经常为非作歹，也喜欢杀人，人格极端堕落，因而赢得"杀生关白"之名。④ 梦然本来对高野山极其尊崇，不敢任意臧否，但经过了这次恐怖的遭遇之后，顿然醒悟到高野山佛地虽为空海圣人所创建，但也经历过不少血淋淋的惨事，以致后来行经京都丰臣秀次坟墓旁的时候，他由原本对高野山虔敬的态度转而流露出恐惧甚至嫌恶的情感。

绍巴论玉川的核心观点在于他对"玉"字的诠释：

> 我国古代语言中有玉鬘、玉帘等词，这类词汇都称赞物品的美貌或清纯，水也一样被表彰为玉水、玉井、玉川等。岂有将玉字冠诸毒虫浮潜的川流之理？敬佛而不懂和歌精神

① 请参看空井伸一：《芥子の考察：葵から蛇性の淫、仏法僧に及ぶ》，《京都語文》2012 年第 19 期，第 59—73 页；赵姬玉：《仏法僧论：〈台大日本語文研究〉》2005 年第 10 期，第 1—27 页；土佐徹：《雨月物語仏法僧の寓意》，《椎方文学》1973 年第 19 期，第 47—56 页。
② 《上田秋成集》，东京：岩波书店，1984 年，第 342 页。
③ 小椋岭一：《秋成と宣長：近世文学思考論序説》，东京：翰林书房，2002 年，第 366 页。
④ 小和田哲男：《豊臣秀次：殺生関白の悲劇》，东京：PHP 研究所，2002 年，第 148 页；Mary Elizabeth Berry, *Hideyoshi*, Cambridge, Mass.: Harvard University Press, 1982, p.221。

的人经常犯此类错误。[①]

秋成和其他国学家一样，痛斥佛教和儒家对日本的不良影响，他也批判高野山僧众的不学无术。在《冠词续貂》中秋成提到这些词汇跟日本山水关联密切，又谈到所谓的挂词（即谐音，比如玉帘［她玛她蕾］跟玉谁［她玛她蕾］）。[②] 不管本来的意义，而胡乱把外来语跟外来的想法应用到不合适的字面上必定导致误解。在这一点上，绍巴的看法跟秋成大体是一致的。

问题是玉川、玉水、玉井或玉帘等词汇，虽然的确属于日本古代的语言，但是其字体并不然。这些词汇的汉字都是早在中国的古代文献里就出现过的。这一点绍巴并未提及，但是他对汉字的看法与秋成颇有相应之处。秋成认为，在奈良早期，文字开始取代口语相传的"语部"制度，同时倭语词汇也逐渐吸取一些中国汉字的语意。虽然绍巴想要恢复古语的原意，他这想法也算是国学的基本原则，但秋成认为这样的理想不太可能完全实现。秋成在各种学术著作（包括《灵语通》）或文学作品中对利用日本古代文献来发掘古语的原意之种种难处抱持保留的态度，即是日野龙夫所说的秋成对文字的怀疑态度。[③] 口语的嬗变常常出人意表之外，尽管假名发明之后的确使得日语能够通过文字来传达，但是古代文献仍有漏洞，错字、舛讹在所难免。比如八世纪的《古事记》，现今流传的本子有些字是中国宋代以后才开始用的。[④] 中国文字的演变亦同等复杂，中国的古代文献也不尽可靠。秋成抱怨说为了求"此国"的古代语言，国学家必得先用"彼国"的文字来探究，而彼国的这些文字反倒成为隐蔽此国语言原貌的障碍。秋成对语言文字的这种态度也在《雨月物语》的建构上有所反映，因为秋成以中国拟话本的故事内容为框架，而行文之间又以古代倭语词汇交织其中，形成一部汉和交错的作品。

绍巴对玉的言论也许可以反映出现实和理想之间的矛盾，因为他不得不用外来的言语和理念来谈论日本的古代。尽管如此，秋成在研究著作中倒也时常表现出比较乐观的态度，他认为可以用考证的方法来探讨古书上隐晦难解的各种寓意，而且本土文化和外来影响之合流也不见得一无是处。虽然《佛法僧》里并没有提到，但江户时代的读者很可能在看到空海的这些诗歌时会联想到大师的另一首有关玉的诗，也就是纪念选定高野山为真言宗本山的《徒怀玉》。诗中空海自喻不若孔子"待价而沽"，可见其所歌咏的高野山是一处脱离世俗求名好利恶习的好地方。[⑤]

对秋成来说，恢复古道是值得追求的目标，但是和空海一样，他也钦仰从海外引进的各种宝物，尤其是秋成后半辈子以文人品茗为赏心乐事，借以逃避世上的种种恶俗。高野山（在《佛法僧》中叫作玛尼山，就是梵语"宝山"的意思）因为接受了中国、印度各地传来的有形或无形的宝物，因而众生尊之为圣地。这样从海外带来的灵物并不会冲淡本土既有的灵性。虽然绍巴

---

① 《上田秋成集》，第 342 页。
② 《上田秋成全集》，第 6 册，第 234—237 页。
③ 日野龙夫，宣长と秋成：《近世中期文学の研究》，东京：筑摩书房，1984 年，第 221 页。
④ 《上田秋成全集》第 1 册，第 33 页。
⑤ 空海：《性灵集》，东京：岩波书店，1965 年，第 177 页。

不以为然，但秋成很明显地承认佛教徒对此山确实有所贡献，与茶道一样，使得日本文化及日本人的物质生活更加丰富起来。

玉山磊磊

自古以降，美丽、有用而昂贵的物品流传到日本乃是值得庆幸的现象，这是秋成经常肯定的事实。对于外来事物，日本人或全盘接受，或否定一切，这两个极端都是会引发问题的。秋成对这一点在《安安事》里立论精辟：

> 我国儒士淫信西土之教，以为一切道理渊源皆来自彼方。此辈乃无知之徒。然而西土确有可学之处，我国自然亦有足可傲世之种种事物。吾辈与海外维持长久之交流实属幸福之事，此亦为皇祖与诸神留予我辈之遗德。[①]

秋成这段言论的寓意似乎是要找出一种热心国学研究与醉心文人茶道这两种格格不入的活动之间的平衡心态。绍巴对玉的看法，显示国学家的复古活动因为文献不全等情况而难以实现，而用彼国语言来解释此国风情的难堪，更是在所难免。从《雨月物语》的另外两篇小说也可以看出玉的来历十分复杂，然而就是因为夹杂了国内和国外的种种因素才会有如此巨大的魅力。

汉和文化合而为一的现象，从玉川这个名字本身即可表证。绍巴例举日本六条名为玉川的河流以暗示玉川之名是日本在古代就有的，但是他没有提到其实玉川这两个字跟中国河北的玉川完全相同。河北的玉川并不算隐晦的典故，因为玉川是唐代诗人卢仝（号玉川子）的家乡，卢仝吟咏品茗的诗作在日本享有盛名，秋成在两篇有关茶道的著作中也提及玉川子。不仅如此，绍巴也没有讲到玉川其实也是新疆西南部的一条河流之名。从汉朝以至清朝末年，新疆的玉川不断供应和田玉（是一种软玉）给中国与邻近诸国人民。众所周知，和田玉矿石零零星星从昆仑山脉顺着白玉河或黑玉河两条河流往和田地带伏流，因而昆仑玉跟和田玉这两个名称是可以通用的。

虽然绍巴并未提及中国大陆的玉石，但是《雨月物语》的最后一话《贫福论》却语涉"昆仑之玉"，此正可证明秋成对新疆一带蕴藏玉矿石应有一定的认知。"昆仑之玉"典故源自《吕氏春秋》，此书说到玉石有益于健身长寿，但是也劝诫君王勿过度珍爱昆仑之玉或其他来自远方的宝物。[②] 在江户时代，虽然来自远方的宝玉日本人更加不容易取得，但是日本自身也出产玉石。从本州岛北部到西北部的河流也都散见硬玉，而上古时代，当地人跟和田人一样，每每拾取玉石制作礼器或饰品，尤其喜欢雕成勾玉来当作护身符。奈良时代以降，玉石虽然几乎消失殆尽，然而其象征性依然延续至今。本居宣长所著的六七篇经典研究作品的书名都用多摩或

---

① 《上田秋成全集》第 1 册，第 50 页。
② 《吕氏春秋》，台北：中华书局，1966 年，第 131 页。

类似的词汇。宣长等国学大师都意图复古,对他们来说,玉石是古道所存留的遗迹。

《古事记》等日本典籍,正如《吕氏春秋》一般,也指出玉石等宝石具有养身的作用。据《先代旧事本纪》(简称《旧事纪》,906 年)言,神武天皇获得来自天上的十件"宝物"之中有四件是所谓的"瑞宝",其中一件能够使人起死回生。① 当时有些国学家认为《万叶集》第 3247 首和歌中所咏的沼川应该位于樾后道,就是出产玉石的系井川地带;还有人认为这条河在纪井道,就是玉川流淌其间的乡里。② 沼川的玉石据说古代君王用以延寿,另外也兼具政治作用,可"以其光亮平抚家国"。③因为玉石具有这样超凡的力量,连产玉地区的居民也同样可以给附近的人延寿,所以皇室派人去樾后等地招聘采女(侍女)到皇宫来服侍皇子。④

秋成在最后一话《贫福论》中提到昆仑之玉璧,其目的似乎是要暗示玉的来源有诸多途径,或来自国内,或来自海外。一方面,和田玉这样珍稀的宝物常常引起人们的觊觎与贪欲,这一点跟绍巴赞颂玉川的清纯状态是相互矛盾的。不过,从另一方面来说,在《贫福论》中有人说玉石和其他宝物都可使日本回归到古人所享有的太平盛世,而这种古代宁静状态也是绍巴所颂扬的。

《贫福论》开头出现了一名历史人物,叫小冈左内(1600 年左右),他在教训手下的一个马夫时说道:

> 值乱世之世,昆仑玉璧等同瓦砾。然而乱世时节持弓箭之武夫亟欲拥有棠谿、墨阳等宝剑[以自保],其次则重财宝。纵为利器,亦无法御千人之敌,然而黄金之德可服天下。武夫不可任意挥霍宝物;存之以备后用,实乃上策。⑤

虽然这个马夫偷了小冈家的一块黄金,但左内赞许他的胆量,另外犒赏他一块黄金,并擢拔他当带剑级的武士。同辈人因而称赞左内既有胆识,又颇慷慨,跟佛教图画里代表贪欲的长颈鸟(也在另一话中出现)截然不同。他的豪举引起阴间自称黄金精灵的一位矮短老人来到左内枕边,跟他讨论金银财宝之类的话题。

黄金精灵和左内引用《史记·货殖列传》、《管子》等中国古书,来解释众人追求金银珠宝的心理有其内在的道理,而非因佛教教义或儒家思想而萌生。二人都同意,一个有志之士无论是武夫抑或商贾,都需要懂得如何获取宝物与财富。精灵承认物质的追求不是德行的指南针,但是士人(即武士和儒士)"忘却财富乃国家之根本",因此在世上贻害不少。若能于悭吝与俭约之间取得均衡,并避免耗费,则不只有利于功名富贵的追求,也有益于百姓的日常生活。在《贫福论》的结尾,精灵预测在不久之后将会有一位新主利用钱财来治国平天下,而不会像当今的

---

① 镰田纯一校注:《先代旧事本纪》,神道大系编纂会编:《神道大系:古典编 8》,东京:神道大系编纂会,1999 年,第 41 页。
② 高木市之助、五味智英、大野晋编:《万葉集》第 3 册,东京:岩波书店,1999 年,第 349 页。
③ 黑岩茂雄:《古代王家と沼川の光る玉》,森浩二编《古代翡翠文化の谜》,东京:新人物応物社,1988 年,第 35 页。
④ 土桥宏:《万葉集と玉文化》,森浩二编:《古代王権と玉の謎》,东京:新人物往来社,1991 年,第 83—90 页。
⑤ 《上田秋成集》,第 131—132 页。

丰臣秀吉之类的武夫，不是挥霍无度就是极端贪婪。

在《贫福论》中，所谓昆山之"她玛"不用《吕氏春秋》等古书的玉字，而借用"璧"（也念她玛）字。这样好像是把昆仑山的原始矿石转换成经过雕琢的艺术成品，这种玉璧在中国和日本不仅需要美好的原料，还要靠艺人施展手艺才能雕成逸品。产自遥远的地方，又经过精巧的手工艺雕琢，"她玛"庶几可以当作即将到来的德川幕府辖治下的太平盛世之先兆。玉璧或黄金是仁人志士宝库内的藏物，本来跟一般的石头无异，无人理睬，而现在已经起了很大的作用，让左内的马夫之流千方百计攫取入手。

虽然绍巴想方设法要维持日本本土的纯净状态，但昆仑之她玛似乎代表一种潜在的理想，那就是希望海外事物和本土传统能够结合起来，虽然渊源不同，但可以彼此相应。《贫福论》文中的最后一句即暗含此意。左内听精灵讲话，似懂非懂，末后有八字令："尧蓂日杲，百姓归家。"他暗自想道："这该是瑞草之瑞吧？"是个吉祥的预兆。"瑞"就是在《旧事纪》里四种瑞宝的瑞字，瑞宝可算是最有养身功能的玉石，也是日神授予神武（就是首位天皇）的神物，这里的瑞字指的是尧帝在位年间的瑞草，而尧帝乃是中国古代君王的第一位圣君。这样的结尾似乎以玉璧为象征，亦即空海法师所带回来的各种有形无形宝物与日本本土传统融合为一，或多或少可以疗治当时乱世的病态，以至恢复从前的太平盛世情景。

玉床的血迹

《雨月物语》中有九章各自独立的小说，小说之间似乎没有任何题旨性或者时序性的排序。虽然如此，九话之间的格局还是有一定的脉络可寻，尤其是首尾两章，第一话的《白峰》是以日本平安时代的末期设景的，第九话的《贫福论》以战国时代的末期设景的。《贫福论》末后左内与精灵讨论秀吉等几个霸主即将以决战弭平日本长达四百年的内乱，而《白峰》的年代就是战乱开头的 1168 年。在内容与形式上，《贫福论》跟《白峰》一样，都与政治、军事、社会的课题有关，而且除了两人对谈以外，几乎没有其他的内容。[①]《白峰》中已暗藏源平等战事导致国家崩裂的情景。前人业已指出，这两篇小说设置的历史背景，加上内容都是以辩证形式展现，会让读者觉得这两篇有前后相应的性质，而且因为《白峰》也提到玉字，所以说到《雨月物语》的格局，甚至连《佛法僧》也可以包括在内，这三篇具有一定的连贯性。

《白峰》的主角是诗圣西行法师（1122—1190），他在四国岛吟咏诗歌参拜佛寺的旅程中路过松原（就是空海法师曾经向神灵祈求保佑的地点，后来成为四国八十八所灵场之一）。夜间崇德天皇（1118—1164）的阴魂突然显灵，两人谈论崇德死前如何惨遭皇族的党羽放逐到松原而客死他乡等不幸之事。崇德痛斥胞弟后白川（1127—1192）和其他与崇德敌对的皇族人物，也认为倘若当时能够借用孟子顺民心、得天意、取人国的革命思想，废除后白川，而重登皇位，

---

① 木越治：《上田秋成论》，东京：ペリカン社，1995 年，第 221 页。

那么如今的情况定然会好得多。

听完崇德的话,西行反驳他的论点,列举日本跟中国历代的先例来说明兄弟之间应该以国家的利益为优先而把争权的"私欲"放在后面。西行特地提出五世纪的菟道王聘请百济儒士王仁到日本朝廷来讲解经书,以强化日本原先已然具备的美德。但是尽管如此,中国或印度的思想不一定都适合于日本的风土人情。西行痛斥崇德由于提倡孟子革命论,以为皇位可以如同一般官员一样予以革职,因为如此一来就损抑了皇室的神威:

> 自从日神开国以来,代代的皇孙连绵不绝;倘使孟子的邪教思想传到日本,将来某个恶徒可以任意罢黜神皇子孙而假托无罪。诸神因此而怀恨,每有船只载此书到来,皆将鼓起神风使之沉没。彼国的教义不尽适合我们国土的风情,此点毋庸置疑。[①]

崇德看西行是劝不转的,就改形变成一只怪鸟(跟长颈鸟一样都是贪欲的化身),说要向冤家报仇雪恨,挑衅让他们互相攻伐,以使家国不得安宁(他说他早在平氏之乱的时候即已做过同样的事)。西行念了一首题崇德对皇位眷恋的和歌,结果消解了崇德的怒气,而远远地飞走了。说书者预测几年之后平氏倒台,后白川出资建顿证寺,给崇德镇魂。

《白峰》中出现的她玛跟《佛法僧》中的一样是摆在名词前头的形容词。其中之一是在西行的和歌里面提到的"玉床",就是玉床(皇位)给后白川的儿子高仓(1168—1180 在位)占去了以后,崇德的冤魂到底要如何才能安宁呢。另外一例是顿证寺的堂宇墙壁上雕琢的玉刻,目的在于"以尊皇上大德"。第三例是崇德在保元之变的时候被软禁的地点叫作琼(她玛)林。

"玉床"、"琼林"等词指的是美丽的物品或建筑,以及它们所代表的皇室权威。虽然这些都属于日神的子孙,因而代表日本皇室,但是玉床等词跟玉川一样,早在中国古代经籍上就有存在的例证。玉床是夏朝末代帝王桀的宝位,也是商朝纣王的爱物,这两个人都是遗臭万年的昏君。琼林也是在唐宋年间就有的词汇,北宋徽宗给他最喜爱的园林取了这个名字,而徽宗跟桀、纣一样,也是个误国的昏君。这样的象征也暗喻后来左内跟黄金精灵谈论种种治国的策略,以免亡国的惨事发生。

西行论孟子的见解跟秋成在《安安事》中的看法一致,都认为日本人对儒学、佛学等中国或印度的思想需要极力筛选,才可以在国内运用。左内跟精灵都认为佛、儒的教义虽然表面上劝人行善,其实煽动了人性的欲火,结果徒众愈加肆无忌惮,为所欲为。反之,黄金等宝物可以让人欲从争夺的表现转向商业的行为,这也可以平息四百年间战火未熄的惨剧。她玛等宝贵的物品可以为人瞩目,进而促使德川幕府德政的施行。无论是国产的还是海外的她玛,甚至佛、儒教义也一样,在一定的条件之下,都便于使日本社会重返神武甚至尧舜的太平盛世。

---

① 《上田秋成集》,第 40 页。

流水清清

宝物可以作为业已消失的本来清纯状态的象征,这样的主题早在日本神话浦岛太郎中即已出现。虽然绍巴没有提到玉橱笥,但是玉橱笥在浦岛太郎神话里代表的是一件宝物。据《丹后风土纪》所记载,太郎启程回家探望父母的前夕,爱妻送他这件宝匣,叫他千万别打开。后来太郎因想念妻子而开启此匣,以致终生不能再回到海底玲珑宫殿的"床世"。[①] 跟潘多拉的盒子一样,玉橱笥内的秘密被暴露之后(据传说匣内的梳子是投海自尽的哇尼祖先的象征),这样的纯洁状态便永远不得再复原了。本居宣长借用了这件宝物的名字,给他的一篇有名著作题为《玉之小橱》。

《雨月物语》第七话《蛇性之淫》跟绍巴论玉川稍微不同,因为前者的水是有多源性质的。正如第二话《菊花约》袭用了明代话本《死生交范张鸡黍》的情节,《蛇性之淫》也引用《白娘子永镇雷峰塔》的框架,并暗袭《源氏物语》、《道成寺》等日本经典作品的文字。它把彼国跟此国的语言混用得十分巧妙,也把水用来当作治疗身心的一种工具,似乎是以涵括汉和文化、佛教神道教义以显示这些国内外的事物都是可以兼容并蓄的。

《蛇性之淫》主角丰雄在暴雨之中借伞给一位叫作真女子的美人。真女子是一个蛇神,想跟丰雄交媾。事后,丰雄的父母发现儿子身上怀有官方发文缉拿未获的赃物,丰雄怕受牵累而几次脱逃,但都逃不开蛇神寻迹而来,连丰雄后娶的妻子都被蛇神附体。最后禅寺的方丈将蛇神拿获,把尸首埋在道成寺境内。其实,《蛇性之淫》的布局跟《佛法僧》有密切的关系。丰雄几次逃亡都在纪井道,其行迹都在高野山周围。《雨月物语》的九话地理背景从日本东北部贯穿到西南部,第五话《佛法僧》所在的高野山,也就是玉川,显而易见是全书的核心地点,也是离《蛇性之淫》发生之处十分相近的地方。

《蛇性之淫》常常提到水,这一点也跟《白娘子永镇雷峰塔》原文很像,跟《佛法僧》的玉川也有相应之处。真女子不是身处暴雨或者温泉之中,就是沿着河边或者海边行走。有一次她跟丫鬟被一位神社的老翁看破了真相,挨骂之后两人跳入瀑布中逃走了。后来丰雄因屡遭蛇神纠缠,不知所措,只好向另一位神社老者恳求举办一次"禊"(洗掉恶气)的祈祷节会,以防真女子再来纠缠。这种修禊沐浴常常在湖边、河边、海边等地举行,一直到今日都还有这种习俗。至于奥院,也是众多修禊沐浴的场所之一,日本现今仍然可以看到行者不顾当年空海的告诫,而在离奥院不远的玉川的一个小瀑布之下灌水静坐。

《蛇性之淫》里的佛僧与佛事也让我们想起《佛法僧》中佛教与本土的风土人情之间的关系。京都的某所天台宗佛寺以及宫龙瀑布旁边真言宗的一所佛寺,都派僧侣前往捕捉蛇神,但都被击败而退。只有道成寺的法海用一条带有芥子熏味的袈裟把她罩住了才迫使她屈服。法

---

① 植垣节也:《風土記》,东京:小学馆,1997 年,第 475 页。

海这名字本来也是《白娘子永镇雷峰塔》中方丈的名字,方丈之用芥子也让读者联想到真言宗的所谓火事祈祷,而在《佛法僧》中有一首和歌也提到了芥子。《蛇性之淫》中除了佛寺,也有神社,而且话中出现"马苏绕欧"(悍勇)一词,这就是秋成的太老师(加藤宇万伎的师傅)加茂真渊所赞许的国学美德。在法海指导之下,丰雄发扬马苏绕欧的精神来抗拒真女子的诱惑。对丰雄而言,他需要借助国内外的一切教义才能克服蛇神所谓都风的魅力。

茶道的精髓

空海的和歌似乎可以说是综括彼国与此国语言文化之间的差异和融合。但因为空海本身并未在《雨月物语》里露面,那我们究竟应该如何看待大师在全书中所起的作用呢?空海是从中国带回思想文物之人,因此他在本书中的意义自不可忽视。对于一般人的盲目崇拜空海,绍巴认为会歪曲日本本土的名物风情;反之,若只怀想空海还未去中国之前日本的纯洁情状,这可能是更加迂腐的态度。绍巴他们对待她玛所持的言论,归根究底可能就是一种承前启后的态度,一方面要保留古代的全貌,但是同时又认为不应该一体否定从海外传至东土的事物。

她玛一词的字体在《雨月物语》里前后有所变化。起先三篇用的是玉字,而最后两篇则改用璧字。这种选择可能是为了反映出绍巴所赞许的古道在德川幕府统治之下已被商贾风气淘汰而荡然无存。我们也可以引和氏璧的典故来探索秋成的原意,因为和氏璧虽然是一块无价之宝,但当时若没有和氏的慧眼,就看不出它的妙处了。这种用意也可能跟西行说的是一致的,也就是中国圣贤之道固然可以强化日本本土的美德,但是随意采用佛、儒之道,不加拣选,反而会引起祸端,而佛、儒的教义尤其可能会引人追求私欲。总的来说,空海带回来的宝物可以让日本的河流显得更加清澈,对于圣人的贡献我们不得不肃然起敬。

秋成在后半生撰写了各种各样的著作,而对于日本跟海外的交流于日本大有裨益的看法则始终不渝。他的作品中最能呈现这种汉和文化兼容并蓄的精神的,乃是《清风琐言》(1792)与《茶瘕醉言》(1807)这两部与茶道有关的著作。书中他一再赞颂中国历代如玉川子、陆羽、熊明遇等人对品茗文化的贡献。卢仝的一首《七盏茶》广受欢迎,另外,画家描绘他煮茶或品茗的绘画也不少。这样的绘画是否曾流传到日本,我们现在无从而知,但是有关的书籍记载却也让不少日本文人对他兴起钦慕之情。秋成在《茶瘕醉言》第 29 段里提到其中的两幅:有唐代卢仝点茶图,因此茶人误认他为点法家。另有《续说郛》论及玉川子煎茶一图。点茶与煎茶之间的纠葛一言难尽,不过通过文献,我们可以略识煮茶自在自得的精神。[①]

秋成跟文人茶道的开山元祖卖茶翁(高游外,1675—1763)同样都不满茶汤之过于重视形式,而意图恢复"水与茶叶"的本来面目。[②] 秋成也肯定卢仝的自在精神给茶汤文化奠定了根

---

① 《上田秋成全集》第 9 册,第 335 页。
② 大槻干郎:《煎茶文化考:文人茶の系谱》,京都:斯文阁,2004 年,第 177—83 页,第 244—45 页;小川后东:《煎茶入门》,东京:保育社,1976 年,第 124 页。

基。村濑考亭(1746—1818)在《清风琐言》的序文中说到茶汤虽不如煎茶(他说前者是贤而后者是圣),然而两种茶道都要依赖水与茶之间取得均衡。"茶是水的精神,水是茶的精髓。两者之是否可以相辅相成,完全取决于水质的清洁与否。"①据派翠霞格莱姆所言,文人茶重视水质的态度促使秋成和其他煎茶家努力寻找纯洁的水源,如有急湍而石头又平滑的河流。② 茶的性质跟这样的纯洁状态是息息相关的。

《清风琐言》和《茶痕醉言》两书都对水是否适合煮茶的种种性质详加探讨。《清风琐言》中的《辩水》一段引用多种中国、日本作品。秋成特别欣赏京都的水,他说京都是"茶叶与水的福地"。京都水很受欢迎,甚至有人特意运到江户以为煮茶之用。秋成说水过了夜就会滋生毒气,何况运到远方更是不宜,因为茶也就会跟着水一起浑浊起来。水只有在水源附近饮用才好。

《茶痕醉言》有几段文字讲述选水如何紧要,其间也穿插了一则故事:一个客商从杭州西湖带了一桶水赠予京都的一位画师,有人问水如何,画师回答说水中含有不少泥沙,用笔十分吃力。但后来找到了一个办法,就是掺杂了些许京都的清水,结果画成了一幅很漂亮的西湖山水图,于是送给商人以回报其馈赠湖水的盛情。秋成很喜欢这则故事,不过其中应另有寓意。西湖山水是名胜之地,也是画家喜爱描摹的景致,但这位京都的画师必须掺和一些当地的清水才能够画出胜景之美。此类汉和交融之物可以用来作画,也可以比喻玉川、高野山跟绍巴所追求的洁净状态有别,因为内外交融合为一体才是福地。虽然中国文化确实有危害本土文化之虞(在《茶痕醉言》中秋成又痛骂佛、儒邪说腐蚀人心),但空海在这方面的贡献跟文人茶一样,带给蓬莱居民无限的喜悦与慰藉。

---

① 《上田秋成全集》第 9 册,第 275 页。
② Patricia Graham,*Tea of the Sages：The Art of Sencha*,Honolulu：University of Hawaii Press，1998，p.88.

抒情的文言文

——《玉梨魂》的叙事与文体

中里见敬 *

徐枕亚的《玉梨魂》出版于 1914 年,重版达三十多次,曾经风靡一时,系鸳鸯蝴蝶派的代表作品。然而自文学革命以来,对《玉梨魂》的评价却一直很低。例如:"骈文小说《玉梨魂》就犯了空泛、肉麻、无病呻吟的毛病,该列入'鸳鸯蝴蝶派小说'","《玉梨魂》使人看了哭哭啼啼,我们应当叫它'眼泪鼻涕小说'"[①],直到八十年代,人们依然认为"是鼓吹封建道德观的鸳蝴体的'样本',即使在旧民主主义革命时期,它也是一部具有消极因素的作品"[②]。

开重评《玉梨魂》之先河的是夏志清。他在 1984 年发表论文,从社会史、比较文学以及叙事学等角度展开了论述。其中最重要的一点是,将《玉梨魂》置于李商隐、李后主、《西厢记》、《红楼梦》等"感伤—言情"传统中[③]。尔后,又有陈平原提出:在小说从文学的边缘提高到中心的过程中,它吸收了诗文的精华,倾向于"书面化"及"文人化",并说"儿女之情和家国之心难舍难分,这是清末民初言情小说的一大特点"[④]。

本文吸收了夏志清、陈平原两位学者的研究成果,从叙事学角度重新细读《玉梨魂》,从而考察《玉梨魂》的叙事文本如何吸引了当时的众多读者[⑤]。

一、叙述者的话语

(一)《玉梨魂》的叙述者

首先看第二回《夜哭》中的一段:

---

* 中里见敬,日本九州大学教授。

① 刘半农和朱鸳雏的论评。见平襟亚:《"鸳鸯蝴蝶派"命名的故事》,魏绍昌编:《鸳鸯蝴蝶派研究资料》,香港:生活·读书·新知三联书店香港分店,1980 年,第 128 页。

② 范伯群:《论早期鸳鸯蝴蝶派代表作——〈玉梨魂〉》,《文学遗产》1983 年第 2 期,北京:中华书局,第 125 页。后收于范伯群:《礼拜六的蝴蝶梦——论鸳鸯蝴蝶派》,北京:人民文学出版社,1989 年。

③ C. T. Hsia, "Hsü Chen-ya's *Yü-li hun*: An Essay in Literary History and Criticism." in Liu Ts'un-yan and John Minford ed., *Chinese Middlebrow Fiction: From the Ch'ing and Early Republican Eras*, Hong Kong: Chinese University Press, 1984. 汉译有夏志清著:《〈玉梨魂〉新论》(上)(中)(下),欧阳子译,《明报月刊》第 237—239 期,香港:香港明报有限公司,1985 年 9 - 11 月。

④ 陈平原:《清末民初言情小说的类型特征》。见《中国小说史论》,《陈平原小说史论集》下,石家庄:河北人民出版社,1997 年,第 1645 页,并参看第 1655 页。初出于《中国现代文学国际研讨会论文集:民族国家论述:从晚清、五四到日据时代台湾新文学》,台北:"中央研究院"中国文哲研究所筹备处,1995 年。

⑤ 陈平原说:"《玉梨魂》销数据说达数十万册。"见陈平原:《中国现代小说的起点——清末民初小说研究》,北京:北京大学出版社,2005 年,第 183 页,注 4。

　　时觉寒气骤加，梦霞深深拥被，方拟重续残梦，忽闻隐隐有呜咽之声，不知何自而至。[……]哭声幽咽，凄凄切切，若断若续，闻之令人恻然心动。梦霞惊定而怖，默揣此地白昼尚无人迹，深夜何人来此哀哭？呜呼，噫嘻！吾知之矣，是必梨花之魂也。彼殆感余埋骨之情，于月明人静后，来伴余之寂寞乎？ 阅者诸君，此不过梦霞之理想，实亦事实上所决无者也。(p.7；p.442)①

　　从开始部分到"闻之令人恻然心动。梦霞惊定而怖"，属于由叙述者进行一般的情景描述。而接着转述动词"默揣"出现的是故事中人物何梦霞的内心话语。再接下来，"阅者诸君"以下是由暴露的叙述者直接向读者进行解释。

　　将此种叙事方式与传统的白话小说进行比较，不难看出，虽然《玉梨魂》中暴露的叙述者和传统白话小说模仿说书人的叙述一脉相承，但内心独白这一崭新的表现形式却不容忽视。换言之，《玉梨魂》的叙事文本兼备了古典白话小说及现代小说的叙事特点。我们首先在这一节探讨《玉梨魂》叙述者的话语，然后在下一节探讨人物的话语，包括内心独白。

　　就叙事方式而言，中国传统的文言小说与史传基本相同，叙述者的干预一般只在篇尾以"史官曰"、"异史氏曰"等史家的身份出现。对此，白话小说模仿说书艺术的叙事形式，使得暴露的叙述者可以随时随处干预故事——进行道德劝诫、预示故事情节，甚至直接向叙述接受者（即读者）说话等现象极为普遍。《玉梨魂》虽属文言小说，但其叙述者却与白话小说具有共同之处，和文言小说相比，其叙事形式更加通俗化。

　　下面将具体分析《玉梨魂》中叙述者的功能。首先，我们请看预示情节的部分，这一部分最容易看出暴露的叙述者：

　　咄咄，女郎何来？女郎何哭？[……]吾知女郎殆必与梨花同其薄命，且必与梦霞同具痴情。[……]盖此夜之奇逢，即梦霞入梦之始矣。(p.8；p.443)

　　呜呼，梦霞岂知从此遂沦于苦海乎？(p.12；p.446)

　　嗟嗟！可怜身世，从今怕对鸳鸯；大好因缘，讵料竟成木石。普天下有情人，能不同声一哭哉！(p.26；p.460)

　　噫，岂料悲吟，竟成凶谶。[……]噫，此酸楚之哀音，竟为两人最终之酬答，而此夜之幽期，即为两人最后之交际，从此更无一面缘矣。(p.136；p.565)

　　上述引例均为全知叙述者以事前叙述的方式对人物命运进行讲述。应该注意的是这些话语多以"咄咄"、"呜呼"、"嗟嗟"、"噫"等感叹词开始。感叹词不仅将叙述者的预示性叙述与前

① 徐枕亚：《玉梨魂》，上海：小说丛报社，1915年。引用时加注了页数，后者出自吴组缃、端木蕻良、时萌主编：《中国近代文学大系》第二集第八卷小说集六，上海：上海书店，1991年。

面叙述者讲述故事的部分区别开来,而且使叙述者有声有色、有血有肉,充满人情味。

第二,我们探讨一下《玉梨魂》的文本如何称呼叙述者和叙述接受者。

> 记者虽不文,决不敢写此秽亵之情,以污我宝贵之笔墨,而开罪于阅者诸君也。此记者传述此书之本旨,阅此书者,不可不知者也。(p.26;p.459)

白话小说中模拟说书的"说话人—看官"之关系在此已演变成以书面阅读为前提的"记者—阅者诸君"之关系,即作家—读者之关系。与此同时,暴露的叙述者仍保持着向读者直接说话这一特点,这与旧白话小说同出一辙。白话小说中间或出现的叙述接受者向叙述者发问这一现象,在《玉梨魂》中则难以找到,但尽管如此,确实有叙述者事先预测读者疑问而进行回答的场面,形成了叙述者与叙述接受者之间的对话性。下面举几个例子:

> 每晨必当窗对镜理妆,今何以日已向午,窗犹深锁? 其夜睡过迟,沉沉不醒耶? 抑春困已极,恹恹难起耶? [……]非失睡也,非春困也,呜呼! 病矣。(p.58;p.490)
>
> 记者于此更有一疑问,欲为诸君解决。梦霞寓居崔氏已近三月,知否崔氏之眷属舍[①]梨娘、鹏郎等以外,尚有筠倩其人?(p.65;p.497)
>
> 我书至此,知阅者必有所惑。何惑乎? 则曰:梦霞对于姻事,究持若何之态度,愿乎? 不愿乎?(p.113;p.543)

第三个特点是有些叙述话语有意使读者意识到作品全部的构思和用意。

> 阅者诸君,尚忆及《玉梨魂》第一章"葬花"一节乎? [……]艳哉辛夷,有美一人,遥遥相对,但此人来而梦霞与梨娘之情,将愈满于悲苦之境,记者所以迟迟不忍下笔也。(p.65;p.497)
>
> 此后之《玉梨魂》,由热闹而入于冷淡,由希望而趋于结束。一篇断肠曲,渐将唱到尾声矣。(p.127;p.556)

在前一个引例中,叙述者让读者想起第一章描写梨花和辛夷,从而解说将梨花比拟白梨影、辛夷比拟崔筠倩的用意。在第二个引文中,叙述者有意说明作品的整体构思。

总之,《玉梨魂》在基本继承古典白话小说叙事模式的同时,其叙述者从无个性的、匿名的叙述者转变为构思整个作品的,既个性化,又具有现代化作家意识的叙述者。

尽管如此,《玉梨魂》叙述者的这种面貌到了作品后半部分却发生了很大的变化。[②] 其征

---

① 　小说丛报社版作"含",今据《中国近代文学大系》版。

② 　对此,杨义、中井政喜、张中良:《二十世纪中国文学图史》上(台北:业强出版社,1995年)第66—67页已有所指出。

候在于叙述者对自己所说的话失去了把握,从而开始动摇。

> 此书全篇,记者已不能尽忆,仅记其中幅有曰:(p.129;p.558)
>
> 梨娘函尾,尚有一绝句,其起联曰"血书常在我咽喉,一纸焚吞一纸留",其下二句,则记者不能复忆,但记其押刘字韵而已。(p.134;p.563)

在上面的引例中,叙述者坦率地承认他记不起来梦霞的书信以及梨娘的绝句。此处正是作品中的高潮,叙述者对自己记忆的动摇似乎有些奇怪,但我们确实要承认,叙述者以自己失去全知叙述者的身份为代价,获得了有血有肉的人性以及叙述的真实性。

(二) 叙述者的人物化

《玉梨魂》的叙述者从一开始就一直以故事外叙述者的身份来讲述故事内的人物,而到了末尾他又摇身一变,成为故事内叙述者,出现在故事里,这是一个非常能动的叙事模式的变动。叙述者在第二十八章末尾解释作品的构思,说:"而此一部悲惨之《玉梨魂》,以一哭开局,亦遂以一哭收场矣"(p.156;p.583.15),之后,在第二十九章《日记》开头,这样讲述:

> 余书将止于是,而结果未明,未免留阅者以有余不尽之恨。爰濡余墨,续记如下。恨余笔力脆弱,不能为神龙之掉也。(p.156;p.583)

由此,叙述者开始讲述他如何得知梦霞的这一故事,并揭示故事传达的途径。

> 余与梦霞无半面之识,此事尽得之于一友人之传述。此人与梦霞有交谊,固无待言,且可决其为与是书大有关系之人。盖梦霞之历史,知之者曾无几人,而此人能悉举其隐以告余,其必为局中人无疑也。阅者试掩卷一思,当即悟为石痴矣。(p.156;p.583)

六年前叙述者和秦石痴是同学。庚戌(宣统二年,1910)冬,叙述者收到了当时在日本留学的石痴从东京早稻田大学寄来的一封信以及小说的材料。不过,叙述者对梦霞并没有好感,因为梦霞使梨娘致死,并使筠倩贻误前途,但他本人却仍逍遥海外游学。而且,材料本身并不完整,其间没有提到筠倩的结局。因此叙述者未理会石痴的委托,迟迟没有动笔。

一年后,武昌起义爆发。叙述者的朋友黄某向他讲述战场的情况,并且出示了一本阵亡者托给他的小册子。原来,题为《雪鸿泪草》的唱和诗词是梦霞所作。叙述者知道梦霞为革命建国挺身殉难后,改变了对他的认识。

> 余因不识梦霞,故以常情测梦霞,而疑其为惜死之人、负心之辈,固安知一年前余意中

所不满之人，即为一年后革命军中之无名英雄耶？吾过矣，吾过矣！（p.159；p.586）

梦霞殉国这一事实促使叙述者按照石痴的托付开始动笔。

　　　　梦霞有此一死，可以润吾枯笔矣。虽然，飞鸟投林，各有归宿，而彼薄命之筠倩，尚未
　　知漂泊至于何所，吾书又乌能恝然遗之？（p.160；p.587）

最后一个问题是筠倩的结局。叙述者在小册子末尾发现了筠倩的日记。

　　　　意者此日记之开局，即为筠倩始病之期，此日记之终篇，即为筠倩临终之语，而此日记
　　为梦霞所得，则梦霞于筠倩死后，必再至是乡，收拾零香剩粉，然后脱离情海，飞渡扶桑。
　　此虽属余之臆测，揆诸事实，盖亦不谬。然筠倩病中之情形如何？死后之状况如何？记者
　　未知其详，何从下笔？无已，其即以此日记介绍于阅者诸君可乎？（p.160；p.587）

叙述者如此推测筠倩之病死与梦霞留日的过程，然后才开始引用筠倩的日记。

　　如上所述，第二十九章的内容全是叙述者撰写小说的经过和动机。在此，叙述者"余"以与
石痴、黄某同等的身份登场。对梦霞的故事来说，叙述者是处于故事之外的局外人；而在"余"
和石痴传达及撰写《玉梨魂》的经过这一故事层次来说，"余"既是人物又是叙述者，即故事内叙
述者。

　　在小说篇尾的第三十章中，"余"还兼有人物和叙述者双重角色。"余"为了寻找梨娘的义
父崔翁以及梨娘的遗子鹏郎的消息，去蓉湖访问石痴。"余"把梦霞的小册子和黄某讲给他的
梦霞临终的情况告诉石痴。石痴听后说："今有此一死，更足令全书生色，可以濡染大笔，践余
昔日之请矣"（p.166；p.592），又再度嘱咐叙述者撰稿。叙述者听石痴说崔翁已故，鹏郎也由亲
戚收养。石痴带着"余"到梦霞葬花之处。但碑石已不见，梨花辛夷二树也已枯萎，甚至被砍
掉。二人深有无常之感，以此结束全书。

　　《玉梨魂》最后两章中叙事情境的转变，不仅保证了叙述的真实性，也是传统叙述者在叙事
文本中逐渐获得实实在在、活生生人性的必然归结。《玉梨魂》的叙述者已与白话小说中抽象
化、一般化了的叙述者截然不同，他讲述这一个别的、特殊的故事具有十分必然的理由。古典
小说戏剧的叙述者是将众所周知的历史性故事讲述成各种变异体，而《玉梨魂》中被叙述的故
事则通过遗留在书信和小册子上的诗词及日记这一隐私途径，只有叙述者才能知道它，只有叙
述者才能讲述它。此时，故事的可靠性不在于历史事实，而在于叙述者进行叙述这一行为
本身。

（三）叙述者的话语与文本的意识形态

　　叙述者"余"和秦石痴均对梦霞殉国阵亡给予高度评价，甚至成为叙述者动笔的主要原因。

我们在此对上述叙述者特点与文本的意识形态之关系进行分析。

　　首先要确认的是,清末民初的小说已不像古典小说那样以道德训诫为叙事框架,取而代之的是以爱国为主这种现代民族国家的伦理观念。但更重要的是,在话语层次上,恋爱与爱国作为情感的真实流露受到同等的赞扬。第二十四章《挥血》中,梨娘写信表示绝交,梦霞以血书复信。叙述者对此解释如下:

> 　　呜呼,男儿流血自有价值,今梦霞乃用之于儿女之爱情,毋乃不值欤! 虽然,天地一情窟也,英雄皆情种也。[……]能为儿女之爱情而流血者,必能为国家之爱情而流血,为儿女之爱情而惜其血者,安望其能为国家之爱情而拼其血乎? (p.133;p.561)

"能为儿女之爱情而流血者,必能为国家之爱情而流血"这一叙述者的干预,在此给读者相当唐突的感觉。而在第二十九章,得知梦霞阵亡消息后,叙述者"余"陈述如下。

> 　　梦霞死矣,梦霞殉国而死矣。余曩之所以不满于梦霞者,以其欠梨娘一死耳。孰知一死非梦霞所难,徒死非梦霞所愿,彼所谓得一当以报国,即以报知己者,其立志至高明,其用心至坚忍。余因不识梦霞,故以常情测梦霞,而疑其为惜死之人、负心之辈,固安知一年前余意中所不满之人,即为一年后革命军中之无名英雄耶? 吾过矣,吾过矣! 今乃知梦霞固磊落丈夫,梨娘尤非寻常女子。无儿女情,必非真英雄;有英雄气,斯为好儿女。[……]夫殉情而死与殉国而死,其轻重之相去为何如! (p.159;p.586)

"余"当初认为梦霞是"惜死之人、负心之辈",但知道梦霞是为了实现梨娘生前所愿才挺身殉国时,立即领悟说:"我过矣,我过矣。"

　　两者相比,第二十九章叙述者话语的说服力远远超过第二十四章。其原因不仅因为梦霞殉国牺牲这一故事内容,更多的是因为叙述层次的变化,也就是说叙述者从叙述干预变为有血有肉的故事中之人物。把"儿女情"与"英雄气"结合起来,将男女情爱升华为爱国精神的意识形态,并通过上述叙事模式转变的支撑,将其表现得完美无缺。正如陈平原所说,具有"儿女之情和家国之心难舍难分,这是清末民初言情小说的一大特点"①。《玉梨魂》正是这样一部作品,它彻底体现出当时的意识形态,成为清末民初鸳鸯蝴蝶派的代表作品。

二、人物的话语

　　古典白话小说基本上以直接引语的方式再现人物的话语。而《玉梨魂》中却常见梦霞、梨

---

① 　陈平原:《清末民初言情小说的类型特征》,见《中国小说史论》,《陈平原小说史论集》下,石家庄:河北人民出版社,1997年,第1645页,并参看第1655页。初出于《中国现代文学国际研讨会论文集:民族国家论述:从晚清、五四到日据时代台湾新文学》,台北:"中央研究院"中国文哲研究所筹备处,1995年。

娘二人的书信和诗词,由此全篇都回荡着人物的声音。由书信来进行叙事这一现象,和欧洲十八世纪书信体小说的盛行同出一辙,明确标志着叙事模式的现代性转变①。

　　尽管如此,《玉梨魂》文本中之所以回荡着人物的声音,不仅仅是由于书信和诗词的作用,本来应该由叙述者讲述的第一叙事层面上,也处处能听到人物声音。本章拟讨论叙事文本是如何引用人物话语。

（一）汉语的自由间接引语

　　叙事文本中回荡人物声音这一现象,也是西方现代文学的重要标志之一。西方的语言学、文体学、叙事学、文学等各方面的研究已表明,这种叙事现象是由于自由间接引语所带来的文体效果。而汉语缺乏形态变化,动词无时态,表示人称的主语可省略,因此鉴别自由间接引语时存在着不少困难。汉语中更值得注意的特点是"从句意识的薄弱",即虽是带着引导动词的引语形式,但转述语从第二个分句开始具有和主句同等的独立性,即从句意识相当薄弱,从而获得与自由间接引语一样的文体效果②。现代汉语的这一特点,对分析由文言文书写的《玉梨魂》文本同样有效。下面将以有无引导动词为标准分别进行分析。

　　首先请看有引导动词的例子:

　　　　梦霞闷极无聊,闻此奇香,[……]感念梨娘以此花相贻,是真能知我病者,是真能治我病者。其用情之深,不知几许,我亦不虚此病矣。虽然,我病若此,梨娘必闻而惊惧,此数日中,其善蹙之眉头,正不知为我添几重心事也。乃取枕畔函,折③而阅之。(p.44;p.477)

吐血后在自己房间里养病的梦霞收到梨娘送来的兰花。梦霞十分感激,不禁说出他的心里话。引导动词"感念"以后出现的"我"是梦霞的自称。第二个分句"其用情之深,不知几许,我亦不虚此病矣"以下从引导动词的支配下独立起来,产生人物从故事中直接说话的感觉。

　　　　筠倩久别梨娘,怀思颇切,两星期来,又为预备试验,未暇作书问讯,考试事竣,即鼓棹还乡。自念得与久别之梨嫂,携手碧窗,谈衷深夜,红灯双影,笑语喁喁。[……]彼梨嫂之相念,当与余同,今日见我归来,更不知当若何欢慰也。(p.67;p.499)

筠倩考完试,即将进入放暑假,和嫂子梨娘见面畅谈,这一想念使她十分激动。在引导动词"自

① 如理查逊《帕梅拉》(1740)、《克拉丽莎》(1747—1748)、让·雅各·卢梭《新爱洛琦丝》(1761)、歌德《少年维特的烦恼》(1774)、拉克洛《危险关系》(1782)等。
② 申丹:《叙述学与小说文体学研究》,北京:北京大学出版社,1998 年。"这是因为汉语中不存在引语从句的连接词,无大小写之分,人们的'从句意识'较弱,因而作为从句的间接引语的转述语与作为独立句子的自由间接引语之间的差别,远不像在西方语言中那么明显。"(第 313 页)"汉语中无引导宾语从句的连接词(也无大小写之别),如果间接引语的转述语有两个以上的分句,从第二个分句开始,转述语就有可能完全同于自由间接引语。"(第 363 页)
③ 小说丛报社版作"折",今据《中国近代文学大系》版。

念得"以下,梨娘被称作"梨嫂",这显然是以筠倩为中心调整称谓的结果。这里回荡的也是筠倩的声音。

下面是没有引导动词的例子:

> 无何而入门矣,入其门不闻人声;无何而入庭矣,入其庭不见人影。咄,离家仅三月耳,而门庭之冷落,至于如此,我其梦耶?(p.68；p.500)

欣然回家来的筠倩看到的却是意外的冷清,她家这么冷落是因为梨娘卧病,这一段中,以感叹词"咄"和人称代词"我"为标志,筠倩的独白以省略引导动词的自由式引语的形式出现。

> 梦霞闻言,虽笑乡人之迷信,然其不忘报本,犹存醇厚之风;含哺而嬉,如见太平之象,不先不后,适于我来校之初,逢兹佳节,眼福不浅哉。无何,行至校门,则见门首高悬国旗,红灯三四,荡漾檐前,乡人媚神,与学校何与? 乃亦从而附和之,不其慎乎?(p.86；p.517)

放完暑假,梦霞回到学校,正赶上秋天的灯市。他那乐于逢节又怀疑迷信的心情以自由式引语表达出来。如划线部分,既省略引导动词又缺少人称等标志,我们无法根据语法标志来判断这是叙述者在说话还是人物在说话。

如上所述,《玉梨魂》的文体特点是人物声音以自由式引语的形式渗透在叙事中,其文本成为叙述者与人物争夺话语支配霸权的场所。

(二) 互相纠葛的人物声音:梦霞的声音/梨娘的声音

《玉梨魂》将人物声音渗透于叙事中的文体特征在故事中有何效果呢? 在此引用第二十三章"剪情"中的几段进行分析。梨娘要将小姑筠倩嫁给梦霞,以此了却对梦霞的苦恋。但这不仅使筠倩勃然不悦,也没能使梨娘剪断对梦霞的恋情。

> 梦霞于无意中,偷听得一曲风琴,虽并非知音之人,正别有会心之处。念婚姻之事,在彼固无主权,在我亦由强制。彼此时方嗟实命之不犹,异日且叹遇人之不淑。僵桃代李,牵合无端,彩凤随鸦,低回有恨。揣彼歌中之意,已逆知薄情夫婿,必为秋扇之捐矣。夫我之情既不能再属之彼,我固不愿彼之情竟能专属之我。设彼之情而竟能属我者,则我之造孽且益深,遗恨更无尽矣。我深幸其心脑中并无梦霞两字之存在也。所最不安者,彼或不知此事因何而发生,或竟误谓出自我意,且将以为神奸巨憝,欺彼无母之孤女,夺他人之幸福,以偿一己之色欲,则彼之怨我恨我,更何所底止。我于此事虽不能无罪,然若此则我万死不敢承认者。筠倩乎,亦知此中作合,自有人在,汝固为人作嫁,我亦代人受过乎。虽然,此不可不使梨娘知也。(p.127；p.556)

整段描写都是梦霞的心理活动。引导动词"念"似乎只控制到"婚姻之事",以下均可视为自由直接引语的转述语。其中,梦霞向不在眼前的筠倩呼吁,申辩说强制筠倩结婚的不是自己,而是梨娘,把支配筠倩命运的责任推给梨娘,并认为自己和筠倩一样也是受害者。梦霞的这种自私自利以自由直接引语的形式表达出来。

接着文本聚焦到不知梦霞这种自私心理的梨娘。

在梨娘初意,固以此事双方允洽,十分美满,为梦霞计者固得,为筠倩计者亦未尝不深。以貌言,则何郎风貌足媲潘郎;以才言,则崔女清才不输谢女。两人异日者,合欢同梦,不美鸳鸯。饮水思源,毋忘媒妁。万千辛苦,抽尽情丝。百六韶华,还他艳福。我虽无分,心亦可以少慰矣。(p.128;p.557)

在引导动词"以"以下,梨娘亲自说出成梦霞、筠倩二人之美意的初衷,他们将来相亲相爱,感谢做媒之恩,梨娘想到这里才觉得"我虽无份,心亦可以少慰矣"。

梨娘之得书也,意书中必无他语,殆彼已得家报,而以个中消息,慰我无聊欤?否则必一幅琳琅,又来索和矣。霞郎霞郎,亦知余近日为汝重生烦恼,忧心悄悄,日夜不宁,有甚心情,再与汝作笔墨间之酬答耶?梨娘执书自语,固以此书为扫愁帚,为续命汤,昵爱如筠倩,今亦如此,舍彼更无能以一纸温语相慰藉①者矣。(p.129;p.558)

梨娘收到梦霞的信,以为他家同意他和筠倩结婚。梨娘在转述语中直接呼梦霞作"霞郎霞郎",将他当作第二人称的接受人。梨娘向梦霞诉苦的声音一直萦绕在文本中。

然而,和梨娘的期待相反,梦霞书信的内容却是对梨娘的怨言。叙述者将梦霞的书信引用完后,说到:

方梦霞作书时,虽亦自觉过激,然语皆出于至情,意梨娘必能相谅。若在平日,此书亦等诸寻常通讯之词,必不至误会而生龃龉。今适当左右为难之际,方冀其有以慰我,乃亦从而怨我,不觉其言外自有深情,但觉其字里都含芒刺。(p.130;p.559)

"虽亦自觉过激,然语皆出于至情,意梨娘必能相谅"这句话因带着引导动词"自觉"、"意",可看作间接引语,但我们还是感觉到梦霞自私自利的声音。接下来,叙述者也站在梦霞的立场上说:"若在平日,此书亦等诸寻常通讯之词,必不至误会而生龃龉"。然而,下一句却突然话锋一

---

① 　小说丛报社版作"籍",今据《中国近代文学大系》版。

转地掺入梨娘的声音,说:"今适当左右为难之际,方冀其有以慰我,乃亦从而怨我,不觉其言外自有深情,但觉其字里都含芒刺"。两次出现的"我"显然指的是梨娘,因此尽管没有主语,我们依然感到似乎是梨娘自己在说话。下一段中,梨娘的声音更跃然纸上:

> 梨娘诵毕此书,为之目瞪口呆,大有水尽山穷之感。筠倩失其自主之权,未免稍含怨望,犹无足怪。梦霞固深知其中委曲者,我之苦费心机,玉成此事,不为渠,却为谁耶?乃亦不能相谅,以一封书来相责问。试思筠倩之终身,干余底事?我因无以偿彼深情,故欲强作鸳盟之主。早知如此,我亦何苦为人作嫁,而使身为怨府乎!呜呼梦霞,汝非铁作心肝者,而忍出此。宇宙虽宽,我直无容身地矣。至此不觉一阵心酸,泪珠疾泻。(p.130;p.559)

梨娘收到梦霞斥责她的信之后,她的心情由缺少引导词的自由式引语表达出来。梨娘对梦霞书信的期待被彻底背叛时,梨娘的内心通过这种话语越过叙述者的中介而直接传达给读者。

这种独白所表露的是围绕一封书信而发生的沟通失灵(discommunication)。最严重的沟通失灵莫过于梦霞留下卧病在床的梨娘,独自回家探亲的场面。临死的梨娘写信给梦霞:

> 方君行时,梨影已在床席间讨生活,所以不使君知者,恐君闻之而不安,且误归期也。君临去竟无一言志别,想系成行忽迫所致,我未以病讯告君,君亦不以归期语我,二者适相等,可毋责焉。(p.139;p.568)

梨娘信上说:"所以不使君知者,恐君闻之而不安,且误归期也","我未以病讯告君,君亦不以归期语我,二者适相等,可毋责焉"。梨娘到此时还为梦霞辩护,但我们不难想象她内心的绝望。

> 如书言,则方我归时,渠已为病魔所苦,我火急归心,方寸无主,临行竟未向妆台问讯,荒唐疏忽,负我知音,彼纵不加责,我能无愧于心乎?[……]呜呼梨姊,汝果病耶?汝病果何如耶?汝言病无大苦,真耶?抑忍苦以慰我耶?初病时不使我知,今胡为忽传此耗,则其病状诚有难知者矣。嗟乎梨姊,汝病竟危耶?今世之情缘,竟以两面了之耶?天道茫茫,我又何敢遽信为必然耶?(p.140;p.569)

梦霞收到梨娘的信后无可作为,只能以第二人称对不在面前的梨娘悲叹而已。其实,梦霞写了两首诗想安慰梨娘,但文本却说出没有把它寄走的理由:

> 盖此时梨娘方在病中,设贸然以此诗付邮,乌能直上妆台,迳投病榻?不幸为旁人觑破个中秘密,且将据之以为梨娘致病之铁证,梨娘将何以堪?是欲以慰之,而反以苦之也。

> 况乎二诗都作伤心之语，绝非问病之词，病苦中之梨娘，岂容复以此酸声凄语，再添其枕上之泪潮、药边之苦味！筹思及此，梦霞乃搁笔辍吟，不作一字之答复，惟将梨娘来书反复展玩。（p.141；p.569）

如果让别人知道二人的关系，"梨娘将何以堪"；如果梨娘看到这两篇诗，"岂容复以此酸声凄语，再添其枕上之泪潮、药边之苦味"，不难看出，梦霞此段话语表面上似乎为梨娘着想，其实却是不折不扣的自我辩解。

　　渗透在《玉梨魂》叙事文本中的人物之声直接向读者诉说的是围绕人物心理及书信的解释所展开的人物之间的心情动摇。《玉梨魂》文本最终产生出来的是在书信之外梦霞与梨娘之间沟通的失灵和断绝。

三、结语

　　《玉梨魂》除了诗词、书信等易于抒情的"诗骚"形式外，在本来只有叙事功能的叙事文本中也渗透着人物声音，从而使文言叙事文本充分发挥了抒情功能。在白话文书写的现代小说语言形式确立之前，人们之所以热衷于《玉梨魂》，是因为它用抒情的文言文把人物内心的苦衷哀乐表现得如此淋漓尽致。

　　如本文分析的那样，自由间接/直接引语对于获得透明的叙事有所贡献，它使叙述者脱离了绝对优势的地位，人物在文本中的被动地位大幅度提高，使得中国文学获得了新的文学语言。[①] 在透明的叙事取得人物内心的现实性这一点上，《玉梨魂》确实是比同一时期的白话小说成功。这部文言小说史上最后一部代表作品不仅得到了空前的读者，而且它的叙事与文体已经蕴含了和五四现代文学共同的革新要素。

[①]　讨论自由式引语的著述有：Lydia H. Liu, *Translingual Practice: Literature, National Culture, and Translated Modernity—China, 1900 - 1937*, Stanford: Stanford University Press, 1995, see Chapter 4. 汉译本见刘禾：《跨语际实践——文学，民族文化与被译介的现代性（中国，1900—1937）》，宋伟杰等译，北京：生活·读书·新知三联书店，2002年，第四章。刘禾的《语际书写——现代思想史写作批判纲要》（香港：天地图书有限公司，1997年）中"第四章：不透明的内心叙事：从翻译体到现代汉语叙事模式的转变"，文章和前者有所不同。

图书在版编目（CIP）数据

　新学衡·第一辑/朱庆葆,孙江主编.—南京：南京大学
出版社,2016.10
　ISBN 978 - 7 - 305 - 17417 - 9

　Ⅰ.①新…　Ⅱ.①朱…②孙…　Ⅲ.①学衡派-研究
Ⅳ.①I206.6

　中国版本图书馆 CIP 数据核字(2016)第 192420 号

出版发行　南京大学出版社
社　　址　南京市汉口路 22 号　　邮　编　210093
出 版 人　金鑫荣

书　　名　**新学衡（第一辑）**
主　　编　朱庆葆　孙　江
责任编辑　李探探　张静

照　　排　南京紫藤制版印务中心
印　　刷　江苏凤凰扬州鑫华印刷有限公司
开　　本　900×1280　1/16　印张 15.75　字数 351 千
版　　次　2016 年 10 月第 1 版　2016 年 10 月第 1 次印刷
ISBN 978 - 7 - 305 - 17417 - 9
定　　价　45.00 元

网　　址　http://www.njupco.com
官方微博　http://weibo.com/njupco
官方微信　njupress
销售热线　(025)83594756